湘君 著

海上芳邻

HAI SHANG FANG LIN

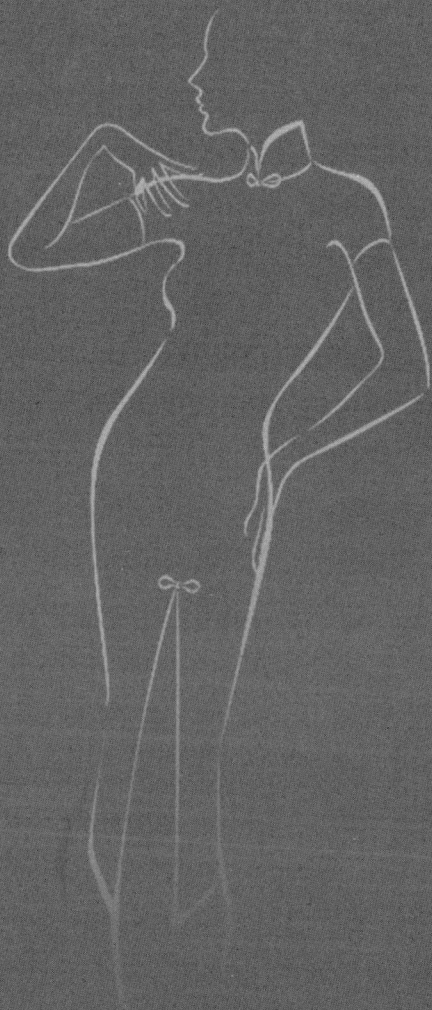

天津出版传媒集团

天津人民出版社

图书在版编目(CIP)数据

海上芳邻 / 湘君著. -- 天津：天津人民出版社,
2017.8
　ISBN 978-7-201-11601-3

　Ⅰ.①海… Ⅱ.①湘… Ⅲ.①长篇小说-中国-当代
Ⅳ.①I247.5

　中国版本图书馆 CIP 数据核字(2017)第 070760 号

海上芳邻
HAISHANG FANGLIN
湘君　著

出　　　版	天津人民出版社
出 版 人	黄　沛
地　　　址	天津市和平区西康路 35 号康岳大厦
邮政编码	300051
邮购电话	(022)23332469
网　　　址	http://www.tjrmcbs.com
电子信箱	tjrmcbs@126.com

| 责任编辑 | 玮丽斯 |
| 装帧设计 | 明轩文化　·李晶晶 |

印　　　刷	高教社(天津)印务有限公司
经　　　销	新华书店
开　　　本	880×1230 毫米　1/32
印　　　张	16.625
字　　　数	300 千字
版次印次	2017 年 8 月第 1 版　2017 年 8 月第 1 次印刷
定　　　价	39.80 元

目录

CONTENTS

海上芳邻

西方人眼中的东方美女是什么样子？

各国人民行为处事有多么奇葩？

吐痰，随地大小便，不守规矩，浪费粮食，公共场所大声喧哗，中国人的种种陋习，老外最不能忍受的是哪一桩？

初次见面，"你家？还是我家？"遭遇到赤裸裸的挑衅怎么办？

嫁给"歪果仁"，还是"海龟"？或是做一辈子契约伴侣？你会怎么选？

上海的洋女婿有多好玩你知道吗？

法国人拒绝原装进口的巴黎水，理由是"我喝着巴黎水长大，我的血管里流动的都是巴黎水！"你的血管里又是什么呢？

……

快来跟姗德拉一起，去看看上海千奇百怪的"歪果仁"的故事；用你的东方文化，去碰一碰他们的西方概念，说不定，就"和"——了！

第一章

致命的背影

海上芳邻

不是在见客户,就是在去见客户的路上。

姗德拉在路上最常干的事儿,就是把准备对客户说的话先练习一遍,这样,既能把英文操练得更顺溜一点儿,也能试试是否有更好的表述方式。因此,在上海的各大商务区,人们常常会看到一个穿着时尚却自言自语的"奇女子"。姗德拉从事的职业,叫"涉外房产咨询",简单地说,就是给在上海的外企及外籍员工找房子。她今天的任务,就是去拜访位于陆家嘴、名列世界500强的卡斯顿汽车公司。

陆家嘴位于黄浦江畔的东侧,环境优美,同时又是上海炙手可热的金融贸易区,囊括了无数世界著名企业,据说这里的GDP比美国还高。区内高楼林立,建筑高度在这里不断地被刷新。姗德拉心想,也许以后告诉访客地址的时候,再不用说什么路几弄几号了。石库门的七十二家房客,早已经定格在泛黄的旧照片中。未来的某一天,乘坐出租车,向左转,向右转,然后,向上转才能到达目的地吧!

超高层不断地涌现代表了城市发展的速度,但可苦了在这里上班的"蚁族":天天高峰时段要排队等电梯,急得人抓耳挠腮;好不容易坐上电梯,拥挤闷热,到了云端尚头晕目眩;偶尔遭遇地面上可以忽略不计的轻微地震,大楼的钟摆运动却把身处高楼的人从这边甩到那边。姗德拉不喜欢高层,她觉得地面更踏实。希腊神话中海神波塞冬和大地母神之子安泰,不也是要紧贴大地才能汲取力量吗?

姗德拉终于来到位于68层的卡斯顿汽车公司。自动感应玻璃门悄无声息地往两边闪开,简约而现代的接待台后面,接待小姐绽开一个标准的职业微笑:"您好! 请问找哪位? 有预约吗?"

顺着小姐的指示,姗德拉需要穿过长长的一段公共办公区域,然后再右拐,进入最里面的会议室,预约好的行政人事总监将在那里会见她。

拎着装满A4(纸的规格)文件和电脑的硕大公文包,姗德拉沿着两排格子座位当中的走廊前行走廊的尽头,是一个透明玻璃分隔出来的独立办公间,门开着,因此她一眼就看到办公桌后面的老外,一张典型的欧洲面孔。姗德拉一边走一边琢磨:能有独立的办公室,说明职位比较高,那么对公司的事务也是有一定决策权的,对我拿下这单一定有帮助,要是我能认识他就好了。这样想着,姗德拉忍不住盯着他用力地多看了两眼,然后猛一转弯,往会议室方向继续行进。只是,步伐更加袅袅婷婷了一些。如果姿态也是一种语言,那一刻,她相信自己是全身心地用背影来说话的。

行政人事总监已在会议室等她。略微寒暄,彼此简单介绍了自己公司的业务范畴,这位年届不惑的知性女子好奇地问:"你认识我们公司的销售总监吗?他对我说了你很多好话,对你评价高得不得了呢。"

海上芳邻

　　第一次商业拜访,最怕的就是被拒绝。此时,通常可以说是"某人介绍的""听某人说您哪方面非常出色,今天特地来拜访"等等,让客人明白你对他和他的职业、职务已经有所了解;更重要的是,提起共同认识的某人,一下子就能拉近彼此的距离,不需要再从头确认,省掉了很多不必要的过程。

　　但,必要的客套是省不了的,姗德拉谦虚地笑笑:"哪里,他过奖了。我只是通过别人的介绍认识了他,帮他物色了一套酒店公寓而已。他可能对我们公司的服务比较满意吧。"

　　行政人事总监也笑了:"他说你的服务特别耐心,做事细致、认真。对你百般夸奖,还向老板推荐了你们公司呢。"

　　姗德拉心里一喜,看来有戏!本来,屁股只坐了椅子的三分之一,此刻她更悄悄地挺直了身体,略微前倾,温和而专注地直视对方的眼睛,诚恳地说:"其实现在做房产咨询的公司很多,也许通常的服务也谈不上什么技术含量,如果说我们公司'乐士诚'有什么跟别人不一样的地方,那就是我们对客户特别用心。从接待客户开始,我们提供印有公司标志的看房车,根据客户的需要先做针对性的个性化提供,等客户筛选出有兴趣的物业之后我们安排陪同看房,之后协商价格,调整双方的条款,签合同,签收入住。我们的服务还延伸到售后与租后,与物业管理的交涉,与房屋业主的沟通,督促问题的解决等等。所有的环节,我们都认真对待。服务本身就是人与人之间的交流,它是一个变化而

互动的过程,客户可以找到他想要的房子,我们也因此获得了客
户的认可和尊重。因此,我们公司在这个行业还是有一定知名度
的。就我个人来说,接触过的很多客户,后来都成了朋友。他们
买家具买衣服,都会拉上我。上餐馆前会打电话给我,问问那里
的菜是不是很有当地特色。即便任期满了回国以后,还会经常给
我写邮件呢……"

"看得出来,你应该干得不错。"行政人事总监报以赞同的
微笑。

"是的。这份工作让我觉得满足,我很享受这种状态。瞧,现
在我不是又认识了一位外企精英吗?"姗德拉俏皮地话题一转,
回到行政人事总监面前恭维了一下。

"啥精英啊?胖子一枚。"对方自黑道。

"胖嘛,混得好呀!"姗德拉立马顺竿爬。

对方佯怒白了她一眼:"站着说话不腰疼。都说人到中年会
发胖,哎你说,你怎么一点儿都不胖,是不是经常运动啊?"比起
生意,身材才是女人更关心的话题。

姗德拉淡定地回答:"对不起,我从不运动,我只爱吃喝。"

那女人大惑不解:"我天天跳操,周周瑜伽,为什么还是肉鼓
鼓的?最气人的是有一次我去超市,结账的时候收银员居然悄悄
地摸我的肚子。我索性拉起衣角冲她吼:看看看,都是肉!是肉!
我自己吃出来的肉!"

海上芳邻

姗德拉笑得差点断气:"亲,我好同情你。别生气了,我告诉你一个方法,保准你不用节食又不用锻炼,还保持时间长久永不反弹。"

"好的好的,快说快说!"对方急不可耐地凑上来。

有了共同的秘密,基本上已经把对方视为死党了。此刻,两个女人越聊越起劲,完全无视周遭严肃的商务环境,硬是把庄严肃穆的办公场所变成了两个女人的私房美容院。姗德拉清楚地看见对方的脸色和肩膀一点一点地松懈缓和下来,她忽然想起什么似的说:"差点忘了,我有礼物送给你。"

作为女性,姗德拉通常会储备一些具有上海特色或者民族风情的小礼物,比如,一个旗袍形状的钥匙圈,一块织锦缎的鼠标垫,一个青花瓷的 U 盘,一把雕刻了东方明珠和外滩天际线的檀香扇……每次都能让老外收获意外的惊喜。她从拎包里拿出一本书:"虽然我们今天是第一次见面,但在贵公司的销售总监那里对您有点了解。我在读这本书的时候,就觉得它特别适合您。"

"为什么呢?"行政人事总监好奇道。

"因为书里'打工皇帝'的经历与您非常相似,有共同的教育背景,类似的国际舞台工作经历,甚至非常相近的商业战略思维。"恭维一个人,有很多方式。

行政人事总监被勾起了强烈的好奇心:"哦,那我一定要好好看看。"她接过书饶有兴味地翻了几页："说实话,每天给我打电话的人不计其数,像你们这样的公司太多太多了。不过你还是让我感到了你们的不同。所谓'世上无难事,只怕有心人',其实所有的事情都不难,难的就是'认真'二字。"

姗德拉深深赞同,大有相见恨晚之意,把身子又往前倾了一点儿。一直以来,她发现自己总是很容易跟同性沟通,并且总能得到同性的认可,这与"同性相斥"的生物规律大相径庭。她将这归功于自己的坦诚——在同性面前,她低调、坦白、诚恳、接纳、赞美。还有,就是自己平常不过的容貌。总之,她于对方是没有一丁点儿敌意和威胁的,哪怕是外表上的侵略都不曾有过,没有盛气凌人的美貌,她的气场是亲和而谦卑的。

所有的订单都不可能一蹴而就,销售是门艺术,需要掌握好工作节奏,姗德拉深深明白这个道理,她主动提议："要么,我们先不签协议,您先介绍一两位客户试试看。如果觉得好,再跟我们公司签代理协议吧。"

"好,我们先试试看!"这次对方答应得非常爽快。

良好的开始是成功的一半。姗德拉一路脚步轻松地回到西区自己的办公室里时,已是午饭时分。

在姗德拉的心底,一向隐藏着小小的自卑。她个子矮小,其貌不扬,不善打扮不懂时髦,从不会像她的同事和写字楼的那些

海上芳邻

小姐一样,穿黑色露脐紧身短 T 恤,包裹得线条分明的牛仔裤,脚蹬十厘米以上的"恨天高"照样健步如飞;甚至一度有神秘女郎在公司附近出没,彼女虽然脸上戴着超大口罩,成功地掩护了整个样貌,姗德拉还是从熟悉的背影和走路姿势判断出,她是坐在楼下接待台的 A 小姐。

女同事们的唇色如上海暖冬越来越离谱的气温一般诡异莫测,可以随时从诱惑的大红变成诡魅的深紫,棕色丸子头也忽然变戏法般地散开变身金毛狮王……而她呢,发型几乎永远一成不变地清汤挂面,裙子必至膝盖,而装着女孩所有秘密的手提包里,也终年仅有一支接近唇色的 Chanel 57(口红色号)。

当那些写字楼里的小姐高昂着各种造型的头颅,如女王般一路踩进办公室时,她顿觉气馁,暗叹自己落伍而老土。因此每次路过长长的镶满镜子的走廊,她总是一溜烟儿地加速掠过,仿佛那里面有无数双眼睛挑剔地看着她。

隔壁行政人事部的苏珊过来拍拍她:"亲爱的,我等你一起吃午饭呢。"这个高个子的东北姑娘总是想着她。有朋友真好,她略微踮脚给了苏珊一个热烈的拥抱,然后告诉她自己还有点儿事情要处理,晚些再去吃饭。

劝走了苏珊,她坐到自己的位子上,打开电脑。不知从什么时候开始,她养成了随时检查邮件的习惯。对于现代销售来说,几乎所有的客户联络都是通过电子邮件来完成;尤其是做涉外服务这一块,所有的客户都习惯写邮件,仿佛没有了电脑,嘴巴就不会说话了一般。更不要说绝大多数客户来自于海外,"兵马未动,粮草先行",来上海工作之前他们得先把自己的住处给解决了。

一天未看,邮件便堆积如山。除了正常的客户往来,邮箱里还有一封奇怪的邮件。姗德拉好奇地点开它,里面这样写道:

亲爱的姗德拉小姐:

很冒昧地给您写这封信。如果让您觉得唐突,我感到很抱歉。

我是今天上午,您到我们公司来时看见的那个坐在办公室里的家伙。我擅自从同事那里拿到了您的 E-mail 地址。当时您经过我的办公室,那样看着我,眼睛里仿佛藏有什么东西,让我觉得您好像有很多话要对我说。我们有过交往吗?我们以前认识吗?

如果都不是,只是我的猜测和误解,那么我很抱歉。

而我此刻的心情就像拿破仑初遇约瑟芬时所写的那样:

自从与您分手以后,我一直闷闷不乐,愁眉不展。我唯一的幸福就是伴随着您。您的样子给了我无限的思索和回味。我迷人的约瑟芬的魅力像一团炽热的火在心里燃烧。什么时候,我才能在您身旁度过每分每秒,除了爱,您什么也不需做;除了向您倾诉我对您的爱并向您证明爱的那种愉

海上芳邻

快,什么也不用想了。我简直不敢相信不久前爱上您,自那以后我感到对您的爱更增一千倍。拉布吕耶尔说"爱,突如其来",多么不切合实际。唉,请让我看到您的一些美中不足吧。再少几分甜美,再少几分优雅,再少几分温柔妩媚,再少几分姣好吧……相信我,我每时每刻无不想您,不想您是绝无可能的……

如果有可能,我希望明天晚上七点在餐馆见到您。

能收到您的回信我将会觉得无比幸福。

您忠实的,

皮埃尔

这封堪称经典情书的商业信件,让姗德拉足足愣了好几秒,天天跟老外打交道,各种搭讪方式没少见,这么浪漫而有艺术性的,倒是第一个。她有足够的理由推断这个老外一定是法国人,只有法国人才具有那种深入骨髓的浪漫。对他们来说,浪漫不是罪,不懂浪漫才是最不可饶恕的平庸。

第二章

"海龟"出没

海上芳邻

再过两分钟就九点了!姗德拉抓着拎包急匆匆地奔进"乐士诚"大楼,直冲进电梯。还好,高峰时段难得电梯空无一人。她喘了口气,用电梯的金属板反光来检查自己的妆容,一时忘乎所以,甚至都没注意到有人进来。

见姗德拉的身体趴在那里遮住了楼层按钮,那人也默不作声,安静地待在电梯的另一个角落。直到姗德拉警醒过来,发现电梯里居然还有另外一个人,自己刚才挤眉弄眼的傻样都被对方看个正着,忍不住吓得"啊"了一声,低头退了两步。

那人顺手按下楼层键,笑道:"不用照啦,已经很美啦!"姗德拉大窘。电梯门一开,飞也似的逃了。

姗德拉很乐意整理自己的办公桌,这是她每天必做的功课,她始终觉得,办公桌就是人的另一件外衣!与通常女孩子姹紫嫣红的办公桌不同,她喜欢干净清爽的模式,不需要的东西全部收进抽屉,桌面一目了然,但必有一小盆绿色植物,或一支玫瑰花。刚开始同事们还大惊小怪,打趣那是某某追求者送的礼物。她淡淡一笑,也不分辩,照例一周给自己一朵玫瑰花。取悦自己,每天有份好心情,最简单也最必需。久而久之,大家也习惯了,对她这点小小的癖好甚是宽容,反而觉得没有了她桌上的时令鲜花便没有办公室的四季。素日要好的同事,也会在她外出的时候给她的花儿草儿浇浇水,晒晒太阳,它们成了办公室的宠儿。

苏珊蹑手蹑脚地过来，弯腰附在她耳边悄悄地报告："刚才门口有俩'歪果仁'，说要找办公室，我把他们俩带到小会议室了。你赶紧过去吧。"

姗德拉心领神会，在她脸上轻轻拍了两下："谢谢，亲爱的，帮我叫两杯咖啡好吗？"

作为一家大型的房产咨询公司，"乐士诚"分工细致，功能齐全。根据物业类型分为：商用物业部和住宅部。商用物业部虽然包括商铺、厂房和办公楼的咨询业务，但以目前的人力物力，以及市场需求情况，主要集中在办公楼业务上；住宅部又细分为：别墅（含 Townhouse，就是通常所指的联体别墅或排屋）、公寓（含酒店公寓）、老洋房等。具体的咨询业务根据交易方式来分，又分为租赁和买卖。也就是说，"乐士诚"的营业内容，就是协助和指引目标客户去租赁或者买卖物业（房屋）。

姗德拉夹着笔记本推开小会议室的门，迎面一尊庞然大物堵住她的视线。这个快要从椅子里溢出来的超级胖子挣扎着站起身来，以超级汉堡的模式握住了姗德拉的手，然后很有礼貌地介绍了自己——德国人，他任职的伊莱亚斯机械制造公司计划来中国投资建厂，派他来上海做前期市场调查，第一步是设立一个上海代表处，便于进行联络工作。按照政府的相关政策规定，他们必须有一个合法的办公地点。

姗德拉赶紧满面春风地递上自己的名片，嘴里念叨着"很高兴认识您"，先递给胖子，然后是旁边那位。

天哪！姗德拉心里一声惊叫——居然是电梯里碰到的那个男人！

胖子介绍说这是林，他将是代表处的首席代表，以后有什么事就直接跟他联系。

暂停键被弹起，画面重新活动起来。两个中国人用英文互相道着"很高兴认识您"，彼此伸手触碰一下，完全程式化的流程，一点儿都不热情。林接过她的名片，微微皱了下眉头："我还没有名片。"

一件蓝色牛津布衬衫，一条灰色休闲裤，一双棕色软皮鞋，一个常规电脑包。没有名片，不穿西装，腕上无名表，指上无钻戒，若是手中执一串佛珠再穿套香云纱什么的，简直就是一位世外高人的形象。姗德拉用眼角扫视完毕，心里有点不屑，她是武装到牙齿，他却卸妆到彻底。

胖子具有德国人的共同特点，严谨、认真。无论被问起时间、地点、预算、进程等任何问题，他总喜欢说"让我看看记事本"，好像离了记事本脑子就一团糨糊。他一直问这问那，问得很仔细，并不时在他的"万宝书"上做笔记；而林，虽然同样手握"万宝书"，自始至终却没讲过一句话。即便姗德拉直视他讲解的时候，他也只是"嗯嗯"两声以示回应。

书呆子！这就是林给姗德拉留下的第一印象。天生的疏离感,带点骄傲和冷漠,像所有那些学技术出身的"海龟"一样。她甚至不知道他完整的名字,记不清他的长相。

"乐士诚"是一家集团公司,除了姗德拉所在的咨询公司,还有做房地产开发的公司。姗德拉天天来上班的这栋涉外写字楼,就是集团的产业。除了顶层66楼是集团自己用来办公以外,余下所有的楼层都用来出租,以获取稳定的租金收益。红极一时的P2P公司由于近期兑付困难而纷纷倒闭或者跑路,曾经财大气粗地租下"乐士诚"整层楼面的那家客户也未能幸免,壮士断腕忍痛撤出,第25层整层空出来。因为近来市场不是很好,一直也没找到合适的新客户,在空置了几个月之后,老板终于同意将之分割成小面积出租。

林就在这个时候出现了。这次他是一个人来的,胖子已经回德国了。本着先到先得的原则,姗德拉向他推荐了景观最好的东南角那一块:两面都能享受到充足的阳光,在上海寒冷的冬天尤为珍贵;落地玻璃幕墙外面正对着一片市政绿地,视野开阔,在工作之余是很好的调剂。她去苏珊那里领了钥匙,带着林去看25A办公室,发现玻璃门的弹簧锁竟然装在顶上,而通常玻璃门的锁是装在门脚,她蹲下来就能轻松搞定。也许,之前的那家租户为了方便人高马大的员工,进行了改装吧。

姗德拉不得不踮起脚尖,举着钥匙奋力去够上面的锁孔。那

海上芳邻

天她穿了一套深色套装,羊毛呢子紧紧地裹在身上,细致地勾勒出玲珑的曲线。因为踮脚向上的姿势,本来不到膝盖的裙子顿时缩到了大腿根部,腰肢也因为伸展变得更加纤细绰约了……

这一幕,就如同一道闪电,深深地刻在了林的脑海里。很多年以后,林每每回忆起这一幕,总是无限神往地说:"那天,你穿了一套制服……"

姗德拉一直不明白,为什么男人一看到穿制服的女子便会觉得诱惑无比。比如空姐,比如大公司的销售总监,比如高级写字楼里的前台……诚然,整体感、工艺上乘、制作精良的制服,穿起来的确能凸现气质,外观养眼。也许,当无一杂色、无一多余布料的制服裹着散发女性馨香的身体时,在男人眼里,就等同于一张皮肤,因此男人得以名正言顺地透视女人的身体。说穿了,制服诱惑其实就是对身体的渴慕。直截了当的反而没了意趣,没了想象力。有这么一层精巧的掩饰,犹抱琵琶半遮面,更能启发男人无限的想象空间吧。

姗德拉奋力开锁,数次尝试未果,不由得大为着急:"我够不着啊!"

在一旁始终不发一言的林突然蹦出一句:"我抱你上去就够得着了。"

姗德拉吓了一跳,很怀疑这句话到底是不是从正儿八经、不苟言笑的"书呆子"嘴里蹦出来的。但是,她四下看看,这一层楼里,除了他们俩,再无旁人。

　　林对她难以置信的神情置若罔闻，泰然自若地从她手里取过钥匙,轻松地把门打开了。

第三章

"假公济私"的约会

快下班了,外出"狩猎"的销售人员纷纷回巢,因为公司规定要打卡,这个时间点反而是一天当中人员聚得最齐全也是最轻松的时候。男同事开始讲段子,女同事开始描眉画脸,有的甚至已提前进入预备程序,去洗手间脱掉中规中矩的套装,换上闪闪发光的黑色紧身裙,神色甚是高冷,潜台词是——我有约,别烦我。

姗德拉正对着手机研究高德地图,一只"熊爪"重重地搭上了她的肩头。

"姗德拉小姐晚上也去约会呀?难得,赶紧打扮得漂亮点。"财务经理嬉皮笑脸地对着她。他总是这样,不放过任何一个可以与异性肢体接触的机会。

姗德拉的肩头瑟缩了一下,却不好意思走开,对于这种赤裸裸的狎昵,她总是缺乏反击的勇气。

"啪"的一声,苏珊干脆利落地打掉那只"熊爪",大声呵斥道:"又想'吃豆腐'?你总是这德性,逮谁都摸摸拍拍!也不看看自己是谁?!"

财务经理是公司著名的"花心大萝卜",自己明明有老婆孩子,还一直绯闻不断。若是在外面恣意妄为也就罢了,最多算个人隐私,大家无权干涉,可他却毫不收敛,在办公室里也不断拈花惹草。

财务经理被人当众拆穿心思,脸上有些挂不住,转向苏珊准

海上芳邻

备开战:"关你啥事?"

苏珊毫无退缩,一双杏眼火力十足,逼视着与她视线等高的猥琐男:"就关我事了!我就看不惯你这种德性,小样儿!以为别人都好欺负呢!别以为人人都怕你。你再敢碰她我就跟你没完!"

高个儿的苏珊站在面前就好似一尊门神,财务经理突然觉得自己矮了一截,他就像被戳破了的气球,眼见着就一点点蔫下去了。所谓一物降一物,在公司一众莺莺燕燕里颇为吃得开的他,每每到了苏珊这里总要吃瘪,因为苏珊根本不是女孩子,而是彻底的女汉子;还有另外一个心知肚明的重要原因,是苏珊在行政部不可替代的地位——她那一手计算和统计的绝活儿让老板分外倚重,几次猎头都没把她挖走。老板的红人,谁敢开罪。

众人假意劝解,财务经理借机悻悻地离开。

姗德拉感激地看了苏珊一眼,虽然出生地不同,身高对比强烈,兴趣和专长迥异,但不妨碍她们成为朋友。苏珊擅长计算,脑子就是一台功能强大的 16GB 联想电脑;姗德拉对数字不怎么敏感,走到哪儿都像鱼儿离不开水一样离不了计算器,幸好所有的手机自带计算功能,苏珊常常嘲笑她"不是上辈子不缺钱,就是大脑发育不完全";但姗德拉也有自己的长处,她善于沟通。所以,她们俩天生就应该是一对战友,姗德拉冲锋陷阵,苏珊提供后援。必要时,随时增援直接加入战斗。就像刚才那样,在公司里,苏珊就是她的守护神。

　　六点五十分,姗德拉已出现在预定地点。不迟到,是她一贯坚持的职业操守。在门口来回踱了几步,她犹豫着应该把今天的会面划入什么样的范畴。若是商业会面,自然需要提前到达以示重视;若是异性约会,恰到好处的小小迟到岂不更显微妙。门前的马路上人来人往,有拎着公文包步履匆匆的下班族,也有好像被胶水粘在一起正在轧路觅食的情侣;路边一字排开的餐馆食肆灯火通明,透出难以抗拒的诱惑气息。很明显,现在是非工作时间,她是非工作状态的小女人。

　　七点零五分,她准时推开与周遭无异的玻璃门,发现招牌居然在里面——姗德拉的餐厅。以她名字命名的餐厅?正确地说,跟她同名的餐厅!果然是外来的和尚会念经,客居上海的法国人皮埃尔,居然找到一家跟她同名的餐厅,用心不可谓不良苦。这小小的惊喜让她对接下来的会面充满了期待。

　　姗德拉好奇地在老旧的洋房客堂里东张西望,有人踩着木质楼梯"吱吱咯咯"地下楼来,姗德拉一眼就认出了他。他约莫四十五六岁光景,正是男人最好的年纪;身量高大魁梧,灰蓝色的眼睛,头发整齐地往后梳着,既显得风度翩翩,又透着一股良好的教养,整个人帅得好像《罗马假日》里的格利高里·派克。

　　姗德拉有一刻的呼吸暂停。

海上芳邻

这个高大的男人此刻向她伸出手，热情地高唱颂歌："晚上好，亲爱的姗德拉小姐。感谢您能来！我感到太荣幸了！"他温暖的大手结结实实地诚心诚意地握住她迟疑不定的小手，一直到他圆满唱完整支颂歌。

姗德拉如沐春风，配合地让自己的手躺在他的手心里，认真地聆听他的颂歌，并面带微笑，在他每唱完一个章节处点头，表示接纳他的赞美和好意，并感同身受。

他握手的力度掌握得非常准确，像他这样的庞然大物，若是不知轻重地略一用力，姗德拉的小手立刻会被捏碎；若是太轻，又显得太轻描淡写，不够热情。

他的身上隐隐约约透出一股好闻的古龙水的味道，显然将"武装"做到了更高级，不喷点香水，就像女人出门不化妆一样吧。

姗德拉又有一刻的呼吸暂停。她感觉今天脑子有点缺氧了。

服务小姐识趣地站在一边，待两人一唱一和尽兴，才乖巧地引领他们上楼就座。这是一家用老房子改造的餐馆，整个一楼被奢侈地用来做装饰和接待，昏暗的灯光，豪华的古董电话，极尽妖娆的月份牌；铜质电扇不紧不慢地在头顶盘旋，周璇尖细柔媚的声音含糊不清地从唱片机里传出来，好让人一进门就成功地穿越到三十年代的旧上海；二楼开始才是正文——这些以往的卧室、书房甚至亭子间，均被用来作为不同的就餐区，以便分别照顾吸烟和非吸烟的客人；即便是同一个房间里的不同座位，也细心地用屏风隔开，既起到了装饰作用，又保证了彼此的私密性；每张桌子上都铺着雪白的台布，外加一盏铃铛，若是有需要，就轻按一下，"叮"的一声，服务生必如魔法师般应声而现。

他抢先一步为她拉开椅子。姗德拉知道，按照西方礼节，男士要为邻座的女士拉开椅子，等女士落座后，自己才能入座，遂虚心领受。

服务生殷勤地给每人送上一份菜单，然后悄然离去。皮埃尔根本就没有打开菜单的意思，他的目光一直停留在姗德拉身上。"我希望由您来点菜。这将是我的荣幸。"

"那么，请问您喜欢什么？或者，不喜欢什么呢？"

"只要是您选择的，就是我喜欢的。"无懈可击的答案。

姗德拉不好再推辞，只好低头纠结地研究菜单。

皮埃尔见状体谅地说："在法国，好的餐厅通常提供两份菜单：一份是给男士看的，上面标有价格；另一份是给女士看的，上面只有菜名而没有价格，这样方便女士自由地选择她们喜欢的菜肴。"

姗德拉牵动了下嘴角，最终决定参照"厨师推荐"和"本店特色"，荤素搭配地点了三菜一汤，算是完成了这项光荣的任务。

一身用人装束的服务生适时冒出来，接过菜单，再度礼貌地消失。

海上芳邻

身穿深灰西装的皮埃尔显得很有风度，他灰蓝色的眼睛温情脉脉地看着她,脸色因为灯光而分外柔和。因为专注,显得他魅力十足。

姗德拉怦然心动。

"我离婚了。而你,还这样年轻。"

这么直接的开场白，姗德拉一时不知该如何开口。她很想说,我不年轻了,已经三十岁了。只是人种的关系,老外看中国人都觉得年轻。

好在皮埃尔及时更换了话题:"姗德拉小姐,您的名字真好。您知道这个名字的意思吗?"

姗德拉——还是读大学时那个牛津出身的英语教授给她起的洋名,据说这个名字能给人两种印象:聪明的金发女子,坚决而有自主权;丰满的女人,声音甜美、个性随和。简单地说,就是内外兼修的意思,非常符合那个对她暗生情愫的教授心理。她毕业后一直在外企混,没个洋名儿怎么行走江湖?这个名字就一直沿用下来。但,她总不能在老外面前王婆卖瓜吧。于是,她只好继续伪装无知少女。

"这个词根来自意大利,在意大利语里,'姗德拉'是聪明且有智慧的意思。"皮埃尔缓缓道来,其实是拐着弯地赞美。

"让您失望了。"姗德拉一哂。

"不,不。"皮埃尔急急忙忙地解释说,"名如其人。您的确就是一位聪明而有智慧的女士。而且,还是一位美丽的女士。认识您,我感到很荣幸。"

"美丽?"姗德拉诧异地看了他一眼,很少有人说她美丽,尤其是老外。他们喜欢的,往往是苏珊那种高挑的身材,或者销售部其他女孩那样浓艳夸张的外表。而面前这位的审美口味……该不是他擅长的"外交辞令"吧?

皮埃尔给出了非常肯定的答案,他正色道:"您的头发,闪耀着黑色的、自然的光泽;您的眼睛,跟您的头发几乎是同样的颜色,那种瑰丽的、可能隐藏着我不了解的故事的深邃;您的服装,带有非常独特的东方的韵味……这些都是我没有见过的,我觉得非常美。绝对的!"

姗德拉低头看看自己的衣服,她今天穿了一套掺杂傣族风格的浅紫色套装,圆领的收腰短上衣,露出她修长的脖颈;衣襟上的两道绣线,隐约勾勒她玲珑的曲线;紧紧压着胯部却一路倾泻至脚踝的筒裙,上面撒满了素色百合花……

早上去见客户时,姗德拉破天荒地穿了一条牛仔裤。这完全不是她的风格,职业套装加黑色高跟鞋才是她面见客户时的标配。可是,这一次她要拜访的是某大牌 T 恤的上海首席代表,这家伙长得酷似"帕瓦罗帝",却未必有"帕瓦罗帝"的好品位。上次去他公司时,发现他的助理 X 小姐,剃得短短的男孩一样的板

海上芳邻

寸头,根根头发打着摩丝,利落清爽;外罩黑色短西装,内衬大红低领蕾丝 T 恤,下面居然是条旧旧的脱了线的牛仔裤!不错,整体造型酷酷的,但是,也忒不正式了吧？在姗德拉的概念里,上班,就等同于中规中矩的西装革履。可是,来自外星球的"帕瓦罗帝"竟然赞不绝口,口口声声称"这才是中国的漂亮女孩"。姗德拉在心里把对方鄙视了千百遍。在她眼里,X 小姐只是很普通的五官,很一般的身材,男孩一样的打扮,顶多看起来比较精神吧,怎么也跟漂亮搭不上边。后来她再一想就明白了,说不定人家"帕瓦罗帝"就钟情朋克风呗。

摆酷谁不会?!今天拜访,姗德拉立马穿了条牛仔裤,配了件镶嵌珍珠的小皮夹克。"帕瓦罗帝"一见果然两眼放光,赞不绝口,并慷慨地允许姗德拉在他的样品间挑选喜欢的衣服。

姗德拉在一排排样衣之间来回巡视,想找一件适合自己的尺寸,但这事儿似乎不太容易。这些仅供出口的欧码服装大多不适合中国人的身材,即便是 XS 号,穿在她身上依然是巨大无比。

跟在她身后的"帕瓦罗帝"又发现了新情况,他毫不客气地批评道:"没有屁股。"

姗德拉没防备这么一招,她的脸"腾"地红了。心里兀自不服:东方人的身材不都这样吗？纤细扁平,哪里赶得上西方女子凹凸得霸气,牛仔裤本来就是替她们设计的。以她的玲珑细

026

巧,怎么驾驭得了那种野蛮夸张的粗粝,肯投其所好已经是勉为其难。

姗德拉一时很不自在,不由得低下头,眼光也开始游移,几根发丝垂到她粉粉的脸庞,似是要去竭力遮挡她的窘态。她表现出来的这种陌生的羞涩,令"帕瓦罗帝"倍感新鲜好奇,也心有所动,忍不住伸出手去,把她揽在怀里,爱怜地柔声呼唤:"姗德拉,我的小姗德拉,我很抱歉。"

姗德拉正默默地消化自己的尴尬,"帕瓦罗帝"突然发话:"你家?还是我家?"

姗德拉愣了一下,才明白自己遭遇到赤裸裸的挑战。她的脸再次火烧火燎起来,一时不晓得如何应对才好。

断喝一声"流氓",然后一个耳光,趁对方没反应过来扬长而去?显然不合时宜。

顺从对方的心意?那就是违背自己的心意。

故事进行到此,眼看快要卡壳。姗德拉一边飞速转动大脑搜索有效的法子,既解决当下困境,又不使对方难堪。毕竟,对方是客户,又不是色狼。

很不幸,目前她的大脑储存中尚未有相匹配的答案。

"去我的房间吧。""帕瓦罗帝"继续建议,灰蓝色的眼睛深情款款地看着她。

姗德拉终于还魂,她笑笑。上海好人家的女儿是不屑于这样的,不靠艳遇邂逅来攀高枝,也不像八爪鱼捞到篮里就是菜。她要好好地爱惜自己,懂得适时进攻,懂得全身而退,给自己找个好人家,后半生过上舒适的生活。这舒适,包括省心省力。

"帕瓦罗帝"仍在不明就里地穷追猛打:"那么你喜欢哪里?"

姗德拉支支吾吾半天,终于冒出一句:"下次吧。"这种模棱两可的托词倒是以不变应万变,放之四海皆准绳。

"帕瓦罗帝"当真了,兴高采烈地期待:"好的!下次吧!你给我打电话!"

唉,来自外星球的"帕瓦罗帝"们如何理解中国女人含蓄被动的美?即便拒绝,也自然地带着一种委婉。

一回到公司,姗德拉立即换掉牛仔裤,好像扔掉一件破损的外壳。况且,因为晚上的约会,她早就做好了准备,那才是她更偏爱的风格,那才是她的菜,在那样的包装里,她才舒服自在。还有,最关键的一点,晚上的这位老外,识货,他居然懂得欣赏民族特色。姗德拉的心里竟然涌起一份惺惺相惜的知己感。

的确,在皮埃尔的眼里,虽不知道这套有趣的服装出自何种品牌、来自哪位设计师,可眼前这位可爱女士的"中国式筒裙",就如同香奈尔一样经典优雅,闪动着不动声色的性感。在彰显女性美丽的程度上,它们做到了异曲同工。

见姗德拉没有开口,他及时转换话题:"您的英语说得真好。

在哪里学的呀？"

"就在这里呀。我还从未离开过这座城市呢。"姗德拉略感赧然。

皮埃尔觉得不可思议，作为曾经的外交官，他对此颇有研究："通常中国人说英语会比较生硬，因为他们常常通过上课和书本来学习语言。而你不同，你的英语说得非常自然，还有，你会有语气、神态、手势等等辅助，感觉很不一样。而且，你说的是地道的美式英语，听起来应该是在美国或什么地方待久了才会染上这样的语音。"

"谢谢。"姗德拉刚刚知道，原来她一直说的是美式英语，之前自己从未注意过。语言是一种工具，而不是一个代表荣誉的学分。只有在环境里才能显示它的价值和生命力，一旦离开环境，它就是一朵枯萎的花朵。

就在他们彼此寒暄的时间里，服务生已经乖巧伶俐地把菜上齐了。几块翠绿色的豌豆酥静静地卧在巴掌大的小瓷盘里，精致的，迷你的，让人不忍下箸；娇艳的玫瑰花瓣烘托着虾仁，一粒粒晶莹剔透如籽玉，花瓣不只是装饰，要把它与虾仁一同咀嚼才是这道菜的精髓；松子和鱼米，两种食材经过优秀的刀工之后形同米粒，协调地混合在一起，共乘一叶水嫩的生菜，不必费力切割，不用担心被鱼刺卡住；一盅清淡的菌菇汤，天然却稀有，正是所谓低调的奢华。虽然有几道菜，因为分量委实迷你，他们只能小心翼翼地斯文地浅尝辄止。

皮埃尔彬彬有礼地做了个"请开动"的手势,等姗德拉拿起筷子,自己才动手。出乎意料,他使用筷子的手法非常娴熟,跟普通中国人并无二致,公筷、私筷、调羹、筷架、酱碟……各种餐具的位置和用途绝不会搞错,好像已经吃了一辈子"圆台面"的"老克勒"那样。姗德拉不由得好奇地问:"您在法国也经常吃中餐吗?"

皮埃尔把筷子横放,以免筷头指着别人不礼貌。"是的。我喜欢中餐,也常常吃中餐,在巴黎和法国的很多城市都很容易找到中餐馆。当然,味道不能跟这里的相提并论。好在,我很幸运,可以来中国,品尝到这里非常正宗的美味中餐。哦,我在上海发现了非常多的好的餐厅。"说到中国的餐厅和美食,皮埃尔不免眉飞色舞起来。"俏江南""小南国""鲜墙房""南伶""鹭鹭""小桥流水"……凡是上海流行的菜馆他都能如数家珍。

姗德拉惊奇地睁大了眼睛,这老外也太会吃了,太对她的胃口了——她也是吃货。于是,她兴高采烈地跟皮埃尔讨论那些餐馆里的特色菜,并且更专业地在皮埃尔的榜单里又添加了"保罗""南麓·浙里""福1039"等这些更私密的深藏弄堂里的本帮及江浙菜馆。

食物不仅满足人类的口腹之乐,更是一种深入大众的文化,它在中华民族悠久的历史中占据着极其核心的地位。人与人之间,可以用食物来传递情感,维系各种关系,食物成为陌生人交流的纽带。

"我喜欢吃,喜欢美食的人就是热爱生活的人。"她说。

"我非常同意您。很高兴遇到与我一样的人。"他说。

吃货的世界外人不会懂,可是,他们自己懂,并且,很自然地成为走进彼此心灵的敲门砖。

"您的选择太棒了!它们都是这家餐馆的精华。谢谢!"

"菜的味道非常鲜美!我很喜欢。谢谢。"

"这是我吃过的最出色的上海菜!谢谢您的推荐!"

……

皮埃尔"谢"不离口,令姗德拉一路"不客气"得心烦。后来她都搞糊涂了,不知道今天究竟谁请客,也不知道自己到底来干什么。明明是人家花钱请客,却搞得自己像圣驾亲临似的。老外也真是矫情,给他指个路要"谢谢",让个道要"谢谢",递个盘子要"谢谢",凡是举手之劳都要"谢谢",甚至,像现在,姗德拉接受邀请来赴他的晚宴,皮埃尔也会郑重其事不厌其烦地道谢——

"谢谢您的光临!"

"谢谢您的美丽!"

啧啧啧,这种肉麻的话都说得出来?

姗德拉不得不想起"马屁精祖师爷"和珅和大人是怎么奉承乾隆爷来着。但是,且慢,两者有着本质的不同。老外说这句话

海上芳邻

表明他是真心实意地欣赏你，也许你为了和他的见面专门去挑了衣服化了妆，安排了时间精心选择浪漫的、至少是合适的场地或道具。你所做的一切必须不露痕迹，但他能够明白并体谅你的心思，并为此表示衷心的感谢。场面上的男女，既不能大煞风景地啰啰唆唆，又不能不解风情地揭穿你苦心营造的掩饰，一句"谢谢您的美丽"真是贴切到头发里了。

只是太过夸张便叫人受之有愧。姗德拉深知自己并非通常意义上的"美丽"，能得到"气质不错""看起来舒服""很特别"的评语，对她来说已经是很高级别的赞赏了。她一直安于自己普通如沙砾，直到某日女同事苏珊突然发现新大陆一般嚷嚷："亲，你的眼睛好美啊，眼珠子是琥珀色的，眼皮有好多层。我要是有这样一双眼睛，一定把它画得很漂亮。"这一句话，就像划过夜空的一道焰火，突然点亮了她的心。她开始留意女人们的妆容与装扮，不单单是女同事的，也有女客户的。一般来说，外国人喜欢浓妆艳抹，中国人偏爱淡扫娥眉。其实也并非刻意为之，而是欧美人天生五官立体，毛发浓厚，略一加强，便显得浓墨重彩、弹眼落睛；还有，外国人常常喷浓烈的香水，人走过后气味经久不散；外国人穿衣，款式简单，经常一件正装或牛仔裤，靠饰品来点缀提升品位和整体效果，而那些饰品并非想象中的金银珠宝，往往是条金属项链，或是一条颜色鲜亮的小围巾。相比之下，中国人对服饰的讲究更显天马行空，不仅在款式上日日翻花样，胸针、项链、耳环、发饰、戒指、长短围巾、日常拎包、与服装相配的鞋子等等,层出不穷。总之争奇斗艳,各有各的美,就看你好哪一款。

姗德拉被各种牵强附会的感谢词绕得七荤八素,一顿饭就这样结束了。

皮埃尔与她握手道别却没有任何放手的意思,只一味温情脉脉地看着姗德拉:"我们是不是还少了点什么?"

搞不清楚状况时,最好的办法是以不变应万变。姗德拉只好保持微笑,眨巴着眼睛等待下文详解。

"按照西方的礼节,如果送女孩回家,不亲吻她,女孩会很伤心的。因为,她会觉得自己没有足够的魅力。"

什么逻辑?抱歉,这里是东方!姗德拉心里说。她抽出自己的手,客气地挥一挥:"晚安。"转身离开。无论如何,今晚的约会,比那种赤裸裸的"你家?还是我家?"高明多了,也更称她的心。

皮埃尔在床上翻来覆去,"北欧家居"2米×2米的大床垫并没给他多大的安抚,他脑子里像没整理过的仓库,塞满了杂七杂八的东西。楼道里传来"砰"的一声巨响,他知道,一定是隔壁维克多回来了。这家伙近来总是深更半夜才回来,也许跟上次酒吧遇见的女孩正打得火热吧。他总是把那女孩带回来,早上总是迟起,上班也总是迟到,好在,大多数的法国企业,并没有打卡这一说。这个民族,对泯灭他们自由天性的仟何行为都深恶痛绝。那是他的隐私,不关我的事。皮埃尔耸耸肩,今天他可没空想维克多,他有自己的心事要想。

皮埃尔是个天生的艺术家,任何时刻任何地点都能从普通的事物中发掘出它的美来。早在大学时代,他就选择了艺术作为自己的专业,他还弹得一手好钢琴。经过几年的深入研习,他变得更系统了,不同的地域孕育了不同的文化,也展现了不同的美,这种差异化极大地丰富了艺术的宽域和纵深,更叫他如痴如醉。毕业后,他醉心于探索各种没有见过的新鲜事物,喜欢流连于各种人文风情的城市,所以,他聪明地选择了外交官作为终身职业,这对于他,意味着一个窗口和契机,在规律性的轮班中,他能体验不同国家不同民族的独特风情。后来,离开了外交领域之后,他也像其他同事那样,被聘为世界500强国际性公司的战略顾问。来上海赴任是他期待已久的,他对中国的多元化环境非常向往,甚至提前做了充足的准备,学习使用筷子,去唐人街买中国茶来喝,了解中国历史,读《孔子》,读《成吉思汗》,读《鲁迅》,即便是在中国上座率不高的文艺片《黄金时代》,他也一样看得津津有味……尽管如此,他还是发现事实跟他想象的不太一样。他见到的中国女孩,跟他认识的西方女子似乎没什么显著的不同,她们的服装风格,可能都来自巴黎的时装发布会;她们谈论的话题,由于网络的普及而显得越来越有趋同性;公司里的女同事干练爽直,从不避讳自己的观点和意见,并不像传说中的隐藏个性;生活中遇到的女孩,也并不具备中国小说里描写的那种羞羞答答、欲语还休的独特情态。矜持和保守,大概只停留在旧时代的书里,现代女子大多表现得开朗主动。

这是他想象中的东方吗?皮埃尔就这样半信半疑地过了一年多,然后突然,他遇到了姗德拉,她身上,显现了他梦寐以求的含蓄婉约的东方气质,他的梦想就要实现了吗?

上海郊区,水乡朱家角最热闹的北大街上,各色旌旗招展,茶馆酒肆林立,人来人往,叫卖声声,仿佛回到了北宋的汴京,进入张择端的《清明上河图》。

当姗德拉夸下海口"我要带你见识'东方的威尼斯'"时,皮埃尔立即满口答应:"告诉我什么时候!"她以为他迫切地想知道确切时间,就沉吟良久,将自己的日程盘算了又盘算。皮埃尔见她的神色,已经知道闹了误会,赶紧解释给她听,其实并非要她告诉具体时间的意思,而是表示"我随时奉陪"。

姗德拉满脸通红,又囧了一次。

皮埃尔永远衣冠楚楚,装扮得十分精致,整个人就是一件行走的艺术品,让人挑不出瑕疵。上点年纪的男人,最怕的就是臃肿下垂。但皮埃尔不是,他穿了件浅蓝色衬衫,系条皮带,长手长脚,玉树临风,叫姗德拉不能不喜欢,眼球就如同被施了定身术,再也挪不开半分。此时,皮埃尔好奇地在古镇上东张西望,这是

海上芳邻

他完全陌生的风景,与他了解的现代城市有着极大的区别。

大块的扎肉在大铁锅里汩汩地炖着,轰轰烈烈,颤颤巍巍,浓油赤酱,油光闪亮。坐在竹椅上的阿婆热情地招呼:"小妹啊,来一块尝尝看。阿拉朱家角的特色,老好吃额。"

"不用了,谢谢。"姗德拉一看皮埃尔的表情就自动代为拒绝。

"买两只粽子吃吃吧,阿拉朱家角的招牌大肉粽,还上过电视。走过路过不要错过啊。"阿婆继续热情地推销她的产品。

皮埃尔已经走过去了,姗德拉赶紧回应一声:"谢谢阿婆,真的不用了。"加快脚步赶上他。背后,仍然听见阿婆在咕哝:"好好的一个小姑娘,哪能欢喜跟老头子搞在一道?外国人就嘎吃香?就看中外国人有钞票咯?中国小姑娘全要贴上去。爷娘也不晓得管一管。"姗德拉心里颇为不爽,皮埃尔不是老头子,不过比自己大了15岁而已,只是外国人容易显老;他们的关系,也并不像阿婆想的那样,皮埃尔只是她的客户而已;至于钞票,她想也没想过。

忽然,皮埃尔停下脚步,鼻翼翕动,神色紧张,如临大敌:"这是什么东西?"

"什么?"姗德拉驻足四下张望,并未见任何异样。

皮埃尔皱着眉头说:"这股味道,令人很不愉快,我在很多地方都闻到过。而且……"他在自己的袖子上比比画画。

哦,姗德拉明白了,那是火锅。头顶的旗幡争先恐后地一一亮相:"本地一绝,甲鱼火锅""塘鲤鱼火锅""酸菜火锅""川味火锅"……入味的火锅,必是余味绕梁,三日不绝。

那种花椒与干辣椒混合的奇香钻进鼻腔, 姗德拉偷偷咽下口水。那味道曾经是她心头所好,连着几个冬天,她都和苏珊在火锅店度过。那东西,真好。让人暖和,叫人放开,一大帮东西南北来的人围着一口热气腾腾的锅,话也多了,心也热了,彼此的距离就近了。它能让人上瘾,从这个角度来说,与男人饮酒有异曲同工之妙。可是,火锅,也有个致命的弱点,它是那么地声色犬马、嚣张恣意,难登大雅之堂。看着皮埃尔嫌恶的表情,她赶紧澄清:"我也不喜欢。衣服上都是那个味道。"

在僻静的小巷子里他们找到一家整饬一新的农家菜馆,上楼,在临水的窗边坐下来。点菜,皮埃尔依旧把这个权利交给了姗德拉:"您的选择总是最棒的。我喜欢一切您的建议。"他微笑着热情地把菜单推给她。

捧着菜单姗德拉这次倒真的犯了难,犹豫着怎么跟他解释才好:"呃——'红灯区',我也不知道具体是什么菜。"

皮埃尔倒来了兴趣:"我们可以点来试试看,说不定是什么非常好吃的呢!"

一阵煎炒炸轰轰烈烈的厨房交响曲之后,青浦爷叔亲自把菜端上来。姗德拉定睛一看,"红灯区"原来就是辣子鸡丁,一堆

海上芳邻

红艳艳的辣椒围着几粒屈指可数的鸡丁。皮埃尔吃了一粒鸡丁就放下了筷子,倒不是对食物的失望,而是他不会吃辣。姗德拉只好赶紧交代接下来的所有菜不放辣椒。青浦爷叔嘴上应着,手脚不停地把余下的菜流水送上。

盘中两只剥了壳的卤蛋,叫"小二黑结婚";另一碟切好的猪口条加猪耳朵,就是菜单上的"悄悄情话";而"青龙卧虎",就是小黄瓜撒上白糖。

皮埃尔还好,反正搞不懂菜名和食物的关系,中国菜单对他来说永远是一本弄不明白的天书。在欧洲,只要看一眼菜的名字就对即将入口的食材一目了然,比如"红酒烧鸡""干酪土豆""腌白菜马铃薯猪肉""朗姆酒鳕鱼球"……直截了当,简单清晰。可他一到了中国就完全丧失了判断能力,有些食物,当它出现在某些餐馆里,常常被冠以与食材风马牛不相及的名字,即便略通中文也无从解释。从文字到实物之间,充满了极大的想象力和挑战性,它们之间的落差,简直是一个在阿尔卑斯山蹦极的刺激游戏。

食物的本质与价格关联度实在太低,姗德拉觉得有点上当受骗了,她不满地抱怨:"爷叔,侬店里这些菜也太大兴(虚假)了?!"

"哧——"青浦爷叔一脸不屑,"少见多怪!小姑娘,阿拉这里还没有卖'心痛的感觉'呢!"

"啊？那是啥啊？"姗德拉问。

"啥？"青浦爷叔把一杯茶叶末子泡的茶水"咚"地放在她面前——"就是一杯白开水，卖侬50块洋钿！"

姗德拉哑口无言。看到她的神色，皮埃尔心里大概明白了几分。他凑过来好奇地问："他说什么？来，告诉我吧。"

"就是——你在巴黎的餐馆里，喝一杯白水，要收5欧元。"姗德拉自作聪明地这样解释。

皮埃尔并没有笑，正色说："是啊，在巴黎的餐馆里，我们经常需要喝一杯水付5欧元。法国有一种带气的水，没有任何味道，就像你们的白开水一样。点一瓶，就是5欧元。"

这回，轮到姗德拉发呆了。

吃完一顿稀奇古怪的饭，两人散步到水的天堂。那是一栋沿河的老房子，外表看上去与古镇上其他老宅没有太大区别，进去却是别有洞天。跨过木质的门槛，绕过两道透明的灯墙围起的狭窄的通道，里面豁然开朗。老房子显然经过精心改造，内部非常宽敞，除了为数不多的几排座位(大概能容纳几十个观众)，剩下的空间都是舞台。然而，舞台与观众席并没有严格的分隔，因为坐在第一排的观众，脚下就是浅浅的一池清水，演员便在里面轻吟浅唱或是激情摇摆。演出时舞台后面巨大的玻璃门会向左右移开，水景舞台直接就铺陈出去，视线毫无障碍地延伸到河水

海上芳邻

上，以及对岸的"园津禅院"。屋、水、寺，浑然一体；灯光、水面的反光、游船上灯笼的彩光，互相交织，构建起一个特殊的舞台。

老房子本身也会发声音的。演出时，年轻的姑娘在楼梯上跳上跳下，高跟鞋发出好听的旋律；小伙子用工具在青砖白石上敲击，房子又发出不同的声响；人声和乐器声经过房子的容纳、沉淀与回应，展示的更是一种其他地方难以听到的声音。

这场音乐演出分为四场：禅声与巴赫，水摇滚，弦乐四重奏与琵琶，四季禅歌。灯光暗下来，身穿防水服装的年轻演员出场，有的坐在水池里，有的站在乐器旁边，有的出现在阁楼上；演出时间肯定经过精密的推算，当清浅的音乐响起，正是对面禅院晚课时分。僧人的诵经声与女声的吟唱互相映衬，又融合得天衣无缝。如此这般，声音在河面上来来回回，心静下来，便有一刻灵魂出窍的感觉，仿佛到了天堂。

骤然，"哗——"一盆水从天而降，灯火通明，寂静的禅声变成了摇滚。姑娘们有节奏地拍打玻璃盆里的水，穿着长筒套鞋欢快地在水池里跳起了舞，水花四溅；小伙子操起乐器随音乐左右摇摆，激情四溢；远处一小伙子手持一条粗大的绳鞭，奋力抽打在水面上，溅起丈高的水花，如一把重音的鼓槌，把节奏 high（高）到了无以复加……这一章节，是快乐的，与其说是摇滚、音乐，不如说是玩水，让观众的情绪与演员们一起，在这个水乡痛痛快快地放肆一回。

音乐最终还是归结到禅乐上来。男男女女的青春让这千年老镇焕然一新,女声欢快地歌唱朱家角,男性用力度拨动水的沉重,四处飞溅的水花给流淌千年的河水带来了生命力。音乐渐慢,水花平息,行动渐缓,气氛肃穆下来,谢幕,背后的玻璃幕墙再次打开,四位黄衣僧人赫然立于对岸寺墙边,手持白色灯笼。他们也是这场演出的主角,只是,他们平日便如此,没有刻意演出罢了。

看完演出,两人重新散步回到河边的石凳上。廊檐下的红灯笼亮了起来,喜气洋洋地排成一长串。皮埃尔为水乡风景赞叹之时,也没忘记外交礼仪:"真是一场非常精彩的演出!我非常喜欢!感谢您的推荐。您的品位与您的人一样优雅!"只要是她带他去的,他就真心欢喜,满心沉醉。他享受此地的特色,她则享受被他肯定的乐趣。

姗德拉现在已经慢慢习惯了他的称赞和道谢,她甘之如饴,只要点头微笑领受就好:"现在,您觉得朱家角跟威尼斯相比怎么样?"

皮埃尔若有所思:"没错,同样都有狭窄的街道,有繁多的水道,也有船,的确跟威尼斯很像。但是……它们还是不同的,我希望有机会我们一起去看威尼斯。"

"好,我也希望!姗德拉总结道。

第四章

顺利签单

自从上次实地察看了 25A 单元之后，不过一周时间，林就回了邮件说可以来签《办公房租赁合同》了。德国式的工作效率再一次令姗德拉刮目相看。

苏珊是"乐士诚"公司出了名的"快手"，她不需要借助办公软件的计算功能，只要看一眼租赁面积、每平方米每天的租金价格、每平方米每月的物业费，心里便自动得出了答案，包括装修期的"免租不免物业"，都没有遗漏。合同在她的电脑里都有样本，空格处改一改填一填，所有的文件都在文件柜里，平日的整理，功不可没，它们就像士兵一样整齐地排在那里。不过 15 分钟时间，合同正本一式四份、房产证复印件、涉外许可证、营业执照复印件等就准备就绪。苏珊一边准备甲方应提供的所有资料一边咕哝："这客户真爽快！要是每个客户都像他这样，我们可以省下多少买化妆品的银子啊。"对于她们来说，化妆品最大的功能，不是为了娱人悦己，而是为了抚平与客户纠缠不清而产生的烦恼和皱纹。

"是啊，动作倒是蛮快的。可惜是张小单子。"姗德拉叹了口气。

苏珊白了她一眼："亲，别那么不知足，这张小单子，佣金也差不多小两千呢，够咱们吃几顿火锅了。"

说起火锅，姗德拉突想起皮埃尔。她问："亲，你觉得，一个对火锅深恶痛绝的人，是不是一个品位高尚的人？"

海上芳邻

苏珊诧异地看了她一眼，扔过来一句："神经病！"

姗德拉带着资料陪林在小会议室签合同，林专心看合同似乎没有搭理她的意思。其实这份合同，她早就通过邮件发给他并且经过了他的认可，现在不过是走程序在上面签个字罢了。长时间的沉默令小会议室里的空气都凝固了，只听到空调出风口的呼呼声，和林翻动文件的沙沙声。

姗德拉只好没话找话："林先生持的是哪国护照啊？"现在外企工作的华人或"海龟"，十有八九持某国护照或绿卡，除了会说中文，长着一张中国脸，别的还真不好界定。

"我没有外国护照，也没有绿卡。我是中国人啊，当然持中国护照。"林头也不抬，一如既往地面无表情，看不出是在赞扬他自己还是鄙视姗德拉。

姗德拉挑挑眉，悄悄做了个怪样。

林似有特异功能，浑身纹丝不动，却以第六感洞悉她的每一个细微动作。他的语气四平八稳，波澜不惊："不理解也正常，毕竟我比你大了 5 岁呢！5 岁一个代沟嘛。"

"你怎么知道我的年龄？"姗德拉更惊奇了。

"我掐指一算就知道了。"林就是这样的冷面幽默，即便不正经的时候，也是公事公办的样子。

姗德拉知道今天铁定找不到答案了，只好老老实实闭嘴。她跟林,似乎永远不在一个维度空间里。

　　林严格按照制定好的日程,递送材料,装修办公室,订购办公家具、办公设备,开通电话宽带,招聘员工,一步一步有条不紊,一关一关水到渠成。不蔓不枝,不惊不喜,好像一切本来如此,他只是配合走完的那个人。不过个把月时间,林就搬进了新的办公室,开始了工作。现在,只等政府部门对涉外代表处的批文了。

　　因近水楼台,姗德拉趁工作间隙乘电梯到楼下视察问候。苏珊一把拉住她,悄悄示意:"若是有开业礼品,千万记得多拿一份儿。"姗德拉心领神会。不能怪苏珊贪小便宜,而是那些欧美企业或代表处太用心了。即使赠送的开业礼品,也绝不弄些印有品牌的笔呀本子呀什么的来充数,他们的礼品一般都经过特别的设计,显示着与公司品牌相匹配的不凡品位—— 一家生活用品公司的开业礼物是一个保温杯,虽然外表无奇,懂行的人稍一留心就会发现是"虎"牌系列;另一家乳制品公司送给客人的礼物甚是有趣,扁扁的如万花筒,两头密封严实,里面似有重物,来回颠倒时重物缓缓垂落,发出酷似乳牛的哞哞声,令苏珊爱不释手,干脆把姗德拉的那份也抢去了,说是两者声音不同,一头是奶牛,一头是小牛;还有一家商务公司,给参加开业典礼的嘉宾人手一份礼盒,拉开丝带,拆开漂亮的包装,里面躺着一

海上芳邻

只比半个巴掌还小的鼠标,迷你而精致,手感超好,活像一只刚生下来的鼠来宝, 姗德拉欢喜之余自然没忘了顺手给苏珊带一个……

　　林的办公室非常简单,将近 100 平方米的建筑面积,用隔板分成 3 个区域:一个是他的办公间,一个是会议室,一个是接待区,玻璃门上简单地打着代表处招牌和品牌;所谓的装修也只是在地上铺了灰色的地毯,给玻璃幕墙加装了百叶窗帘,所有的桌子椅子都是统一的式样,不显眼,不张扬,谈不上个性与特色,更别指望靠桌椅的式样来区分员工的等级;整个办公室没有任何多余的物品, 唯一的装饰就是墙上几张印刷品——关于德国公司以及产品的介绍。

　　姗德拉有点小小的失望,别的客户,通常对办公室或多或少都讲究点装修格调,再怎么也要弄个小型开业酒会,请几个关系户,发表点演说什么的,宣告公司或代表处正式成立。他们可好,能省则省,就这么悄无声息地开张了?

　　"怎么? 按照你的意思,还要大放鞭炮,锣鼓齐鸣,昭告天下不成? 再说, 现在上海燃放烟花爆竹要被罚款,谁敢顶风作案呢?"林笑她,一口雪白的牙一闪。姗德拉心里陡然一慌。

　　林难得的笑容倏然消失,瞬间恢复那张白板面孔:"德国人不搞这一套,他们比较务实,形式不重要,做好工作才是最主要的。"

看林摸出手机打电话，姗德拉好心提醒他："大楼里可能信号不太好，用座机吧,会更清晰些。"

林充耳不闻，仍在不断变换角度继续寻找信号稍强的方向,一面解释说:"办公室电话是为工作而设的，我现在需要打私人电话,所以要用自己付费的手机。"

姗德拉鼻子里"嗤"了一声:"这算怎么回事啊?一个电话,也就几分钱吧,谁会在乎这种鸡毛蒜皮的小事?"

"我在乎。"林还较真了,"在德国,每个人都懂得公私分明。上班时间绝对不处理私事,当然,下班时间也有权利不办理公务。即便有公司配的车,也绝不挪作私人用途。一切都靠自律,人人都珍惜自己的信用。至于贪污公司的财物,假公济私,更是不可能的事。"

太古板了! 怪不得养成一张糨糊面孔! 姗德拉心里深深不以为然。

"这样吧,"林看看电脑的右下角,"11:45。今天中午我早一点儿下班,请你吃个饭吧,算是答谢你帮我推荐办公室。"

平淡的邀请,不带惊喜亦无期待,但姗德拉突然想到与皮埃尔吃饭的情形,应邀赴宴也是一种美德嘛。正好自己也没什么安排,便痛快答应道:"好。"

从公司大楼到街对面的商场，需要穿过一条长长的地下通

海上芳邻

道，这个天然的阴凉屏障在炎热的夏季成了许多流浪者的栖身之地，地道里一字摆开许多小摊，乞讨的，卖唱的，做小生意的，好不热闹。一个精瘦的壮年男子，赤裸着上身跪在地上行乞，并死乞白赖地拉着每一位路人强行索要。姗德拉厌烦地别过头去，推着林一起快步躲开。出了地道，又看到一个瞎眼老头儿坐在地上拉二胡，僵硬的动作，低劣的琴艺，破损的乐器发出刺耳的噪音。姗德拉正待熟视无睹地走开，林却特地转了过去，他蹲下身来，郑重其事地往老人残缺的茶缸里放了十元钱。

姗德拉大惑不解："你刚才不给乞讨的钱，现在怎么又给了呢？"

林站起身来，望着她："刚才那个人还年轻，他有手有脚，完全可以找事干，靠自己的能力干活赚钱，可他却宁愿放弃尊严乞讨，我自然不能纵容他；而现在这位老人，虽然身患残疾，但残疾不是他造成的，更不应该被歧视。在德国有很多专门为残疾人准备的设施，比如公交车，停站时踏板那一块可以自动下沉，直到与地面等高，方便那些腿脚不灵活的人。哦，对了，在德国他们不叫'残疾人'，而叫'disabled'，就是失去部分能力的人。因此，他们与健康人拥有同等权利与尊严，也拥有同等努力工作的义务。这位老者，虽然技艺并不出色，但他是靠自己的劳动在赚钱，我们就应该鼓励他，尊重他。不是吗？"

姗德拉不屑地一笑："嗨，有区别吗？不都是乞讨吗？"

　　这座拥有 20 万平方米的商用建筑,如同一艘体量巨大的航空母舰,内部架有纵横交错的廊桥,把空间分割得极具想象力;亦载有无数的餐馆商店,让人眼花缭乱。他们在一层层光可鉴人的"甲板"上走过,林在一家餐厅门口停下来:"我们吃自助餐吧?"语气分明是征询她的意见,可姗德拉感觉不到询问的意思,好像他早就做好了决定,只是通知她配合而已。反正林说了他请客,姗德拉也就客随主便。

　　两人各取了一些食物,在一个安静的角落相对坐下。林简单地说:"吃吧。"就自顾自拿起了筷子。寒暄客套统统免掉,连一句开场白也没有,果然是来"吃饭"的,而不是"赴宴"的。姗德拉暗暗叹口气,只好拿起叉子低头闷吃。餐桌上提前放好了筷子和刀叉,以供附近写字楼的中外上班族挑选称手的"兵器"。姗德拉选的是牛油果沙拉和煎三文鱼排,所以取了刀叉;再看林那里,是一大盘炒面,和几个红烧"狮子头"。

　　林很快完成了自己分内的食物,然后就着没喝完的半杯啤酒,这样评价他们的午餐:"自助餐可以说是人类文明的一大发明,它的形式非常科学,既能够满足不同口味的需求,又提供了各种营养均衡的可能性。对于解决人类的温饱问题,这种方式最方便有效。"

　　来不及细细咀嚼,姗德拉赶紧吞咽口中的食物,同时暗自庆

海上芳邻

幸他们吃的并不是一顿正式的西餐,否则,一桌子人要眼巴巴地干坐在那里,等她吃完了才上下一道菜。 即便如此,姗德拉也为自己没能跟上林的吃饭节奏而着急。她急中生智,给对面闲着的人找了一个话题:"刚才你给乞讨的老头儿钱,是出于同情吗?"

林喝了一口啤酒,正色道:"一个给钱一个不给,并非厚此薄彼,因为两者有着本质的区别。我给你讲个故事吧:

在德国留学的时候, 我曾申请跟几个德国同学一起去卢旺达做义工。当地的贫穷程度你应该有所耳闻,也许你在新闻里看到过,有人会被活活地饿死。所以,当我们乘坐的装满食物的卡车到达一个村落, 我看到一个瘦骨嶙峋衣衫褴褛的黑孩子跑过来时,觉得好心酸,心里充满了同情。一冲动我就去车上拿了一大包食物向男孩走过去。

我的德国同学及时制止了我,并从我手里夺下那个大包。我愣住了!我们不是来帮助当地人的吗?我们不是来做慈善的吗?德国同学不理我,而是走到那孩子面前,和颜悦色地问:'我们从很远的地方来,车上装了很多东西,你能帮我们一起搬下来吗?我们会付给你报酬的。'

这时又有几个孩子跑过来, 他们争先恐后地开始搬东西,没多久就搬完了。同学履行了他的承诺,给每个孩子发

了一包食物，并且说：'非常感谢，这是对你们的奖励。谢谢你们的帮助，让我们的工作得以顺利完成！'

　　就在这时，又跑来一个孩子。这时已经没有货物可以搬卸了，因此也得不到奖励。孩子正待垂头丧气地往回走，我的同学叫住了他：'嗨！小伙子，大家干活都干累了，你愿意为我们唱首歌吗？'

　　孩子立即卖力地唱了起来，我还记得那首歌的名字，叫 *Million Voices*，是《卢旺达饭店》的片尾曲。我同学也给了他一份食物：'谢谢，你的歌声会让我们快乐！'

　　直到那天晚上，同学才对我道歉：'请原谅我早上的鲁莽态度！但是林你知道吗，这里的孩子深陷在贫困里并不是他们的过错，可如果因为你轻易把食物送给他们，让他们觉得贫穷就可以成为不劳而获的谋生手段，因而更加贫穷，那就是你的错！'

　　上天赐给人类食物和金钱，但要求我们努力工作去摄取。就像你今天看到的，就是两个不同的人。比赚钱更重要的是尊严，比施舍更恰当的是尊重。

　　思绪从西半球飞回东半球，一个长长的鸡汤故事接近尾声，姗德拉也终于把盘中食物消灭殆尽，她一度怀疑林就是为了等她吃完而特地讲了这个长长的故事。"'上天赐给人类食物和金

海上芳邻

钱,但要求我们努力工作去摄取。'好吧,我天天努力工作,现在我要去摄取更多的食物。再来点水果和甜品吗?"姗德拉俏皮地问。

"不用了,我已经吃饱了。"林一笑,白牙再度一闪。

姗德拉开心地挑了一盘各色小甜点回来。

那些五彩缤纷让林不以为然:"任何食物,只有经典原味是最好吃的,其他的一切口味,都是在经典原味基础上的画蛇添足。"

姗德拉不理他,先取了一块巧克力布朗宁在自己盘里,然后客气地把餐盘推到林面前:"吃点甜品吧,这里的烘焙做得很出色。"

"你不要了吗?"林的脑子真不会拐弯。

"嗯?呃——不要了。"姗德拉倒不好意思说我当然还要,我只是分几块给你尝尝而已。还"海龟"呢,客套谦让都不懂!小时候"孔融让梨"没学过吗?

"那好,不要浪费了,我来解决吧。"林三下五除二就把餐盘清空了。

甜点狂人姗德拉只好眨巴眨巴眼睛,眼睁睁地看着自己的心爱之物成了别人的口中饕餮。她暗自恨恨地下定决心:再也不跟他一起吃饭了!

　　林回到办公室，径直走到落地窗前，对着楼下大片的绿地做了几下伸展运动。那些甜唧唧黏腻腻的蛋糕，不清不白地搅在一起，几乎堵住了他的嗓子眼儿，此刻令他十分难受。他从小就不爱甜食，即便是过年吃汤圆、中秋吃月饼这些重要仪式上不可缺少的甜食，他也必须得蘸了辣酱才能勉强下肚。可是，出生在中国西部小镇一个不富裕的家庭，"浪费粮食可耻"的教育已经根深蒂固；而在德国这些年，环保观念上升到超越一切的重要地位，任何对资源的浪费都是不可原谅的。尤其是今天，眼看美女就要浪费食物，他不应该挺身而出英雄救美吗？

　　他又看了看电脑的右下角，1:30，约好的几个面试者应该马上到了，他赶紧开始准备。

　　最先抵达的是一位28岁的年轻男性，通过猎头公司介绍而来。也是学技术出身，还做过销售，在原来的单位有几年的工作经验，因为沿海城市人力成本越来越高，制造型企业不得不往内地搬迁，作为已经结婚成家的本地男，他还是希望在当地找机会。林问了几个问题，对他的情况比较满意，但还想再看看，所以告诉他回去等通知。

　　"打扰一下——"一个女孩拉长声音，象征性地在敞开的玻璃门上敲了两下，未经他的许可就姗姗进来。

　　林从电脑后面抬起头来，眼前的女孩非常年轻，细条一样的身体瘦得只剩下胳膊和腿，还踩着"贝嫂"同款的"恨天高"，叫人

海上芳邻

只见 Y 轴不见 X 轴;一头长发染成金黄色披在背后,属于海滩的健康肤色,扁平却凌厉的五官,细长的眼睛上染着浓重的烟熏妆,丰厚的嘴唇涂满猩红的唇彩,与迪斯尼电影里的花木兰形象高度吻合。

"你好!"女孩毫不陌生地打了个招呼,便自顾自在他对面坐下。

"你好!请问怎么称呼?"林进入常规程序。

"叫我安吉丽亚好了。"

林翻出员工资料表。从上面看,她才 26 岁,毕业于美国常春藤名校,理工科专业,在世界 500 强企业有实习经历,在机械行业亦有短暂的工作经验……看起来似乎是一份相当有吸引力的简历。林在"备注"一栏里看到自己注明的"推荐"二字。这女孩,其实是他父母一个远房亲戚的女儿。本家老太太在推荐自家千金时,描绘得天花乱坠:家境富裕,花容月貌,留学经历,能力出众等等,优点几箩筐。当然老太太最后没忘了客套:"请务必多多指导,多多批评,小姑娘不懂事呵。"林微笑着满口答应。

"你好,安吉丽亚。你在美国读过书?"

"是的,我在美国加州大学分校留学,学机械工程专业。"女孩很自信。

"通常女孩子学这种专业的不多,因为比较枯燥。国内学生去留学一般都会选热门的经济、金融、管理什么的,应用范围也比较广泛。"

"我对机械电子工程比较感兴趣。而且,我不认为这种高精尖的专业对我有难度。至于经济、金融之类好听又百搭的专业,就留给那些资质平庸的中国女孩子去镀金混文凭吧。"安吉丽亚抱着胳膊,随意地耸了耸肩,就像谈论沃尔玛超市里的一包薯片那样轻松。

林不动生色地转换话题:"你结婚了吗?"

安吉丽亚答:"我有一个男朋友。"

顿了顿,林再问:"你有孩子吗?"

"我有三只猫。"女孩再次淡定地兵来将挡水来土掩。

这种非主流对话进行到这里,有点走不下去了。林只好脑筋急转弯,再次转换话题。"你的简历上表明,除了英语,你还能说法语,我们是德国企业,有可能去德国出差,有时候需要用到德语,你可以适应吗?"

"德国人不是也会说英语吗?我读书的学校里好多德国同学,我们都说英语;我工作的公司里也有德国人,但公司一开会从来都是说英语。反正,英语法语德语哪怕爪哇语都行,就是别说中文,我都快忘光了。"的确,她不想说中文,甚至,都快忘记了自己的中文名字,现在,她的护照上只有一个名字:安吉丽亚。

应聘结束,她刚进电梯,手机就响了,是她娘亲:"喂,是

海上芳邻

小丽吗？"

她顿时气不打一处来："妈,跟你说过多少遍了,叫我安吉丽亚。什么小芳小丽,多土啊,你以为在蘑菇屯啊。"

"好好好,"娘亲在那头一个劲儿赔不是,"我记性不好。安吉丽亚,就叫安吉丽亚。今天是你老爸60岁生日,我在酒店订了生日宴,请了好多亲朋好友,你晚上下班也过来吧,大家都想看看你。"

女儿可不买账,不情不愿地直皱眉头："我又不是树袋熊,有什么好看的。想见我,你怎么不跟我提前预约？我今天没空,不去！"

扔下一句话电话就挂了,把老娘噎个半死。老太太心里怎么也想不通:老头子一辈子才过一次六十大寿,筵席也安排好了,客人也请好了,一样不要你操心,只要你千金大小姐出席一下,还不肯来？唉,想当初,花了那么多钱送女儿出国留学,就指望女儿有出息,让父母高兴省心,自己面子上好看,也光宗耀祖。依现在的情形,难道这些年的教育投资都打水漂了?老太太左思右想难以释怀。

第五章

搞定一个大客户

海上芳邻

姗德拉一肚子火。

早上如约去某国驻上海总领事馆，拜访上次皮埃尔介绍的一位领事，但是左等不来右等不来，倒是接待她的中方职员礼貌地时不时出现送上咖啡。每一杯咖啡上桌，姗德拉都礼貌地道谢，并且报之以真诚温暖的微笑。这种永不疏忽的小细节令那位小姐好感倍增，见姗德拉一直枯坐着，忍不住大发恻隐之心，也和她聊上两句，悄悄地告诉她："法国人一向上班比较晚，'敲卡'这种规章制度在他们看来等同于限制人身自由的控制工具。要他们提前上班，简直要了他们的命。如果没有充分的睡眠，没有足够的时间梳妆打扮，没有充裕的时间喝一杯咖啡把自己的灵魂唤醒，他们不可能开始一天正常的工作。"

姗德拉泄气地趴在桌子上，有气无力地哼哼："还要等多久啊？再过一会儿要吃午饭了。"

中方小姐添油加醋地说："幸好你不是午饭时间来，否则更悲催。一到午餐时间，热闹的办公室很快就不见了人影。所有的人纷纷外出觅食，如果不找个有特色有质量的餐馆正式体面地吃完一顿午餐，简直是太对不住生命了。一顿饭，往往要吃掉两个多小时，直到下午两点多才陆陆续续回来办公。"

这一点让姗德拉很费解。在她的印象里，国外的上班族不都是人手一根长棍面包对付午饭，配置高级点的，无非是再加一杯咖啡吗？怎么到了中国反而"橘生淮北而为枳"，一顿简餐变成烦琐浩大的生物工程了呢？

"便宜啊！"中方小姐陡然将声音提高了八度，"在上海工作的老外可开心啦！在欧洲吃顿像样的饭100多欧，在这里吃顿饭100多块；出租车在欧洲是十倍的价钱；他们在欧洲都不敢随便请阿姨，因为人工太贵……这里多好啊！物价低廉，还有海外津贴，想吃饭随时下馆子，东西还比欧洲好吃百倍；钟点工、住家阿姨、家庭教师，想请几个就请几个；出于人道主义，公司允许他们上任可以带老婆孩子，小孩子还可以上本地最贵的国际学校，连学费都是公司出的呢……"

中方小姐越讲越起劲，姗德拉体谅地问是否影响她的工作，她笑了："欧洲有句谚语，叫作'猫不在，老鼠就跳舞'。领馆就像我们的国营企业，大家都很好混。总领事被称为'大老板'，其他各路'小老板'会根据'大老板'的作息和情绪来调整自己的工作方针。'大老板'不在的时候，'老鼠们'纷纷起舞，放慢节奏，消极怠工也是有的。反正只要不出什么大的岔子，领馆也不会随便开除人。到了三年任期一满，再申请下一个国家的领馆职位，通过这条路径，还能免费旅游，体验不同的人生呢！"

"猫不在，老鼠就跳舞。"想想的确很形象。"山中无老虎，猴子称大王。"姗德拉立马找到这个近乎完美的翻译，忍不住再次感叹语言的奇妙。

"再说了，"中方小姐叹了口气，"就算我们再怎么努力工作，

海上芳邻

也不可能变成领事的。最多法国政府会颁发一枚骑士勋章，以示表彰；而且，法国人真小气，做勋章的钱还要我们自己出。"

姗德拉一直在会客室足足坐了一个小时，喝了一肚子咖啡之后，约好的那位才姗姗出现。"不好意思，让你久等了。"那位花样美男闪动着迷人的笑靥，把道歉修饰得天花乱坠，但听起来实在没什么诚意。

见识了皮埃尔高段位的外交辞令，姗德拉对这种虚头巴脑的应酬倒也不再陌生。耐心地待对方抖足了个人魅力之后，她才切入主题："正如皮埃尔先生介绍的那样，我们是安全的、专业的。我们可以为贵领馆的工作人员提供任何物业咨询，寻找住宅，协助物业与家政服务沟通，帮助联络国际学校等各种生活设施。当然，如果您这里有其他朋友或者联系人对商业或者居住物业有任何需求，请随时联系我们。我们有信心令您满意。"一个开放的信息远比一个封闭的答案更具有潜在的发展性。

"好。如果有需要我会跟你联系。"对方漫不经心地晃了一下她的名片，显然是下逐客令的意思。姗德拉知道，等她前脚离开，这家伙很可能马上把她的名片扔进废纸篓，而她，暂时无计可施。

"笃，笃，笃"，姗德拉的高跟鞋有气无力地在"城市历史保护区"的红砖地面上发出单调的敲击声，身边几十年未拓宽的窄小马路上,时不时有汽车轻巧掠过,交通警示标志显示这一带鸣号要被罚款,谁都不忍心惊扰了两旁高龄而沧桑的历史建筑。从这儿回公司还有一段距离,僻静的区域很难叫到出租车,因为保护区又没有地铁经过,她不得不拐个弯,往热闹的大路那边去碰碰运气。

一辆车悄无声息地滑过来,正停在她面前。贴了防爆膜的车窗缓缓降落,露出一张似曾相识的脸。林高声喊她:"姗德拉,是要回公司吗?我带你一段啊!"

只一秒钟,姗德拉就收起溃不成军的委顿,换上一副精神抖擞的面貌。"我是要回公司。不过——"她歪头看他,"公车挪作私用,我可不敢啊。"

"哒"的一声,林已把门锁打开,简明扼要地说:"上车,我带你一段。顺路。"

姗德拉累了,没力气争执也没兴趣抬杠,拉开车门一屁股坐上去。

"这么快就把车搞定了?真是高效啊!"姗德拉此刻是真心赞美。

"在上海这样的超级大城市,车就是人的腿,没有车寸步难行。"

四个轮子果然比两条腿跑得快,不过20分钟就到了公司楼下。停车,刷卡,栏杆自动开启,林把车开进地下车库,并且不厌其烦地下楼,转弯,一直开到 B3 的最里面。

姗德拉看不明白了:"B1、B2 还有那么多空位, 为什么你要把车开到最里面呢? 多不方便呀。"

"习惯了。"林永远那么平静,"在德国工作的时候,我们公司有几百个车位,早到的人总是把车停在离出口最远的地方。天天如此,大家就养成了习惯。"

姗德拉又好奇地问:"你们的车位是固定的吗? "

"不是的,"他淡然回答,"中国人具有勤劳的优良传统,我一般到得比较早,也有时间多走点路。晚到的同事或许会迟到,需要把车停在离入口近的地方。"

这次姗德拉没嘲笑他的刻板。林的高效,是以他人对社会秩序共同的遵守为前提;因为每个人的遵守,社会才得以和谐,而和谐叫人更乐意分享,甚至分享自己的一份从容。当你为别人着想的时候,你的路才走得更远。姗德拉心中肃然起敬,她发现,林的白板脸,也没那么讨厌了。

姗德拉刚回到座位上,苏珊就送来几份合同。这是皮埃尔所在的卡斯顿汽车公司的住房租赁合同, 上次姗德拉去陆家嘴拜访的行政人事总监、那位颇有气质的女士遵守自己的承诺"先试试看",果然把公司新进外籍员工的租房业务交给了她。

通常客人会就租用物业的地点、交通、楼层、朝向、面积、设施、租金、物业费、业主及经营方等发出询问，销售员根据要求推荐和调整，等到这一切谈妥了，姗德拉们并没有资格高唱凯歌，因为它意味着另一项工作的开始。客人公司要求把合同草稿发过去。此处备注一下，这是草稿，而不是通常理解的标准合同。

第一个回合，合同到姗德拉手里的时候，好端端的标准条款已经被改得支离破碎，在交房的细节、执行时间、违约责任等方面，又添加了一些更为详细的规定。比如一条"返还时按照交付时的状况"，对方就不厌其烦地给予充分解释，并且要求将住宅内的所有物品小到锅碗瓢盆都列出明细，以免到时候双方就"自然损耗"还是"人为破坏"纠缠不清。

第二个回合，合同再次回到姗德拉手里，显然已经比较接近他们的要求，因此对方仅在条款上做了字句调整，英文翻译不妥的地方做了修正，包括大小写字母都没放过。

第三个回合，作为合同附件的家具清单，也被打上了五颜六色的记号。并特别要求将房内的现状、设备设施一一拍照、细细检查并予以登记，有破损痕迹的，一一注明。

一份标准合同被修改得七零八落，而同意修改合同，也不是由销售部擅自决定的。通常的程序是：由销售部把客户的要求整理好，首先征求业主的意见，反馈后修改，发给法务部门审核，看翻译的外文版本的词句是否准确，然后再送总经理核准才行。双方签订之后，合同要到行政部、法务部存底，再到财务部备案（财

海上芳邻

务部是需要按照合同收款付钱,啥时候付、怎么付,都有严格的规定,提前一天不行,推迟一天也不行)。

这样来来回回折腾多次,扰得麦克不胜其烦,忍不住抱怨道:"烦死了!不就是几张纸吗?签字付钱不就完了?写得这么复杂干什么?"

姗德拉开导他:"别小看了这几张纸,这体现了老外的契约精神。谈判时越是纠缠在细微处,签订合同之后越是能够严格履行。现在麻烦点,以后我们就省力了。"

后来的事实证明,合同一旦签订,客户反倒太平了。合同期内,严格执行一切条款,绝不讨价还价。因此,从另一个角度来说,他们越是对条件苛刻,问题想得越是烦琐,越足以预见他们对合同的认真、慎重。

客户签好的合同从陆家嘴快递到姗德拉手上,她第一时间交给苏珊去存档。苏珊眉飞色舞:"亲,你忒赞了!这张单子有4套公寓呢,提成总数应该不错。跟单的麦克有钱拿,拉到客户的你有钱拿,我们行政也有分成。皆大欢喜皆大欢喜!"

"见钱眼开的家伙。"姗德拉笑着挥过去一巴掌,苏珊轻轻一挡,不屑地嗤笑她:"就你那小胳膊小腿儿还想动武怎么地!"又想起什么似的说:"正好,老板让我通知你。他好像知道这家公司,说这是一个大客户,公司有很多老外的,他让你盯紧点儿,以后还得有很多生意做。他还让你约客户公司负责人一起吃个饭,还叫我订餐厅。亲,你喜欢吃啥呀?要不找个咱俩爱吃的地儿?"

"真聪明!"两个姑娘嘻嘻哈哈笑作一团。

在了解老外的习俗以前,姗德拉一直觉得吃西餐是一件最麻烦、最折磨人、最装腔作势的事情,数次尝试之后她改变了看法。别看它大大小小的刀叉勺子那么多,让人无从下手,但你只要记住两条原则:一、从外往里拿。西餐送餐有一定的顺序,你只要从最外面的一套餐具拿起,吃完一道菜服务生会收走一套餐具,通常不会错;二、右手优先。相对来说右手有力量,所以平常人会用右手拿刀左手拿叉,左撇子例外。如果只需要一件餐具,那就只用右手。西餐,繁有繁的道理,刀叉盆碟,一道一道美食,如花样年华,呈繁华似锦。既然不能随时随地设计一场长途旅行,那么就认真地来一场视觉和味觉的盛宴。

其实,西餐也不永远是端着皇家和富贵的架子而不近人情,它亦有删繁就简的一面。三岁的娃娃,给他一把叉子,就可以无师自通叉起任何东西,面条、米饭、蔬菜、水果、牛肉、龙虾……得心应手;换了筷子再试试,其难度无疑于上手就学甲骨文。

姗德拉就是在无数次的抵触和折磨中渐渐爱上西餐的,她爱西式餐台的丰富,餐布的洁白无瑕,餐具的晶莹剔透,餐食的原生态色泽,还有,所有西餐厅永远不会缺席的背景音乐与情

海上芳邻

调……一切都巧用心思地搭配。说穿了,她爱的是西餐的形式,而非内容。且不说它们的口味如何不对她的中国胃,单论形象也不是那么好驾驭。第一次跟老外吃西餐,一道头菜沙拉就让她出尽了洋相。一粒小小的樱桃番茄丢进嘴里,没来得及闭拢嘴唇,一道番茄汁已劲爆飙出,直射对方面门。姗德拉大窘,几欲落荒而逃。幸好皮埃尔及时幽了一小默,一边不经意地拿餐布擦干,一边连连安抚:"哦,没关系没关系,我第一次吃中国小笼包也是这样。现在你这样让我感到很安慰。"

还有些肉食,也不那么好伺候。因吃不惯生食,每次她必强调牛排全熟。问题是口味的馥郁接踵而来的诟病:煎老的牛排愈加筋骨强壮,她将一把餐刀使得如锯子一般也难撼动,或者,就拆成七零八落的碎片,姿态不雅,形状全无,令人食欲大减,再浪漫的气氛也免不了凝滞几分。

再就是那些明虾或鸡翅,明明可以徒手抓起三下五除二啃得彻底,偏偏取短去长,借了刀叉左右开弓,须把那些附在骨上的转角缝隙处的肉细细地剔得干干净净。每当这时姗德拉忍不住在心里感慨:高手啊,绝对技术活儿。谁说西餐是模仿猛兽的粗鲁豪放,这分明是优雅耗时的细致活儿。

总之,实践出真知。在大大小小的西式馆子里,姗德拉练就了一手吃西餐的过硬本领。于是,姗德拉向苏珊建议吃西餐,且必须是高档西餐。苏珊眼前一亮,两人就这么愉快地决定了。

　　苏珊果然下手够狠，订位人均 800 元，还不包酒水。那地方位于老城区僻静的小马路上，司机小心翼翼地紧跟导航一路左拐右拐迂回而行，高智商的电子导航终于把他们一行带到了一栋两层的花园洋房门口。出于职业敏感度，姗德拉一眼就看出这栋外表低调的建筑来历不凡。门厅中央一架古旧的钢琴，柚木地板和柚木扶梯，身穿黑丝绒旗袍的接待小姐娓娓动听地介绍，宾主在美食之外收获了一个五光十色的海上遗梦。它曾是上海"三大总会"之一的法国总会。早在 1904 年，在上海生活的法国侨民在法租界建立了俱乐部，由法租界的公董局出资，在当时的华龙路(以法国飞行员的名字命名)上买地建房，供法国侨民健身休闲用。洋房由法国建筑师万茨设计，砖木结构，红顶红墙，具有浓郁的法国乡村别墅风格，是上海市区最大的一栋单体法式花园别墅。最难得的是，在寸土寸金的大上海，它竟奇迹般地保持了 2000 平方米的大草坪。天色渐晚，光线暗淡，姗德拉还是看到彩光灯影里的绿树环绕，高大青翠，生机勃勃。

　　今天吃西餐，姗德拉是有备而来。通常来说，吃午饭可以穿得随意些，而有老外参加的晚餐，必定是正式的。姗德拉和苏珊自然也要正装以待，女士们清一色的晚礼服。苏珊斜睨了所有的人一眼，信心满满地说："撞衫不可怕，谁丑谁尴尬。"

　　这天晚宴的主角老板杰森，穿着一套阿玛尼高定西装，穿过

海上芳邻

长长的红丝幔掩映花砖拼就的走廊,闪亮登场。

提到老板杰森,不得不庸俗地重新认识一下颜值的重要性。老板杰森其实是"乐士诚"物业咨询公司的总经理,兼"外貌协会"的会长。自己帅得无法无天,同日韩明星相比,有过之而无不及。他深知自己是颜值担当,并努力维持在最佳水准,每天必须利落清爽,隔天必换一套西服,偶尔喷古龙水,手表戒指傍身,必须是名牌但必不可以是张扬品牌的款式……他的倾世容颜犹如无色无味的催化剂,在一众女下属及女客户中所向披靡。

杰森在大大小小的会议上无数次强调他的独门理论:"没有人有义务透过你邋遢的外表去发现你优秀的内在。你必须随时随地干净、整洁、精致、上品,这是你做人的基本尊严,也是做销售的基本素质,不论男女。"

他甚至不可救药地把外貌划归为招人的重要标准。不入他法眼的人,哪怕再有才能,他也会果断地弃之不用;能力平平但外貌出众,他会交代好好培训好好照顾。也许环肥燕瘦审美标准千差万别,但万变不离其宗的标准只有一条——就是体面。所谓的体面根本不是他比你长得好,而是他的脸比你的干净,他的衣着比你光鲜,他站在那里就觉得那就是他的地盘。所有的成功都是从好感开始的,而所有的好感来自于视觉感官的第一印象。在杰森看来,外貌就是一种无坚不摧的生产力。从这一点来讲,杰森这块"纯精肉"已经甩外面那些"小鲜肉"十万八千里了。

　　一个大男人，对外貌的讲究到如此丧心病狂的地步，叫姗德拉无语。姗德拉记忆中最棒的司机，是上一任给老板杰森开车的司机。有一次搭便车，她坐在副驾驶位子上，清清楚楚地看着旁边的年轻人把车开得四平八稳，仿佛不是在上海焦躁的闹市中左冲右突，而是在风平浪静的淀山湖面上轻柔泛舟。即便刹车，也是慢慢地一点一点叫人不易觉察地慢下来，犹如链条惯性地缓缓怠速，最后将动能消耗殆尽自然地静止。而那个血肉之躯，就像长在了机器上一般，完全跟汽车合为一体。但这位司机就因为满脸痘痘长相欠佳，后来被技术一般却相貌堂堂的现任老板司机所替代。姗德拉从此再也享受不到涟漪荡漾的美好乘坐体验。都是外貌惹的祸！她常常为此惋惜不已。

　　来应聘之前，姗德拉并没有销售咨询行业的经历，做文字出身的她甚至都没有接触过房地产的专业知识。但是老板却慧眼识珠一眼相中了她，并把她划入自己直接管理的部门，悉心栽培。当姗德拉后来问起为什么会录用自己时，老板杰森直截了当地告诉她："因为你形象好。"这是有生以来第一次，有人明确地肯定她的外貌。

　　甚至，他倡导服装的文化传递。按理说，销售应该服装统一，从款式到颜色，从妆容到发式，都有严格的规定，因为代表了公司。每天必须要换一身衣服，否则有留宿在外不回家之嫌，影响个人乃全公司形象。大多数女性员工通常都选择深色套装，内衬

海上芳邻

浅色衬衫，下面是半高跟的黑皮鞋，最多戴个耳环项链点缀一下，也是小小的低调的式样，不能喧宾夺主。久而久之，就成了流水线上的一个产品，就像《摩登时代》里的卓别林，日复一日没完没了地起钉子，总有一天会发疯。穿着得体不错，千人一面太俗。马路上随处可见的小中介穿着廉价的西装似乎已成了职业滥觞的代名词。为了区别于此，杰森同意员工上班可以不用穿西装，但一定要正式而有品位。男士可以中山装，甚至略为休闲一点儿的夹克、有领的 T 恤，前提是质地必须上档次。曾有一次某销售员穿了圆领 T 恤来，被他毫不客气地当场拿下，打回去重新换装。上班可以不限西式套装，女士们可开心啦，办公室犹如皇帝的后花园，那是百花齐放、争奇斗艳啊。洋装、铅笔裤、九分裤、百褶裙、A 字裙、包臀裙，甚至帅气的西式裤装，只要搭配得好，就足够上台面。这样一两年执行下来，着装文化倒成了公司的一大亮点，客户和同行可能记不住公司的名称，反倒记得特立独行的"服装公司"了。如果说穿着统一、简单是为了避免客人在个体上分散注意力而把精力集中在业务上，那么杰森恰恰有相反的论调：中介本来是个服务行业，就靠人与人的交流碰撞产生新的想法和情感的火花，就是要别人对他有好感，对他这个人有兴趣，每一次的相逢都是一场个性化的体验。

握手，寒暄，宾主落座。老板杰森下意识地摸了摸自己精心打理的头发，然后拿起一本内容不多分量却不轻的菜单："我们今天吃螃蟹吧！主厨推荐，刚空运到的阿拉斯加大螃蟹。"在服务生的明示或暗示下，他兴高采烈地建议。

姗德拉暗暗皱了一下眉头。自从跟皮埃尔认识之后，她以前的部分爱好仿佛被自动屏蔽了。龙虾明虾这种个子大也不甚烦琐的海洋生物倒也罢了，螃蟹这种需要十指舞动、张牙舞爪的还是算了吧，吃相太难看了。这种东西，更适合关在家里，素面朝天，高扎起马尾辫，穿半旧的家居服，辅以一堆餐巾纸，吃时涕泪横流，蟹肉齐飞，那才叫痛快。并非夸张，想想上海街头一夜之间如火蔓延的小龙虾便是。

西餐的好处，就是赋予每一个人选择的权利。为了安全起见，也出于对自己的功力不太有信心，姗德拉选了切割容易的三文鱼。

皮埃尔响应号召点了一份螃蟹，并向杰森奉送增值恭维："您的推荐必定会是好的选择。"直到穿制服的服务生将一只巨大的盘子送上来，姗德拉才发现，那是用挖出的蟹肉做的两个蟹壳黄大小的圆形蟹饼，用油炸了，旁边配了一些蔬菜。这一发现令她后悔莫及。此刻皮埃尔手中的刀叉，就如同他的加长手指，它们是如此灵活巧妙而称心如意，可以严丝合缝地执行他的任何意图。

作为邀请人，杰森本人独享一只两磅重的大螃蟹，红彤彤的

海上芳邻

巨大的阿拉斯加螃蟹端上来,旁边配了两个煮熟的迷你小土豆和几根勉强断生的豇豆。他将刀叉舞得上下翻飞、异常生猛,不亚于赵子龙手中的"青釭剑"和"亮银枪"。与强悍海洋生物奋战了一个回合,杰森鸣金收兵,略带腼腆地问:"我可以直接用手吃吗?"

"当然!"皮埃尔笑容满面,"像您喜欢的那样。尽情享受您的美味吧!"

杰森不再客气,徒手空拳再度上阵,手起螯落,干净利落地把凶猛的大家伙大卸八块,配合着脸上生动的表情,再一记"少林龙爪手",动物的硬壳纷纷碎裂。直到这时他才发现,那些坚硬的蟹螯,送上来之前已被提前夹碎过,顺着这些裂痕,不需要太多工序就可以找到雪白的肉。他用力过猛了。

皮埃尔始终面带微笑,一切的不合礼仪皆视而不见,他只管安静地、仔细地、优雅地把自己盘子里的食物吃完,间或回答别人的问题。

与完美的外表不相匹配,杰森的问题总是提得不合时宜:"很高兴能有机会为贵公司代理租赁服务,据我们所知,最近几年贵公司在中国的业务一直在拓展,相应地也应该在住宅方面有更多需求吧?"

好在皮埃尔修养好,无论多少东西在嘴里,总要把食物吞下去才跟人说话,含着食物说话太不礼貌,乃外交大忌。"的确是这样,中国是一个很大的市场。我们的亚太总部可能会搬到上海。至于住房和办公房这方面的事务,具体是由行政人事部负责的。"

与姗德拉邻座的行政人事总监点头道:"是的,我们部门负责帮外籍员工找房子,还有帮他们办理签证和工作证明等所有手续。我们卡斯顿汽车公司,加上在中国的工厂,一共有三十多个外籍雇员,有的已经找好了房子,有的租约到期可能会换房子,还有的工作合约期满了可能会更换新的员工,总之会一直有需求。上次你们公司的姗德拉来见我,我就觉得她特别专业,现在,通过这次帮我们提供服务签合同收房的整个过程,我觉得完全可以信任你们公司。如果有机会,我相信以后我们一定可以有更多合作。"说完举杯向杰森一晃,然后特地转向姗德拉轻轻一碰,姗德拉会意地抿嘴一笑,他和她,似乎已经是老朋友了。

吃饱喝足,老板杰森似乎意犹未尽,好在这栋洋房极大,除了中餐厅、西餐厅各种会议包房,还有一个品位不俗的酒吧,于是他热情地建议宾主继续言欢。

法式酒吧就这点好,既不像迪斯科酒吧那么疯狂嘈杂,也不像苏格兰酒吧那么随意,它安静优雅,透着骨子里的一点儿骄傲与懒散,即便放松心情,也不放浪形骸。一首轻音乐 *A Tu Vois Me Mere* 响起,有人在小小的舞池跳舞。皮埃尔起身走来,彬彬有礼地冲姗德拉伸出手,她只微微一笑就把自己的手放

海上芳邻

在他的手上,于是他们来到舞池中央。他揽着她的腰,只是礼节性地请她舞一曲,原本不抱多大的期望,不料,在推动她的腰肢时,那身体竟分外地婀娜起来。他仅仅轻轻一个示意,她便滑到了他想要的那个方位,丝毫不差,并且,无论他自己翻出怎样的花样,她总能严丝合缝地配合他,仿佛浑然一体地长在了他身上一样,他忍不住"咦"了一声又一声,终于忍不住大声赞叹出来——"太棒了!"

姗德拉心里一哂:小事!不过是跳舞嘛!想当年咱可是大学里的舞会女王呢!尽管这些年忙于工作,疏于舞蹈,但功力还在,一旦音乐声起,那尘封的记忆细胞立刻被激活。

音乐一转,是一首桑巴。这种南美的舞蹈一般东方人并不擅长,因为东方人沉静内敛,往往因纤细而显得力度不足,而桑巴需要热情洋溢,展现灿烂阳光下的奔放和野性的美,强健的肌肉和黝黑的皮肤才最相宜。但对于懂行的人来说,外形不重要,重要的是抓住它的精髓,只管尽情挥洒,放得开,至少也有几分相像。两人棋逢对手,舞得正酣,引周围客人驻足观看,一片喝彩。

毕竟不是专业选手,这种运动舞蹈需要耗费大量体力。一曲下来,两个人都开始喘气,对视一眼彼此略微的狼狈,一齐笑了起来。

晚宴终于圆满结束,主人把客人送到门口,彼此一一握手道别。杰森急不可耐地与皮埃尔握手,却没注意他越过了另一对互相握着的手,四只手顿时形成一个鲜明的"十"字。姗德拉眼角注意到皮埃尔皱了一下眉头。

姗德拉与客户方的女士们拥抱告别,已习惯了作势"啵啵"有声而非真正下口,但是她看到老板杰森依样画葫芦,不识时务地在女士们脸上扎扎实实地亲了两下。对方一脸尴尬。

"姗德拉,你好好送客人回去吧。"老板杰森殷殷嘱咐。

姗德拉赶紧应了,尾随客人上了车。直到车开出好远,皮埃尔才悄悄地、不快地跟她抱怨说:"这样很不好,我们很忌讳……"他比比画画刚才的姿势,姗德拉顿时明白是呈"十"字状的四只手。在西方文化里,十字隐喻了血腥与死亡,他自然十分不快。当然,他也大度地对杰森的无心之失表示理解。皮埃尔无奈地耸耸肩,然后很郑重其事地给她讲了一个经典的"胡椒粉"故事:

"那天跟我的一些同事一起吃饭。牛排送上来时,坐在我右手边的中国同事想要加些胡椒粉,而胡椒粉瓶子在我对面的左侧,离他比较远。我们通常的做法是,礼貌地问邻座:'可以麻烦您把胡椒粉递给我吗?'可是结果,你知道他怎样?他竟然站起来,自己伸出手直接去够胡椒瓶!"

海上芳邻

"我很震惊!"老外圆睁双目,作友邦惊诧状。

姗德拉心中狂笑,脸上不得不拼命忍住,差点把自己憋死。这有什么震惊的? 我们这里都这样,隔着邻座取胡椒粉,隔山打牛;撅着屁股挟远处的菜,飞象过河;拍着陌生人肩膀喝酒,天下一家亲;公共场合高谈阔论,随地吐痰,乱扔垃圾,不是说"每一寸土地都是我们自己的"吗? ……你需要震惊的事情多了去了,有啥大惊小怪的!

姗德拉有选择性地略加解释和安抚。皮埃尔撇撇嘴,不再说话。

这顿饭,虽然有点小小的不愉快,但是业务进展尚属顺利。老外就这点好,特单纯,就算对人的感觉不怎么好,但是人归人,事归事,对公司有益的行为还是规规矩矩地做。

第六章

升职

海上芳邻

这段时间办公室里反常地安静,没有骚扰,没有投诉,没有电话铃声的此起彼伏,也没有老板杰森骂人的鸡飞狗跳,忙乱惯了的同事们都觉得有些不习惯。十一月底进入了房地产的销售"淡季",西方人最重视的节日——圣诞节即将到来。"洋候鸟"们纷纷归心似箭,整装理容,挈妇将雏,成群结队地飞走了。也有不回老家而去他国举家度假的。对于老外来说,休假是他们工作的一部分,而不是对立的关系。无论职位高低,个个都把休假挂在嘴上,"工作诚可贵,休假价更高",甚至申请职位时假期必须是福利不可分割的组成部分。有一次姗德拉跟皮埃尔聊起休假时间,皮埃尔曾不好意思地说:"跟勤劳的中国人相比,我们很羞于谈假期。因为一年有太多的假期了,除了你们知道的最隆重的圣诞节期间,我们几乎一个月不上班,还有春假、探亲假、各种年中休假……"

姗德拉表示各种羡慕嫉妒恨。她可没那么幸运,生意清淡的时候,就是整顿纪律的时候。虽然公司内部网上有明确的销售业绩报告,但办公室墙上的塑胶板仍然张贴着团队成员的销售进度、达成率、出勤情况等记录,一目了然,具有强烈的视觉冲击力,无形之中使办公室的竞争气氛又增强了几分,排在最末的销售员自然坐立不安,面临被解雇的危险。姗德拉已经习惯每天上班,眼角的余光必会往那儿瞟一下。在老奸巨猾的杰森的授意下,苏珊每天都会去更新,哪一格又变红,谁又增加多少销售额，都是秃子头上的虱子——显而易见。销售精英，永远属于那些长得漂亮的，或者更准确地说，是打扮得亮眼的女同事。颜值就是生产力！很不幸，老板杰森的奇葩语录总是被残酷的现实印证。那些女同事在给客户提供咨询服务的同时，顺带奉送了养眼的附加值，客人得到的岂非超值？消费的最高体验无非是觉得自己占了便宜，如此，客户莫不欢欣鼓舞地签了单。

而今天，偏偏就是平日大家不注意的丑小鸭姗德拉变成了销售精英，简直不可思议。姗德拉也不敢相信自己的眼睛，站起来正对着《销控表》又仔仔细细看了一回。苏珊开心地过来揽着她的肩膀，低头附耳道："亲爱的，没想到吧？哈哈，今天早上我刚做的统计，加上你上次做的 4 套公寓的单子，你就是这个季度的销售精英啦！记得要请我吃饭啊！别耍赖！"

老板杰森透过玻璃墙在自己的办公室里冲苏珊挥手，苏珊立即心领神会，推推姗德拉："亲爱的，老板找你。赶紧去吧！肯定是好事儿！"苏珊喜形于色，姗德拉激动得心怦怦直跳。

领了不菲的佣金，得到老板的表扬，姗德拉开心不已，容光焕发，晕晕乎乎地从镶满镜子的长廊昂首走出来，迎面几个人走过来都没有察觉。擦肩而过的一瞬间，耳朵里飘来一句话："这位是你们销售部最漂亮的小姐吧?"什么漂亮小姐，花瓶摆设，管他说谁，与我无关，我姗德拉从来都不靠外表，是凭实力取胜。姗德拉对镜子里的自己笑笑，飘然而去。

海上芳邻

姗德拉从陕西路地铁站出来，这里曾是本地人眼中艳羡的"上只角"，也是上海最贵的房价区域。从淮海路拐到茂名路，再拐到长乐路，再从路面上拐个弯，进入一条深深的弄堂，一直走到底再拐个弯，那栋两层的石库门建筑的边上的亭子间，就是她的家。弄堂墙上用红油漆画了一个圈，里面是个"拆"字，触目惊心。以至于姗德拉每天提心吊胆，防备居委会阿姨来通知自己的家也被列入拆迁行列。周围房价高，买房近乎天方夜谭，即便租房也伤筋动骨，到时候她只能像苏珊一样，把青春浪费在每日无奈的往返交通上了。

她的脚步开始拖沓起来，下了班的姗德拉就像谢了幕的演员，光鲜亮丽是外面的风景，真实的她要去面对自己逼仄的小屋。但她并不抱怨，因为深知自己尚属幸运，早期移居上海的父母为她支撑了一个栖身之所，而如今从外地来上海工作的苏珊们，更要牺牲每月薪水的相当部分去谋求自己的一席之地。

姗德拉对这座城市的南区是有感情的，小时候就出生在这里，跟小朋友在弄堂里跳橡皮筋、丢沙包，在与家一墙之隔的小学度过了无忧无虑的童年时光；中学阶段，换了一条梧桐掩映的大马路，离家也不过十几分钟的步行距离，学校里有经年的紫藤，一到春天就花开到荼蘼；大学有点远，在市区地图的最下方，从家里出发要转三次公交车，但是，从行政区域来划分，还是南区。看着那些梧桐从春暖发芽、飞絮漫天,到夏季的绿荫蔽日,再到秋日落叶缤纷,铺满一地金黄;上学路上与小伙伴好奇抚摸的亭亭香樟,现在已经树干粗壮、枝繁叶茂,也许,真的像传说的那样,当初种下苗木的父母,可以为即将出嫁的女儿打一口樟木箱准备嫁妆了……习惯了这里的气氛,习惯了这里阡陌纵横却了然于胸的小路,习惯了随便走走便能吃到很好的生煎,习惯了那个卖了20多年的葱油饼摊头天天有人排队,习惯了与曾经用作国宾接待的老式酒店走出来的外国人擦肩而过,习惯了抬头就看见硕果仅存的老字号,还有那些载有故事和历史的石库门和老公寓……她就喜欢这种明明市中心,却大隐隐于市的安静。一切让她感觉特别亲切。

　　除了元宵节不能免俗,总要去城隍庙看看灯会轧一轧闹猛,其他那些印在旅游地图上的名声在外的时髦地标她一概没兴趣。那是给外地人白相的,是给旅行者到此一游的。她的生活,从来就属于这片同时滋养了植物和房屋的土地,她的休闲时光,通常猫在角落里喝茶吃东西,而她挚爱的这片土地,也必是善解人意地时不时冒出新鲜东西给她惊喜:有时是一家新开的餐厅,有时是一段新刷的围墙,有时是蔓延到上街沿几根不安分的野草……谁说人和物就是两种毫无牵连的存在,她和她的这片区域就时刻保持着密切的关联和互动。己所不欲勿施于人,己所欲,自然乐意推及于人。工作以后有了客户,自然首要推荐的,还

海上芳邻

是这一带的物业。每当她用饱含感情色彩的语言描述和推荐那些有故事的房屋，以及将要面对的有趣的邻居，客人总被她感动，也因此对这座城市产生了好感。一个正能量的动听故事引来更广泛的传播，客户几何级数的互相推荐，长此以往，她的客户如星星之火，渐渐布满了整个区域。

荣登销售精英让姗德拉看到了希望，也许"南区经理"的位子，非她莫属。

集团大老板突然大驾光临，随身携带一帮贵宾朋友。他给下属咨询公司总经理杰森下达了命令，考察巡视上海楼盘，并特别提醒：都是生意上的朋友，务必小心接待。聪明的苏珊立即嗅出了特别的味道，她一蹬"风火轮"（带轮子的办公椅）滑过来，悄悄对姗德拉撇撇嘴："其实就想在朋友面前嘚瑟一下呗。咱老板小日子得仔细了。"

平日耀武扬威的总经理杰森此刻果然如热锅上的蚂蚁，急得抓耳挠腮。从西区的办公室到浦东金桥的楼盘，一个来回至少要一两个小时，还是在一路畅通不堵车的条件下。自己手头上一大堆事要处理，下午已经约好了去客户公司开会。商机稍纵即逝，哪怕一分钟的疏忽，都可能导致大单飞走；那边，大老板更是得罪不起，多等一分钟，他可能就会多一分解雇的风险。他在透明玻璃封闭的办公室里转了两圈，脑袋一拍，抄起内线电话叫姗德拉来一趟。

杰森对新晋销售精英姗德拉简单地吩咐了任务，又以挑剔的眼光上上下下地打量了她几个来回："你这样不行，必须得换套衣服。"

因为淡季不用见客户，姗德拉这天穿着一条简单的圆领羊毛裙，为了舒适方便，下面是一双不高的坡跟鞋。这种休闲状态在"外貌协会"当家人的眼里，肯定过不了关。杰森翻了一分钟白眼，回转身去，在他那"百宝箱"一样的衣帽柜里一通捣腾，翻出一套女式裙装扔给她，又拎出一双不知哪一任女友的"恨天高"，不耐烦地把她赶出来。门口好几个人还等着进去汇报工作呢。

姗德拉拎着一堆不知什么牌子的香喷喷的行头走进洗手间。衣服尚能勉强上身，鞋子怕是差强人意。姗德拉努力地把脚往鞋子里塞，恨不得削足适履。跟进来的苏珊看她龇牙咧嘴的狰狞模样，善解人意地觅来两张"邦迪"救急。没时间去找合适的鞋子了，杰森已经吩咐司机等在楼下。姗德拉胡乱地将"邦迪"贴在两个最痛苦的部位，来不及跟苏珊道谢，匆匆往电梯口奔去。

怪不得人说"鞋子舒不舒服只有脚才知道"。姗德拉咬牙切齿，小心翼翼，一步一徘徊。"还在磨什么洋工？快点啊！"老板杰森从后面一阵风似的卷过来，像老鹰捉小鸡一般，拎住她的胳膊，一路脚跟不点地地走到大楼门外，拉开车门，把她直接塞进去。

姗德拉回过头来，才发现自己一不小心踏进了土豪圈。这辆

海上芳邻

奔驰面包车里，坐满了大咖大佬，个个神色倨傲，冷淡自持。在强人面前，最好的态度不是谦卑，那会让强者更加鄙视你；最好的姿态应该是自尊自重，不卑不亢，因为尊重自己，而赢得强人的尊重。

姗德拉从小就"人来疯"，人越多越来劲。注意力重点迅速转移，本来萎靡的精神在现场的刺激下如打了鸡血般立即亢奋起来。她以温和的笑容与热情的欢迎词作为开场白，当得知其中有些人专程从国外过来，她善意地在一路的车程里穿插了一些上海趣闻与典故。面包车在横穿这座城市的主动脉延安路高架上疾驰，姗德拉指着窗外的尖顶房子介绍说："这是上海展览馆，建成于1955年。它以前有个时代感很强的名字，叫'中苏友好大厦'……它的主要功能是开设展览，有时也会有一些重要政府工作会议在这里召开。虽然现在上海还有浦东新国际博览中心，和新近落成的红桥国家会展中心等，这里的地位仍然不可替代。不仅仅因为它的地理位置出色，更因为它的历史背景和文化档次。可以说，它就是社会地位的象征和标记。只有实力雄厚的大公司开发的大型的、高品质的楼盘，才能配得上在这样的建筑里展出。我们公司的楼盘也曾经在这里布展。强强联合，才能相得益彰。"

众咖神色向往，大老板面上似有得色。

车快到与南北高架的交叉口，姗德拉特地关照司机下高架在地面上开。大老板不明就里,但隐忍不发。姗德拉开始绘声绘色地讲故事:"话说上海在建设第一条高架道路的时候, 掘地三尺,一路从西到东,畅通无阻。但是到了成都路这个路口,突然就堵住了。施工人员奋战三天三夜,打桩机一刻不停地凿地,但地面坚硬如石,桩子就是打不下去。施工方想尽各种办法不果,最后不得不找到一名先生,求赐仙机。先生看过之后,掐指一算,大惊失色:确有玄机啊!延安路横贯上海市区,从西到东,这哪里是路啊,明明是一条龙脉啊!龙可是神物,打桩打在龙的脊背上,自然无功而返。然市政任务不可拖延,施工方谦虚求教:那如何使得? 先生招招手:附耳过来……当夜,施工方所有人员依照先生的指示,子夜后龙睡觉了,露出腹部,而腹部是柔软的,此时再动手。果然,桩子顺利地打了下去,工程圆满完工。"

讲到此处,她神秘地向前一指:"先生们,请看前面的柱子,可是有一条盘龙？"

先前傲娇持重的老先生们终于坐不住了,纷纷抬起臀部,探出油光锃亮的脑门,伸长养尊处优的橡皮圈脖子,争相探寻。

果然,此处层叠交替的几重高架道路,皆由一根特别粗壮的圆柱支撑,寒光闪闪的圆柱表面,赫然盘绕着一条腾云驾雾的金龙!

大佬们目瞪口呆,继而交头接耳,纷纷积极地以各自经商过程中的奇闻奇事来印证这一传奇的真实性。

海上芳邻

姗德拉继续添油加醋："各位贵宾一定参观过我们公司本部吧。'乐士诚'大厦坐北朝南,大堂挑高五米,门口正对的是两条高高的自动扶梯,这大大提升了大厦的人气,因此自落成以来一直人气很旺,出租率很高。大家说,我们老板很有眼光吧?"

一车子大佬转而齐刷刷地向集团大老板投去羡慕敬佩的目光。

大老板嘴上谦虚,脸上难掩喜色。恭维是比鲜花更贴心的享受,尤其是对身边的竞争者。

一位大佬突然开口："我看你英语说得很好。在英语里,动物是有性别的;而在法语里,桌子椅子都有性别;现在,依我看,在上海呢,房子也是有性别的。如果城市也有性别,那么上海一定是位女士,一位美貌典雅充满了魅力的女士!"

"是啊,"另一位接口,"昨天在公司里我就看到你,你就是一位代表上海的 Shanghai Lady(上海女人)!"

哦,姗德拉想起来了,昨天她拿了奖金晕晕乎乎走出公司的时候,碰上的就是这帮老爷们。

车抵目的地,姗德拉细心地伺候大佬们下车,贴心地提醒小心脚下,又请楼盘驻扎人员配合,提前扫清各种障碍,每个入口和电梯口都有人把守,在接待处送上热气腾腾的咖啡饮料让大佬们歇脚不至于太辛苦……总之,精心接待准没错。至于楼盘的介绍,姗德拉每日烂熟于心的东西,无非是地理位置、交通、房型、配套、政策、价格、付款方式等，照本宣科即可；再估摸着大佬们的口味添油加醋、答疑解惑一番，很顺利地就应付了过去。

在贵宾们一片赞美声中，大老板感到无限荣光，脸上露出了难得的笑意。破天荒地让司机专程绕路把她送回公司。

车子把他们送回到公司大楼门口，姗德拉下车站在台阶上，面带微笑地、优雅地与贵宾们殷殷道别，并且目送面包车消失在视线中。一口气泄下，这才突然感觉到脚上钻心的疼痛。她也顾不得形象了，一屁股坐在台阶上，用力拔掉"灰姑娘的水晶鞋"。哦，天哪！苏珊给的两块可怜的"邦迪"早已被鲜血浸透不知踪影，小脚趾和后脚踝大块皮肤被磨掉，血如黏液一般将脚与鞋子粘合起来，惨不忍睹。刚才还神气活现地与贵宾们高谈阔论，甚至那几个小时里的精神鸦片让她没感觉到哪怕一分钟的痛苦，可是现在，她被自己的惨状吓坏了，抑或是疼痛勾起了种种委屈，她忍不住抽抽噎噎地哭起来。

大楼里人来人往，每个人都投向她奇怪的一瞥，但是每个人都视而不见。穿着体面的女白领，大庭广众之下，坐在地上哭，这一幕，无论如何都是诡异而讽刺的。更为诡异的是，所有的路人，都如道具和背景一般，在她身边来来去去，却如时空错位一般，没有交集。

姗德拉哭了一会儿，只得自己站起来，踮着鞋子，龇牙咧嘴，一瘸一拐地回办公室里去。她低着头，扶着墙，艰难挪动，根本没精力去注意周围的人。

一双有力的手从背后架住了她，耳边传来一句关切的询问："你怎么了？"

姗德拉的眼泪稀里哗啦地涌出来。她抬头，透过雾蒙蒙的眼，终于认出这个人是她的客户林明清。

她的窘样不需要任何解释，是个人都能看出什么情况。林明清把电脑包往身上一背，不由分说把她横抱起来。

"哎……"姗德拉大惊失色。什么情况？她不知道该怎么说，只一个劲儿扯着他的衣袖示意他放自己下来。林不理她，大步流星地往电梯厅走，平静地说："你需要帮助。"

林一路旁若无人地把她抱到了自己办公室，用肩膀顶开门，一直走到最里面把她放在自己的座位上。他蹲下来，不顾姗德拉的阻拦，小心翼翼地脱下她的鞋子，眼前血肉模糊的状况叫他直皱眉头。

"天！"踩着他的脚步过来的安吉丽亚发出一声惊呼。林回头简单地吩咐："把我的药箱拿过来。"安吉丽亚不一会儿就捧了药箱颠颠地跑回来。林打开药箱，取出棉签、纱布、胶布、碘酒、酒精，然后把姗德拉的脚搁在自己的膝盖上，非常熟练地开始消毒、包扎。

看着林有条不紊、一切尽在掌握的样子，姗德拉忽然产生一种见到医生的安全感和信赖感，她先前委屈的心情渐渐平息下来,转而好奇地问:"你的办公室里为什么会有这些东西?"

"我以前在德国读书的时候经常踢球,也经常会弄伤自己,膝盖蹭破皮呀,脚趾被踩瘀青呀,胳膊撞肿了,肌肉拉伤了,都是家常便饭,老去医务室太麻烦,所以就养成了自己处理的习惯,时间久了,也就有了这个百宝箱。瞧,里面还有更多的宝贝呢!"

姗德拉一看,果然还有创可贴、双氧水、冷敷袋、各种跌打类喷雾剂……居然还有安全剪刀和迷你手电筒。"真看不出来,你还是'男子十项全能'啊!"看着包扎整齐的脚,姗德拉感觉自己又像个人了,不由得心情大好。

"这不算什么,德国学校都发有急救包,每个学生都接受过急救培训。多一点儿技能总有派上用场的时候。"

"呵呵,是啊,我现在不是给你操练的机会了吗?"姗德拉嬉皮笑脸。

"看样子是真不疼了。"林托着那只脚,四下看看,办公室里没有多余的鞋子,安吉丽亚桌子底下倒是有双备用鞋,但十公分的细高跟只会雪上加霜。"这双鞋不能再穿了,要不我直接送你回家吧。"

"不不不,"姗德拉赶紧说:"活儿还没干完呢!我老板还等着我回去汇报!现在自说自话跑回家,明天就不用来上班了!"

"好吧,那我送你上去吧。"林作势又来抱她,姗德拉赶紧制止:"谢谢你!你已经帮助过我了。现在你只要再帮我打一个电

海上芳邻

话,就有人来'失物招领'了。"

林皱着眉头看了她几秒,然后伸手去摸手机。

几分钟后,苏珊果然拎着一双鞋出现在林的办公室。

姗德拉以"血"的代价换来了晋升。自那日带"VIP 团"视察公司楼盘外加上海导游之后,她给那群大佬留下了深刻印象。大老板在召见总经理杰森时顺便提到了她,并且发了话:那个女孩子不错,可以让她负责些重要的工作。在大老板的授意下,销售部专门开辟了一个新的部门——重要客户部。主要是考虑到客户对物业的需求往往有持续和联动性,比如,大公司既需要租赁办公楼作为工作场所,也需要为其外籍员工租赁多套住宅;外企高管租了两年房子, 发现买套房才是最好的投资……因此,"乐士诚"专门为这类有发展潜力的客户成立了一个独立的部门,叫"重要客户部"。这个部门的员工需要了解各种物业类型,掌握相关法律法规, 熟悉各种交易手续, 以便随时应对不同客户的需求。这个技术全面相当于飞行员中"备飞"的角色,一般由入行多年的资深员工来担当。房产咨询行业是典型的"铁打的营盘流水的兵",30 岁的姗德拉已是"乐士诚"的老员工了,也是当之无愧的这个新部门的负责人。她只提了一个请求, 把行政部的苏珊调过来帮她。总经理杰森爽快地答应了,反正都在他手下,不过是挪个办公桌而已。

　　其实姗德拉心里明白,老板并非恻隐之人,公司更非慈善机构,那几滴血只是试管里最后加入的催化剂,引起质变的只能是实打实的销售业绩。

　　她开始带领这个团队,不再单枪匹马独自厮杀,更重要的是统筹策划,驱动一个团队,以赚取更大的复利。杰森从公司层面划给重要客户部一单大客户,姗德拉思索了片刻,把单子分给了麦克去跟。麦克自然开心,因为大单意味着高额佣金提成。姗德拉故作轻松地一笑:"孔子说:君子无所争,必也射乎。揖让而升,下而饮。其争也君子。"其争也有情,不伤友谊,无碍大体,她需要把整个小团队紧密地团结在一起。

　　两人根本不在一个次元,麦克听不懂她在说什么,抓紧时间联络客户去了。

　　城市的天空灰暗下来,本就无力的冬日暖阳快快地向地平线靠拢,引得人情绪也暮气沉沉。林的本家老太太掐着女儿下班的点,等候在女儿公司楼下,意图张网捕鱼。

　　在她不断的引颈张望中,"鱼儿"果然出现了。老太太笑容可掬地快步迎上前去,正准备开腔。女儿一抬头,发现竟然又是老娘,简直怒不可遏,劈头盖脸一句质问砸过来:"你怎么又没约?"

　　老太太气得一句话也说不出来。半晌才恨恨地声讨:"我是你老娘,见女儿还要预约?这算是哪门子的规矩?我把你养这么

海上芳邻

大,还养成白眼狼了?"

白眼狼千金毫无同情心,金发一甩扬长而去,留下老太太呆立原地,一口气郁积难平,对中国庞大厚重的五千年历史和教育暗自反省纠结。反正也算是熟人,她索性直接上楼到女儿办公室里,找到老友的儿子好一番诉苦。

林把一盒餐巾纸送到眼泪汪汪的老太太面前,笑着安慰:"小朋友耍脾气,您老不要放在心上。当初您把她送出去的时候就该想到,她回不来了。"

这一老一少都沉默了片刻,因为他们明白这话的意思。少小离家,对环境的适应能力是很强的,同时,海外的生活习惯和观念也日渐侵入肌肤,长大成人,她除了仍然保留一副黄皮肤黑眼睛的皮囊,里面已经彻彻底底地改头换面,最直接的反应就是西方的行为习惯了。上帝面前人人平等,父子母女也是兄弟姐妹,没有人能够强制和压迫别人,见面要预约是西方雷打不动的人际交往准则。没有预约,想搞突然袭击,侵占我的私人空间?不!个人的自由神圣不可侵犯。管你是天王老子、总统显贵,我都有权利拒绝!

老太太觉得自己有点扯远了,讪讪地说:"其实吧,不知你爸妈有没有跟你提起,我跟你爸妈是亲戚又是多年的朋友,我们两家也希望孩子们能多接触一下,若是有机会再发展一下,那就是两全其美了。"

　　林听懂了。没想到父母安排这个小姑娘来工作，还有这样一层意思。他暗自好笑——他们的确想多了。这个女孩离她父母亲生存的时代，已经相隔几个"世纪"了。

　　天渐渐黑透了，魔都梦幻般的美丽刚刚拉开序幕，城市灯火通明，千般绚烂，歌舞升平，而写字楼里寂静无声。从外面看，高耸的大楼一片黑暗，只有零星几点灯光。姗德拉仍然在办公室里浴血奋战：总经理杰森要求她述职第一份季度计划，这关系到公司整个的战略部署，下半年的财政预算，杰森将汇总她的报告，然后提交给集团公司。为显示重要性，他特地在下班前把她叫进自己办公室："明天早上，我一定要看见报告在我的桌子上！"姗德拉唯一的选择就是执行命令，她已做好熬通宵的准备。

　　那些繁复的表格，枯燥的数据，以及如《黑客帝国》中变异的程序，让电脑无限升级地挑战人脑。人类只有不断设置 bug（漏洞），又不断修改 bug（漏洞），才能驾驭机器。苏珊今天去集团总公司送资料，顺路就回家去了，没有了电脑高手的协助，姗德拉只能亲自上阵人肉与机器搏斗。突然，电脑死机了。她反复地按下启动键，都徒劳无功。当被奴役的机器彻底罢工，拒绝一切合作，自以为高明的人类便无计可施。电脑的黑屏里显示出一张焦灼而疲惫的脸。她都快哭了。

　　灵感总是在绝处逢生，她突然想起自己也许可以下楼去碰

海上芳邻

碰运气。他那么愿意帮助别人，一定不会拒绝一个向他求救的可怜虫。

姗德拉拎着电脑乘电梯到 25 楼，林办公室的灯果然还亮着。在这样的夜里，在这样的情形下，姗德拉觉得林仿佛是在特地等她一样。不知道他用了什么法道，死气沉沉的电脑居然在他的鼓捣下起死回生，文件失而复得。姗德拉几乎要喜极而泣。

"这个……电脑真麻烦……"她握着鼠标，期期艾艾地磨蹭。

林一眼看穿她的企图，并自愿中计，说："我帮你做吧。"

此刻的电脑，如同一只驯兽；那些复杂的表格，在他手上就像玩儿一样，拉长，分隔，增加，删减，设置公式，改变分类，那么听话地，被捏成了想要的样子。此刻的林，一反常态，一点儿没有平时的刻板冷酷，他投入、执着而专注，双手在键盘上飞舞，如弹钢琴一样充满了韵律与美感。也许，人在做自己擅长的事、处于专业状态的时候，最显魅力。

那一刻，姗德拉心里如初春新翻的泥土，格外地柔软膨松。

办公室里很安静，代表处的员工都下班了，只有键盘发出的"嗒嗒嗒"简单而枯燥的声音。为打破沉闷，姗德拉觉得应该跟林聊点什么。

"跟老外一起工作这么多年，你觉得自己受他们影响吗？"

林手上不停，还是仔细想了想，简明扼要地回答："为人处世仍保留了传统中国化，但是工作方面比较偏向老外的方式，直来直去。"

林是早期去海外留学的"海龟",从浩瀚的竞争者中脱颖而出夺得公派指标,从本科、硕士,一直读到博士;他也是人们心中的幸运儿,一毕业就顺利地在当地找到了工作,并且是具有百年历史的大企业。只要他愿意,完全可以衣食无忧地在当地优越地生活一辈子。这大概是许多国人梦寐以求的人生轨迹吧。但是,他选择了回来,并且决心扎根在这块土地上。

姗德拉表示适度的好奇:"很多中国人都想移民,往外跑,以在国外定居为荣。而你在国外读了书,有稳定的工作,良好的生活条件,为什么还会回来呢?"

林停下手里活儿,直起身来,说:"当然,如果只是想要有份稳定的工作,优厚的待遇,房子、车子,那么在国外生活也不错。但是,混在一群白人当中很难有认同感。也许作为移民国家的美国会稍好一点儿,对各种文化的包容力强些。但是在欧洲,白人们对他们二千多年历史的传承与坚守,很难再接受别的文化。在白人的传统思想中,视东方为'the otherness(他者)',东方在他们眼里是绮丽的神秘世界、冒险家的乐园。即便工作改变身份改变,我的黄皮肤是改变不了的,我终究还是中国人。人类是群居动物,彼此需要'身份的镜映',也就是当你看着对方,就好像看一面镜子,在彼此身上发现共同点,因此知道自己生活在群体中,产生认同感和安全感。而没有相似背景的人,永远不可能理解你的需求，理解你在一个陌生环境里的危机感。国外再好，总归不是自己的家，总不可能一辈子漂在外面吧。"

"还有，"他认真地看住她，一字一顿地说："我是怀有'中国梦'的。"

姗德拉眨巴眼睛，言不由衷地说："你真高尚。"

林丝毫不介意她的口是心非，而是郑重其事地解释道："不高尚，很实际。'中国梦'的本质内涵是实现国家富强、民族复兴、人民幸福、社会和谐。每个人都有自己心中的'中国梦'：在发达的大城市，它可以是'国富民强'，在小城市，它就是'增加收入，提高生活水平'；对青少年来说就是'发奋图强，建功立业'，对普通人来说它就意味着'稳定与小康的生活'……这些年在国外，任我再怎么努力工作，也是为别人的国家做贡献。我希望参与到中国的发展进程中来，尽管现在的社会还有许多不尽如人意的地方，但是跟以前比，已经好多了，已经在进步了。我希望除了工作、赚钱，还能为中国的发展做点事情，把我所学到的先进的科学技术和好的工作方法带回来，运用到工作中，融入中国的发展中。"

没有比忘掉自己的根更可怕的了。美国著名心理学家马斯洛把人类的需求分为五种，呈阶梯递进关系：生理上的需求，安全上的需求，情感和归属上的需求，尊重的需求，自我实现的需求。跳开了第三层次，直接进入最高级，显然非正常。现代人标榜实现自我,很多人把追求高的物质和生活待遇,当作实现自我的最高目标,可是若没有了归属感,这一切很可能是无根基的空中楼阁,也许在某些个午夜梦回时,会感伤起自己的漂泊。

姗德拉深受触动:在现在的社会里,随处可见的是浮躁、狭隘、功利、商业化、物质化,她日日所见的人和事,无一不在印证这些丛林法则正当其道。这世上,居然还存活着像他这样"来自远古时代"的人,正直、务实、有理想。姗德拉对面前高举人类宣言的那人实在没信心,她犹豫着说:"可是,靠你一个人的努力有什么效果呢?"

林不慌不忙,显然早已经过深思熟虑:"初始条件下微小的变化,就能带动整个系统长期的巨大的连锁反应。每个人都是这个世界的一环,小小的举措亦会改变整个世界,这就是蝴蝶效应。可能我个人的努力做不了很大的改变,但至少可以影响周围的人。如果每个人都这样想,在各自的岗位上努力做好,努力去做一个善良的帮助他人的人,那么社会就会越来越温暖,环境就会越来越好,把中国建设成宜居社会也指日可待了。"他掷地有声:"每个人都有属于自己的'中国梦'。我的'中国梦',就是把我们这片土地变成宜居城市,让人们不再以移民作为唯一的理想目标。"

姗德拉完全被感动了,她心有所动,忍不住又偷偷看了他几眼。这一眼细看下来,才发现他眉清目秀,举止沉稳,透着一股浓浓的书卷气。虽说东方人的体形不如西方人那么魁梧高大,但是中等身材的他看起来结实而充满力度,浑身散发的诚恳和自信,让人产生信任,她相信这样的人必定有能力实践自己的承诺。

第七章

我相信你

海上芳邻

　　今天下班早,苏珊与姗德拉约好去购物。由于市场竞争格局的变化,在淮海路上开了 19 年的"太平洋百货",受异军突起的电商的冲击,曾经火爆的生意日渐凋零,难以应付越来越高昂的租金,只得关门搬迁。所有的商品大幅度打折清仓,对于苏珊和姗德拉之类收入不算丰厚的小白领来说,无疑是福音。她们特地乘地铁从西区赶来,穿过附近的"新天地",前面就是商场的大楼。苏珊眼角的余光突然发现了一个人。他一身典型的游客装扮,背着相机,拿着地图,搜索,张望,犹豫。本来她们的步履已经与他背道而驰,然而,仿佛注定一般,苏珊心里突然一动,回过头来,收回步子往后退了两步。"怎么了?"姗德拉诧异地停住脚步,目光追随着她的同伴。以她们的性格很少主动在路上跟陌生人打招呼,公共媒体总是不厌其烦地教导人们"不要跟陌生人说话",处处陷阱,人人戒备,路人甲乙丙丁皆有小偷骗子的嫌疑。不知怎么,苏珊今天仿佛着了魔一般,突然生出反常举动——就因为那人戴了一顶那么显眼的西部牛仔帽!而影片中的西部牛仔,是她从小就崇拜的形象,特爷们儿!比南方小男人强上百倍。

　　"Hello!"她主动招呼牛仔,"我能帮你什么忙吗?"

　　"哦,"牛仔开心地抓住救命稻草,"你能告诉我这地图上的一大会址在哪里吗?"随即递上英文旅游地图。

　　"乐意效劳。"苏珊满口答应,一把拉过英语更好的姗德拉。

姗德拉立刻手指地图仔细地告诉牛仔路线："往前走,右转,第一个路口再右转,你就能看到了。祝你玩得愉快!"

"Have a nice day!(祝你玩得愉快!)"苏珊满面春风地挥手道别。

牛仔微笑着与两人告别,前后只有两分钟。苏珊感到很愉快,举手之劳能带给别人方便,多好。尽管茫茫人海中,他们不会再碰到。

次日早晨,姗德拉梳洗完毕,赶到虹桥路的万豪酒店,去见她的客户。那天晚上,林不仅帮她修好了电脑,还向她推荐了自己在德国留学时的同学——美国小伙弗兰克。与林一样,这个弗兰克即将代表一家美国公司来上海设立办事处。林把写给弗兰克的推荐信抄送给姗德拉,根据邮件上的联系方式,她已经通过电子邮件跟弗兰克约好见面的时间和地点。她们通常的工作方法是,先通过电子邮件直接跟海外的客户联系,征询他的初步要求,简略回答他的问题,按照他的时间表来跟他见面,并安排以后的诸项事务。

凡事讲究效率的苏珊已先行一步到达了酒店。约定的时间尚早,两人玩起熟悉的游戏来——她们喜欢这种"盲选"的工作,常常将它比作谍战片里地下党的接头, 她们可以根据客户的姓名来猜测他属于哪个民族,大致长什么样子。比如姓名中含有某

海上芳邻

个类似汉语拼音的,那肯定是个华裔;姓名读起来音节断续干脆的,多半都是日文名字的英语写法;长得像英文却不是英语发音规律的很可能是法文。还可以通过使用频率高的大众名字来判断:Patrick,Jean 属于很常见的法文名字;Marcus,Philipp 等多半是德国人……十有八九不会错,她们常常为此沾沾自喜。偶尔也有失手的时候。有一次拿到的分明是一个异国风情十足并带有土著风格的名字,可出现在她们面前的却是一张典型的中国面孔。她脸庞娟秀,眉目细致,身材纤细,一头乌黑的长发,标准的东方美人,如假包换。伊人一口标准的美式英文,并且善解人意地为自己的外表加了一条注解:"我是被收养的,我的父母是美国人。"口气非常自然,不必遮遮掩掩,就像说"我穿 36 码的鞋子"一样。这是极其偶然的例子。

现在,两个女人又为一个名字而较上劲了。

"Frank,应该是德国人。"姗德拉说。

"不一定!也可能是美国人、法国人,或者英国人。"苏珊反驳道。

有人从电梯里出来,穿过大堂往大门口走过来。她们下意识地瞄过去一眼,咦,这人怎么这么眼熟?在哪里见过?脑子里的齿轮努力地转动……那人越走越近——络腮胡子,牛仔帽。苏珊突然想起来了,一掐姗德拉的胳膊——"新天地"!

那人也盯着这边,直愣愣地朝她们走过来。

姗德拉犹犹豫豫地说:"昨天我们好像见过……"

老外立即醒悟,试探性地问:"姗德拉,你是姗德拉吗?"

姗德拉立即反应过来,惊喜地大叫起来:"弗兰克先生! 天哪,难道您是弗兰克先生? 我是姗德拉,这是你见过的苏珊! "

"是的,我就是弗兰克。"他开心地笑起来,不由分说地分别给了她俩一个扎扎实实的拥抱。

姗德拉差点透不过气来,不过心里着实高兴。尽管从小接受男女授受不亲的儒家传统教育,但此刻她很乐意接受老外这种表达惊喜的方式。不是都说"世间所有的相遇都是久别重逢"吗?在弗兰克怀抱里时,姗德拉没有丝毫的不适,反倒强烈地感受到那经身体语言传递过来的好意。中国人喜欢用语言表达一切情绪,因为身体是私人的财产,需要妥善保护。可是弗兰克让她强烈地感受到,身体就是上帝赐予的最珍贵的东西,他乐意用身体表现他强烈的情绪。

苏珊更是乐不可支,笑得咯咯的。

后面的事情就不必赘述了,三人相谈甚欢,业务进展得异常顺利。都说人与人之间讲究缘分,没想到在这个拥有2000多万人口的上海,她们居然跟相隔十万八千里的"歪果仁"搭上了缘分。真是太奇妙了。

回到公司,姗德拉还没走到自己的座位,苏珊已经在第一时间就把"街头奇遇"开心地与大家分享。史黛拉睁大眼线浓重的

海上芳邻

眼睛:"嘿,你们两个太神了!真是天上掉下个牛仔哥啊!"同事们在惊奇之余,也纷纷感慨。总经理杰森还特地在销售会上再次重申:从这件事情看,大家得以重温经典——勿以恶小而为之,勿以善小而不为。中国这句古话,放之四海而皆准。

据姗德拉的了解,林的以身作则也表明,德国人遵守所有成文与不成文的规章制度,就像瑞士的钟表一样严格、准确、不打折扣。而接受德式教育的弗兰克却浑然不是那么回事,终究还是美国血统里的自由精神占了上风,他永远不按常理出牌。首先,他的职业比较罕见,既不是德国领先的机械汽车行业,也不是美国擅长的金融投资行当,他是一名设计师,在公司从事"视觉设计"工作。其次,弗兰克的爱好比较独特,他终年牛仔裤和 T 恤加身,在一帮衣冠楚楚的西装阶级里显得十分另类;他爱逛潮店,这也许是所有设计师的通病。这不,他提出在看房之前,顺路先去本土设计师扎堆的长乐路上逛逛:"不会耽误太多时间的。"他央求道。

这是一间小小的潮店,只卖牛仔裤,据说加拿大流行歌后席琳·迪翁和超级球星贝克汉姆的爱妻维多利亚都曾光顾。说实话,姗德拉根本看不出那些牛仔裤之间的区别,也不明白那种皱巴巴的粗布为什么大行其道。为了体现她的参与感,她问了一个问题:"不知洗过之后会不会缩水?"

　　帅哥店员用一脸敬业的微笑掩盖此刻心中的骄傲与不屑，显示了这种店面虽小价格死贵的潮店该有的职业素养。只见他淡定地回答："每一条牛仔裤都是独一无二的。牛仔裤的精髓就是要合身！合身即时尚。牛仔裤从来不洗的。一条裤子穿的时间越长，就越适合自己的体形。一般人只听说过玉是要'养'的，戴在身上吸收人体的气息，因此才会越来越温润。其实牛仔裤也是一样道理，需要用人体去养它，穿到后来，把这条牛仔裤往那里一放，能够立起来，那就成功了。"

　　姗德拉赧然，深为自己的无知感到羞愧。

　　弗兰克就穿了这样一条"从来不洗"的牛仔裤在镜前搔首弄姿，感觉良好："你知道吗？牛仔裤最早是 1847 年由德国人从德国带到美国西部，然后在美国西部广受欢迎。我觉得它最符合我的气质。"

　　姗德拉看看自己的职业套装，感觉自己简直被甩到了几条街外。

　　考虑到弗兰克的综合情况，姗德拉决定给他推荐那种"商务中心"，英文叫"即时办公室"，意思是搬进去就可用。这是一家专门经营"即时办公室"的英国公司，在世界上 66 个国家都设有办公室，一旦成为他家的会员，意味着可以优先享受其办公网络，客人到世界上任何一家分店，都可以自由出入，并享受免费的咖啡和休息室。

海上芳邻

别看小小的办公间分隔得像鸽子笼，里面的工作人员却是大有来头。姗德拉与弗兰克被接待小姐客气地引领到会客区，落座，送上咖啡，一位极品美女闪亮登场，灼伤了姗德拉的双眼。她的光芒让姗德拉在一刹那之间懂得了蓬荜生辉的含义。这位美女来自西半球的乌拉圭，她曾经是大名鼎鼎的选美皇后，某一年代表乌拉圭参加世界小姐大赛。这位"乌拉圭小姐"，与一般写字间"伪美女"有着天壤之别，这是姗德拉见过的极品美女！上海的精神，海纳百川；上海的美女，千姿百态。这里说的上海美女，不仅指在上海出生的美女，还包括从外埠漂洋过海，现阶段在上海工作和生活的美女，是她们的千姿百态，滋养着这座城市不老的容颜。

这位小姐超高的个子，姗德拉仰头目测大约有一米八，难得的是，她没有常见的老外那种笨拙的强壮，而是苗条婀娜的体形；超长的两条腿，超丰满的胸部，一头金色长发披散在肩头，配在这样拉长的体形之上尤其出彩；她穿着打扮也跟普通的白领不可同日而语，弃千人一面的沉闷灰黑，而别出心裁，以一身色彩斑斓的春装亮相，领口大开，露出诱人的胸部。问题是露得恰到好处，叫人觉得她性感而不暴露。单是这份拿捏的功夫，就不是一般美女一天两天学得会的。

昔日的"乌拉圭小姐"，今日的"现场经理"，如假包换的"高人"，带着魅惑人心的笑容，向姗德拉介绍了"即时办公室"的各种功用,令她们如沐春风。

开设这种"即时办公室",一般需要在城市顶级写字楼里先租下一个层面,然后分隔成若干个独立的小间,转租给不同的客户,赚取租金差价。"即时办公室"往往经过特别的装修和配置,不仅提供室内的装修、全套办公家具、开通电话宽带,还设有强大的公共辅助服务功能:正对电梯的接待区气派而豪华,几位身穿制服的接待小姐坐在里面。虽说是公用的,但凡访客来,任意报出某个租客的名字,满脸笑容的接待小姐立即会内线联络并安排访客到公共会客区稍坐,茶水间阿姨随即送上一杯香浓的咖啡或红茶;若是电话拜访,只要拨打其中某个租客的号码,电脑会自动跳出预设的该租客公司名称,接待小姐即以该名称应答,其热情和专业程度与私人秘书一般无二。

这种模式用足了时下最流行的"分享"概念,公共的休息区与会客区显示了不凡的品位,无论是西式的大沙发,还是日式的兰草垫,一律都配有咖啡机、茶包、饮料、白糖或黑糖,甚至各种零食。而这些全都是免费的,只要你有空,只要你老板不反对,你就可以随时站在这风景最好的一角,放眼远望外面的高楼林立和江水滔滔,顺便无限次地自取饮品和零食。还有些是收费的,除了租赁给客户的单独小间办公室,这一层区域通常会配置若干个大大小小的会议室,有不同尺寸的办公桌椅及会议需要的投影仪等设备。会议室按小时收费,不同大小不同价格,但绝对物有所值。当租客按预定时间推开门，一切准备工作已经做好：空调温度正好，室内光线充足，桌上投影幕布已经放下来，机器已经开启，只要接上自己的手提电脑就可立即演示PPT；长方形的柚木会议桌中央，已准备好若干瓶矿泉水，每个座位面前都有一份文件夹，上面是空白的书写纸和一支削好的铅笔……

当然，如果租客愿意，还能享受其他免费或付费的衍生服务：委托接待小姐收发快递啊，代订酒店机票啊，打印文件、临时翻译啊，自己不在办公室时转接电话啊……秘书和助理能做的事都有人做，只是不需要专门去雇个员工，也不用操心烦琐的用工手续罢了。

由于"即时办公室"的便利性和市场细分的准确性，深受小规模企业以及只有两三个员工的海外公司上海代表处的喜爱。

美女礼数周到，把姗德拉他们从会客室一直送到电梯口，笑容可掬地道别。这一路距离不过十几米，却让姗德拉汗颜不止——跟超高美女走在一起，简直就是"wifi"组合。她平时自忖体态匀称，又穿了鞋跟有7厘米的高跟鞋，但在绝对强势的"f"映衬下，她仍然无可奈何地成了那个"w"。

为了加深实地感受，从"即时办公室"出来之后，姗德拉特地带弗兰克去"新天地"里仔细逛了一圈。改良后的这一片上海里弄房，又是一例旧瓶装新酒的典范，它既是中国传统庭院住宅和西方排屋的混合体，同时也保留了上海独有的房屋类型。姗德拉介绍了附近的交通状况、酒店设施、各种档次的餐馆之后,她们坐下来喝了一杯咖啡,弗兰克欢快地捧起了他熟悉的星巴克超大杯,瞬间就产生"他乡是我乡"的认同感,当即决定把他的办公室放在这里。

不过两三日时间,待弗兰克再次访问"即时办公室",伊人却已"黄鹤一去不复返",换了一位本土"气质美女"来接待。

姗德拉好奇地问起极品美女的去向,气质美女答:"去香港了, 听说是申请到一个联合国的什么大使职位。那应该很适合她。"气质美女语气平和,却掩不住一脸艳羡:"她那么漂亮!我们公司庙太小,容不下她吧。"

姗德拉理解,乌拉圭小姐的美丽不属于这里,而属于国家,属于大众,属于更广阔的空间。她超凡脱俗的美丽注定要委以重任的。写字楼里的女人,美得家常,美得实用,美得得体,美得合适,说到底,谋生是基本,美丽是升级换代产品,只是给这灰色的谋生空间增添一点亮色、一点儿生趣和一点儿美好的期望吧。

看到眼前的"气质美女",没有耀目外表的干扰,反而更专注于工作本身。略一交手,姗德拉便心下一惊:这位外貌仅称得上中等的女子,却是个八面玲珑的角色。这种职场女子,说英文远比说中文更溜儿,工作语言已经变成了生活语言。衣着永远优雅,哪怕被客人"步步紧逼"到凌晨一两点,也必定赶回家,换一套行头。次日早晨，必定又是衣冠整洁地准时出现在办公室。现在的她也是紧身合体的套装，显然是私人定制的，没有一点儿多余的布料，仿佛皮肤一样贴合地"长"在身上。

看到她，姗德拉忽然明白了一件事。西方文化讲究的是通透宏伟，如凡尔赛宫，一进门整个宫殿尽收眼底，一览无余；而东方文化更喜欢委婉含蓄，如拙政园，要进门必先邂逅一道照壁，绕过之后才能豁然开朗，否则一眼见底有何趣味可言。而今天，姗德拉才发现被学术专家喋喋不休的东西方文化差异问题，竟神奇地在服装这一日常生活美学上握手言和。无论是曲线毕露的西式套装，还是玲珑雅致的中式旗袍，无一不是欲盖弥彰，用严严实实的覆盖展现女人呼之欲出的身体凹凸。

这位新上任的现场经理，犹如一位讲台上的老师，又如一名舞台上的演员，或者大庭广众之下的演讲者，只要一眼扫过，所有人的举动都了然于胸，瞬间掌控住全场。她说话周到，绝不会冷落任何人，令在场的每一个人都甚为受用。所谓"现场"，大概就是这个意思，需要临场发挥，激情四溢，调动情绪，影响谈判的氛围，从而带动并融合各方面的力量一致走向成功。沟通和商谈一直持续到晚上 8 点，在姗德拉看来很多话都是不必要的。但她看得出来，现场经理采取的方式近乎"贴身肉搏"，让客人没有时间，让别的竞争者没有机会，这样就可以在短兵相接之中拿下一局。

不知是对办公室满意，还是对各色美女满意，弗兰克爽快地同意签合同。

"好，我去准备合同了，明早见。"现场经理终于放他们走了。

半夜辗转，耳鸣失眠。次日一早，当姗德拉眼圈发黑地来到"即时办公室"时，现场经理已经气定神闲地在等他们了，一点儿也看不出昨夜奋战的痕迹。

姗德拉摊开合同，仔细研究完密密麻麻的条款，才交给弗兰克过目。弗兰克满不在乎地大笔一挥，龙飞凤舞地签上了自己的名字。

姗德拉大惊失色："你不需要看看合同吗？"

"不用了。我相信你！"弗兰克的回答一点儿不拖泥带水。

对比之前每每被改得面目全非、审核得困难重重的合同和拉锯战般的客户，姗德拉不禁感慨万千。她不免感激地发出邀请："弗兰克，你接下来有安排吗？如果没有，是否愿意跟我一起回公司，我们楼下有一家餐厅，有超级好吃的中式点心。跟我一起吧？"

"为什么不？"弗兰克痛快地答应。

姗德拉回到办公室，把签好的合同交给苏珊存档。苏珊一边接过文件，一边随口问："多大面积？"

姗德拉报出一堆流水账："即时办公室，25平方米，每平方

海上芳邻

米每天 15 元,两年租期,免租半个月。合同在这里,要不要核一遍?"她习惯性地去摸计算器。

苏珊把手一挥:"用不着计算器! 即时办公室不用另外计算物业费,免租半个月等于 24.5 个月付 24 个月租金,实际摊下来每月 11484 元。押金照实收,所以两个月的押金,加上电话押金 2000 元,再加上第一个月的租金,首付一共是人民币 35984 元。亲,你把客户的联系方式给我,我现在就做《付款通知书》。"

苏珊一口气不喘地报出一大串数字, 旁边的弗兰克差点惊掉了下巴。对于步步严谨讲究依据的美国人来说, 每一步自然都有必须执行的步骤, 习惯如此, 从没见有谁跳过一切辅助步骤,不需要借助任何工具, 仅凭人脑就能瞬间处理这么复杂的数学题。他叹为观止,心中对苏珊好生佩服。"哦,上帝呀,你真是太神奇了! "他由衷地赞美道。

"这算什么?"苏珊这才发现旁边还有弗兰克这枚"歪果仁",她淡然一笑。对天天扎堆在各种销售报表中的她来说,数字相当于巴甫洛夫的条件反射,简直小菜一碟。

姗德拉走近两步:"我们准备去楼下餐厅吃午茶点心, 反正都要吃午饭了,一起吧! "

"很高兴。"弗兰克立即表态。苏珊略一踟蹰,被姗德拉强行拉走了:"矫情什么? 今天我埋单。"

三人点了满满一桌子,小盅小碗小蒸笼,袖珍器皿配袖珍食物,看得弗兰克眼花缭乱。苏珊自顾自地在一边享受美食,姗德拉做东,自然要招呼好客人,她热情地向弗兰克介绍特色点心南翔小笼包,又苦于找不到准确的翻译,结果弗兰克不甚了了,试探地问:"Dumpline?饺子?"就像一提到中国,美国人必定会联想到功夫熊猫一样,地球人都知道中国人爱吃饺子。

姗德拉与苏珊对望一眼,又定心想了想,决定这样解释:"饺子通常是放在水里煮的,有时也会用油煎,而小笼包是隔水蒸的。它们是一个家族的两个兄弟,只是烹调的方法不同。除了饺子和小笼包,这个家族的兄弟还有馄饨、元宵等。"

"咱们东北还有合子、馅饼、疙瘩汤、豆包……太多啦。"苏珊补充说。

"是的,在美国的中餐馆,我们常常吃到云吞、锅贴、面条、炒饭……中国的食物太多了,中国的语言也极其丰富,每一个都有不同的中文名字。而英语里却只有一个词,把各种有馅的食物统称作 Dumpline。中国的饮食文化博大精深,我们相当佩服。"弗兰克一脸谦虚,作心悦诚服状。

苏珊"扑哧"一声笑出来,一只虾饺掉在桌上,赶紧捡起来。

姗德拉继续绘声绘色:"还有呢,小笼包长得更漂亮,皮子薄得透明。每一个小笼包需要用多少克面粉,包多少克肉馅,上面捏多少个褶子都有严格的规定。"

"哦,多少个?"弗兰克很感兴趣。

海上芳邻

"呃……"姗德拉一时答不上来,习惯性地去看苏珊。

"每一只南翔小笼包褶皱在 14 到 16 个之间,每一只标准重量大约 24 克。水开后再蒸 8-10 分钟。根据不同馅料的小笼包再酌情增减时间。"苏珊喜欢一切都量化,姗德拉眼里的艺术品到了她这里,就是严格的科学计量。

弗兰克非常欣赏这个有数字天赋的女孩,她陈述清晰、直观,他相信,若是她来做小笼包,一定不需要用秤来称,直接一抓就好。

姗德拉并不知晓弗兰克的心里活动,她继续卖弄:"里面的馅子学问就更大了!北方的小笼包是咸的,比如开封灌汤包;本帮的小笼包是略甜的;无锡小笼包则甜得像喜酒,里面满满一包汤。哎,知道江南的女子为什么看上去文静甜美吗?"

别说弗兰克,这个问题连苏珊都感兴趣。

"就是小笼包吃多了!"姗德拉果断地下了结论。

苏珊终于忍不住一口酒酿喷出来,一边咳嗽一边断断续续地笑骂:"神经病!亲,我发现你还真能瞎白话。得了吧,别误人子弟了。"

这句话是用中文说的,弗兰克并没听懂,姗德拉也并不生气,反倒是多了一个听众她更来劲了:"一个小笼包就是一件艺术品,可以入口的艺术品。吃小笼包也另有讲究,考验的是使用筷子的水平。轻了,挟不起来;重了,容易把皮戳破。因此用力要

114

恰到好处,拎住头上的一点儿尖尖,慢慢提起来。最关键的一步,看好了——先咬一小口,把里面的汁水吮吸出来,然后再吃。"

弗兰克被唬得一愣一愣的,睁大眼睛,嘴巴摆成一个 O 形,明显跟不上节奏。

"算了,跟你说了你也搞不清楚,总之,以后有机会我会让你全部尝试一遍。"姗德拉只好这样总结。

这边姗德拉从容不迫地示范,那边弗兰克"气急败坏"地掉落了好几个小笼包,狼狈不堪。

苏珊侠义心肠又起,用中文笑骂她的闺蜜:"你调戏人家呢?去,一边儿待着去!别欺负老实人了!"又转向弗兰克,和颜悦色地说:"来,弗兰克,我教你一个更简单的方法。先放一会儿等小笼包凉一点儿,然后整个儿放进嘴里,记得闭上嘴咬,汁水就不会漏出来。筷子不方便可以用调羹的,只要把小笼包弄起来送进嘴里就行。"说罢她自己演示了一个,弗兰克如法炮制居然顺利地吃到了原汁原味的小笼包。弗兰克高兴坏了,从此再不惧怕如此高难度的餐桌技巧,每次点菜,无论谁点,弗兰克最后都很显摆地加一客小笼包,并当众完美地消灭它,以彰显他"本地化"的深入程度。

弗兰克对苏珊既佩服又感激,好感又增添了几分。

午饭高峰时,餐厅生意兴隆,因物美价廉,销售部儿乎把这里当成了食堂。此刻麦克和史黛拉也正在就餐,看到姗德拉这

海上芳邻

桌轻轻松松、欢欢笑笑,气氛很是融洽,忍不住过来轧一脚。史黛拉端着一杯奶茶,扭着水蛇腰过来:"Hi!两位美女!很开心啊?聊啥呢?"

姗德拉回头看到"销售部第一狐狸精",故意色迷迷地勾引她:"肯定是开心的事咯。美女,要不要一起啊?"

"我已经吃好了,可以一起坐坐。只要帅哥不反对。"说这句时一张俏脸对着弗兰克。不劳姗德拉翻译,聪明的弗兰克立刻识相地表示"欢迎美女大驾光临",并以万分诚恳的态度对美女的抽样调查知无不言,言无不尽。

得知帅哥的身份之后,史黛拉开心地表示:"日后我们去美国,希望帅哥能尽地主之谊给予方便。"

史黛拉的英文水平有限,经常一大半中文掺杂两个英文单词。弗兰克连蒙带猜不得要领,又不敢问。

正说着,麦克起身说要去"方便"一下。

重复两遍同样的发音让弗兰克捉住了端倪,他悄悄地向姗德拉讨教:"'方便'是什么意思?"

"美女说的'方便'是便利和容易的意思,她是希望将来去美国的时候,你能够帮助她让她感到便利;刚才男士说的'方便'呢,"第一时间在脑海里蹦出来的词居然是"更衣"!姗德拉正考虑如何把这不雅观的人类需求委婉地告诉他,心直口快的苏珊早被她的吞吞吐吐憋坏了,抢着说:"'方便'就是上厕所。"

弗兰克恍然大悟。

姗德拉甘拜下风。苏珊就是这么痛快，一针见血，一步到位。

美女史黛拉继续提出："听姗德拉说你已经在'新天地'租好了办公室，下次你方便时我可以去参观吗？"

弗兰克愕然：中国女性什么癖好啊？怎么能在方便时参观呢？

美女很识趣地给自己找台阶："那在你方便时，我请你吃饭吧。"

弗兰克晕倒。

美女标准一降再降："或者，在你我都方便时一起坐坐？"

弗兰克直接死了算了。

看弗兰克一脸生不如死的表情，苏珊侠女范儿重新上身，她瞪视着那只"狐狸精"，一副"张天师"派头："妖精！你故意的吧！赶紧打住，别太过分了。再骚我可不乐意了！小心我收了你！"

苏珊自己也说不清是为什么，她就见不得人家欺负这老外，凡是她看不过眼的事情，自己就按捺不住地替他出头。也许，是初来乍到的他，让她想起了自己刚来上海打拼时的情形。也是备受欺负和歧视，却找不到人帮助，打落牙齿往自己肚子里吞。直到后来，她遇见了姗德拉，一个说话举止都扭扭捏捏的女孩子，"一把年纪了还装嫩，天天嗲兮兮的"，"女汉子"毫不客气地嘲笑她看不惯的"软妹子"。可是后来，她们居然化敌为友成了闺蜜，

海上芳邻

与苏珊认识的其他上海女孩不一样，姗德拉"嗲兮兮"的外表之下，是一颗真诚善良的心。尤其是当她得知姗德拉的身世，出身单亲家庭，也是万般自强自立，更是激发了她的共鸣和同情。自己父母虽然远在千里之外，那只是地理上的距离，可姗德拉与亲人的距离，是心理上深深的鸿沟。她能够清晰地感受到姗德拉对她的依赖，她们不仅是朋友，还是姐妹。在举目无亲的上海，苏珊已与姗德拉相依为命。她要罩着姗德拉。

今天，她是第二次产生这种保护欲望，还是对一个素不相识的"歪果仁"。她和他没有前尘往事，却由某种东西牵扯着，滋生了一丝丝微妙的情绪，说不清，也道不明。

美食叫人心情愉快，三人打着饱嗝儿出来，懒洋洋地往电梯口走。"叮"的一声，电梯门开了，门口的人们一拥而进，弗兰克领先两位女士快走几步。可是，里面的乘客视而不见，仿佛登上了诺亚方舟，迫不及待地想逃离险境，一致合力将关闭按钮猛一通乱按，弗兰克就眼睁睁地看着两扇门挑衅地、冷漠地在他面前缓缓关闭。接踵而至的女士们顿时气不打一处来，苏珊对着两扇金属门骂道："不过就是再等几秒钟吗？这点耐性都没有，赶着去投胎啊！"

用餐高峰电梯总是满载，何况还有楼上那么多的上班族。终于等到下一班电梯来了，弗兰克迈步进去随即紧贴壁上好腾出空间让更多的乘客进来。电梯门正待缓缓关闭,弗兰克一眼看见前面有个老太太蹒跚地跑过来。他赶紧按住按钮,电梯门重新打开。静待数秒,老太太喘着气上来,连连道谢:"小阿弟,谢谢侬。"

姗德拉悄悄拉一下苏珊,压低声音嘟囔:"咱们干吗不关门?赶不上电梯活该!刚才人家对咱不就是这样吗?"

苏珊答非所问:"这哥们儿有点意思。"

"呀!"姗德拉忽然想起什么,"弗兰克,你的同学——林的办公室,就在这栋楼上,要不要顺便去拜访一下?"

"OK,不错的主意。"尽管被挤得身体不能动弹,弗兰克还是重重地点了点头。

苏珊乘电梯回自己办公室,姗德拉带着弗兰克去25A。她在玻璃门上敲了两下,坐在接待台后面的安吉丽亚揿下按钮打开门:"有什么事吗?"一脸公事公办,好像不认识姗德拉一样。

"哦,你好,安吉丽亚。这是林在德国的同学弗兰克,他今天正好来我们公司办事,顺便想看看老同学。"姗德拉热情地解释。

"有预约吗?"安吉丽亚的脸上像涂过好几层糨糊,一丁点儿表情都休想逃逸出来。

"哦,我的意思是,他们本来就认识,今天是顺路拜访,如果方便的话,是否可以见一下林?"

"没有预约不能见!"一夫当关,万夫莫开。没有预约,天王老子都不能见,何况小小的姗德拉。

海上芳邻

姗德拉有点生气了："他在办公室吗？"

"林先生不在办公室，他出去开会了。"安吉丽亚不耐烦地回答。

姗德拉气得直翻白眼：早说他不在不就得了？

两个女人用中文唇枪舌剑，弗兰克并没听懂，但在门口站了好一会儿也没见老同学的身影，他已猜到主人很有可能外出。见办公室只有一位女士，显然不是忙碌时间，他委婉地提出："我是否能够参观一下你们的办公室？"

自诩英语为母语的安吉丽亚反应迅速："Sorry Sir（对不起，先生）。我不能！我不能做这个违背我职责的决定。"

姗德拉辩解道："他只是想看一下办公室装修和隔断，又不涉及你们公司的商业机密。再说，你不是也在这里吗？"

安吉丽亚瞬间发飚，腾地站起来，居高临下地对着她振振有词："姗德拉，你听好！我们虽然租了你们的办公室，但我并没有义务帮助你。我们签了租赁合同，我们公司和你们公司是平等的关系，根据合同第一条第 2 款：'在双方协定的租赁期内，乙方按照本合同相关条款的规定，享受完整的租赁使用权。'所以我们有权在这里不受打扰；根据合同第四条第 5 款：'甲方需经过乙方的同意才进入该房产巡视、检查房屋内状况或处理紧急情况。'你既没有事先通知，也没有经过我的同意，所以，现在，请你出去！"

　　姗德拉悻悻地退出来,不明白自己哪里跟这女人犯冲,她为什么像只刺猬把自己刺得满头包。以前她带新客户看房的时候,提出参观参考租户的办公室装修,每每畅通无阻。与人为善,友好往来,难道不是人类交往的基本准则吗?

　　弗兰克虽听不懂中文,但聪明的他很快从两个女人的表情猜出了八九分。他安慰姗德拉:"刚才那女孩也许今天心情不好。没关系的,姗德拉,我并不介意。希望你也不要介意。我想还会有机会的。下次我会直接联系林。"

　　弗兰克猜得没错,安吉丽亚就是心情不好!看到这个装腔作势的姗德拉,她的心情就很不爽!本来,她做她的甲方销售,她做她的乙方接待,彼此井水不犯河水,但是那天,当她看到一向不苟言笑的上司林,居然在众目睽睽之下把一个女人抱进了办公室,不由得大吃一惊!凭女性的本能,她觉得其中必有隐情。对那女人的两只臭脚,林却小心得像捧着什么珍贵文物;林看那女人的眼神,每一分钟都充满了心疼;自己好心好意地忙前忙后,林却彻底把自己当成了空气……安吉丽亚越想越生气,凭什么呀?她心仪的男人,怎么能对别的女人百般关爱,还是个又老又丑的女人! 要身材勉强通过,要脸蛋五官平平,能力低下,资质平平,她上看下看左看右看都没发现任何可取之处。难道他的眼睛出问题了吗? 看不见眼皮子底下的货真价实的"白富美"吗?

第八章

法式优雅和东方风情

　　自从升职以来,姗德拉需要主持每周一次的晨会,目的无非两个:检查销售结果,鼓舞士气。总经理杰森反复地强调已为形象打下坚实的基础,姗德拉要做的是锦上添花,她提醒销售员们注意打造自己的个性,在企业文化培训如火如荼的时代中,个性才是最珍贵的资源,它是你取胜的关键。

　　"你们的名片不只是印在一张小纸片上,它可以贯穿在你们跟客户接触的所有细节里。在崇尚品牌的现代商业社会,个性和特长就是打造自己品牌的一张亮丽名片。"姗德拉这样说。

　　"这个我理解,比方说姗德拉你的特色就是中式。穿中式的服装,拽点文言文,整几段'白娘娘'啥的神话故事,再带老外喝两盏功夫茶……就把老外哄得一愣一愣了。"为朋友抬轿子,苏珊最拿手。

　　"哟——你行!"史黛拉作一身鸡皮疙瘩状,画得粗粗的一字眉拧成墨黑的一团,"你们两个 CP 也要捡时间好哦?"又悄悄咕哝一句:"癞痢头上插金花——死要好看。"

　　苏珊"噗哧"笑了一声,也不生气:"当然,妖精也有妖精的法道。咱老板杰森不是说了吗?'颜值就是生产力'。还是咱组生产力最强!"

　　"生——产——力!"史黛拉故意把字音拉得很长,大家顿时明白她所指,一起窃窃笑起来。

　　姗德拉也跟着大家笑:"不错啊,现在科技太发达,遍地是美

123

海上芳邻

女。15岁的小姑娘是'美女',50岁的大妈也是'美女'。'美女'不再是一种特殊荣誉,而是沦落到一种流行的称呼。美丽,在这个时代已经迅速贬值,它慢慢变成一种必要,而非竞争力。因此,追求标准化的视觉享受,不如打造个性化的独特体验。因为你的独特,客人就记住了你,你也多了一分走向成功的机会。"

　　大家聊得热闹,只有麦克一个人默默地坐着。分给他的那个单子气得他吐血。那是一个住宅租赁单子,老外看了一大堆房子,非常专业地分析各套房的优劣利弊,每次看房都显示出莫大的兴趣,无论多远,无论价格高低,无论刮风下雨,都锲而不舍地奔赴现场。麦克以为,他只是像女人购物一样,一定要把整个商场同类货品看完,才会回头去选择喜欢的那件,以免错漏了更好的,所以耐心地陪他玩。谁知道这客户最后决定不租了,他给麦克回了个邮件,赞美多多,感谢连连,最后笔锋一转——"但是,由于公司与我签订的工作合同已经到期,我不得不下周回国,很遗憾地告诉您这个消息。希望您理解,并给您我所有最美好的祝福。"

　　麦克犹如当头一棒,急急忙忙与客户公司的行政人事确认,电话那头的小姑娘不屑地说:"他啊,公司早就通知他了,不跟他续签合同了。"这么说,他早就知道自己会离开中国。敢情,他是在消遣我们啊?有人赶集有人逛街,这老外则是把看房当成了一种乐趣?麦克气不打一处来。

记得第一次带他看房时，老外睁大蓝眼睛，不可思议地反复确认："我可以不用付佣金吗？"

"是的，"麦克肯定地回答，"因为是老客人介绍的，我们就不收你佣金了。"

"哦，真是太好了。"老外像白捡了个皮夹子，浑身舒坦。

在欧美国家，中介叫作房屋代理，从业人员颇受尊重，执业也要容易得多。首先，一套房子只能委托给一个代理人，房源可以分享，即便别的代理人做成交易，最初的代理人也必须从里面分钱；其次，如果交易成功，代理人除了向房东收取佣金，还会从客户那里收取同样的费用，这就有点像"XX 电信"，双向收费，这样的好事哪里去找？而在中国，此行业之乱象无须多言。竞争无序，抢单白热化，大打出手有之，积怨报复也有之。曾有两家公司为一大单起纷争，一家气不过，纠集人马冲进对方门店砸坏所有电脑，对方亦不甘示弱，直接砸破对手的头，吓得周围居民直叫警察……房产代理，可划入"高危职业"行列了。

因为没有国外那些严格的规定，入行容易，中介门店如雨后春笋，几日不见，居民出门就发现又多了几家"XX 房产"的招牌。与此相反，客户却没有适量增加，尤其是做利润丰厚的涉外租赁这一块，老外并不知道有这么多张口"嗷嗷待哺"，僧多粥少，代理人除了打破头皮外，只能把各自的利润往成本里压了又压，不收客户的佣金就是无奈之中的上上之举。

海上芳邻

　　想不到这自残的一招却让不良老外钻了空子，白白享受了免费服务。麦克备受打击,萎靡不振。姗德拉听了也觉得无比郁闷,但眼下更重要的,是分派一个新单子让麦克忙碌起来。

　　公司发单子给重要客户部往往不定期,也不乏一些"疑难杂症",全在总经理杰森的一念之间。拿到单子之后姗德拉通常要仔细研究分类,再分发给不同的销售员去跟单。她想起还有一张单,因为是封德文信件,她就丢在一边,准备有空了再来啃。姗德拉英文不错,其他外语尚在起跑线上,好在大多数来上海的"歪果仁"都能说英语,姗德拉也就乐得偷懒。现在,她对着一本"德国天书"犯了愁。不是不可以用翻译软件,但那些电脑搜出来的神词远非人类可懂,连蒙带猜自动脑补,仍是一出"笑傲江湖"。为准确起见,她需要找人翻译。

　　"亲,你傻呀!咱们楼里不是有个现成的德国客户吗?"苏珊"一指禅"直戳她脑门儿。

　　对呀! 姗德拉跳起来,拨通林桌上的直线电话,那人果然满口答应。在苏珊的唠叨里,她乐颠颠地抓起文件跑了。

　　黑脸"门神"坐镇,这次姗德拉学乖了,上来就礼貌地自报家门:"你好,我已经跟林先生约过了,他现在在等我。我可以进去吗?"

　　安吉丽亚一语不发地把门打开。姗德拉迅速穿过封锁线切

126

入敌营内部。林已经把自己的电脑和资料挪到一边,空出办公桌来等她。"什么信件?我看看。"林永远这样,一句废话没有,直奔主题。

姗德拉赶紧递上文件。林埋头看了两分钟,然后说:"就是一封寻找办公室的信件。这是位先生。这是名字,代表这家公司;这是时间,将于下个月 21 号来上海。他希望就他们公司设立中国公司的事情与你洽谈,他的要求是:能够容纳目前 8 个人未来 15 个人的办公场所;需要交通方式便利,因为员工可能来自不同的区域;最好能靠近主干道,因为他们的业务与在苏州的工厂经常有往来;还有,他们现在还不能给出一个清晰预算,希望你在目前的市场行情下给予一个合理的参考和推荐,然后他们再做决定……他希望你能尽快答复他。嗯,这里是他的邮箱和联系方式。"林一边说,一边用不同颜色的记号笔做标记,时间地点人物事件非常清楚,一目了然。姗德拉感觉自己瞬间变回了小学生,而林,就像是耐心的辅导老师。

记号笔突然画不出颜色了,林敲了敲笔头,这支笔才用了一周。他无可奈何地叹口气,到笔筒里扒拉一番想另找一支。姗德拉赔笑道:"现在的笔,都不大好用,快成'日抛型'了。"

林从笔筒里又抽出一支:"这倒是。这些笔渐渐成了快速消耗品,大量的笔和笔芯被弃置在生活垃圾中,既浪费资源,又污染环境。在德国,一支类似的笔可以用两三年。所有的产品,都

海上芳邻

会从长远的角度去设计和制造。在中国也有持久的啊,云南滇池螳螂川上的石龙坝电站已经建成100年了,它仍然在为邻近的村寨提供所需要的电力。这座水电站使用的水轮机、发电机和变压柜,全部是德国西门子公司的产品。"

姗德拉点头道:"德国制造,的确是世界范围内一流品质的保障。"

林叹了口气,继续说:"2014年度世界品牌500强排行榜中,中国内地入选的品牌只有29个,远远落后于美国的227个。虽然,在世界上任何角落只要拿起一件商品,很可能就是made in China。中国制造已经人尽皆知,中国品牌却没能纵横四海。这种极端的不对称叫人深感遗憾。"林摇摇头,姗德拉脑海里立刻浮现出那些铺天盖地的劣质长毛绒玩具。

林停止了工作,转头望向窗外:"读书的时候,我曾经去土耳其旅行,特地寻访了当地最古老的集市COZA HAN,号称'丝绸之路的终点站'。当我徜徉在古老的建筑和集市里,仿佛穿越了几个世纪,又回到了汉唐时期。作为一个中国人,我感到无比自豪。集市里的货品以丝绸为主,但我发现了一个奇怪的现象:made in Turkey的往往时尚、漂亮、带有浓郁的民族风情,同时标价也很高,而made in China的,则随意地堆放在柜台一角,价廉而物不美。不要忘记,这里是举世闻名的东方古国的辉煌盛举——'丝绸之路'!卖的商品是中国首创的古老的蚕桑织品,曾经让欧洲宫廷罗马贵族趋之若鹜的奢侈品——丝绸！如今，却沦落到地摊货，成了廉价和劣质的代名词。怎不叫人痛心疾首！在那一刻，我就下了决心——靠技术赢得市场，而不是靠价格占据市场。我们这一代人的使命，就是把 made in China 变成一块成色十足的金字招牌！"

"是你努力促使你们公司来中国设厂的吧？"姗德拉问。

林并未正面回答，而是说："历来理工科出身的人，都有一个实业报国的理想，他们总想着从科技层面提高一个国家的水准。我想要做的，就是引进德国的先进技术，并把它转化成我们自己的东西，为'中国制造'提供坚实的技术基础。"

林的一番慷慨激昂的爱国主义教育，让姗德拉热血沸腾了几分钟，乘电梯回到自己办公室时才完全冷却下来。她把林翻译好的信件交给麦克，又跟他一起分析了这个德国客户可能的需求。手机突然"叮"一声，显示信息：TGIF。姗德拉想起来了，皮埃尔曾说过，巴黎年轻人喜欢在周五彼此留言问候 TGIF，意思是"Thank God it's Friday (谢天谢地终于周五了)"。他虽然不年轻了，但是跟她在一起，他感觉自己的血液重新沸腾起来，忍不住效仿年轻人的时髦玩意。

原来今天已经周五了，她都忙昏头了呢。皮埃尔老夫聊发少年狂，姗德拉对着短信"扑哧"一声笑出来，对啊，管它呢，地球离

海上芳邻

了谁都照转，她没有林那么高的境界，让自己开心才是王道。叮嘱麦克两句，回自己的位子刚坐下，手机又响了。姗德拉拿起一看——皮埃尔的微信：

早上好，亲爱的姗德拉！虽然天气这么热，但我希望您的心情愉悦。如果您有时间，我是否能够有这样的荣幸，请您共进午餐？当然，如果您没有时间，一起喝杯咖啡也会给我带来一个美好的下午。

姗德拉想了想，吃饭太麻烦了，而且中午没那么多时间，对法国人来说，吃饭是很隆重的事，与其匆匆忙忙对付，不如索性不吃。于是，她善解人意地回复他：

我们喝咖啡吧。

哦。太好了。那么，您喜欢哪里呢？

都可以。只要您方便的地方。

那么，我在您公司附近的 Costa 咖啡等您可以吗？下午两点？

没问题。

姗德拉正想整理东西，又有个微信追进来：

130

下午喝茶？你喜欢咖啡还是茶？

这老外也忒啰唆了。这回，姗德拉不假思索地回过去：

谢谢您的细致和周到，皮埃尔先生。两者对我来说都可以，只要您建议的任何地方我都喜欢。

很快微信回来：

跟甲联系的时候还想着乙，张冠李戴也就算了。看样子还是个洋人！

这次是中文。微信条目位置有异！

姗德拉猛然意识到自己干了件蠢事。微信联系人太多了，人人都忙着刷存在感，每天不发点声音好像就没活在这个世界。她常常来不及看也懒得一个个关注。刚才跟皮埃尔一来一回聊得正欢，根本没注意到林莽撞地插进来。偏偏说的又是同一件事，也想约她下午茶，而且用的也是英文，想不串线都难。一不小心就摆了一个大乌龙！

面对林的质问，姗德拉反倒乐了：这是跟谁较劲啊？帮了个

海上芳邻

小忙就有资格教训我了？我跟你什么关系啊？管得着吗？

手机一扔，由他自生自灭。

姗德拉好整以暇地坐在高背真皮沙发里。前一次是中餐，这一次皮埃尔说请她吃一次正式的西餐。

"喝点酒吧。"皮埃尔建议。

"不，我不会喝酒。"姗德拉尴尬地想起大学时只喝了一瓶啤酒就要扶着墙出去的窘态。

"听我说，就一点点，是葡萄酒，不是白酒。吃西餐通常需要配一点儿葡萄酒才完美。它只会让你觉得食物更美味，而不会让你醉的。"他殷勤地劝她。

皮埃尔没有丝毫灌醉她的企图，这点姗德拉十分放心。

葡萄酒有它特别的喝法，服务生托着酒瓶先给他看一眼标签，然后开瓶，往男士的酒杯里先倒一点儿，他尝一口略加回味，点头允许，服务生才倒给女士。就是男士乐当小白鼠的意思。

"很抱歉，我不懂葡萄酒的。"多人聚餐还能滥竽充数，在高手面前她无所遁形。

皮埃尔握着细细长长的杯脚举起来："白葡萄酒是要冰镇了喝，而红葡萄酒是要餐前打开，适当氧化，保持与室温一致的温度才能达到最佳口味。葡萄酒盛在高脚玻璃杯中，千万记得要握住杯脚而不是杯身,以免手上的热量传到酒中而影响了口味,因为每一种葡萄酒都有享受它完美口味的严格温度。"

姗德拉赶紧照做。

"通常来说,牛排等红肉配红葡萄酒,海鲜类配白葡萄酒。赤霞珠、霞慕尼、波尔多等等这些眼花缭乱的名字,其实是葡萄酒的产地。它们之间的差别很细微,你很难描述它,只能靠舌头和口感的记忆。种植的土质和储藏方法决定了更多口味的差别:巴特利城堡红葡萄酒带有红醋栗和复杂的水果香味,口感清新;郎琴慕沙城堡红葡萄酒酒香高雅,是世界上最棒的葡萄酒之一;教堂城堡红葡萄酒具有橡木味、黑色浆果和香料香气,适合搭配牛排、小羊排和野味等红肉……"

看着皮埃尔一脸的陶醉,姗德拉心想,法国人热爱红葡萄酒,大概像江南人钟爱黄酒一样,不可一日无此君,个中滋味,只有当事人自己懂吧。皮埃尔说得头头是道,姗德拉把脑袋点得像小鸡啄米,表里一致,佩服得五体投地。这毕竟是人家擅长的领域嘛。

他轻轻碰一下她的杯子,她就小小地抿一口。"歪果仁"就这点好,从不勉强别人喝酒,国人以高度茅台拼杀征战的惨烈场面绝不会发生。喝酒,于他们,是一种自娱自乐的享受。所以,一般聚餐都是各取所好,有人喜欢红葡萄酒佐牛肉、白葡萄酒佐海鲜,有人喜欢饭后来点威士忌,当然,也可以点一杯不含酒精的

海上芳邻

可乐或者橙汁。总之,一切以自愿为好。

回想她和皮埃尔的交往,好像有一半时间是在餐厅里。都说人一辈子有三分之一的时间在床上,其实人一辈子所有的时间都在为吃而动脑筋,人几乎把所有的聪明才智都用在吃上了。有人研究怎么做吃的,有人研究怎么吃得舒服,吃得漂亮,吃得体面……与吃相关的所有方面都发展成了高深的学问。因此,考验人的心性脾气,与他共餐应该是最好的途径。

姗德拉笑着发表了她的这一看法,皮埃尔立刻大为赞同,并补充说:"是的,我同意!要了解一个人,一个地方是餐桌,另一个地方是床。"

姗德拉白了他一眼,怎么说说就跑题了呢?

皮埃尔今儿个高兴,乘兴再次发出邀请:"亲爱的小姐,请与我一起去喝一杯好吗?"

"不是已经喝过了吗?"她糊涂了。

"NO!不同的,刚才只是吃饭的佐酒。我们去一家好的酒吧,那才是真正的品酒。"

与其说是不扫他的兴,不如说是随了自己的兴致。姗德拉拿腔拿调地学他:"我的荣幸!"皮埃尔高兴地拍拍她放在桌上的手,两人起身出发。

穿过水中央一条长长的走道,姗德拉的长裙一路逶迤飘过,如凌波仙子一般轻灵隽逸。一些食客用眼角偷偷地打量她,被她裸露的光滑背脊所吸引。姍德拉走在前面，对此浑然不知。女士优先的皮埃尔把这一切均看在眼里，颇带酸味地悄悄向她告状："那些男人，喜欢这样偷偷地瞄你，想看又不敢看。"他眼皮用力上下翻动，故意做出一副猥琐的表情。

姍德拉笑了："你们国家的男人，不也这样吗？"

"绝不！"皮埃尔立即申辩，"当然，他们也喜欢看漂亮女人。没有男人不喜欢看漂亮女人，但他们会大大方方地看，光明正大地看，不需要这样鬼鬼祟祟地、獐头鼠目地看。这样很不好。我不喜欢。"

姍德拉脸上笑开了一朵花。说那么复杂干吗？按照苏珊的思路——这哥儿们就是吃醋了呗！

皮埃尔总是周到地考虑到她的喜好，知道她不喜欢那种震耳欲聋的迪斯科酒吧，而喜欢静静地喝酒听音乐，就带她去了一家梧桐深处的爱尔兰酒吧。眼花缭乱的外文酒水单难倒了她，不过技术层面的难题终究可以通过智力层面来解决。她只要学着他的招数，冲他娇媚地一笑："我希望您为我选择。"一切便迎刃而解。

"Oh, it's my pleasure.（我的荣幸）"他果然受宠若惊。

"一瓶 Perrier water。"他说。

这又是什么新鲜坑意儿？姍德拉心里升起强烈的好奇：先是与她同名的餐馆，现在又是与他同名的饮料。那会是什么呢？姍

海上芳邻

德拉赶紧悄悄地摸出手机问"度娘"。

Perrier water,中文名字叫"巴黎水",倒也很好记。它是一种天然无色但有气的矿泉水。制作巴黎水的水源位于法国南部,靠近尼姆的 Vergèze 镇内, 是天然有气矿泉水与天然二氧化碳及矿物质的结合。早在恺撒时代就备受推崇,Perrier water 最初被称作"Les Bouillens",法语的意思是"沸腾之水",非常形象。巴黎水最显著的特征之一是碳酸饱和:在地底纵深处,被地质岩层所捕获的火山气体与地底下的泉水相遇而混合, 接着泉水在持续的压力和恒温(华氏 60 度)状态下缓慢地上升,最终在地表形成了一潭冰凉、冒泡的清泉。

一个绿色手榴弹形状的玻璃瓶用托盘端上来, 服务生先在他们面前各放一个玻璃杯,然后当着他们的面开启瓶盖,将瓶中之水缓缓注入玻璃杯中。

"谢谢。"皮埃尔面带微笑,举起杯子向姗德拉:"为我们的相聚,干杯!"

只呷了一口,他突然脸色一变,放下杯子,然后对服务生一扬手。

服务生应声而来。

"这不是巴黎水,这只是一杯普通的冰水。"他说。

服务生看了看瓶子上的标签, 着急地辩白:"这就是巴黎水啊。您也看见了,我刚才当着您的面开的瓶子。"

皮埃尔大摇其头,斩钉截铁地说:"我很肯定这不是巴黎水。请给我换一杯真正的巴黎水。"

服务员无奈,只得找来经理。这位看起来经验十足的管理者耐心地解释:"先生,我们是一家有资质的高档酒吧,我们所有售卖的饮料酒水都经过国家相关部门严格的检验。而像巴黎水这种进口的饮料,都是通过正规渠道进来,更是保持了原装与适当的储存,绝不可能搞错的。刚才您也看到了,我们都是把水直接送到客人台子上才开启封口,以保证最佳的原始口味。您看,您要不要再试一下?"

皮埃尔胸有成竹,他的理由毋庸争辩:"我绝不会搞错,这绝对不是巴黎水!因为,我的家乡就在巴黎水的产地,我从小是喝着巴黎水长大的,我的血管里流动的都是巴黎水!"

众人皆惊。

既已如此,多说无用。经理把巴黎水收走,服务生重新送上酒水单。

皮埃尔恢复慈眉善目,帮姗德拉叫了一杯清淡的龙舌兰酒。她尝了尝,果然容易入口。原来好与不好没有绝对的标准,你熟悉的才更容易被认可,因此接受,反馈到大脑中即是美好,因为接纳而美好。

皮埃尔叫了一杯威士忌。恢复常态的他又开始"卖弄"了:"你知道吗?在苏格兰,威士忌分为两种,调和威士忌和单一麦

海上芳邻

芽威士忌。在中国,大部分酒吧卖的威士忌都是调和威士忌,也许中国很少有人喝单一麦芽威士忌吧。它不添加任何其他元素,仅靠发酵和橡木桶来获得不同的风味,因此每种单一麦芽威士忌都有属于自己的独一无二的味道,这个味道来自于发酵时间的不同以及储存方式的不同。"他拿起夹子从冰桶里取了几块冰扔进杯子里:"喝威士忌最好的方法是加点冰,多一点儿少一点儿都可以,由你决定。当然,也可以加苏打水、干姜水、可乐等等,随便你喜欢的口味都可以。一般威士忌的酒精浓度是45%,通常喝的时候可以勾兑到20%。今晚,我想我需要30%。"他冲她一笑,举起杯子。

姗德拉想起自己忽悠弗兰克吃小笼包的情形,忍不住笑了。她用自己的杯子去碰了一下他的,突然顽皮地异想天开:"那我想加中国茶。"

"你真是天才!"想不到皮埃尔睁大眼睛,狠狠地表扬了她一句。"的确有人在威士忌中加入绿茶饮料。因为饮料比较甜,中和了威士忌本身的苦味,勾兑之后能满足大部分人的口味。而你说的加入中国茶,最好是绿茶,这是一个很有创造力的想法。我必须要试试。你真了不起!"

姗德拉闻言低头笑起来。一般来讲,老外喜欢说好话,把人吹得直上云霄。也难怪,不花钱不上税又能博得美人芳心的事谁不爱做?但是姗德拉明白,听的时候,千万得保持冷静,所有的形容词语都得打八折来听。诸如,老外动不动就爱送人一顶大得不得了的帽子:WONDERFUL,BEAUTIFUL,BRILLIANT,GREAT……她就得很识相很低调地懂得他的意思是:GOOD,NICE,OK……还有,所有的老外都"尖头"(GENTAL)得了不得,皮埃尔就是其中的佼佼者。小到上电梯时侧身让她先走,就餐时抢上一步为她拉开椅子,坐车时为她开车门,还用手护着她的脑门儿以免不小心撞到车门框上……大到每餐必先询问她心中的菜谱,餐后问她想去的方向……好像任何事情没有了姗德拉他就没有了人生的方向。对于这种种表现,她大可心安理得地享受他的殷勤,这其实是在显示他的个人魅力,自己充其量不过是个体面的道具而已。但是必须配合默契,千千万万不能忘了在领受服务之后说声"谢谢",他会觉得自己的魅力得到了欣赏、人格受到了尊重,于是再接再厉,更把头削得尖尖的来讨她的欢喜。

酒吧有人驻唱,翻来覆去唱各种流行英文歌。一首 *Don't Cry* 贝斯重音击打得人心战栗。皮埃尔表示遗憾,虽然努力寻找,但至今没能发现一个可以听中国歌曲的地方。在国人眼里,酒吧本来就是舶来品,演绎外文歌才是原汁原味的匹配。

姗德拉忽然心中一动,也许,是喝了酒后壮了胆:"我唱给你听吧。"

皮埃尔心中大喜,求之不得,赶紧挥手叫来服务员,把意思告诉他。服务员连连点头,向经理汇报之后回来答复:小姐,欢迎

海上芳邻

您演唱。

　　吉他和电子琴奏响几声和弦,姗德拉轻启朱唇,慢慢唱起一支古雅的《明月几时有》。但她不太确定自己是不是在对牛弹琴,她完全没有把握他是否会懂得"不知天上宫阙,今夕是何年"这样深奥的句子。皮埃尔艺术造诣非凡,但是语言天赋乏善可陈。来中国几年了,会说的中文仅限于"你好""谢谢""埋单"这类小儿科的词汇,他甚至永远搞不清楚"小笼"与"小姐"这两个发音相似含义却天壤之别的词汇。

　　中国诗词极其深奥,一个字就可能包含了极其丰富的视觉意象。对于懂的人是一幅美好画面,沉浸其中,享受得无法自拔;在不懂的人看来,它是如此生涩难解,无异于外星文字或是远古时期的遗留物。但音乐是另一样好东西,它无须借助语言而直接进入受者的心田,或高或低,委婉旖旎地一路弯弯绕绕,把它的韵律渗入人体的九曲十八肠。

　　皮埃尔听得非常认真,脸上充满了神往。虽然听不懂歌词,但他随着曲调韵律和她的表情,也被带到一个他所理解的境界里。长期浸淫在艺术中的法国人,也许天生就具备了欣赏艺术的细胞。

　　"但愿人长久,千里共婵娟。"姗德拉自己唱得动了情,身姿随音乐轻轻摆动,沉浸在中国古典凝练飘逸的氛围里,周围的一切不复存在。

余音袅袅而逝，皮埃尔带头鼓掌，四周一片手机拍照的闪光。她笑容灿烂地走向他，略带遗憾地致歉道："对不起，我想你可能听不懂它的意思。"

"不不不，"皮埃尔连连摆手，正色道，"虽然我听不懂歌词，但我可以听音乐，感受它的节奏和起伏，按照你的表情，尽量去理解它的意思。我猜，它应该是一首情歌吧。"

姗德拉愣住了，从来没有人这样解释苏轼的这首《水调歌头》。对于离我们太遥远的古诗词，我们一向竭力挖掘其内涵，无限抽象无限拔高，把意境上升到整个人类的悲欢离合，不再着眼于字面上的小我故事。可是，皮埃尔说的也没错，苏轼在写"但愿人长久，千里共婵娟"时，对月当空，心绪满怀，思念自己的亲人，何尝又不是在思念自己难以谋面的情人。但凡男女，有牵挂，有相思，有折磨，因了某一特定的契机，抒发出来，便是情歌了。如此，谁又能说他不懂？

姗德拉的眼神聚散迷蒙，在幽暗的卡座里，闪烁着亮晶晶的光辉。

"你真美。"他轻声惊叹道，脸缓缓靠过来。

这一次，姗德拉感觉得到，他完全是由衷的。认识他之前，她总觉得自己生不逢时。她喜欢朴素、古旧、雅致、温婉、和缓的东西，有点傻傻的书生气，有时喜欢拽文字，这一点顿时使她失去了民心，与这个现实的社会太格格不入了。瞧瞧她的那些同事，

海上芳邻

个个心思机巧、八面玲珑，无一不是王熙凤般厉害的角色。而她呢，衣着打扮永远与时髦不搭边，在人群中显得特立独行。她甚至常被认为不解风情，因为太坚持自己的原则而错过了许多单生意。

姗德拉心如鹿撞，扭头及时回避对方的热情，低头道："很抱歉，我比较守旧。"

皮埃尔一脸真诚地说："你并不是守旧，而是守着你自己的意见和个性，这很难得。就像我看到的那样，的确有很多中国女孩子很时髦很开放，就算有的外国人会带那些年轻女孩去酒吧甚至上床，但并不真正欣赏和尊重她们。况且，那不是我的风格。你不一样，你非常特别，我很欣赏你，也尊重你，并且喜欢你。"

皮埃尔天生就热爱一切艺术品，现在，他觉得姗德拉就是一件东方艺术品，一件有思想的艺术品，不仅仅值得欣赏，还会带领他一起进入她的全新的境界里。他欣赏她的一切，她的发型、衣服、配饰，但凡一点儿小心思他都能无一遗漏地发现，并大加赞美。作为资深的外交官，他的赞美之词不落窠臼，取材丰富，永远取之不尽、用之不绝。今天是"你的皮肤很有神采"，明天是"我非常喜欢你的笑容"等等，信手拈来，无比妥帖。此刻，他看着她的眼睛，真诚地说："一般人的笑是用嘴巴笑，而你是整张脸都在笑，非常生动，极具感染力。"

每当皮埃尔这么认真的时候，姗德拉都能在他眼里看到自己毫无顾忌露出鱼尾纹的没心没肺的笑,她忍不住又笑了。连她自惭形秽的"老派",都被他当作了独具东方含蓄魅力的象征。这算是传说中的"情人眼里出西施"吗？她想起美国作家托尔斯在《社交礼仪守则》中借女主人公之口说道:"和百万富翁以及富家公子约会时,要保持自己的风格,不要伪饰风情,但偶尔也需要巧妙地掩饰中产气息。既要有若即若离、可有可无的姿态,也需要懂得尊重和享受。既能领会美食和时装的真谛,也不忘知识和艺术的风雅。"她和他,算是棋逢对手吗？

　　送她回去的出租车上,他们并肩坐在后排。皮埃尔轻触一下她的手指,迅速移开,顺势在空中划出一道优美的弧线。令她想起反串名旦李玉刚,有一点儿柔媚,却不叫人反感,反而有种说不出的美感。

　　"你的手指很纤细,很美。"他自言自语。

　　她微笑一下,也不言语。

　　"我知道,你不喜欢香水,因为我从没见你用我送给你的香水。你也不喜欢涂指甲油是吗？"他问。

　　"是的,我喜欢简单,非常简单。不喜欢指甲油,也不戴戒指。"她答。

　　"可是你一点儿也不简单。"他很不满意地摇头。"你总是不停地给我惊喜,就像今天,你给我唱那么好听的中文歌。你是那么神秘,让我情不自禁地着迷。"

海上芳邻

姗德拉趴在电脑前查资料,苏珊如"哈士奇"般夸张地翕动着鼻翼,一路搜索过来,终于找到了危险品的源头。她猛然一拍姗德拉的肩头,大喝一声:"嗨,'素人'终于开荤了?"

靠维生素 C 过日子的苏珊,给每日离了蔬菜就活不下去的姗德拉取了个绰号,叫"素人"。姗德拉倒是很喜欢,因为她本来就是"素人"一个,一个朴素的、无修饰的、本色的人,连香水都从来不喷。她的梳妆台上,皮埃尔送的香水已经排成了一溜儿。为避免暴殄天物,又恐皮埃尔因自己的心意石沉大海而伤心,闲置一段时间之后,姗德拉终于开启,尝试着给自己染点颜色、上点光泽。

被苏珊识破秘密,姗德拉赶紧冲她卖个萌,转移话题道:"亲,你有没有发现喷香水的场景很眼熟?"

为了简便起见,姗德拉只开了两瓶香水,白天一种,晚上一种,就像最基础的面部护理品——日霜与晚霜。出门前往空气中一喷,人再往那片薄薄的水雾中一走,雨露均洒,这一天算是武装到位。

"什么情况?"天天喷香水的苏珊不觉得有啥特别。

姗德拉扯着苏珊的胳膊把她的头靠近自己一些,神神秘秘地说:"记得那些有规模的 4S 店吗?你把车往清洗机器中一开,四周无数的毛条毛刷立即围拢来,上下左右全方位一通刷刷刷、

144

洗洗洗,再喷上油光锃亮的车蜡,灰头土脸进去,焕然一新地出来,彻底改头换面了。"

苏珊循着她的描述一想,果然很形象,不由得哈哈一笑。自己每天早上可不是在喷洗上光吗?

两人笑停了,姗德拉在包里摸出一个盒子,悄悄道:"我给你带了一瓶。"

苏珊喜形于色,对着姗德拉作势"么么哒",然后努努嘴。姗德拉心领神会地跟着她走向洗手间。

一女老外刚从厕所里出来,整个楼道都弥漫着一股浓烈的香味,让人透不过气来。苏珊掩着鼻子直皱眉头:"哎哟妈呀,好霸气!这下俺的鼻子三日不闻肉香了。还带减肥功能呀!"

姗德拉在一个片子里看到过南法小镇格拉斯,那是世界著名的香水产地,法国70%的香水、世界上50%的香水都产自于那里。小镇虽然安静无奇,但终日热烈的地中海阳光和散发着浓郁芬芳的玫瑰花给她留下了深刻印象。就像凡·高的画,在画布上密密麻麻地拥挤重叠,没有一点儿想象空间;同样是蔚蓝海岸的另一名著名画家马蒂斯,虽然绘画风格迥异,但无论是光和影都赋予了它们浓郁的色彩,情感表达非常强烈,给人极大的冲击力。大概,就是因为这种密集与热烈的环境,才造就了那些浓烈的香水吧。

姗德拉促狭地添油加醋:"法国人这么不遗余力地制造香

水,目的就是为了掩盖他们过于浓烈的体味。强强相克,以毒攻毒吧。"

苏珊小心地打开精致的包装,发出一声惊呼:"亲,忒漂亮了! 是 Nina Ricci(莲娜丽姿)唉!"她迫不及待地取出经典的红苹果瓶子,轻轻按下顶部金色的叶子,喷了一点儿在手腕脉搏处,然后把手腕在面前左右晃动,一脸陶醉:"亲,这个味儿忒赞了! 比刚刚那老外身上的味道好得多了去了。"

"那当然,法国香水有很多种的。最淡的是古龙香水,只有4%的香精,80%的酒精,余下的都是水;然后是花露水,含有6%的香精,80%的酒精,余下的是水;再是淡香水,12%的香精,80%的酒精,余下的是水;之后是浓香水,24%的香精,60%的酒精,余下的是水。女人通常使用的是浓香水,滴两滴在耳根处,香味就能持久。"姗德拉把从皮埃尔那里批发来的知识一股脑儿卖给苏珊。

苏珊沉浸在新的香氛里:"瞧,多么清新,带有花香韵调,还充满了水果味。我再闻闻,里面有佛手柑、山莓、杏仁、柠檬,还有保加利亚玫瑰的味道。哦,亲,我想起来了,刚看过广告,这款香水是 Nina Ricci 与法国著名马卡龙品牌 Ladurée 合作的,是一款像马卡龙的香氛,或者说是有香水味道的马卡龙,也就是说——香水甜心。那法国人送你这瓶香水,就是把你当甜心宝贝咯!"

"去! 哪有那么肉麻。也就是正常来往吧。"姗德拉啐了她一口,又追问道:"哎,你喜欢吗?"

"喜欢——"苏珊拉长声音,"你知道的呀,我是百无禁忌,什么香水都能用。"

姗德拉想到皮埃尔的教导,不免又谆谆提醒:"也不能拉到篮里都是菜。香水也是有性别的,男女千万不能搞错。男用的比较清淡,选材一般是龙涎香、香根草、椴树花、橘类植物。女用的原料就丰富了,各种鲜花,天马行空,给设计师提供了广阔的创作空间。当然,只要喜欢,女人也可以偶尔抹点男用香水,但男人绝对不可以用女人的……"

"好了好了,亲,就你事儿多,跟事儿妈似的。再下去直接更年期算了。"苏珊不耐烦地打断她。

"要更也是你先更。"两个女人扭作一团。姗德拉的手机响了。苏珊趁机走开,努努嘴:"赶紧的,接电话。"

是弗兰克。他说:"姗德拉,我现在有一件事情要请教你。"

"OK,说吧。我很乐意。"

一听是弗兰克,苏珊立马凑过来。

"我想知道,在一个企业里,中国员工追求的是什么?工资报酬?还是荣誉感、归属感?如果我想要表达对员工的认可和感谢,我该给他钱吗?"

姗德拉想了想,说:"荣誉可以带来的满足感,有时作用大于金钱。除了钱,中国员工追求的是荣誉、温情与感动。"

海上芳邻

弗兰克点点头,恍然大悟的样子:"我明白了。谢谢你。"随即神秘地一笑,挂断电话。

"你这人,总是这样黏黏糊糊!"苏珊很不满意地批评她,"你直接告诉他应该多发奖金不就得了!"

皮埃尔的邮件躺在姗德拉的邮箱里:

感谢你们公司盛情邀请的丰盛晚宴,也感谢您和我一起共赴餐厅的愉快晚宴;本周末,则是我私人邀请您的晚餐。我想在自己家里,亲手做一顿晚餐给您吃。可以给我这个荣幸吗?

对于这种又出钱出力,又使人舒坦无比的邀请,姗德拉还有拒绝的理由吗?

皮埃尔住在衡山路的一栋高级公寓里。梧桐掩映的衡山路,花园洋房鳞次栉比,各国餐馆酒吧星罗棋布,是一个有情调更有故事的地方。从吴兴路到乌鲁木齐路,酒店公寓就横亘在这个路口,名字直接用了路牌号——衡山路 50 号,懒得炫耀,不屑于做任何解释,只有一个不动声色的地址,霸气得不可一世。大楼外墙以巨大的花岗石垒砌,一二层花岗石粗凿,这是借鉴上海早期大楼建筑的流行做法。进口处有几级石阶,大门有包铜,显得牢固,门两侧有一对壁灯。米灰色的大理石外墙,巴洛克风格装饰的石柱,新古典主义风格建筑。跨过雕花木门,进入大堂,眼前更是一番人世繁华景象。顶上是复古的欧式吊灯,地面光可鉴人,深色柚木的椅子和装饰,让人误以为来到了中世纪的欧洲宫廷。

个子小小的姗德拉站在空旷浩瀚的大厅中央,心中兀自感叹连连。如小说中描述的那样,有着"令人愉悦外表"的外籍男管家悄无声息地走过来,温顺地问她:"小姐,请问我可以帮您什么忙吗?"

姗德拉受宠若惊地赶紧报上了名字,男管家去接待台后面确认过后重新回到她身边:"小姐,请允许我带您上楼吧。"

他走在姗德拉的侧前方,既不遮挡视线,又能准确执行引领功能。他扶住电梯门,对姗德拉恭敬地做了个请进的姿势。姗德拉站在电梯里,发现里面居然没有楼层按钮。管家轻巧地跟进来,用自己随身携带的工作卡在某处刷了一下,然后对姗德拉微笑:"好了,小姐,皮埃尔先生正在等您。"随即礼貌地退了出去,电梯门自动关闭。显然,没有密码卡,电梯是不会开动的。即便是老练的小偷,在高科技之下恐怕也无用武之地吧。

姗德拉正胡思乱想,电梯门开了。她之前的担心都是多余的,因为一层楼只有一套公寓,一扇门,她别无选择。如阿里巴巴的密语一样,那扇门随着她的脚步应声而开,皮埃尔温暖和煦的笑脸出现了:"亲爱的姗德拉,我正在等你,快请进来。"

皮埃尔给了她一个狗熊式拥抱。然后接过她的包,候着她脱下外套,替她挂在衣帽架上。她回头展颜一笑:"谢谢!"皮埃尔

海上芳邻

一边殷勤地伺候着,一边扭头纠正:"永远不要说谢谢,能够为您这样一位漂亮的女士服务,这是我最大的荣幸!"

"您今天的香味真特别。但好像不是我送给您的那些香水。"她细微的变化果然没有逃过他的注意力。

的确,姗德拉不喜欢用香水,对于纤秀清雅的东方人,香水太过霸道了。自从那次去扬州,发现了"谢馥春"的香粉和鹅蛋粉,姗德拉如获至宝。谁说中国没有好东西,这就是我们自己的"香水"啊!扬州美女用了一千多年,汲取茉莉、栀子、良姜、广木香、月桂皮、侧柏叶、松香、麝香等20余种自然香料的香味,用冰片、滑石粉拌匀,全天然原材料,与中国女人细腻的肌肤水乳交融,而且不过敏。放着现成的好东西不用,为什么反而"扬短避长",勉为其难去适应自己未必能驾驭的香水呢?今天,姗德拉就没有涂粉底和腮红,而是弄了一点儿鹅蛋粉捣碎了涂在脸上,细细的,滑滑的,令人想起传说中古代美女凝脂般的肌肤。她还特地放了一个小香囊在手提包里,那种草本精华提炼出来的自然芬芳若有若无地散发出来,引人无数遐想。

"您猜得对。是一种来自古代的、用中国传统方法制作的天然香氛。"能让见多识广的皮埃尔惊奇她觉得很得意。

皮埃尔灰蓝色眼珠子果然凸出来:"啊,太神奇了!改天你一定要给我看看,那到底是什么样的神秘物品。你总是带给我惊喜!"

姗德拉一抬头，映入眼帘的是大幅落地玻璃窗，外面是油画般的梧桐树。那也是她最爱的上海标识。"那些漂亮的树，我们叫它法国梧桐，最早是从法国移植来的吗？"

皮埃尔热爱上海，上海就是他眼中的东方巴黎，这座城市给他太多似曾相识的感觉。比如街边鳞次栉比的梧桐树，这也是他选择这套公寓的重要原因之一。他听到姗德拉的问题觉得很有趣："也许吧。在法国，的确也有很多这样的梧桐树。它的学名叫二球悬铃木，虽然你们叫它法国梧桐，但它起初并非来自法国，而是马来西亚。"

这个答案出乎姗德拉意料。

为避免初次做客的局促，她找话说："是否需要我帮什么忙？"

皮埃尔连忙表示："不不不，不需要帮任何忙。也不急，你先坐一会儿，喝杯咖啡，慢慢来，好好享受你的时间……"

在外企大家已经习惯"女人当男人使，男人当牲口使"，而法国人，无论男女，从来就把自己当金贵的上等人。什么十万火急的工作都不如眼前的这顿饭和手边的这杯咖啡重要。

姗德拉接受了他的好意，笑笑坐下来。趁皮埃尔去煮咖啡的当儿，她环顾四周。仅凭目测，姗德拉就能判断出这套公寓约200平方米左右，有3间卧室，2个卫生间，宽敞的客厅，和一个不小的阳台。

海上芳邻

　　这么大的空间,却一点儿都不显得空旷。因为,所有的地方都放满了各种艺术品。墙上挂满了画,转角处甚至厕所也不例外,都挂了她看不懂的抽象画。餐桌、书桌、茶几、书架、陈列柜、床头柜,所有的家具上都摆放了各式艺术品,有青铜的、珐琅的、瓷器的、景泰蓝的,还有或是东南亚的佛首,非洲的原始木雕……一张垫在小艺术品下面的深色纸造型别致,不规则的皱褶,凹凸不平,把小小的艺术品衬托得越发精细。姗德拉凑近了研究,发现它原来的身份不过是张废弃的包装纸而已。虽说废物利用,但将它摆弄得如此有品位,重新焕发生命,只能证明主人的艺术造诣非同一般。人,就被包围在这一群艺术品中间,日复一日地蒸腾熏染,这些艺术氛围就成了他的一件巨大的外衣。

　　姗德拉轻移莲步,款款而行,生怕一不小心碰坏一个两个,她可赔不起。她大概估算一下,这样一套公寓的租金,大概在每月两万多元,忍不住叹道:"太奢侈了! 你一个人住,需要这么多房间吗?"

　　"一间是我的卧室,另一间是我的工作室,还有一间,有时候我有朋友来住。反正是公司帮我租的,我也不计较它大小了。"

　　"这些画,都是你收藏的吗?"

　　"是的。我喜欢绘画和雕塑。有些是在法国买的,有些是在非洲、南美洲、东南亚买的,当然,还有些是在中国买的。你觉得它们美吗?"听起来他只是要得到赞同,而没有考量她的意思。

"抱歉！有些，我看不懂。"姗德拉老老实实答道。

"哦，别说抱歉。其实我也一样，有些也看不懂。"他立即善解人意地接过话头。"不过，法国著名的'野兽派'画家马蒂斯曾经说，'您想画画？那就先割掉您的舌头，因为从此您只能用笔来表达'。一幅好的画并不需要用语言来解释清楚，只要能感受它的空间、光线和色彩，被画家的激情打动，那它就是美丽的。"

"你最喜欢的画家是哪一位呢？"

"毕加索。"皮埃尔毫不迟疑地回答。

姗德拉忽然间找到了法国文化与中国文化的相似点：都欣赏含蓄而极富有想象力的美，所以相比其他民族，法国人与中国人之间更容易找到共同之处。别看法国大大小小的博物馆里、马路上、商场里，随处可见伫立着无数赤裸的人体雕像，那其实是罗马的原创，法国人只是学习一切，包容一切文化与美，而后从中提取自己的审美观。所以他们才如此欣赏赵无极的抽象画，在这些似是而非不具象的油画里，他们能够最大限度地加入自己的想象力再度创造，达到自己私密的审美享受。与专家的推荐相比，他们注重个人体验。

姗德拉的目光越过空旷的客厅，毫无阻拦地落到那一头的餐桌上。法国人比较喜欢淡雅的颜色，宴会上一般会用白色或浅黄色的花来装饰，皮埃尔的餐桌就是如此。餐桌旁有六把椅子，每一把椅子都不完全相同，显然它们来自于不同的家庭、不

海上芳邻

同的方向,但它们又很谐调地配成一套,共同支撑、协助餐桌达到完美的功能。椅子颜色深深浅浅, 但色差控制在一定的范围内;椅背上的木板有不规则的疤痕,椅子的腿脚有褪色斑驳的油漆,分明是旧时代各具风情的美人,有血有肉有故事,而不是整齐划一、身着簇新制服的服务生。于是,椅子便承担了无声讲述的角色。这种差异性像凹凸相扣的齿轮,使得物品与空间及氛围更加吻合。

"这么大的餐桌,经常有客人来聚餐吗?"她问。

皮埃尔耸耸肩:"很少。上海有那么多好吃的餐馆,我很乐意去发掘它们。至于餐桌,它是一个家庭一所房子的灵魂,所以,它必须在那里。不管它的利用率有多高。"然后他转过头来,神秘地说:"但是今天,我要亲自煮饭给你吃。"

"你还会煮饭?"姗德拉很惊讶,一般像他这样在海外工作的单身汉,都乐得当甩手掌柜。上海遍地美食,顿顿换地方都品尝不及;皮埃尔之所以选择酒店公寓,就是打扫、整理、洗烫衣服等等生活杂务都可以由家务管理来代劳, 更别说这么高档的管家式服务了。

皮埃尔腼腆地笑了:"当然,很少做。不过,我很乐意为你做一顿。"为心爱的人洗手做羹汤,古今中外同理。

皮埃尔带着姗德拉参观他的住所,诚意十足,连私密的卧室也慷慨地对她开放。姗德拉发现床头柜上赫然摆放着一本书,在一屋子西式装饰中显得格外怪异。"法国人也看风水吗？"姗德拉颇有几分惊讶。

"是的，我们那里也流行'风水'。这是一种非常神奇而神秘的学问，跟东方古老的历史一样，在房屋建筑中广泛运用。比如大师说，厨房是女人的位置，最好是朝东方向，厕所不能设在整套房子的心脏位置。如果是复式房屋，卧室顶上不能空置等等。我了解得还不多。"

姗德拉随手翻了两页，里面有讲到门的尺寸、形状和开的方向，以及桌上的小物件摆放的法门。

林林总总，对她来说，太专业了。她把书放回去，随口问："其他法国人也像你一样了解中国文化吗？"

"有很多法国人喜欢。比如我的一个同事，非常崇拜中医，他每周一次去中医那里接受针灸戒烟；再比如我的一个朋友，他喜欢中国的瓷器，每次来中国，都要去景德镇搬一大堆瓷器回去……总之，法国人热爱自己的文化，也乐意接纳异国的文化，尤其十分尊重中国文化。若是你以后去法国，就可以看到中国文化的影响，从法国的宫廷绘画、家庭饰物等方面都可以得到验证。你们是坐在'聚宝盆'上，中国文化源远流长，你们的文化就是这个'聚宝盆'，充满了魅力。"

姗德拉深以为然。文化是双方的，交流也是双方的，就是因为彼此的欣赏与尊重，才享受到融合的乐趣。

海上芳邻

皮埃尔在厨房鼓捣一番，饭菜上桌。称它们为一顿饭实在有点勉强，且看这位法国绅士的手艺：一些生菜叶子和几粒面包丁，浇上橄榄油就是一道健康沙拉；主食牛排是超市里买的半成品，下锅用黄油煎一下装盘就好；甜点则是恶狠狠地舀两大勺冰激凌，盖浇新鲜草莓；唯一称得上难度系数的，应该算这道汤了——不晓得什么杂七杂八的蔬菜切碎了一股脑儿扔进锅里，一通乱炖，然后就装碗上桌。

与粗制滥造的食物相对的，是精美的餐具、上好的红酒和主人款款的佐餐深情。大白天，他居然还点了蜡烛。豪宅，昂贵的摆设，粗糙的食物，精美的环境，预谋已久的男主人，惴惴不安的女客人……姗德拉与皮埃尔就在这奇妙的环境里开始了午餐。

皮埃尔用装红酒的水晶杯将姗德拉的杯身轻轻一碰，两人各自抿了一小口，皮埃尔才说："我不明白，为什么中国人请客喜欢去餐馆？在我们国家，请客人来自己家里吃饭，那才是最好的礼遇。"

姗德拉放下酒杯想了想，这样回答他："一般中国家庭都是主妇做饭，而中餐讲究丰盛，又要吃热的，因此主妇不得不在厨房忙碌，以保证菜的质量和热度，那么就不能跟客人在一起就餐了。还有另一个原因，也许以前中国普通老百姓不是很富裕，偶尔下馆子才能有好吃的，因此觉得请客人下馆子才是最体面、最尊重的吧。"

"也许你说得对。对欧洲人来说,家是最私密的场所,只有最亲密的朋友,才会被邀请到自己家里。所以,现在,我已经把你当成最亲密的朋友了。那么你呢?"

他们的交往从吃开始,从中餐吃到西餐,从点心吃到大餐,从现代创意菜吃到中世纪经典菜,这个主题贯穿了整个过程。现在,她到他的家里来吃,是不是表示他们的关系进入一个新的境界呢?

姗德拉以一笑作答。

饭后,皮埃尔给她煮了杯咖啡。然后在她身边的沙发上坐下,渐渐地就越挨越紧。皮埃尔永远不缺话题,他自然而然地说:"当然我想跟你在一起,这是一个男人喜欢一个女人的正常表现。"姗德拉先是一惊,而后又觉得自己太小题大做,通常老外说"make love"就像中国人说"你吃饭了吗"一样正常。所谓"饮食男女"是也。如果听了这话都要柳眉倒竖银牙紧咬,那还不如趁早远离老外逸出红尘。这老外显然动了心思,没头没脑地问:"上次做爱是什么时候?"

姗德拉面红耳赤之余还有些莫名其妙。其实这是他们的一种习惯用法,就像国产电影里一有特别镜头就拍到浴缸里的泡泡一样。作为一个传统的中国女性,姗德拉并不擅长跟人讨论这种隐秘问题,她悄悄地将自己的身体稍稍挪开。

皮埃尔马上觉察到了。他伸手去拿茶几上的咖啡,顺便自然

海上芳邻

地坐直了身子,端庄地微笑道:"面对这么美丽的女士,动心是很正常的。除非我是同性恋。"

姗德拉赶紧接过话题:"你怎么看'同性恋'呢?我一直很不理解这类人。"

皮埃尔一只胳膊放到她身后的沙发背上,舒服地靠在自己的地盘,然后告诉她:"同性恋并不可怕,巴黎的市长就公开承认自己是同性恋。告诉我你到底为什么反感呢?"

姗德拉踌躇半响,一边思考一边组织词汇:"因为少见,也因为违反自然。"

皮埃尔笑了,然后耐心地给她解释:"让我们来看看你的想法。第一,少见?的确是,他们不普遍。他们存在的数量占总体的少数,但他们是一种真实的存在。第二,违反自然?这一点我不同意。我建议你去看看那些动物,动物界也有同性恋。动物没有文化,谈不上道德,可是它们也有同性恋,少部分确实存在,在伦敦有一个专门的'同性恋博物馆',那里面展示着动物界各种同性恋的研究。所以,同性恋,是自然界确实存在的一种现象,它们属于自然的一部分!"

这个科学而合情合理的解释让他们的争论告一段落,姗德拉觉得这是一个她能接受的解释,也让她重新审视了自己的认知,固有的观念未必完全正确。

法国人常说:"生活的艺术。法兰西民族是一个懂得如何生活的民族。第一次拜访，她被他家里无处不在的艺术气息迷住了，而他，就是这个艺术的承载体。

　　周一的早上，是一个星期里交通最繁忙的时段。苏珊夹在熙熙攘攘的上班大军中，步履匆匆。这已经是她搬的第 N 处房子了。公司附近的房子太贵，因为地段更靠近市中心，又是著名的商务区，房产商和小业主不联合起来把房价炒高才怪呢。即便是租房，因为永远坚挺的刚需，所有大小房东像事先串通过似的，一律咬紧牙关死命喊出高价。苏珊不得不将搜索范围无限往外延伸，终于在漕河泾开发区附近找到了暂时的容身之地，与一个安徽来的女孩合租一套两室的老公寓。以前，这里偏僻，主要是工厂和劳动力密集型加工企业，偶尔有些公司将不需要与外界接触的研发中心扔在这荒郊野外。现在可不同啦，随着城市的快速扩张，人口的急速增加，附近也高楼林立，划入市区的范围了。随着经济的迅猛发展，上海作为国际金融中心不断崛起，越来越多的中外企业迅速膨胀，办公用房需求急速放大，以工厂型为主导的"漕河泾出口加工区"嬗变成了现代商务中心，而最直接的影响，就是带动周围房价的节节攀升。姗德拉也曾建议苏珊搬到自己的亭子间跟自己一起住，被她拒绝了："得了吧！就你那蜗牛壳，还不够我落一大脚丫子的。"苏珊嘴上舞刀子，心里软成了一堆豆腐花。

海上芳邻

苏珊的蔻驰饺子包里装着一个芝士汉堡,一路小跑去搭乘新开的地铁9号线。车厢里混杂着各种食物的味道,中国人捧着葱油饼、油条、糍饭团,外国人握着可乐、咖啡、王老吉;中国女一袭洋装,加一件香颂小披风,外国女一件真丝上衣,加一件对襟小外套;上海话、东北话、湖南话、湖北话、广东话,英语、法语、意大利语、西班牙语、葡萄牙语……各种混搭,全世界都被浓缩到这小小的车厢里了。

尽管如罐头般被挤得前胸贴后背,苏珊还是悲哀地意识到:越来越多的"洋鸡仔"侵入了这块地盘,面包店与兰州拉面紧密相邻,日式寿司与岐山臊子面亲密相依,德国乡村肘子与无锡小笼包并肩斗秀……当专营进口食品的 "城市超市" 出现在路口时,苏珊知道,也许就在不久之后,过了中秋节,她又得搬家了。

走过镶满镜子的长廊,苏珊一眼望见姗德拉扶着办公桌的隔断,正站着跟人说话。"早啊,亲!早餐吃了没?"苏珊把包里的汉堡拿出来,想分半个给她的姐们儿。有福同享,有难同当嘛。

"早!"一个"歪果仁"突然冒出来,绽开一脸比太阳还灿烂的笑容。

苏珊突然觉得刚才被挤得皱巴巴的身体舒展开来,眼前大片向日葵可劲儿地绽放。"弗兰克!你怎么来了?"她惊喜地睁大眼睛。

姗德拉指指桌上的盒子,笑着说:"帅哥快递特地来给你送月饼,请赶快签收!"

苏珊不客气地拍落那只手,用中文道:"别瞎扯。什么情况啊?这么早!"

姗德拉直叫屈:"真没瞎说,他就是来送月饼的。记得上次弗兰克打电话来问我,怎样对员工表示奖励和感谢吗?"

"嗯,当然记得,你当时整了一堆不靠谱的虚词儿。咋的?出状况啦?"苏珊分明是幸灾乐祸的表情。

弗兰克的确是采纳了姗德拉的建议。中秋节快到了,为了入乡随俗,弗兰克特地订购了一批月饼,然后发给员工作为奖励,也趁机显示自己与当地人的融洽。之前他一直神神秘秘地宣称"将有特殊的奖励",令员工们个个翘首以待。结果拿到手的,原来是这个"最符合中国文化习俗并满足人们思乡病团圆心的秘密武器"!众人不免大失所望。

弗兰克吃力不讨好,自己亦十分委屈,过来找姗德拉诉苦。

"瞧我说什么来着!"苏珊添油加醋,"光整那些虚词儿不管用!荣誉感认同感,话是没错。但你别忘了,中国人爱面子,但中国人更爱里子。荣誉与实惠并行才堪称完美双丰收。"

姗德拉觉得自己错了,深悔自己当时欠考虑,没了解清楚对方的意图,给出的建议是片面的。她诚心诚意地向弗兰克道歉,弗兰克倒不介意:"相反,我非常感谢你们两位,给了我从不同侧面了解中国文化的机会。"

161

海上芳邻

周一的早上，是所有办公室里最忙碌的时段。会议前的一小时，皮埃尔需要处理邮箱里堆积的邮件。其中一封，是他的朋友、现任驻沪总领事馆文化领事维克多发来的邀请函，总领事馆在中国的中秋节前夜举行盛大的招待酒会，他邀请好友皮埃尔去参加，并提醒他佩戴骑士勋章。正式的邀请函将由专人递送到他的办公室。

面对皮埃尔转发来的漂亮的请柬，姗德拉又是兴奋又是紧张，她不由得想起之前参加过的美国总领事馆的酒会。

以穿着随意、行为率性著称的美国人，总领事馆的酒会可是马虎不得。所有的人收起平日的随性散淡，个个西装革履，"正襟危站"（因为这种酒会一般都没有座位，所有人都站在大厅里，站着发言，站着交谈，站着喝酒）。但是在着装颜色上倒没有硬性的规定，使生性自由的美国人终于找到一个释放天性的出口。放眼大厅，有黑色、白色、灰色，也有深蓝色、藏青色，但鲜见花色。唯一出挑的是从前某届总领事的中国夫人，资深演员出身，长得端庄大方，虽算不得极其美貌，但每每出场就夺人眼球——忽而长发披肩，长裙曳地，穿着一双精致的坡跟绣花拖鞋在官邸接待三五好友；忽而盛装而出，发髻高耸，插一根亮晃晃的簪子，一身清式的暗花大襟衣裙，步步莲花，犹如时光倒流，千般端庄，又如陈逸飞画布上的仕女，姣花照水，万种风情。无论在领馆还是在家

162

里,无论公共场合还是私人聚会,每时每刻,无不光彩照人,令姗
德拉叹为观止。

　　法国人的酒会该是何等模样呢?她穿什么衣服才合适呢?想
来想去不得要领,还是问问皮埃尔,以免到时候出错。

　　皮埃尔在电话里耐心地跟她解释道:"并不是所有的酒会都
有严格的着装要求。如果是君主国家,凡是有君主出席的正式活
动,服装上都有严格的规定,必须符合其礼仪。在外交方面,穿衣
戴帽、举手投足不能随心所欲,必须尊重当地习惯。作为变通,有
关国家允许穿民族服装,非洲人可以穿非洲大长袍,中国人当然
可以穿中山装。而法国的礼仪比这些君主国家简单,因为法国是
'共和国',不讲究封建的繁文缛节。只要穿深色西服即可,并不
要求大礼服。黑色总是最正式的颜色,通常法国人认为它比较深
沉、稳重,也显得身材苗条。所以,法国街头看过去几乎全是一片
黑压压的,黑色即时尚,黑色即高雅。每当商场里其他颜色时装
都打折的时候,黑色仍然坚挺,一副皇帝女儿不愁嫁的架势。当
然了,正式并不代表着没有特色,若是酒会上还穿西式套裙工作
装,那可就大大地不妙了,一不小心会被人家当成工作人员。所
以,您可以穿任何您认为漂亮的服装,我相信您的品位。"

　　好吧,等于白问。姗德拉还得自力更生,根据自己的套路来。

　　正式的酒会终于到来。皮埃尔与姗德拉会合后准时抵达。总

海上芳邻

领事馆这天显然增加了警卫力量，平时只能看到门口的两个卫兵，今天在领馆四周似乎都有武警人员在巡视。当他们乘坐的车接近时，总领事馆的大门就打开了，门口的卫兵很客气地敬礼，一路上有人把车子引领到一栋老洋楼前停下，然后两名穿黑色西装的工作人员上前为他们拉开车门，姗德拉拉着裙裾小心地下来，门前的礼宾官已在台阶前迎候，再一路把他们引领进大厅。大厅后面的墙上挂着中法两国的国旗。

姗德拉只觉得眼前一片灰黑，好像只有这两种颜色才能体现正式似的。鼻子倒是遭到各种狂轰滥炸。秘密就在这里，不动声色的色彩之下包含的是丰富的香水气味，极尽所能，争奇斗艳。

聪明又骄傲的法国人善用香水来打造自己的个性，每个人都希望独具特色，让自己在公众场合成为独具个性的代表。英国王室凯特夫妇大婚，王妃就请法国香水大师特地为她制作了全球最独特的香水——蓝皇冠1号，一种保加利亚玫瑰精油制作的超级香水。王妃所到之处清香四溢，宾客们如同置身梦幻玫瑰庄园，所谓"有声有色有味"，将这场举世瞩目的皇家婚礼衬托得完美无比。

姗德拉被这场气味战争驱逐出局，但她成功地在视觉上将自己与他人区别开来。一条定制的蓝印花布旗袍是她今日的战袍。

蓝印花布出自中国，发源秦朝，却每每要到日本才能寻觅到。用这种布做成的东西十分丰富，各种印花小物，暖帘、提包、皮夹子、围巾、阳伞，叫人爱不释手。其实它真正的产地是在云南，大理古城就有不少草木染作坊，白族人做这个最拿手。染料真正全天然，是由板蓝根、蓼草、靛蓝草这些植物组成，"春来江水绿如蓝"，就是指这种植物；至于旗袍，更加讲究。单说料子，就有印度绸、瘪绉、乔其纱、香云纱、华丝纱、泡泡纱、软缎、罗缎、织锦缎、提花缎、铁机缎、平绒、立绒、乔其绒、天鹅绒、刻花绒……热天穿，冷天穿，年纪轻的穿，年纪大的也穿。当然，老少通吃的有蓝印花布和阴丹士林。

不知从何时起，姗德拉就喜欢上了旗袍，也许她典型的中国女人身材适合穿旗袍吧。虽说胸平臀扁曲线不那么突出，但胜在腰细，紧紧地掐住这一把，便是抓住了整个身体的灵魂，每每在满屋子莺莺燕燕中叫人如吃冰激凌般登时眼前一爽。先天的好身段还不是最重要的，还得学会头正腰软，款款摆动，且不蔓不枝，不媚不妖，一段红地毯合格地秀下来，才能够称得上活色生香。

姗德拉就穿着这样一条土土的、粗粗的、酷酷的蓝印花布旗袍，站在一群鬓香云影、袒胸露背的时髦男女中，既遗世独立，又鹤立鸡群。自从第一夫人出访时拎的那个原创包包火了之后，中外时尚界终于开始把注意力投向中国本土设计上来。姗德拉此

海上芳邻

刻充满了自信，因为，她与这身蓝一样，拥有一个特殊的名字——"中国蓝"。

"这味道真好闻。那是什么？又是中国独特的古老工艺吗？"皮埃尔悄悄翕动鼻翼，低头在姗德拉耳边笑嘻嘻，吹得她耳朵痒痒的。

"哦，不。"姗德拉笑笑，指指自己胸前别在盘扣上的两朵白兰花，"是大自然的芳香。"

江南冗长的夏天，满街都是栀子花和茉莉花的清香。这种最常见的时令小物，别有一番江南女子的风情。花几块钱买一朵来别在衣襟上，既美丽又芬芳，更不需要担心出汗而产生不愉快的味道影响氛围。若是此时用香水之浓烈掩盖身上不雅的气味，那恐怕混合出来的气味不知叫人多么抓狂。既然毛姆描写的那个时代社交场上的贵妇，若是穿一套绿色服装，必会手持一支水仙花来配，那么，她用栀子花来配旗袍也是很应景的品位了。

"啊，大自然的芬芳！太漂亮了！太神奇了！您是大自然的精灵吗？"皮埃尔从不轻易说"你真漂亮"这种空洞而流于庸俗的恭维话，出于外交官的修养和基本功，他总是能够不费吹灰之力就找出一大堆讨好又得体的赞美词来："您的耳环真闪耀""这条项链很别致""您看起十分优雅""今天的裙子很衬您的气质"等等，词汇丰富，信手拈来。姗德拉身上的每一个小细节，每一点儿小心思，他全都看见了，并且不孚众望地以最佳辞藻表达出来，令

166

这些原本并不如何出色的小细节大放异彩。

姗德拉每每笑得合不拢嘴，又警惕地说："我不相信您，您总是说太多话来赞美别人。"

"哦不，其实您错了。我记得诺贝尔奖获得者英国作家威廉·戈尔丁曾说过这样一段精彩的话：

我觉得女人自称和男人平等真是太傻了，因为一直以来，女人永远都比男人优秀。无论你给一个女人什么，你都会得到更多回报。你给她一个精子，她给你一个孩子；你给她一个孩子，她给你一个家；你给她一堆食材，她给你一顿美餐；你给她一个微笑，她会给你整颗心。她会使你给她的东西放大和倍增，所以，如果你给她任何废话，那么请准备好收获成吨的垃圾！

这至少说明两个问题：第一，女人的确非常优秀；第二，男人从不说废话。我只是实话实说。"

的确，皮埃尔从不说废话，或者说任何废话从他嘴里说出来，都成了诗一样动听的艺术。当然，他给的赞美没有虚设，收获了姗德拉的回报。每一次见他，她都潜意识地按照他的口味处心积虑地把自己打扮漂亮，好在，这并不难，因为这也是她自己喜欢并擅长的风格。

"你们在聊什么？这么开心！"一位略为矮胖、满头卷发的中

海上芳邻

年男士端着一杯酒过来。

"你好。维克多！"皮埃尔热情地与好友握手，然后第一时间转向女士："请允许我介绍我的朋友维克多，法国总领事馆的文化领事。今天的酒会就是他邀请我们来参加的。"接着重新转向男士："维克多，这位是姗德拉女士。我的朋友。"

姗德拉立即满面春风地伸出手来："维克多先生，欢迎来到上海。希望您喜欢上海。"

"哦，当然！"维克多夸张地说："我非常喜欢上海，因为它跟巴黎很像。我们的总统奥朗德先生也说，上海是'东方的巴黎'，也许再过些年，人们就会说巴黎是'西方的上海'了。相比之下，巴黎更像是一枚焦糖布丁，从里到外都是透着甜蜜，舒适慵懒，适合生活；而上海这座城市，令人回味，就像'白象'黑巧克力，第一口尝着觉得苦，然后就慢慢品出甜味来。真是太神奇了！"他又转向老朋友："看来你说得没错。姗德拉小姐的确是一位非常优秀的女士。瞧这条裙子，真是太特别太漂亮了！我敢说，这是我见过的最美丽的中国女士！"

他们都一起笑起来。姗德拉边笑边说："我常常怀疑皮埃尔先生角色错位了。他更应该是一位诗人。因为每一次见面，他都不吝赞美之词，并且这些词汇永不重复，充满了多重性与变化感，充分显示了一个诗人才有的对美的发掘和提炼能力。现在看来，所有的法国绅士都一样，他们天生就是诗人。"

"不！"皮埃尔佯装委屈，大呼冤枉，"我们从不言过其实，我们只是说明事实！"

"他说得对！"维克多立即附和，"我们只对美好的人或事物才歌颂赞美。"他热情地拍拍皮埃尔的肩："我亲爱的朋友，我很高兴再次看到您佩戴勋章！记得吗？授章典礼时我在场。"

"当然。"皮埃尔至今仍清晰地记得当时的情景：自己和几名在中国工作的法国人一起站在总领事馆的大厅中央，总领事馆所有的工作人员站了一圈。一名身穿礼服的典礼官走进来，从一张铺着红绒布的长桌上端起几个小红盒子。总领事现身并发表讲话，对他们在中国期间为促进法中关系所做的工作表示赞赏，称赞他们为中西方文化交流的"大使"，最后宣称："为了感谢您做出的卓越贡献，我谨代表法兰西共和国政府授予您骑士勋章。"总领事走到他面前，从红盒子里取出一枚银质勋章，轻轻插到他衣服上的别针里；又把一枚精致的小勋章别到他的左胸前，与他热烈地握手祝贺。

看到皮埃尔胸前的小勋章，姗德拉忽然脑中灵光一闪，想起那次去领事馆拜访时，一位中方接待小姐的话，不由地脱口而出："是骑士勋章吗？"

"哦，看来这位小姐知道得真不少。皮埃尔一定向所有人大力推广法国文化了吧？"维克多将一只空着的手在空中小幅度地挥舞，继续普及道："骑士勋章源于法国的'荣誉勋级制'，是拿破

海上芳邻

仑于 1802 年建立的,目的是为了嘉奖战争中有功人员及对国家做出突出贡献的平民。勋章自下而上共五个等级:骑士勋章,军官勋章,指挥官勋章,大将军勋章,大十字勋章。大十字勋章只有总统和总理有资格获得;大将军勋章,主要授予外国的总统或总理;而一般的法国人,能获得一枚骑士勋章就是很高的荣誉了。所以,我为我的朋友感到自豪。"

"可是,我以前从没看到过您佩戴勋章。"姗德拉表示疑惑。

皮埃尔解释说:"大勋章留在家里,重大活动时才佩戴小勋章,平时若有需要,则在西服领子上别一个小绶带,其颜色显示着等级的不同。"

"绶带?我不记得是什么样子了。"姗德拉努力回想。

维克多闭着眼睛耸耸肩:"通常,获此殊荣的法国人,无论到哪里都不忘在西服领子上佩戴这个小绶带,因为这代表他的社会地位。法国人非常看重荣誉,就像他们重视自己的信誉一样。相比金钱财富,这些非物质的奖励才是最大的财富。但是皮埃尔一向低调,平时连绶带都不佩戴。不过,在总领事馆的酒会这么正式的场合,他是必须要戴好勋章的。而且,我相信他也很乐意让您看到吧。"

嗡嗡嗡的交谈声突然安静下来,人们纷纷往国旗下面的主席台方向张望。酒会正式开始了。

姗德拉站的位置比较远,放眼一看,大厅已经密密麻麻地站

170

满了人。男的捂得严严实实,西装、衬衫、领结、全套上场;女的穿礼服,袒露胸与背,有的后背几乎全部露在外面,像奥斯卡红地毯上的明星。见姗德拉的眼睛始终盯着人家的脊背,皮埃尔低头在她耳边笑着说:"露得越多就越正式,这是西方文化。"

姗德拉低头一笑,眼神重新聚焦在主席台上。

总领事上台,致开场白和祝酒辞。首先,他代表法国驻沪总领事馆全体同事向即将到来的中国传统中秋佳节致以节日的祝贺。法国与中国建交五十多年来,法国人与上海人民素来友好,进驻上海的法资企业数量巨大, 许多法国企业家将家庭安顿在此,感谢中方对法国企业和人员的全方位支持。法中两国已在纺织、化学、科技、金融、食品、服务等多方面有了合作关系,未来希望能在新能源、城市可持续发展、医疗卫生与数码化等领域加强合作。

中方人员也表达了继续保持友好交往的良好意愿。双方合作前景十分广阔,未来将进一步拓展各领域的务实交流与合作。

酒会按流程有条不紊地一一进行着。法方用中文说"谢谢",中方代表用法语说"Merci",语言拉近了彼此的距离,增加了彼此的信任。

致辞结束,回到自由交谈的状态。这种俗称鸡尾酒会的招待会形式较活泼,便于参加者广泛地彼此接触交谈。招待品以酒水为主,略备小吃。不设座椅,仅置小桌方便客人放置酒杯,客人可

海上芳邻

以随意走动。酒会举行的时间也较为灵活,请柬上注明整个活动延续的时间,客人可在其间任何时候到达和退席,来去自由,不受约束,只要不错过当中的主办方致辞就好。

皮埃尔和维克多不知去哪里跟人交流了。

一个黑人端着酒杯在人群中左顾右盼,然后竟然直奔姗德拉而来。黑人露出雪白的牙齿,灿烂地一笑:"你的衣服很漂亮,是什么颜色?"

姗德拉一呆,下意识地低头去看自己的衣服是啥颜色。正犹豫着,皮埃尔适时地过来替她解了围:"谢谢你的赞美!"一口白牙又闪耀了一回,走开了。皮埃尔轻轻地抚着她的背,低声耳语:"这是一种特殊的问候语。他并不是真的问你衣服什么颜色,而是问你今天怎么样?"

哦——姗德拉算是开了眼界,居然有这么奇葩的问候!她一向自诩见多识广,除了放之四海皆准绳的握手礼,还有温文尔雅的东方鞠躬礼、抱拳礼,彬彬有礼的欧式古典吻手礼;现代社交大胆些的,自然是法国式热情的贴脸礼,还有更豪放的狗熊式拥抱礼;离奇的,她还知道返璞归真的非洲部落的碰鼻礼……可是现在,她深悔自己的孤陋寡闻,连隆重的礼仪都染上了红黄蓝绿青蓝紫,她都无法判定选哪一款才合适。幸好皮埃尔来得及时,否则还不知道她会出怎样的丑。

皮埃尔又看到认识的人走开了。她长舒一口气,走到酒水台那边,对服务人员说:"请给我一杯巴黎水。"现在,她已经喝惯了这种绿色玻璃瓶子的矿泉水,里面奔腾的气泡据说来自地中海海底的火山,因此有着丰富的矿物质,还自带美容养颜功效。

"好的。您的声音真性感!"那位栗色卷发帅哥真诚地赞美道。

姗德拉差点又是一个趔趄,握紧了手中的水晶杯。老外一向喜欢奉承人,皮埃尔便是其中的翘楚,姗德拉总结出他最常用的赞美是优雅;而一般段位的老外,除了"美丽的""甜蜜的"这类词汇,他们奉承的最高境界是说"您很性感"。如果你穿了件很得体的衣服,长得又过得去,他们会毫不吝啬地奉送你"性感"的美称;如果你有一副好嗓门,他们会赞扬"你的声音非常性感"。这并非他对你有什么邪念,因为这种话就冠冕堂皇地出现在各国领事馆的高级聚会上。

不用看面貌,这对带有浓重口音的父子一定是印度人。他们天生会说英语,只是被打上了强烈的民族风。语言不是问题,叫姗德拉十分抓狂的是,老子与儿子居然都叫"Singer",在直呼其名以示亲近的英语习惯里根本无法区分。姗德拉眼睛转了几圈,独创出一门绝学:称呼儿子为"Singer",而称呼老子为"Singer 先生"。"交谈小组"都觉得这样的称呼有趣,纷纷如法炮制。Singer父子也大为开心。

老 Singer 冷不丁地问她:"Where is your balance？"

海上芳邻

姗德拉想了半天没明白啥意思。平衡？存款？还是网上说的Find your balance？均不得要领，只好老老实实说："Sorry, I don't know."

老 Singer 瞪大眼睛望着她，一脸莫名的惊诧。

小 Singer 见状再三解释道：他是问你父母在哪儿。

唉。姗德拉再不敢轻易开口。

小 Singer 聊得高兴，就想跟姗德拉交个朋友，临走前殷勤地给她留下了自己的电话号码 66603629，生怕她没看清楚，又很认真地读给她听。

姗德拉哭笑不得。

姗德拉在那里站了一晚上，累计有五湖四海的"多国部队"来巡查过，性感啊、美丽啊、特别啊、会聊天啊……五花八门外交辞令收获了一堆。她猜想自己之所以引人注意，是因为她跟她们长得不一样。欧洲女人一般丰乳肥臀，曲线毕露，气场强大，远看惊人，却是禁不起细细推敲；东方女子正相反，远观无甚特别，平和柔美，需要加上一点儿主观的想象力，是一种雾里看花的朦胧之美，越近则越清晰，一层层展开叫人不断惊喜。最经典的对比是皮肤，西方女子喜欢袒胸露背，长年裸露的肌肤没能得到很好的保养，且老外喜欢晒日光浴，以小麦色肌肤为美，因此落下毛孔粗糙、皮肤松弛的后果；传统东方女子信奉"一白遮百丑"，日日小心翼翼与太阳周旋，时时记得保身价，即便去海边也举一顶

174

遮阳伞或套一件防晒衣,甫一张扬便是养在深闺人未识的惊艳。

一场无明确主题的招待酒会,成了东西方女人的斗秀场,以及奇葩礼仪文化的展示会。姗德拉是愉快而兴奋的,她喜欢皮埃尔带给她的、充满了魅力和光彩的全新世界。

第九章

化腐朽为神奇

伟大的国际主义战士弗兰克同志不知道是用什么特殊材料做成的,迥异于那些初来乍到的"歪果仁",他入乡随俗得不需要任何过渡。语言不通,路况不熟,食物不对,习俗不同……这些都难不倒他。这家伙简直是见风就长的野秧苗,插哪儿都能成活。哪家餐馆好,不用高人指点,不查"大众点评",就看哪里中国人排队最多,接龙即可;不会点菜,就看隔壁桌上人家吃啥,照搬即可;听不懂,就看人家是真笑还是假笑,假笑的时候眼角是不会弯的,以此类推即可;奖品发错没关系,这次照顾面子,下次照顾里子,中国人假期不多但节日多,月饼吃完还有汤团,中秋过完还有春节,实在不行,圣诞节、六一节也可以拿来说事儿嘛……

习惯了在空旷的公路上一任驰骋的欧美人,在上海这样阡陌纵横的小马路上迂回行进,从上下班高峰的千军万马中杀出血路,不是人人都有胆量,也未必有这样的好身手。出生于人迹罕至的美国西部蛮荒的牛仔弗兰克胆子奇大,根据他穷游世界的经验,第一时间在上海租了一辆车。想上哪儿,一手GPS,一手方向盘,吱溜一下就去了。路不熟?没关系!哥伦布不是早就验证过了——地球是圆的嘛!万一走错个道儿,一没留神闯入单行道,被警察叔叔当场拿下。牛仔立马变脸,老老实实可怜巴巴地望住人民警察,求高抬贵手,最后索性两手一摊,用生硬的中文说:"窝挺不冻(我听不懂)!"

海上芳邻

可怜的警察叔叔只好抓抓头皮,彻底输给了他,挥挥手让他赶紧走。

姗德拉曾经问起美国自由派弗兰克怎么跟德国严谨派林成了好朋友,弗兰克笑得像只狐狸:"林说得对,我们曾经是同学,但不同的专业。所以,学的东西绝对不一样,风格当然更不一样。那个家伙,典型的德国做派。"

姗德拉好奇地表示愿闻其详。

"OK,我给你讲个在西方国家很流行的故事。在大多数国家,汽车在市区里行驶时速不得超过 30 英里。如果深更半夜还有人在路上等红灯,那个人肯定就是德国人。"德国人的守法与刻板,姗德拉早在林那里就已领教。

由此看来,弗兰克与皮埃尔一样,但凡能在异乡存活下来的老外,都有超强的适应能力。不同的是,皮埃尔的适应力集中表现在饮食上,而弗兰克,更如天女散花,细雨润物,体现在无数生活小细节上了。他有选择性地撷取,有选择性地屏蔽,包括本土陋习"中国式过马路",他也来个"拷贝不走样"。

在路边站立良久,无车,无人,他决定跟着一群老阿姨一起闯红灯。

"抗议!"姗德拉举起拳头。

弗兰克一脸无辜:"无论在美国还是在德国,我们从来不闯红灯,那是因为大家都这样;而在上海,如果步行我站在路边等,

178

行人会鄙视我'外国乡巴子'；如果开车，我在路口停下让行人先走，后面车上的喇叭催得我耳朵都聋了，而且，面前的行人如潮水一般地奔流不息，我永远也走不了。"

姗德拉一时不知该如何反驳。

"知道我的名字是什么意思吗？"不等姗德拉发出声音，他自问自答："Frank，源自于拉丁文，在英语、法语、德语里都是'自由之人'。在上海，我真的感觉到了自由。"

姗德拉看得出来，弗兰克的小日子的确过得很滋润。

"我想找一间自己的房子，一间有特色的房子。"弗兰克忽然认真地说。

初来的几个月，弗兰克一直住在酒店公寓里，一来生活方便，二来由公司直接从海外支付租金，他也免去自己面对业主的麻烦。近来因国际经济衰退，公司紧缩银根控制成本，海外员工的租房预算自然随之下降。现在很多公司改为把租金作为福利直接发放给员工，超支不补，海外员工不得不小心翼翼地精打细算。附带了服务的酒店公寓，租金显然高于一般的住宅，弗兰克明白这点，也不得不另行打算。

照理说，这么小的单子，姗德拉完全可以分给手下的麦克和史黛拉他们去跟。但兴许是她把弗兰克当成了朋友，她更愿意亲自帮助朋友解决问题。

一提弗兰克，苏珊态度空前积极，她大力协助姗德拉，运用

海上芳邻

"公司第一行政"的特权,偷偷地把公司其他组的房源库调出来以供姗德拉察看选择。

"弗兰克是你远房表亲吗?"姗德拉奇怪地问。

"你这个黑心老妖!人家不是上次送了咱月饼吗?没听说过啊?拿人家的手短,吃人家的嘴软嘛。再说了,我这不为了配合你吗?好心当作驴肝肺!还想不想做生意了?"苏珊理直气壮地倒打一耙。

打架,姗德拉从不奢望,因为实力相差太悬殊;吵架,她也不是对手,东北出来的姑娘个个都是刀子嘴。苏珊一咋呼,姗德拉立马偃旗息鼓,吐吐舌头,专心去干她的活儿。

虽说是张小单,但操作流程与其他并无区别。弗兰克对位置、交通、物业类型、楼层高低、房屋面积、周围配套等硬性指标并没有明确的限定,而是对房子的附加值提出了笼统而特殊的要求。这种"没有要求",其实最难办。就像那些婚恋市场的单身男女,咬紧牙关说"没要求"的,事实证明往往是最挑剔的,因为他们理不清楚说不明白自己的要求。你只得替他们去做更多的揣摩与设想。而弗兰克所谓的"特色",实在不太好界定,仁者见仁智者见智,姗德拉揣测着弗兰克的口味,又经过了一番沟通,再参考他的预算,才勉强确定了几个备选。

姗德拉用水笔把一张纸勾画得乱七八糟,万般纠结。还是苏珊快人快语:"亲,你管他呢!房源库里已经没有其他选择了,死马当活马医吧。"

"什么死马？是洋马吧！"姗德拉斜睨了苏珊一眼，额头上立即狠狠地吃了一记"毛栗子"。

不出所料，弗兰克看了几套房子果然都不满意。去看最后这套房子之前，姗德拉犹豫再三。这套房子太破旧，隐身于老城区人口密集的居民区，弄堂宽窄不一，布局杂乱无章，一不小心仿佛误入"迷魂阵"；居民年龄偏大，生活习惯守旧，通道堆着各种杂物；房型古怪，甚至没有一个像样的厕所，这对习惯了设施便利，全部靠电脑按钮来解决生活问题的老外来说，简直是致命硬伤。但是，优点是价格便宜，甚至远远低于他给出的预算。还有，正如苏珊所说，这已是姗德拉能使出的最后一招，姑且一试吧。

这里是一片老式里弄房。经过了40年代的部分租用，50年代公私合营，其后的强占和再分配，居住密度从1949年的每幢2户迅速膨胀为20世纪末的14户，甚至17户，违法搭建严重，勤劳勇敢的上海人民充分发挥"螺蛳壳里做道场"的超能本领，将床变成活动的，晚上放下白天靠墙收起；阁楼上再分层，一直头顶老虎窗，个子小小的姗德拉都直不起腰，更何况人高马大的弗兰克；比起上海人民的生存智慧，"宜家"对空间的利用算什么？过度使用使得居住功能和建筑本身遭受极大的破坏，其状惨不忍睹。姗德拉想起在逛"新天地"时，曾跟弗兰克绘声绘色地讲到里面住着"72家房客"的故事,一时尴尬无比。

弗兰克的反应大大超出她的意料!面对这堆别人弃之如敝屣的废铜烂铁,他突然如警犬一般兴奋起来,似乎嗅到了某种特殊的味道,瞬间精神振奋。他把姗德拉甩在一边,自顾自走上去,长腿越过重重障碍物,围着老房子角角落落细细地打量,里里外外绕了几个来回。别人眼中的边角料,他却仿佛拾到了金元宝。面对堆满陈年杂物,散发着一股陈年腐朽气味,昏暗杂乱的屋子,弗兰克居然双眼放出光来。

"我喜欢这里!"他坚定地下了结论。

姗德拉吓了一跳。

"你确定?"她又追问了一句。

其实她真正的意思是想问:"你没开玩笑吧?"自从上次带他参观过"新天地"之后,她以为他应该喜欢那种外表古旧实际新潮的时髦地带,就像那些没事就爱坐在"新天地"里喝咖啡的"歪果仁"们,把翻新过的清清白白、干干净净的露天弄堂当作自家客厅而怡然自得。

弗兰克眼角弯弯,笑得一点儿不掺假:"是的,我确定!谢谢你,带我发现了宝藏!"面对姗德拉半信半疑的神情,他盯着她的眼睛,认真解释道:"没错,'新天地'是很漂亮,但它已经成了橱窗和商店的综合体,卖着世界上任何地方都能找到的奢侈品;它经过过分精美的包装,因此更像一个模型,非常整洁、干净而簇新，却没有了生活气息。"

"而这里不同。"他乐呵呵地招呼姗德拉，"你来看，它的建筑特色是上海近代的外廊式建筑，具有英国安妮女王时期建筑风格特征，每个门牌号的建筑平面为'间半'开间，外墙主立面设连续的清水红砖券式外廊，采用弧形券和半圆形券，局部采用简化的古典式清水红砖柱，背面为青砖清水墙，红砖清水腰线，檐口天沟采用线条外挑，不设封檐板，屋顶虽然布满了泥土，但还能看得出原来的铁皮瓦楞板。你可别小看了这间旧屋，它具有特殊的艺术价值。我肯定，它就是我要的。"

姗德拉心中暗叫一声惭愧。作为销售，她一门心思想的是怎样把房子推销给客人，注重的只是基本居住功能。至于建筑风格，附载的历史，似乎与她的业务全然无关。没想到这个外来和尚，居然在不会言语的建筑里读出本地文化。这不能不叫她这个自诩为土生土长的本地人汗颜。

在得到弗兰克肯定的答复之后，她不再言语，青菜萝卜各有所爱，虽然这老外的口味特异得离谱了一点儿，但能把这套空置太久的房子租出去总是一件好事。

苏珊抱着一大堆文件从总经理杰森的办公室出来，她需要把杰森签字盖章之后的文件分类归档。25A 的涉外代表处批复下来了，承租方(乙方)从首席代表的名字换成上海代表处的正

海上芳邻

式名称,租赁场所业主方(甲方)代表杰森也签了字盖了章,现在,要将一份原件还给客户。她走到姗德拉座位那里:"亲,25A的合同原件。你的客户,麻烦你去送一趟吧。"

"哦——"姗德拉接过合同,略一迟疑。

"怎么了,亲?"苏珊善解人意地建议,"正好有个借口跟客户多联系,套套近乎呀。"

"好吧。我很快回来,如果有人找,你帮我看着点。"

"没问题。"苏珊痛快地做个 OK 的手势。

电梯下楼,姗德拉按响 25A 的门铃。透过玻璃门,里外的人都看清了彼此的脸。里面的人板着脸开了门,眼皮都不抬。

"安吉丽亚你好!请问林先生在吗?"姗德拉有心将热脸去贴冷屁股,中国人不是讲究和气生财嘛。

"他不在。你有什么事?"一张比屁股还臭的脸。

其实姗德拉已经料想到林可能不在办公室,她希望有机会跟安吉丽亚修好。毕竟同在一栋楼里,抬头不见低头见,跟租户的很多交往都需要经过她的。

姗德拉递上合同:"我是来送合同的,你们代表处的审批下来了,正式合同上我们老板签了字盖了章。这一份合同还给你们。"

"哼!"安吉丽亚冷冷地道:"就这么点芝麻小事,一个小文员就能搞定。要是抽不出人手,一个电话叫我上去取就行了,何须

184

劳驾一个 team leader(领导者)亲自驾临？你们公司的职责分工够混乱的啊。"

"呵呵，"姗德拉赶紧解释，"这是我们销售部的规矩，谁的客户就由谁负责联络。保持与客户的沟通，也方便了解客户的需求，以便随时提供服务和帮助。"

"帮助?"安吉丽亚又是冷哼一声，"你搞清楚好吗?到底谁帮谁呀？我们不过是租了你们的房子，又不是白住不付租金，就要提供免费的服务啊？一会儿外语翻译，一会儿修电脑，是要免费医疗救护？还是提供样板房？你说，这次还需要我们林先生提供什么特别帮助？"

姗德拉张口结舌。安吉丽亚说的都是事实，无论是主动的还是被动的，她的确得到过林的诸多帮助。她觉得那些都是小事，对林来说均属举手之劳。再者，林是她的客户，在她心里，默认一切客户都是朋友，朋友之间帮个小忙纯属正常。也许是她粗心，忽略了别人的感受，从局外人的角度来看，那些她不介意的小事已是额外的付出了。

安吉丽亚气势汹汹地乘胜追击："中国女人真奇怪，个个都像是林妹妹，娇滴滴的，什么事都要仰仗男人，以为对男人撒娇卖萌就能解决一切问题。中国女人的尊严都到哪里去了？在美国，女人也能白手起家，可以使用钳子、锤子与男人一起造房子，而中国女人只会在旁边替男人擦汗；车子坏了我们自己就能撬

海上芳邻

起袖子换轮子,而中国女人只会站在旁边干着急;接受同样的教育,面对同样的挑战,男人做的事我们都能做,我们对自己的人生负责,而中国女人最大的愿望就是找个好男人,然后把自己的一辈子都依附在男人身上。真是奇了怪了,难道离了男人,中国女人都不能活了?你们真该去学学美国的第一夫人,她去买花,花店老板说:'你真幸运,嫁给了一位总统。'可夫人微微一笑,淡定地说:'我嫁给你,你也是总统。'瞧,多么自信,多么霸气。这才是当女人的姿态!"

既然上升到对一个物种的抨击,眼前的女人顿时渺小到不足一提。安吉丽亚坐回电脑前忙自己的去了,明摆着是懒得再与她啰唆。姗德拉只好讪讪地告辞。

姗德拉快快不乐地回到自己办公室,手指烦躁地拨弄桌上小盆多肉植物,仙人球的刺在指尖锐利地划来划去。她还沉浸在刚才的对话里,她气安吉丽亚的无理和伤人,也气自己的心虚和疏忽。苏珊一只手重重地落在她后背上,将她身体猛力摇了几摇:"亲,你魔怔了?昨天没睡好,还是受啥刺激了?"

姗德拉坐起身子,把刚才的情形大致说了下,又沉思着说:"是不是我太过分了?不应该随意去麻烦人家?放错了各自的位置,超越了彼此的边界,也许我平日那些习以为常的行为,都是错的?"

"看看看,这么快就被人洗脑了!这种神经病偏执狂的话你也信？'海龟'嘚瑟个什么劲儿啊？咱这楼里一把一把的，都成了'海带'呢！她不是中国人吗？在美国混几年咋就变美国人了？充其量不过是'香蕉人'，再怎么扑腾也脱不了她黄色的皮。没听出来吗？她就是严重歪曲事实，明显是针对你来的。她这么说，八成是对她老板有意思，周围一切异性都是假想的敌人。知道不？"苏珊看问题就是精辟。"哎——"头脑理性的苏珊突然发现了逻辑问题："你该不会真的跟那个林有问题吧？也是啊，他凭什么一次次帮你？他没这个义务啊！他也不像闲得慌啊！还记得上次去楼下给你送鞋子，他看你那小眼神儿——哎哟妈呀，我鸡皮疙瘩掉了一地。"苏珊抱着自己瑟瑟发抖。

"喂！立场立场！你到底帮谁呢！"姗德拉很是愤怒。

苏珊笑得像几百只鸭子。"呀！"嘎嘎声戛然而止，苏珊一拍脑门："我都被你搅和得老年痴呆了，弗兰克还在小会议室等着呢。"

"他来干吗？"话音未落，姗德拉已起身往会议室而去。

"去了就知道了。"长腿苏珊三步两步就超过了她，长胳膊一伸就推开了门。

"我亲爱的朋友，你好吗？"弗兰克一见两位女士就张开了怀抱，眼角弯弯，脸上的笑容像一朵盛开的向日葵。姗德拉毫不犹豫地投入美国西部人民炙热的友谊中，被对方结结实实地左右开弓在脸上各亲一下。唉，还是美国人实在，比法国人的装腔

作势暖心多了。姗德拉满意地离开温暖的熊抱,回头一扯苏珊:
"该你了。"

弗兰克又是一个真心诚意的大馈赠,五百只鸭子再度欢快
地嘎嘎起来。

"姗德拉在为你的朋友生气呢。"苏珊转换模式相当之快。

"我的朋友?为什么?"弗兰克的棕色眼珠子瞪得像两只玻
璃球。

苏珊根本不理会姗德拉在那里拼命使眼色阻止她,而是将
刚才的 25A 事件一股脑儿倒给他。对于弗兰克,她也像姗德拉
一样"角色不清""边界错位",犯下"交浅言深""行为过分"的
错误。

"啊,我知道了。这的确是林的过失,没有约束好他的手下。
这位女士我见过,上次姗德拉带我去林的办公室,我已经见识过
她的不友好。当时我就想有机会要建议林的。一位员工的行为可
以代表一家公司的形象,我相信林一定不愿意他的公司对别人
的态度不友好。"弗兰克深表理解,然后转入正题:"好吧,我今天
来是有目的的。姗德拉,再一次感谢你推荐的老房子。经过几个
月的努力,房子终于装修完毕。我希望能有这个荣幸,带你们去
参观我的家。"彬彬有礼的邀请掩饰不住他的兴奋。

苏珊属于一点就着的火爆脾气,也属于一诱惑就激情四起
的行动派,姗德拉还没反应,她已在那边拍起手来:"好呀好呀,

择日不如撞日。老板交代的事我已经做完了，姗德拉你能开溜吗？要么我们说走就走，现在就出发？"

做销售的一向自由，只要不是特别紧急的事，或是老板开会，一般都能自己安排。两人一拍即合，当机立断，各自拿了自己的拎包，跟弗兰克一起乘电梯到地下车库取车。GPS都不用，弗兰克熟练地把车开出来，插卡交钱，坡道起步，左弯待转，直行加速，拐上大马路。后排的两个女人看得好生羡慕，才不过几个月时间，蛮荒小牛仔就将自己打磨成了魔都老司机。"哦，"弗兰克略一偏头，"我还忘了说，谢谢你们送的粽子。"

苏珊欠欠身抢着说："不谢不谢！中国人民向来具有'来而往非礼也'的优良传统，上次你送了我们月饼，这次我们送你粽子作为回礼。怎么样？还吃得惯吗？鲜肉粽和豆沙粽喜欢哪一种？"

"是啊，都喜欢。慕名已久，果然非常美味，除了小笼包和生煎包，馄饨和汤圆，没想到中国的粽子也这么好吃，啧啧。就是包粽子的那几张青菜叶子太老了，我费了好大劲才咽下去。"

两个女人看着反光镜里弗兰克食糠咽菜的痛苦表情，笑得死去活来。

弗兰克也笑了，弯弯眼角，对着反光镜里说："怎么样？姗德拉，感觉好些吗？我希望你开心些。还有苏珊，我也希望你开心。"

姗德拉点点头，笑软在苏珊肩膀上。苏珊慢慢收起笑容，小的时候记得老娘最爱唠叨的一句话就是"皇天不负有心人",在以前28年漫长的岁月里,她只知道,"有心"是针对学习和工作,现在才知道,一个人对另一个人,也可以是"有心"的。

　　弗兰克将车停在公共停车场,然后带领她们往弄堂深处徒步。作为原始推介人,姗德拉对这里并不陌生,可是当她们被弗兰克引领来到印象中的"贫民窟",推开厚重的木门时,两人顿时目瞪口呆。原本谁都没拿正眼瞧过的深藏在居民区的这套老房子,居然被他化腐朽为神奇,改造出一番新天地。

　　面对得意洋洋的美国小伙弗兰克,姗德拉一拍额头,连声惊呼:"建筑天才邬达克再世咧!"

　　苏珊直竖大拇指,忘乎所以地用东北话可劲儿地猛夸:"嘿,这房子长太带劲儿了!兄弟你太狠了!真正牛!太棒了!"

　　掺杂太多地方元素的语言实在复杂,弗兰克听不懂她们瞎咧咧什么,但意料之中的夸张表情令他十分受用,他一个劲儿地把两位尊贵的客人往屋里让。他们首先进入了小小的天井。享受大自然的馈赠,石库门的天井,露出一方专属的天空。姗德拉记得这天井里,本来还有一口大水缸,用来承载"天落水"的,其实就是下雨天的雨水,待屋面上的灰尘和小虫子冲洗干净,就可以收集清澈自然的甘露了。可是,近年来雾霾和大气污染日益严重,最严重时足不出户,紧闭门窗,谁敢再盛雨水?这种"天落水"无异于强力毒药!

　　弗兰克在方寸之间发挥设计师的创意,妙手偶得,重现《清明上河图》,他居然复原了石库门人家小小的闲情逸致,以一段漆成红色的竹子做引桥,把自然的"天落水"引到了一处石臼里,养一两朵睡莲,几丛水草,几尾小鱼,小小的庭院顿时生机勃勃。

　　他还不知从哪里弄来了鹅卵石,一粒一粒镶嵌到墙上。门窗换了仿真木料的铝合金,双层玻璃,保温隔热,符合环保概念,也不用担心邻里的嘈杂。

　　弗兰克的手指向屋檐:"我还发现一个非常有趣的现象,泥瓦匠盖房铺瓦时,永远不把瓦片的行数铺成双数,你们知道这是为什么吗?"

　　女人们齐齐把头摇得像拨浪鼓。

　　"我去查了相关的资料,也问了一些专业人员。因为在中国,建房子的祖师爷叫作'鲁班',他的小名里有一个'双'字,而中国人认为不能犯忌讳,以表示对老师的尊重,并且所有从事这一行当的人都要遵守,这个规矩就一直保留到现在。简直是太神奇了!"弗兰克的表情十分丰富,看得出来是真心敬佩。

　　说实话,这老房的房型并不好,不是规则的方形,也没有整齐的一间一间隔断,甚至没有一个像样的厕所,在格局上至少落后了几十年,可是现在,她们感觉到自己穿越了,来到了一个完全陌生的迷宫里。

　　迎面一扇漂亮的中式屏风,屏风前面的茶几,居然是一个樟

海上芳邻

木箱。

姗德拉顿时眼前一亮："弗兰克，你知道吗？你找到一样好东西。"

"什么？"弗兰克很感兴趣。

姗德拉指指那个旧物："传说，中国南方人喜欢用樟木箱给女孩子做陪嫁。当家里生了女儿，父母就在院子里种一棵樟树，等女儿到待嫁之年，樟树也长成大树。女儿出嫁的时候，家里要砍掉这棵大树，把它做成大大的樟木箱，然后再放入丝绸，陪着女儿嫁出去。这叫作'两相(箱)厮(丝)守'，是祝愿新人白头偕老的意思。"她又费了好一番口舌解释了一遍。

弗兰克林欢天喜地地坐在箱子上，突然问："如果生的是儿子又该种什么树呢？"

"那就种桂花树咯。就是'早生贵子'的意思。"

弗兰克自言自语道："看来，除了建筑学，我还要学习中国的种植技术，这比美国的农场要复杂得多，因为每一棵植物的背后都有故事，代表了不同的意义，不能弄错。"

苏珊发声音了："其实也没那么复杂，你可以只种一棵石榴树就好了。记得石榴长什么样吗？剥开硬壳，里面有超多籽的果实。在中国，石榴是一个重要的吉祥物，象征着多子多福，生男生女都适用，生几打都无所谓，还顺便带给你运气和祝福，所有的问题都一并解决了。"

一中一外两位听众都齐声称是，果然是个一举多得的好办法。

与樟木茶几配套充当边几的，则是一面中国鼓，和一个老式皮箱；中式药箱作为储物柜，分门别类，放着主人的钥匙或其他小杂物；小时候上海人家用的热水瓶的铁壳子，被插了两支芦苇；一抬头，充满了年代感的铝质烧水壶变成了吊灯；印着旗袍美女的生锈的饼干筒变身花器；那些废弃的玻璃啤酒瓶，装上不同高度的彩色液体即成了别致的装饰物，如一行跳动的音符……不知道他从哪里弄来了这些旧家具，重新刷上油漆，浓墨重彩，大胆的红绿搭配，居然有种奇异的和谐。家具还是那件旧家具，它的芯子依然是经年的红木，但它的表皮经过粉饰之后带上一种华丽鲜艳的装饰意味。

轻抚那些陈年的木头，姗德拉觉得不可思议。她见识的红木，本来就该是自带的深褐色，裸露它自然的纹路，显得沉稳大气、雍容肃穆。一旦被刷上厚重的大红大绿的油漆，就变得诙谐跳跃，与中国古典审美背道而驰。

弗兰克看她一脸不以为然，睁大眼睛分辨道："为什么？你不觉得它们很美吗？既保留了它完美的中国形态，又遮盖了它的破旧外表，它就是件艺术品啊。"

"也许吧。"姗德拉承认，这种异化了的中式家具与周围环境匹配起来，的确有种"老树发新枝"的春意。但对于红木的执着，

海上芳邻

让她一时不能接受暴殄天物。

苏珊则力挺弗兰克："我觉得挺好看啊。在'歪果仁'的眼里，对原始红木材料的感觉，远不如我们有敬畏之心。但你想想，也许正是这敬畏禁锢了我们的思想。而在他们眼里，再昂贵的红木也就是块材料，像橡皮泥一样，爱怎么捏就怎么捏，大胆改造，反而能生出许多创意来。"

姗德拉撇撇嘴："就算是吧。可这穿衣品位，真没看出什么创意来。"她拨弄着衣架上的几件衣服。

家装就像穿衣服一样，怎么搭配呈现，亦彰显各自的眼光与实力。姗德拉想起皮埃尔的家，怎么看都是一件完美的艺术品，原创而个性十足。弗兰克的"艺术品"略显美中不足，罪魁祸首就在于穿衣品位乏善可陈。他的衣柜里永远只有几件衣服，而且，基本上全是休闲的款式，永恒的牛仔，紧身的、宽松的、毛边的、破洞的牛仔裤；剩下的则全是T恤，几乎称不上款式，既不点缀也不成型，只有在颜色上勉强体现了流行与经典——黑、白、灰。姗德拉随手拎起一件，松松垮垮的，算是一件衣服吧，如果一定要形容，恐怕只有在盛夏的弄堂里才能见到的"老头衫"了。

看到姗德拉一副悲天悯人的表情，苏珊白了她一眼："亲，人家这就叫艺术范儿！自然，随性，返璞归真。知道不？"

"艺术范儿"的弗兰克最后献宝一样把她们带到了卫生间，

参观他最得意的点睛之笔！人类的智慧是无穷的，弗兰克拿出西部蛮荒开天辟地的精神，没有条件也要创造条件，他居然无中生有地创造了一个卫生间！

　　姗德拉好一阵晕眩。这里原来是两栋房子之间的狭长缝隙，宽不过一米。弗兰克在这一米宽的条形空间里动足了心思。首先，将这"一线天"盖上了青瓦，并且砌墙隔断成一个封闭的空间，然后，一面墙上开了小窗，以便通风透气，窗台上一对红色的烛台特别惹眼：一个是东方明珠，一个是自由女神像，充满了设计感和装饰感，无论内容上还是形式上都遥相呼应。姗德拉认出那是近几年迅速窜红的本土青年设计师的作品，这位新锐设计师的作品如今摆在"新天地""老场坊""申活馆"等一系列时尚地标中，作为本土时尚界的代表。遗憾的是很多本地人都不知道，而弗兰克这个外来和尚，居然慧眼识珠。另一面是实墙，因为要囊括一个小小的冲淋池。地上墙上贴满了细小的马赛克，这种连成一体的"地爬壁"有效地把视线向上拉伸，成功地缓解了空间狭小的逼仄感。

　　弗兰克好像不是在简单地满足生活需求，而是在打造承载浪漫时光的完美容器！相比皮埃尔挂满油画的精致美家，姗德拉还是觉得弗兰克的混搭更有趣味，也更接地气。

　　苏珊兴奋地拍拍姗德拉："亲，你肯定这就是资料库里那套没人要的老房子吗？"

海上芳邻

姗德拉深有同感。经弗兰克妙手改造，这套史海沉钩的石库门，摇身一变有了"混血"的感觉：既有石库门的纹理，又有西式洋房的细节，还有日式民宅的结构。这个"歪果仁"再一次用行动证明，没有租不掉的房子，只有做不到的细节。将一间无人问津的破败老房改造成个性十足的精品宅第，弗兰克的创举让姗德拉沉思良久。作为房地产专业人士，她们常常思考怎样增加产品的附加值，以便卖出更好的价钱。而从没学过房地产的弗兰克，此刻给自诩为行家的姗德拉上了一节最生动的实践课，让她心悦诚服。无论理论多么娴熟，能够恰当地运用到实际中，那才叫作"成者为王"。

本来姗德拉还担心他从高尚地段的酒店公寓搬到这人口密集的平民区，心里会产生落差。没想到弗兰克一边开车，一边自我陶醉："阿拉就是一个上海宁啊。侬好，侬切过了哦？侬马相老灵光额，虾虾侬！（我就是一个上海人啊。你好，你吃过了吗？你长得蛮好看的，谢谢你！）"

弗兰克把满肚子学问都抖落出来，逗得两位女士哈哈大笑。

他对着反光镜继续说："你们不是常常说'海纳百川'吗？上海是一个开放而包容的城市，第一次去外滩我就非常喜欢，因为那里有'万国建筑博览群'，可以看见各个国家的特色，在那里可以找到英国式、法国式、西班牙式的建筑。虽然没有巴洛克式的廊柱和哥特式的尖顶，但我很高兴我拥有威尼斯叹息桥的小窗，和小小的罗密欧和朱丽叶相爱的西班牙式的阳台。"

姗德拉终于放下心来。

"上海宁"弗兰克在上海结识了不少"上海"朋友,不仅有美国人、德国人,还有法国人、意大利人、澳大利亚人和新加坡人。这些"歪果仁"都有个共同的爱好,就是对那些看似破败的老房子青睐有加,也独具慧眼。柯布西耶在《走向新建筑》的第二版序言里指出:"建筑应该是时代的镜子。现代的建筑关心住宅,为普通而平常的人使用普通而平常的住宅。它任凭宫殿倒塌。这是时代的标志。为普通人研究住宅,这就是恢复人道的基础。人的尺度、需要的标准、功能的标准、情感的标准,这是一个高尚的时代,人们抛弃了豪华壮丽。"毫无疑问,建筑应该与人的生活息息相关。弗兰克身体力行,再接再厉,他充当导游、交流与组织者,甚至拉起大旗成立了一个"老房子保护协会",会员就是那些热爱老房子的金发碧眼的"歪果仁"。他们会定期聚会交流,组织参观,并用他们自己的方式,或租用,或改造,或维持,将老房子的风貌最大限度地保留下来。而弗兰克那套改良过的"精品房",理所当然地成了大家参观的"样板房",他们很快将对老房子的兴趣从石库门拓展到独立花园住宅、联立花园住宅、联排住宅、新式里弄、花园里弄、现代公寓、外廊式仵宅、带内院独立花园住宅,自发自愿地串起人与这座城市建筑的互动。

海上芳邻

　　按照政府有关外国人管理规定,更改居住地址,需要在规定时间内办理登记手续, 姗德拉陪弗兰克去住所所属的派出所办理外国人临时居住证明。前面已有几个人窝成一坨争先恐后地往窗口里塞资料,弗兰克老老实实站在一米线后面安静等待。

　　里面的工作人员接过第一个人的材料, 只瞟了一眼立即打回:"今天不办理身份证。"

　　外面的人追问:"那什么时候可以办呢?"

　　"除了今天。"里面的人惜字如金。

　　外面的人未待继续细问,已被别人挤到一边。第二个人趁机递上材料,工作人员慢条斯理地翻看,然后仍旧丢出来:"还缺一份证明,下次补来。"

　　外面的人急了:"我上次来,你没说还要其他材料啊!"

　　"材料不齐不能办理。"里面的人铁面无私。

　　好不容易轮到弗兰克,工作人员看了一眼墙上的闹钟,面无表情地说:"我们下班了,你明天再来吧。"

　　"还差5分钟才下班呢!"姗德拉争辩道。

　　"我们工作已经收尾了。"里面的人不为所动。

　　姗德拉正要继续争取, 弗兰克拍拍她的肩膀示意她作罢:"也许他赶着回去是有急事呢。"他对姗德拉眨眨眼睛,悄悄说:"这很像德国人的做派,严格死板。可是我听说中国人不是很讲人情味的吗？再说，他办理手续不需要 10 分钟。在美国，这种情况通常都可以得到人性化的服务。"弗兰克耸耸肩："说实话，我不太理解，这种问题应该很容易解决。他们只需要把工作时间和办理每一项业务所需提供的资料列出来，贴在大家都能看见的地方，就能避免重复工作了，那些人也用不着来来回回跑好几次了。"

两人走向临时停车场，擦肩而过的管理员见状急忙奔回来，收过 10 元钱停车费之后才下班。"看来中国人并非不懂得变通，只是变通使用的场合不同。"弗兰克耸耸肩，发动汽车打道回府。虽然尚未完全理解中国人的方式，但他并不生气，他有太多的乐趣要去发掘，也有太多的困惑要去解决。

"就像你们的语言，"弗兰克举例说，"中文是世界上最难的语言！虽然我懂 9 国语言，但没有一种语言里有四声。英语里没有，大多数语言里也没有。一旦到了中文里，明明同一个字，就差一点点声调不一样，就表示完全不同的意思。当我还不知自己说了什么的时候，周围的人都笑了，于是我知道我说错了，但不知道错在哪里，苦恼不已。比如说'皮'和'屁'，发音就差一点点，意思却差了十万八千里。唉，真叫人发疯！"

弗兰克摸出手机递过来："我拍了两张照片，你帮我看看是什么意思。"

姗德拉点开一看，一张是"玫琳凯"的公益广告，号召全社会

海上芳邻

帮助唇裂的女童修补裂唇。因为是全中文，弗兰克看不懂，但来自美国的"玫琳凯"的标记他认得，所以看图说话，想当然地以为是号召孩子们去学化妆。"为什么要针对孩子们呢？化妆品里面有许多并不适合孩子的化学品和激素，可能对他们的健康有影响。"以人类健康为己任的弗兰克着急了。

另一张图片里，是一张超大的广告牌。内容不陌生：大红的底色，上书气派的金色大字"我的中国梦"；英文倒也差强人意：虽不严谨，但看得懂。再下面，是长长的一连串大写字母，没有分隔，没有标点符号。姗德拉看了又看，毫无头绪，也分辨不出是哪国语言。

弗兰克问："这些拉丁文是什么意思，你能告诉我吗？"

哦，原来是拉丁文呀，更不懂了，姗德拉只好老老实实承认见识短浅。

弗兰克锲而不舍，大有打破砂锅问到底的架势："这些字母把我搞糊涂了，它根本不是拉丁文。我叫它们'胡扯'，它们没有任何意义。这中文到底是想说啥呀？如果哪天你有空，请帮我查查它们啥意思，又是谁出版的好吗？我对此非常好奇。"

姗德拉只好敷衍他："我试试吧。"把手机还给他："你在哪里拍的这些照片？"

"淮海路啊。我记得你跟我说过，那是一条上海最著名的马路。既然如此，广告牌拿出来的时候难道不经过检查的吗？他们

200

打算给谁看呢？"

姗德拉承认，在城市重要景观道路上出现这些奇诡的文字（如果还称得上是文字的话）是一件可怕的事。虽然各种超高建筑如雨后春笋般出现，各种现代化设施越来越先进，堪称世界前列，但这样的洋相一出，顿时把这座城市的品位和水准立即拉下来一大截。

姗德拉也开始反思自己，是不是越来越没有耐心了。电脑上各种翻译软件一大把，只消几分钟就能大致解决问题，可是因为自己觉得不懂，就懒得耐心，懒得多花一点儿时间去研究它。第一个广告，初心是好的，可是少了一点儿耐心加上外文翻译，以致产生歧义；第二个，更是胡乱搪塞的典型表现。只要多一点儿耐心，多花点功夫，在现在的上海找个会外语的人是分分钟的事。餐馆里点菜的小哥一口流利的英语，城隍庙几乎所有的小贩都会用英法德意日语跟老外讨价还价。即便使用翻译软件，也比这些毫无意义、莫名其妙的字符强上百倍。

她经常看到热心的网友贴出的各种公众场合的神翻译。大名鼎鼎的航空公司柜台前，"请在一米线外等候"的牌子，被翻成"Please wait outside rice-flour noodle"。一种优良的秩序瞬间变成了一碗米粉，中国人民也太好客了；不仅如此，对司机朋友也关照有加："Please confirm your car is licked."虽然心中明白是把locked错写成licked，还是为主人的细心感动，吃不着米粉先舔

海上芳邻

舔您的车吧！看到餐馆提供"Virgin Chicken"，老外眼睛都直了。也忒没见识了，不就是童子鸡嘛！至于逛菜市场，走着走着，头顶一块牌子铿锵出世——"干菜类 Fuck Vegetables!"唉，怎么翻译都是错！

　　各种奇葩翻译叫外国人摸不着头脑，也叫中国人笑掉大牙。姗德拉只好向弗兰克建议："你还是赶紧学中文吧！"

　　弗兰克立即一脸苦恼地喊冤："不是我不想学，可是很多时候我一开口，中国人的反应往往令我挫败感顿生。比如中文里有四声，当我发音不标准时，多数人的反应就是：啊？一副惊诧莫名的样子。每每看到这个表情，我就备受打击。其实，你们可以尝试一下，去想一想，努力理解我可能要表达的意思，就像我经常做的一样。"

　　姗德拉无言以对。显然，她也是这表情的制造者，一不小心便用简单粗暴的方式阻止了继续沟通的可能性。所有的矛盾与歧义都源于不完善的沟通，多一点儿耐心，加一点儿技巧，懂一点儿艺术，无论对什么人，都能沟通得很好。

　　一念至此，姗德拉对美国小伙深表同情。对于习惯了用字母拼读的西方人，学习一个个方块字实属不易，更何况，这些方块字一旦上口，更如孙猴子般生出七十二般变化来。这么复杂的新鲜学问，的确难为他了。

　　弗兰克似乎有一肚子苦水要倒："的确，我承认你们中国文化博大精深，但说到底都跟'吃'有关。你看，我的同事教我：占人便宜叫'吃'豆腐，被占便宜叫'吃'了亏，还不敢声张叫哑巴'吃'黄连，没事找事叫'吃'饱了撑的，下决心叫王八'吃'秤砣，不听劝告叫软硬不'吃'，收不了场叫'吃'不了兜着走……还有'吃'不开，'吃'力，'吃'老本，'吃'苦头，'吃'里扒外，争风'吃'醋，'吃'着碗里的看着锅里的……中国人一天到晚不知道究竟在'吃'些什么！天哪，我都快疯了。"

姗德拉咯咯笑出声来，大力表扬他："能说出这么一大堆'吃'的妙处，你的中文水平早已经不是初级了，说明你有很高的语言天赋啊。嗯，这样，我建议你从上海话开始学起，更容易入门。因为在旧上海老外多租界多，他们的英文就嵌入了本地方言，也更容易被理解。"然后她兴致勃勃地给弗兰克举了一堆例子，比如：

上海话的"门槛精"，其实就是英文的 Monkey 精，就是猴精；

有钱人称"大班"，其实是大 Banker；

"大亨"和"瘪三"分别是 Hundred 和 Beg Sir；

浑水摸鱼叫"混腔似"，就是 Chance；

说女人"拉三"，就是妓女或者生活不检点的意思，出处是 Lassie；

说人"昂三"就是说人品差，因为 on sale 的必定不会是好

海上芳邻

东西；

　　日光灯上面的"斯达特"，就是 start；

　　"轧"朋友，是 get 朋友的意思；

　　"戆大"就是 gander；

　　"嗲"就是 dear。

弗兰克听得暴汗一身，只得让空调更猛力地吹。

　　姗德拉瑟缩了一下，这个小细节没有逃过弗兰克的眼睛，他赶紧说："真抱歉！你冷吗？你把空调出风口方向调一下，对着我这里吹。"

　　姗德拉一边把空调出风口关了，一边随口道："你的车动力十足啊。"

　　"以后我要更换交通工具了。"弗兰克突然向全世界宣告。

　　"哦，什么牌子的豪华车？"姗德拉感兴趣地问。

　　"不是的。"弗兰克满脸兴奋地憧憬："一辆自行车。我发现最适合上海生活的交通工具，不是汽车，而是自行车。"

　　一座城市最大的资本不光体现在经济建设和城市化进程上，那些反应历史人文的活历史书才蕴涵着更持久的价值。根据姗德拉的经验，每个国家的人都具有自己的特点，通常来说，美国人热情而有原则，西班牙人奔放而聪明，法国人浪漫自由，德国人严谨守时。其中跟德国人打交道最容易，她也最喜欢，因为他们认真,有信用,说一不二。但所有的老外,都与这座城市有着不同程度的疏离感,他们只是过客、旁观者和拉长了假期的旅行者,而从不属于这里。弗兰克偏偏是一朵奇异的花,他与这座城市自来熟,仿佛从来就生长在这里一样。

他骑着自行车,车把上挂着一个大号的无纺布购物袋,袋子上有他自己设计的 logo,既特立独行,又方便环保。自行车灵巧地在小巷子里穿行,如一只蝴蝶翩然飞过。正在剥毛豆的老阿姨抬起头来招呼:"小弟啊,回来了?"面对陌生人,他们具有天然的警惕性,然而一旦确认安全,马上归入统一战壕,变成了自己人。

"回来了,回来了。"弗兰克赶紧答应着从自行车上跳下来。

旁边下象棋的老伯伯一把拦住他:"小阿弟,侬额脚踏车好像漏气了,轮胎有点瘪掉了。隔壁弄堂里有只修理摊头,快点去弄好伊。否则要闯穷祸嘞!"说罢抱着装满浓茶的保温杯,迤迤然回去吃夜饭了。

弗兰克低头一看,果不其然!幸好他们提醒,否则真不知道自己会在哪里"狮子滚绣球"呢。

"谢谢侬。"弗兰克感激地对阿姨、伯伯说,心里是真心地佩服。虽然来的时间还不算太长,但上海的安全、便利给他留下了很深的印象。在上海很少有抢劫,也没有难民,无论什么时间,路上永远有行人在走动。尤其是他的那些邻居,永远带给他惊喜,

海上芳邻

这些深藏在弄堂里的老爷叔、老阿姨,就像他在美国看到的那些中国功夫片里的人物一样,深藏不露。要么不出手,一出手就是救人于危难之中的大手笔。

修车师傅给轮胎贴了块热胶打了点气,手到病除,弗兰克的"老坦克"立马恢复了神气。旁边有人推着黄鱼车炸油墩子,锅里咕咕冒起的油花就像黄石公园里随处可见的地表温泉,那香味顽皮地钻进弗兰克的鼻子里,激得他满口涌起哈喇子。他顺手买了一只刚出锅的油墩子,烫得很,他不停地从左手换到右手,嘴里呼呼地吹着气。他小心翼翼地咬了一口,烫得口腔里所有的味蕾瞬间欢腾,炸得脆脆的表皮在牙齿之间碎裂,下面是像牛奶一样洁白的膏体,略一撕扯,一根薄到透明的萝卜丝被拉出来,像吃比萨时拉出的长长的芝士丝,太叫人过瘾了!他一边"嘶哈嘶哈"地吸着气,一边眯着眼睛抬起头来。和煦的阳光穿过前面的高楼大厦,照在弄堂里各种搪瓷盆栽种的花草上,照在围墙里探出来的夹竹桃上,给他和他周围的一切镀上了一层柔软的金色。他长长地伸了个懒腰,上海真好,连阳光都是那么友好,明媚却不刺人,尽管没做什么特殊防护,他也从未被这里的太阳晒伤。换了加州凛冽的太阳,不搽防晒霜?嘿嘿,你试试看!

"我以前一定在这里生活过。你不觉得吗?"弗兰克这样问姗德拉。

也许吧。姗德拉毫不怀疑,他根本就是长着一张外国脸的中国人！

　　"你知道吗？在美国，一般的城市道路都是给车走的，各种生活设施也是按照汽车设计的，很少有自行车的用武之地。只有在郊外，自行车才是户外运动的工具；但是骑行很远，你也只能看到自然风景，看不到一个人。在德国读书时我也骑自行车，但它只是交通工具。骑车有严格的交通规则，而且，必须装备齐全，要有车头灯和安全帽，否则就会被交警拦下来罚款。骑行在路上，转弯前必须有固定的手势表示向左或向右转，就像汽车转弯要打转向灯一样；当然，自行车也必须停在固定的停车场，就像你们这里的汽车停车场一样。"他语气里透着兴奋："可是，在这里，我非常开心，在上海的弄堂里骑车，就好像在威尼斯的水巷里划冈多拉一样自由，它不只是交通工具，它还是一种探索和乐趣。"

　　谁说不是呢！姗德拉听得心痒，恨不得也马上弄辆自行车来骑。

　　"首先你要能够像当地人一样生活，然后才有资格来谈生活背后的文化和习俗。不是吗？"弗兰克显然发现了深入本地的密钥。

　　除了在逼仄的小弄堂里游刃有余，自行车在广阔的大上海一样有用武之地！上下班高峰时间，人人被堵车弄得心烦气躁，他骑着自行车，双手脱把，"永久"如一阵疾风，"嗖"地从车队旁边掠过，留下一地的"奔驰""宝马""雷克萨斯""保时捷"们，喘着

海上芳邻

粗气,呆若木鸡。这一刻,他仿佛脚踩祥云的孙悟空,又如上天入地的超人,无比潇洒,无比自由。

第十章

真实的童话

海上芳邻

仅仅过了几个月,弗兰克就说着一口自创的"中式英语",如鱼得水地快乐生活了。他不再为中文惨无人道的高难度而苦恼,甚至有意把这门古老的语言艺术发扬光大。为此他洋洋自得,语言不再是障碍,对语言的再创造成了他生活中的一大乐趣。

"Need just Word, Word has Word。知道什么意思吗?"弗兰克一脸得意地考问"老师"。

姗德拉使劲想了想,投降。心中暗自气馁,教会徒弟饿死师傅。

弗兰克胜利地揭晓神一样的答案:"你的就是我的,我的还是我的……"

姗德拉晕倒。教会了徒弟,师傅不是饿死的,是给气死的。

这些"歪果仁"就是一群熊孩子,你气他恼他,也被他逗乐,还不得不承认,他们当真聪明,不仅学会了中国古文体,还与时俱进、活学活用,大胆调侃。

美国牛仔弗兰克不断加深本地化的进程,也不断刷新姗德拉对老外的认识。他的神速进步与一个人的功劳密不可分,那就是苏珊。都说谈恋爱时大脑皮层会分泌内啡肽,化学品的刺激让脑子特别聪明好使,为了接近苏珊,弗兰克更是悬梁刺股,削尖了脑袋来学习中文。

凡事理性的苏珊对弗兰克的火热攻势持谨慎怀疑态度:"一般老外都喜欢外表美貌出众的辣妹,像史黛拉那样的;或是内在智慧优雅的东方女性，像姗德拉那样的。可是，我既不美貌火辣，也不优雅温柔，我脾气暴躁，大大咧咧，不会撒娇卖萌，遇事爱冲动，明明就是女汉子，你到底看中我啥呀？"

弗兰克确定无疑："我爱的就是你！你对数字那么有天赋，做事那么有条理，思路明晰有逻辑，解决问题直接有效……很多方面都比我强。你还具有珍贵的热情和同情心，在我眼里，你就是最美的。我一直记得你的建议，我非常希望跟你一起种一棵石榴树！多子多福，快乐永远。"

既然如此，苏珊也不跟他啰唆了，不就是谈个恋爱吗？谁怕谁呀！东北人常说，"是骡子是马拉出来遛遛"，咱们走着瞧呗！

苏珊的行动力果然惊人，没过多久，弗兰克就跟她一起，飞机转长途车转蹦蹦车，回亚布力见父母去了。苏珊妈妈，一位爽快又强壮的东北大妈，对于洋女婿上门显然还没做好心理准备，也不管对方是否能听懂，她劈头就问："谈恋爱多久了？"

在苏珊的暗示下，弗兰克磕磕绊绊地用中文回答："快 3 个月了。"

"什么？"未来的丈母娘像炮弹一样"砰"地从炕上跳起来："快 3 个月了？啥时候跟我女儿结婚？"

弗兰克不可思议。谈恋爱，结婚，不都是我和苏珊两个人的事情吗？为什么老太太反应这么激烈呢？我做错了什么吗？他惊惧地瞪大棕色眼珠子。

海上芳邻

"妈,您别掺和,俺们自个儿有打算。"苏珊很不满老妈的霸道,同时也不想男友受到惊吓。

"没听说过吗?在咱中国,结婚是相当地慎重,哪儿有那么简单。别以为你俩好就得了,你以为俩半拉子过家家呢!结婚是两个家庭的结合,要考虑的事儿老鼻子了,你懂吗? 他家里同意了吗?"丈母娘转过头去盯着准女婿。

苏珊赶紧又跟弗兰克嘀咕一阵,弗兰克翻翻眼珠子:"我父母没有问题。只要我同意,他们会祝福我们的。"

丈母娘权威十足地哼了一声:"你同意?别瞎扯了。你要娶我女儿,我还没同意呢!"她再次对女儿怒目而视:"你是石头缝里蹦出来的孙猴子啊? 爹娘还没发话你就把自个儿嫁了? 公婆长啥样你知道吗? 男家的聘礼咋也没见着一个呢?"

"有的有的!"苏珊赶紧把脖子里的项链拉出来秀到老妈鼻子底下,"这个石榴坠子就是他送给我的,还是他亲手设计的,象征着吉祥圆满,多子多福,讨个好彩头。而且绝对原创,全天下都找不出第二件!"

老妈捏着那东西吼道:"多子多福?你也不害臊!看看这叫个什么事儿?金的银的还是钻石的?这整的是啥玩意儿?别嫌妈财迷,妈不缺钱。这是你一个大姑娘家该有的体面。哼,连条像样的金项链儿都没有!"

苏珊不满地反驳道:"妈,你怎么跟个土财主似的,就知道金

212

的银的。这叫'私人定制'，贵在独一无二，设计价值远远超过材料本身的价值。穿金戴银有啥稀奇？俗气！"

"就你不俗气，整这么个小玩意儿叫人家笑话。还以为我家闺女嫁不出去了！"老妈气呼呼的。

弗兰克努力咬准音调，认真地对丈母娘说："不错，我现在是个穷小子，但是我们年轻，可以去赚钱。我会跟苏珊一起努力工作，我有信心，我们会过上好的生活。"

丈母娘"哼"了一声，一脸不乐意。苏珊板着脸，正待上前分辩，父亲冲她摆摆手，又转过去安抚老伴儿："她妈，别上火，你也忒彪了。孩子带朋友来家玩儿，咱高兴还来不及呢。给客人整吃的了没？"

苏珊见风使舵，赶紧上来挽住父亲的胳膊，直拍马屁："还是爸爸好，亲爹知道疼女儿。"

她知道，父亲一定会有办法。苏珊之所以变成现在的样子，追根溯源，是因为生长在一个开明的家庭。小的时候，她不喜欢吃蔬菜，母亲变着法子做出各种好吃的炒蔬菜、拌蔬菜、蔬菜汤，女儿根本碰都不碰一口，气得母亲恨不得扯着小犊子的耳朵灌下去；而父亲，这位玻璃厂里的高级工程师，尽管想尽千般理由来劝说诱导，也改不了女儿对这一物种的嫌弃。好在还有越来越丰富的水果，日渐便利的物流让世界各地的品种出现在东北，清甜水润的果实叫女儿喜爱。父亲终于放下心来，还额外提了一

海上芳邻

个建议——本着科学喂养的原则，女儿渐渐养成了习惯，每日餐后以一粒维生素 C 泡水喝，补充身体里可能缺少的微量元素。

除了饮食习惯，在其他方面，作为小女孩的苏珊也并未受到太多禁止和强制。父亲最喜欢说的一句话就是："存在的就是合理的。不试怎么知道呢？"所以，对于苏珊，所有的新生事物都来者不拒。到了考大学的时候，苏珊选择了量子物理专业，父母只盯了她一会儿并对视一眼，便默许了她的选择。

结果，正如苏珊所愿，爱女心切的父母并没有设置什么实质性的障碍，他们顺利地举办了婚礼。婚礼上发生了一段小插曲，苏珊的七大姑八大姨姥爷姑父远房大表哥统统闻讯而来，酒席从家门口摆到了半条街外。可怜的美国小伙弗兰克单刀赴会，遭遇了前所未有的"车轮大战"——"五粮液""二锅头""牛栏山""汾酒""粮酒""榆树白"轮番上阵："咱哥俩儿喝一个，感情深，一口闷！""不喝？看不起俺咋的？""你这心不诚，还想不想娶咱家大侄女？""推三阻四干啥地？麻溜儿地，像个大老爷们儿！喝！"……

弗兰克好生为难。满桌子的客人拉拉扯扯，吵吵嚷嚷，不仅灌他喝，还彼此灌酒，凡在场者无一幸免。甚至为了灌对方喝酒而争得脸红脖子粗，赛过打架。弗兰克想不明白，为什么喝酒不是为了让自己开心，而是向他人表决心。饭桌上每个人说的话都那么有道理，他都无从反驳，只能一仰头将那些经过提纯的酒精往肚里一通猛灌，以证明他娶老婆毫不动摇的决心，以及对种种成文和不成文法则的真心尊重。结果，直接把自己从亚布力喝到了美利坚。丈母娘对着醉得不省人事的女婿只说了一句话："这孩子，是个敞亮人儿。"

酒醒之后的弗兰克拽着苏珊马不停蹄地飞回上海，陪老婆去美国总领事馆签证。他们排着春运一样的长队，经过如机场安检一般严格的检查，终于站在了签证官的玻璃小窗口前。签证官拿着一本美国护照，一本中国护照，用生硬的中文严肃地问："你们两个是什么关系？"

苏珊昂首挺胸，朗声作答："我们是夫妻。"

"OK，你通过了。"签证官痛快地宣布。

前后不过一分钟，苏珊倒有几分意犹未尽。号称"世界上最难"的美国签证，看来并不像传说中的那么困难，她准备的结婚证、工作证明、税单等等一大堆文件一样都没拿出来，一句话就把她打发了。看她心地坦荡，光明磊落吧。弗兰克解释说，美国人最重诚信，因为他们相信你说的每一句话都是真实的，如果说谎，必定付出沉重的代价。苏珊不甘心地哼了声："上海这么好，谁要偷渡去美国啊。不过是换个地儿住住。"

随之而来的是辞职手续，因为弗兰克的公司取消了中国投资计划，他只好先回国再作打算。而苏珊，嫁鸡随鸡，要跟弗兰

海上芳邻

克一起飞回美国去生活。姗德拉万般不舍,拉着苏珊的手差点掉下泪来。苏珊拍拍她:"你几个意思?我是去美国插队落户,又不是去西伯利亚。再说现在通信工具这么发达,你想我了就微信、电话、邮件、face book(社交软件),我天天给你开视频让你看见我在干吗还不行吗?"

姗德拉噘着嘴说:"美国又没啥好吃的,你去那边人生地不熟,又没有亲人、朋友……"

原来她担心这个,苏珊一叉腰,大大咧咧地说:"你忒小看你姐姐我了!咱啥事儿搞不定啊?弗兰克,就他那小样儿还想欺负我?看我好好修理他。再说了,结婚不就是把两人放一起过日子,一口锅里吃饭吗?就这么简单呗。快别多想了!"女汉子苏珊一向看不惯扭扭捏捏、矫揉造作的做派,但姗德拉眼下凄凄惨惨的小情调倒叫她颇为受用,早忘了其实姗德拉比她还大一岁。

15 小时的连续飞行,然后两小时转机,继续飞行,上海的东北姑娘苏珊随弗兰克抵达美国西部犹他州的一个小镇上,开始了她的全职太太生涯。

他们在离他父母不远的另一个小镇上买了房子,大大咧咧、万事随和的苏珊只提了一个要求——必须是有围墙有 24 小时保安的小区,不能接受裸露在马路上的房子。中国人还是需要有安全感的。

　　新居是典型的北美木结构,红顶白墙,远看就像白雪公主的童话小屋。一进门苏珊就傻眼了——跟她在国内常见的毛坯房不可同日而语,映入眼帘的是雪白的墙面、洁白的地毯和莹白的木质楼梯,厨房厕所设施齐全,室内崭新敞亮,就等着她拎包入住了! 这栋两层的独立别墅,楼上有三个房间和一个卫生间,楼下有一个卫生间,一个宽敞的厨房和一个近 40 平方米的超级客厅。如此奢侈阔气的空间在上海简直不可想象! 关键是房子还拥有容纳两部车的车库,自带一个100 多平方米的大花园,任意栽花、养草、种庄稼! 更离谱的是,车库和花园居然还不算面积,完全白送!

　　女汉子苏珊被一个从天而降的巨大馅饼砸晕了, 瞬间从可怜兮兮的"蚁族"跻身"地主婆"行列。一问价钱,她更是快乐地扭起了大秧歌,房价便宜到令人不可思议的地步,仅为上海的四分之一,首付比例又低,只有一成,弗兰克信用评分良好,很快办好了贷款,这栋超大的独立别墅就属于他们了。

　　苏珊就差拿把梯子爬上天了。她赶紧左拍右拍,上拍下拍,里拍外拍,恨不得 3D 打印,把房子从微信上快递给姗德拉。姗德拉果然羡慕得哈喇子长流。

　　上帝也许就好苏珊这一款。闪婚以后,苏珊丝毫没觉得真实生活跟想象的不一样,理想是丰满的,现实是更加性感的。搬家的第一时间,性格开朗的苏珊就带了一堆巧克力挨家挨户地去

海上芳邻

敲门,一一拜访她的新邻居,争取混个脸熟。中国人常说"远亲不如近邻",这理儿搁美国同样适用,她也收到了来自邻居的苹果派、松饼、麦芬和热情友好的笑容;她姐们儿姗德拉深恶痛绝的比萨、汉堡、三明治之流,苏珊却甘之如饴。本来嘛,东北人天生擅长各种面食,面条、馒头、包子、饺子、合子、疙瘩汤、大列巴……吃都吃不过来,米饭只占日常正餐的很小比例,再说她可是从小吃着"肯德基""麦当劳"长大的一代。以前在办公室里懒得出门叫外卖,除了雷打不动的每日一杯咖啡,她还常常要另加一个小小的三明治,因为最爱里面那片藕断丝连的芝士。若是哪天饭后没有吃到那片芝士,就好像今天的午餐没有吃饱一样,总觉得缺了点什么。而现在,她所有的贪婪欲壑都被太多种不重样的芝士填满了。

布置厨房的时候,弗兰克征求她的意见,给她展示了他最喜欢的德国设计师的电脑设计效果图,苏珊差点当场晕倒。

这哪儿是厨房啊?简直是一座小型的兵工厂!各种型号的刀、叉、盆、盘不计其数,连锅都多得超乎想象;打蛋机、煮蛋器、蒸蛋器,一只鸡蛋究竟能引发多少故事;无论切条、切块、切丝、切片,都有专属的机器或模具,总之你想得到的原料,都有一个器械早在半道上对应着伺候;甚至你想不到的,也有一个相称的仪器遥遥在引导。苏珊心中颇为奇怪:"德国人的脑袋,该不会都长成方形的吧?"

"你说对了,的确是!想想你的办公室邻居林吧,你见过的。他就是典型的德国做派。"弗兰克幸灾乐祸地提起他在德国的同学。

想起姗德拉每每咬牙切齿地诉说林的种种刻板谨慎,她忍不住笑了:"说实话,我一直想象不出,那么风花雪月的姗德拉与一板一眼的林是如何相处的。"

"的确是个好问题。"弗兰克故意煽风点火,"姗德拉有得受了。"

"那就让我们拭目以待。"苏珊耸耸肩,三下五除二,拿起笔把那些仪器武器统统划掉。

弗兰克在一旁急得抓耳挠腮:"你确定这些都不要吗?那你怎么做饭呢?"

苏珊看着弗兰克的眼睛,一字一句地复述:"是的,这些都不要。我确定。"

弗兰克的棕色眼珠瞪成 LED 灯泡:"那你怎么做饭呀?土豆怎么切?鸡蛋怎么打?甜点怎么做?"

苏珊莫测高深地一笑:"放心!看我的!讨个中国老婆,绝对饿不着你的!"想了想,她又加了一句:"不过,我还是需要保留一台电子秤。"

"好吧。随你。"弗兰克无可奈何地答应了。

海上芳邻

通过朋友的推荐，弗兰克在小镇附近的工厂里找到一份工作。这天下班之后，他开着小车一路风驰电掣般往回赶，因为，这是搬进新家以后苏珊为他准备的第一顿正式的晚餐。

天色未晚，宽敞的木结构房子里面却显昏暗。原来苏珊在窗户上装了窗帘。餐桌上，一瓶离他们不远的娜帕山谷产的红葡萄酒已经倒在醒酒器里，蜡烛在美式烛台上摇曳生姿。

苏珊解下"女超人"图案的围裙走过来。那是她特地从上海买了带过去的，她曾经拍下自己穿上之后的照片发给姗德拉，姗德拉笑得东倒西歪。因为从正面看，她的头嫁接在身着比基尼的女超人身上，外表是一个风骚的裸体女人，内在是一位娴淑的厨娘，还挥舞着一把木质的锅铲，背景是厨房蔚为壮观的锅碗瓢盆，这情景想想就滑稽。

弗兰克看到"性感超人厨娘"果然眼前发亮，以他设计师的眼光来看，这绝对是一件有趣的单品。"你在哪里买的？是谁设计的？"

"设计？"苏珊撇撇嘴，骄傲地回答，"大众设计！本土设计！中国人多聪明啊，看一眼就知道该怎么做了，不需要专门的设计师。至于哪里买，万能的淘宝啊。不怕找不到，只怕想不到。"

"淘宝？是什么？"弗兰克满脸困惑，这是他在中国错过的有趣情节。

苏珊没想到，到了美国还需要普及中国的购物知识，看来她

220

崭新的人生,仍要与过去鱼水相连。"'淘宝'就像美国的'易趣',是个购物网站,但是交易量要大得多。商品五花八门,你想得到和想不到的都有卖。而且价钱惊人的便宜。它曾经是像我一样的劳苦大众赖以生存的重要卖场。"

"哦,以后我要试试。"弗兰克很感兴趣。

"不用以后啊,现在就可以,随时都可以。现在有'海淘'呢,通过它,全世界的东西都能一网打尽。"苏珊一不小心代言了阿里巴巴雄心勃勃的伟大计划。"嗯,说到海淘,对了,我要买些东北大酱,跑了好几家超市都没找到。好久没吃了,太馋了!"

童话故事里的男女主人公坐在开放式厨房美式枫木餐桌的两侧,开始品尝新晋主妇的手艺——东北菜和美式快餐的混合体:培根土豆沙拉(土豆是苏珊唯一可以接受的"蔬菜"),土豆丝牛肉加重芝士烤比萨(苏珊是芝士控),简单又美味的紫菜蛋汤(紫菜不是"菜"),甜品是拔丝苹果(水果也是菜)。

弗兰克舔完了手指恨不得继续舔盘子,为什么每一道菜都那么好吃?世界上最美的距离,是你我相对而坐;世界上最美的食物,是爱人亲手烹饪的。一顿狼吞虎咽之后,弗兰克突然想起:"家里没有切块切丝的机器,这些土豆丝你是怎么弄出来的呢?"

苏珊神秘地一笑:"你跟我来。"只见她站起身,径直走向操作台,操起木架子上一把"张小泉"菜刀,在他眼前得意地一晃:"瞧,这就是我的秘密武器。它可是中华老字号。我请教了邻居,特地跑去华人超市买的。"

那把崭新的重金属冷兵器在黑暗中寒光一闪，弗兰克惊出一身冷汗。此刻，他的中国老婆苏珊，在他眼中幻化成一位中世纪的将领，跨马横刀，指挥千军万马，杀气腾腾，一身霸气；又像是一位中国功夫明星，操一把青龙偃月刀，使得上下飞舞，水泼不进……弗兰克定了定神，咽下一口口水，心中仍有疑团未解："那么，还有土豆丁、土豆块、土豆条，没有模具来固定，你是怎么把它们分割成那么规则的形状呢？"

"模具在我心中！我想它们变成什么样子，就能够让它们变成什么样！"苏珊骄傲地回答，感觉自己的英雄气概不可一世。

"Amazing(太不可思议了)！"弗兰克只有摇头惊叹的份儿。这个中国老婆，太不可思议了。不仅速算本领堪比英特尔处理器，做饭的水准也一样独步天下。他眼里焕发出崇拜的光彩。

苏珊并没有借助太多的厨具，而仅仅使用了几样最基本的，比如用电子秤称出多少克的糖和酵母，用量杯加多少毫升的水，用量勺舀多少泡打粉……过不了多久，这些厨具就完成了各自的使命，被她统统扔在了一边，改为自己心里的酌量。从小就擅长理工科的苏珊，对自己掌握数据和测量的敏感度和掌控能力十分自信。在日渐深入的西餐操作中，她越来越为老祖宗的智慧而自豪，相比烹调书里的"盎司""千克""卡路里"等计量单位，还是中国人的"少许"更得大道,因为所有的美食都需要用心制作,而每个人的心里感受不尽相同,那么做出来的美食便有了环肥燕瘦的千种版本。甜一点儿也好,淡一点儿也罢,食物贵在制作人的心意,好在那种细微差别的自制之中。

网上略一搜索,各种烘焙帖子铺天盖地。以苏珊的聪明才智,很快就学会做芝士蛋糕、提拉米苏、苹果派等等,这些常规的西式甜品并不难,而且,她将烤箱的功能发扬光大,渐渐开发了烤蛋挞、烤土豆、烤玉米、烤红薯,等等,吃得弗兰克欢欣鼓舞,腰围像一只黑马股票,噌噌噌地往上猛涨。

一旦吃饱了,弗兰克登时觉得人生美满无比。他摸摸自己滚圆的肚皮,幸福地叹了口气:"亲爱的,我真幸运,上帝让我遇见了你,并且娶了你。上帝真是太厚爱我了!"

苏珊不响,她正专心地将可乐浇在朗姆酒冰淇淋球上,冰淇淋球立即从杯底浮起来;她又往冰淇淋球上放上几粒鲜艳的石榴籽(这是超市买的,他们院子里种下的石榴树还不知猴年马月才开花),点缀一枚小小的薄荷叶(这个倒是院子里现掐来的),再插上一支彩色吸管,一杯弹眼落睛的"雪域漂浮"就做好了。弗兰克的眼珠子果然差点掉下来,苏珊心里甚为鄙视:美国乡巴佬,真没见识。哼哼,娶个中国老婆,你偷着乐吧。

"你知道吗?现在走在路上,人家都看着我们。就好像我跟一个摇滚歌手在一起。"弗兰克甚是得意。

海上芳邻

　　苏珊明白,他的意思是,仿佛她是电影明星一般,走到哪里都能引起轰动。的确,在美国西部的小镇上,很少有中国面孔出现,在苏珊到来之前唯一的东方面孔,就是中国餐馆的老板娘,还是 30 多年前就到美国了。她的老公是当时修铁路的工人,老公过世后就由她独立撑起这家餐馆。小镇上经济不发达,所以少有移民,但也有好处,失业率低,好像配置好了似的,又好似经历了水的流进流出保持了相对的稳定,除了去大城市发展的年轻人,小镇的居民基本上都有一份固定的工作,比如政府的相关管理部门,比如社区服务部门,比如仅有的几家企业。美国福利好,小镇消费不高,房子、车子与国内相比又惊人的便宜。在这里过日子,的确是很容易,但,也仅仅如此,对未来,没有太大的想象力了。弗兰克,就在镇上一家制造公司,找到了一份检验员的工作。既然事业没有太多亮点,就把更多精力投入生活上吧。

　　"我很高兴,我们是夫妻、情人、朋友,当然,如果你同意,未来,还是我们孩子的父亲和母亲。就像我们在花园里种下的那棵石榴树,我们可以生好多个孩子,再教他们种更多的石榴树……"弗兰克充满憧憬地继续描绘幸福生活的蓝图。

　　苏珊承认,这个美国小伙一点儿都不逊色于闻名于世的"海派丈夫"。他堪称"模范丈夫",也是一位"全能超人"。美国的人工成本非常昂贵,所以通常的家务修理工作一般人都自己做。弗兰克也不例外,他会木工,刷油漆,修马桶,种花锄草,甚至,他也会拌沙拉烤比萨,对付一顿标准不高的美式午饭。

　　某一天,苏珊跟邻居从超市采购回来,看见弗兰克正专心致志地趴在桌上做什么,连她进来都没发现。她忍不住好奇心,蹑手蹑脚地走过去,想揭穿这家伙的秘密。越过宽阔厚实的肩头,她看见一个大男人粗大的手指,正捏着一只精巧的耳环,那么笨拙,又那么小心,那么执着,那么投入,那么专注,那么聚精会神地细细地研究和修理。现代人普遍焦虑,一个人常常同时处理好几件事,一颗心永远吊着,张望左右,最擅长的就是兼顾数项,而专注一件事,似乎已经是久远以前的事了。现在,看到这个男人久违的专注,感受到久远的手工的温度,人与物件的紧密协调,温情不期而降,忽然苏珊心里分外柔软。一只价值不高的耳环,因为金属链断裂她已弃之不用,早不知道扔到哪个角落了,现在却被他捡起来郑重其事地捧在掌心,十二分地关注着,努力试图恢复它当初的美好。这一刻,她强烈地感觉到,那只耳环就是她自己。平凡人生无大事,承诺和海誓山盟无法兑现,他能做的,只是尽自己所能不让她留下遗憾,哪怕是属于她的一只无足轻重的耳环。苏珊眼眶潮湿,她突然明白了自己爱上弗兰克的原因。

　　没有人能像他那样,如此关注苏珊,关注她的需要,注重她的感受。大到买房买车,人生规划;小到柴米油盐,日常琐碎,必须要她自愿,她喜欢,她同意。她一直活在自己的意愿中,而不需要哪怕一丁点儿的委曲求全。想到这里,苏珊暗自庆幸自己的好

海上芳邻

运气。婚姻就像赌博,她根本无法预测一念之差带给自己的会是怎样的天堂或地狱。她突然想起中学课本里读的那篇《小二黑结婚》——"先结婚后恋爱",那是猴年马月的历史了,土得掉渣。可眼下,自己和来自太平洋另一端的洋小伙美国西部牛仔弗兰克,不也是"昨日重现"吗?以前读到托翁说的"幸福的家庭都是相似的"不甚了了,如今看来,真乃全人类的远见卓识。想到这里,她忍不住小心眼儿里直嘚瑟,嘿嘿嘿地笑了起来。

等各种生活事务理顺,告一段落,苏珊便轻松下来,白天弗兰克去上班,她有大把时间可以自由支配。起初她很兴奋,到处乱逛,拍照片,然后通过微信发给姗德拉,分享她的新生活。她很快就习惯了这里的生活方式,像弗兰克一样爱上了户外活动。他们经常开车去附近的国家公园徒步。"附近"在美国是个车行的概念,通常也要开上一两个小时,若是去世界赫赫有名的大峡谷国家公园,会更远些。

弗兰克是一名资深的户外运动爱好者,每次去徒步,他都穿好快干的户外服,防滑的山地鞋,头戴遮阳帽,额头上勒上导汗带,腰挂行军水壶,手执登山手杖,GPS 定位手表,护膝护腕全副武装。苏珊也如法炮制,仔细地在每一寸皮肤上涂抹 SPF50 的防晒霜,但她依然很快在肤色上与当地居民接轨,变成了流行的小麦色。

她还爱上了攀岩，像蝙蝠一样把身体紧贴在陡峭的崖壁上，用双手和脚尖，甚至有时仅靠单臂的力量，在凹凸不平的岩石上腾挪，奋勇将身体移上山顶。苏珊把攀岩的照片发给姗德拉，引得姗德拉在那头惊叫连连，好像挂在悬崖峭壁上的是她自己。不像黏糊糊、嗲兮兮的姗德拉，林妹妹在美国的确没有市场，女汉子苏珊无比爽气，百无禁忌，勇于挑战，喜欢尝试新鲜事物，什么都敢奋力一试，广阔天地任她遨游。

在西部那些广袤荒凉、不需收费却服务良好的国家公园里，苏珊最爱的是锡安国家公园。虽说出身东北，没少见过山，尤其有着"亚洲最大滑雪场"之称的亚布力，本身就是大山连绵，但这里的山，还是展示了完全不同的面貌。最重要的，是人和自然最舒适的相处方式，令山里孩子苏珊耳目一新。从游客中心到大山深处，设计了许多条路线，有山有水，有长有短，有偏重于观光的秀色山峦，也有满足于找虐的崎岖山径。游人可以根据体力和兴趣，选择不同的路线，最短有半小时的，适合时间不足或精力不济的人，浅尝辄止；最长有四五个小时的徒步线路，途中要蹚过溪水，爬过山崖，部分路段十分陡峭，需要手脚并用作猿猴状……所有的描述清清楚楚地写在介绍里，一切听凭自愿和自选，你对自己负责。

弗兰克担心苏珊体力不够走不了那么艰险的山路，就建议他们选两小时的路线。难度中等，山色空蒙，前面山头就是路线

海上芳邻

的最远处了,忽然"哗哗"声起。苏珊一愣,稍歇,"哗哗"声再起。苏珊不明所以,这山里一路走来,一个人都没遇见,一丝人工痕迹不存,连一点儿垃圾都不曾看见,哪来的声响?走在前面的弗兰克回头指指她的背包。苏珊瞬间明白了,取出手机,上面果然有一条英文警报:45分钟后即将有暴雨来袭,可能会有山洪暴发,请登山者速速回到游客中心。

他们丝毫没有迟疑,立即掉转头往游客中心挺进。果然,一到游客中心,大雨准时倾盆而至。全身放松地坐在休息室的沙发里,接过弗兰克递来的一杯热咖啡,看玻璃窗外的游客陆陆续续往回奔跑,苏珊不由得感叹:真神了!原以为忽悠人的天气预报,竟然这么准!甚至可以精准到救人性命!"可是游客中心怎么知道我的号码呢?我用的还是中国的手机啊。"

"我的小姑娘,"弗兰克伸手拍拍老婆的头:"你有那么聪明的脑袋,怎么不明白这么简单的问题。公园里有发射中心,自动检测手机信号,消息可以发送到每一个终端。"

苏珊傻大姐般地呵呵笑了,两手抱着咖啡杯取暖,觉得甚是暖心。除了性价比顶到天的住房,这是她再次觉得美国好的地方。

仁者乐山,智者乐水。百无禁忌的女汉子苏珊除了爱山,也爱上了大海。从他们家开车到西海岸大概要两个小时,传说中沿海而行的一号公路美得非人间可有。加州阳光火辣辣地放送,让人无处遁形。刚开始她戴宽檐太阳帽,穿抵御强紫外线的长袖防晒衣,可一到海边,发现所有的老美都躺在海滩上尽情地翻烙饼晒人干儿,男人光着膀子晒成了红色的阿拉斯加大虾,女人更是脱得只剩下三点小小的符号。全副武装的苏珊在天性绽放的自然海滩上有如外星人般令人侧目, 有促狭的老美手搭凉棚四处张望:"现在下雨了吗?"再走两步,爱学习的老美又来认真考证:"你的国家很冷吗?"苏珊羞得无地自容,那种淘宝爆款、那种"雨人"才用的防晒服,被彻底打入了箱底。

聪明如她,很快学会了游泳、冲浪、快艇和海钓,不过几周时间,她就成了太平洋里的一条美人鱼,玩得比弗兰克还要出色。

太平洋的那种蓝,是她从未见过的碧蓝的颜色,纯净透明,又意韵深远。苏珊有时站在海边呆呆地出神,她的父母亲人,她的同事朋友,她的姐们儿姗德拉,都在海的那一边,透过长长的地平线,一切只能靠想象,她什么也看不见。每到这时,从不矫情的女汉子苏珊就有点小伤感。这种情绪是叫思念吗?日子是逍遥快活,但是"好山好水好寂寞",玩腻了户外活动,她很快就无所事事了。从繁华忙碌的上海出来, 其人口密度是小镇上的人不可想象的。已被培养成群居动物的她,对眼前独来独往的天地江湖终有几分落寞。她开始怀念上海,怀念那些跟姗德拉一起逛街、血拼、蹦迪、K歌、吃火锅的日子,她爱那些声色犬马的生活,

海上芳邻

它们带着强烈的亲民感和世俗气,伴着她日日贴心贴肺、心甘情愿地"堕落颓废"。

尤其是现在她居住的小区,一个带围栏和保安的别墅区,家家花园巨大,但门窗都关得很紧。偶尔在路上遇到,散步或是遛狗,大家都自动展开微笑打招呼,但并不像传说中的人与人之间没有隔阂,实际上,他们并不主动拜访别人,如果没有预约,没有特殊的理由,邻里之间绝对老死不相往来。大半年下来,除了刚搬进来时她敲门去送巧克力,苏珊还真没认清楚几家的主人。

简单的家务,开车买菜购物和那些玩腻了的户外活动,还有参加舞蹈培训班,苏珊大多数时候只是待在家里,玩电脑,看手机,跟姗德拉聊天。可是,该死的时差竟有 15 个小时!她有时会突发奇想,如果从脚下打个洞穿过地球到达另一端,姗德拉正好是凌晨睡得昏天黑地的时候呢。

最严重的后果,是习惯了美式饮食的苏珊,就像吹气球一样日渐丰满起来。腰身从二尺一直线增加到二尺四,并保持继续突破的上升势头。在美国的中西部地区,人们喜欢口感甜腻,吃起来方便的食物,尤其喜欢油炸食品,吃下去不吐骨头的"鱼和薯条"就是其中的代表,即便是她在上海常常拿在手里啃的鸡翅鸡腿肉,也被提前去了骨,炸得脆脆的,再在上面浇上厚厚一层浓稠的酱汁。长于整理归类的苏珊很快总结出来一个公式:鸡肉+油炸+蘸酱=美国日常菜。那些隐藏在酱汁里的疯狂卡路里,不怀好意地把苏珊苗条的身体迅速催成了美国大妈。

苏珊悲痛万分,在饱食之余日日伤春,无比怀念自己曾经引以为傲的轻盈体态。而且,她现在也像弗兰克一样,终日T恤牛仔加身。事实上,她带来的那些漂亮衣服至今没能重见天日。不用上班,中规中矩的套装便没有了市场,而周围的老美们,无论男女,一年到头,全都是牛仔T恤。即便是追求时髦的年轻女性,所有的创造力和想象力,都在牛仔裤上的铆钉还是破洞抑或流苏上做做文章,T恤则是用料越来越少,黑色、紧身、露背、露肚脐,已经是美的极致。我行我素,只扮酷,不抒情,有没有想象空间那是你的事!

在这样以简约天然为美的大环境下,苏珊总不好意思翻出自己那些花样无穷的行头来吧,一个人唱独角戏会多么无聊,无人赏识,无人喝彩,引人侧目也是需要有观众的。

总之,女汉子苏珊的灿烂青春,尚未恣意挥霍,便已戛然而止。

弗兰克躺在美式乡村风格的布艺沙发上,翻看一本来自纽约的新锐设计师蒂莫西·萨马拉的书。小镇上的企业规模不大,一个萝卜一个坑,检验员的工作按部就班,没有多少要求,也没有多少兴趣。他只有在工作之余亲近自己的爱好。

苏珊从冰箱里拿了一听可乐倒在杯子里,又抓起一把冰块扔进去。她现在已经懒得花心思去折腾那些五花八门的饮品花样,

海上芳邻

终于发现还是可乐最满足这里的懒人市场。"你快乐吗？"她问。

弗兰克懒懒散散地回答："不错。"显然，不是最满意。他正考虑，是否要去东海岸的大城市寻找更对口的工作机会。

苏珊脑中突然灵光一现："既然都是离开家乡，去哪里不都一样吗？也许我们可以回上海，在那里，一定可以寻找到更合适的机会。"

"不错。"弗兰克这回明显是透着兴奋。

第十一章

浪漫普罗旺斯

海上芳邻

　　大洋彼岸的"女汉子"苏珊，小日子过得有滋有味，东半球的上海，"必剩客"姗德拉的感情生活也渐入佳境。

　　满肚子学问的皮埃尔对中国的风俗文化颇有研究。第一次与他共进晚餐，姗德拉就惊讶地发现，他居然对中式餐具非常熟悉，把一双筷子使得出神入化；他喜欢吃中餐，知道在上海最好吃的东西是小笼包，就像法式大餐最后的那道"马卡龙"；皮埃尔很少喝咖啡，他更喜欢喝茶，一杯茶就可以当一顿早餐。他甚至分得清龙井、碧螺春、普洱、乌龙的区别，并且对它们不同的泡法了如指掌，以至于在茶馆服务员想糊弄他、偷工减料地用开水一冲了之时，他锐利地指出："请你使用专用茶具。"他热爱美食，把所有的周末几乎都用来寻找隐藏于上海弄堂深处的精美小菜。每到一处，他都礼貌地请服务小姐推荐几个看家菜，浅尝辄止，然后真心地表示欣赏。好像吃什么并不重要，关键是享受这个寻找和品尝的过程，并为此乐在其中。但是，他对环境极为讲究，无论哪种菜系，店堂一定要干净、幽雅。对于共进晚餐的对象，更是极为挑剔。吃东西是个快乐的过程，要跟你同道的人一起享受。碰巧，这个人就是姗德拉。

　　前些年，所有的法国人来上海，都不约而同地去一个地方，那就是淮海路和襄阳路口的"海上星"餐厅。倒不是因为那里的食物多么适合他们的胃口，而是环境和气氛最像巴黎：门前的淮海路，一样的高贵典雅；路上的行人，多是经过精心修饰的型男

234

型女；旁边是著名的法式襄阳公园，触目所及，是浓密的法国梧桐树；不远处，则是熙熙攘攘的襄阳路服饰小商品市场。法国人放着餐馆里舒适的沙发不坐，偏偏喜欢坐在室外的藤椅上。随便点一杯什么，默默地欣赏路上平淡无奇的人和事，有滋有味地享受这个调调。

　　姗德拉一直想不明白这些"歪果仁"为什么喜欢坐在外面晒太阳闻汽车尾气，那费工费力费钱的漂亮餐馆用来派什么用场？皮埃尔解释说，因为在法国不常有这样的好天气，一年中适合在户外的日子非常短暂，所以，在上海这个气候具有先天优势的城市里，要大口呼吸户外的空气，尽管也包含过往车辆留下的尾气。他自己跟那些法国人不一样，他喜欢坐在餐馆里面，隔着玻璃看外面的世界，安静，也不太招摇，正好避开路人猎奇的眼光。这点，他倒是更符合中国人的口味。

　　跟他的众多同事朋友相比，皮埃尔的确低调、内敛而自制。别的法国人，落地才两天，东南西北尚未摸清，就天性爆发，火速搭上一二妙龄女郎，眉来眼去，你情我愿，演绎一段香艳的上海情仇。皮埃尔不同，他来了两年，除了中午偶尔跟办公室的女同事一起吃个饭，几乎没见他跟陌生女性有过交往。在男人们眼中，他是另类；在女人们看来，简直暴殄天物，长得那么帅，太可惜了。

　　当然，皮埃尔是喜欢女人的。他细心地照顾一切女性，为她

海上芳邻

们开车门,拉椅子,拿大衣,诚心诚意地称赞她们。他只是口味独特,不喜欢年轻的女孩,觉得她们大多头脑简单缺乏内容,能够交流的只有身体部分;他喜欢成熟优雅有魅力的女性,就是通常说的熟女,他需要身体和头脑,甚至灵魂多方位的交流。因此,他格外喜欢"优雅"这个词,仿佛这个词涵盖并超越了"美丽""性感""能力""个性""品位"等等一切内容,达到了他最高的评判标准。直到遇上姗德拉,他毫不犹豫地将这顶空悬已久的桂冠送给了她。

而对姗德拉来说,"优雅"是个似曾相识、只在书中出现的词汇,不啻于"高尚"的代名词,与她平常的生活、平常的人生没有丝毫的关联。因此,当这顶灿烂的皇冠落在她头上时,她时常感到惶惑而不辨方向,只能暂时理解为法国绅士漂亮的口头禅。

姗德拉同样有一个令皮埃尔头疼的口头禅——对于难以回答的问题,或者不便拒绝的邀请,她总喜欢说"maybe(或许)"。这是出于中国人委婉含蓄、与人为善的本能,永远不把别人逼到绝路。可在皮埃尔看来,它不代表任何意义。"maybe"的意思模棱两可,maybe 可以是"yes",maybe 也可以是"no",比"无可奉告"的外交辞令还要深奥得多。刚开始他听在耳朵里,觉得maybe 就是自己大有希望,后来被敷衍得多了,他终于愤怒而无奈地得出解释:"我算是明白了,你说的'maybe',其实就是'no'。我永远也不要听你再说'maybe'了!"

　　姗德拉索性闭嘴,多说多错,不说不错,低头闷刷朋友圈。刷屏最霸道的自然还是苏珊,这姐们儿不知有多庸俗,多无聊,天天狂晒美国的幸福生活。忽而在黄石公园露营,七彩棱镜边双宿双飞;忽而飞车纪念碑山谷,漫天星河神奇无边;忽而度假纳帕山谷,葡萄园里云中漫步;忽而现身沙漠腹地拉斯维加斯,赌钱看秀快意人生……照片里的一双璧人,或牵手,或拥抱,或鬼脸相对,或双双跳起,男的一脸灿烂、明朗和满足,女的满脸甜蜜、腻人、笑靥生花……总之,以各种姿态大秀恩爱,一门心思虐死单身狗。从不矫情的女汉子苏珊,十分欠揍地在朋友圈煽情地留言:"不尝试,我们怎会知道生活究竟有多美好?"

　　看到这句话,姗德拉忽然心有所动。比起苏珊对未知世界的勇气和坦然,她显得太保守而谨小慎微了,习惯了手边的安全和安逸,无形之中就给自己绑上了一层枷锁和束缚。未知有风险,未知也带来希望。她还年轻,未知更加充满了诱惑。也许,该给自己一个改变的机会了。苏珊的身体力行,给姗德拉树立了榜样,让她对"maybe"有了更广阔的遐想空间。

　　终于有一天,姗德拉小心翼翼地透露了一个假设:"如果在法国,'maybe yes'!"

　　皮埃尔深感意外,亦深受鼓舞,当机立断,订了两张机票,并抓紧时间策划法国之旅。

海上芳邻

因经济不景气，一些跨国公司纷纷从核心地段及中央商务区搬迁到次级商务区，或者新兴商务区，以削减办公成本。位于城市西区的"乐士诚"大楼，以中等偏上的租金水准、良好的设施及物业服务，精准地满足了这一需求。姗德拉的团队又签下两份办公楼《租赁协议》，"乐士诚"大厦里所有空置面积消化完毕，前所未有地达到了100%的出租率。总经理杰森一时高兴，善心大发，竟批准了姗德拉在非淡季里休假两周的"无理要求"。

姗德拉毫不犹豫地第一时间把好消息通过邮件传递给皮埃尔。

"你知道世界上最浪漫的地方在哪里吗？"皮埃尔问。

"当然是法国，普罗旺斯。"她毋庸置疑地回答。大片醉人的紫色薰衣草叫她无法自拔。

"是的，普罗旺斯自然非常美。但是，我觉得最浪漫的地方是威尼斯。记得在水乡朱家角吗？我曾答应过你，我要带你去威尼斯，现在，我要履行我的诺言。"皮埃尔认真地说。

于是，他们决定，旅程就安排在普罗旺斯与威尼斯两地，他和她要比较一下，这两个举世闻名的地方，到底哪个才是浪漫之最。

从上海到巴黎的旅途要飞行12个小时。飞机因遭遇气流而颠簸，姗德拉的心瞬间揪了起来，脑子一片空白。她悄悄地抓紧

扶手,大口呼吸,感觉自己快透不过气来了。旁边的皮埃尔一言
不发已洞悉了她的恐惧,他把自己的手盖在她冰冷而痉挛的手
上,试图使它温暖放松,另一只手绕过她的背后,紧紧地握住她
忐忑不安的另一只手。有了人肉盔甲的护佑,姗德拉立即觉得
好多了。此刻,她放下一切戒心,对这个人无条件地信任。只有
人在旅途,在一个完全陌生的环境里,才有可能把自己交给相
对熟悉的人。因为世界被放大了,人就更渺小了,她和他之间,自
然更贴近了。

　　自从到了欧洲大地,皮埃尔仿佛变了一个人似的,再不是那
个分寸合度、彬彬有礼的外交绅士,而是恢复了热情大胆的法兰
西男儿本色。也许有了适合自己的土壤和温度,浪漫的天性终于
爆发了。而姗德拉,仿佛身上某些看不见的绳索突然松绑了,她
也感到十分的自由和放松。亚历山大桥麓下,中年男女忘乎所以
地拥抱接吻,如痴如醉,金色的梧桐叶子落了一地一身也不自
知;蒙马特高地,才爬了几级台阶的小伙子急不可耐,竟然隔着
栏杆亲吻心爱的姑娘,微凉的空气里全都是甜蜜的味道;玛黑区
的特色小店门口,女孩一手拿咖啡一手抱玫瑰,还仰起下巴噘起
嘴去贴男友性感的唇……整个巴黎城,大街小巷处处泛滥着爱
情,甜蜜场景司空见惯。这枚巨大的染缸太过温情,太过强大,太
过诱人,以致一切蠢蠢欲动都在暗暗发酵。这个时候,姗德拉也

海上芳邻

靠在皮埃尔的怀里,娇羞地闭上眼睛,顺从地任由他俯身亲吻自己的嘴唇。皮埃尔的幸福感如潮水席卷全身,在中国,除了握手,她几乎从来不允许他任何的肢体接触。

在巴黎的第一顿早餐,姗德拉充满期待,不知道世界浪漫之都会以怎样的方式来欢迎她。英俊的酒店服务生闪动着迷人的笑靥送上一只白瓷盘,姗德拉定睛一看,顿时泄气——一只鸡蛋而已,充其量,一只洋鸡蛋。

姗德拉正待动手,皮埃尔在她手臂上轻轻一碰,意思少安毋躁。只见服务生拿起鸡蛋放到一个专门的器具上一按,蛋的底部立刻被扎出一个非常细小的孔。

皮埃尔的画外音用英语旁白,服务生听不懂:"这样做的目的,是把蛋里的空气释放出来,鸡蛋煮时才不会裂开。"

接着,服务生把鸡蛋放进锅里加冷水一起煮。水沸腾后再煮三到五分钟,然后麻利地关火,又让鸡蛋在热水里焖了一会儿,才拿出来,把鸡蛋放入专用的蛋杯,才重新端给客人吃。

姗德拉学着皮埃尔的样子,用小勺子轻轻地把裸露的蛋壳顶部敲开一个小口,再往小口子里撒一点儿盐,然后用小勺舀出稀稀的鸡蛋吃。经过这么复杂的程序煮出来的鸡蛋有点像上海的豆腐花,处于半生不熟的流质状;而吃鸡蛋的细致与隆重,与吃滚烫的小笼包或生煎包也是异曲同工。

鲜嫩的"豆腐花"入口,姗德拉再一看,勺子和蛋杯居然都是银的,忍不住叹口气道:"中国人早餐也喜欢吃白水煮蛋,往桌上一敲,然后剥开,蘸上酱油就吃,非常简单非常家常;而法国人吃个鸡蛋都这么考究,怪不得在上海生活的法国人不肯委屈自己,哪怕一顿工作午餐都搞得像国宴似的。"

皮埃尔分辩说:"你不理解我们为了吃一只鸡蛋采取这么复杂的方式,就像我们也不理解你们为啥费那么大劲儿做一只小笼包,千辛万苦地把肉馅塞进面里,千方百计地不让它漏出来,还不如做个大比萨,把各种肉料直接往面饼上一拍,大功告成。"

姗德拉翻翻白眼,一时无法反驳。他无非是想说,萝卜青菜各有所爱的习惯罢了。到了巴黎,姗德拉始知皮埃尔并非矫情。对于马虎潦草的快餐会拒绝,对于涂炭生灵的火锅会皱眉,那是因为他已见惯了太多精致的东西,建筑、花园、商店、橱窗、餐具、食物……无不精美到极致。且不论那些永远彬彬有礼的交谈和永远楚楚齐整的装扮,连周围的空气都好似经过了反复的练习。生长在这样的环境里,天然地拒绝一切的粗糙和低劣。她现在有点理解他了。

品位再独特的人也不能免俗,卢浮宫、蓬皮杜、奥赛美术馆,这些世界著名的艺术博物馆,一一留下他们的足迹。"艺术作品可以培养我们感知和理解的能力。"皮埃尔神采飞扬。他不知疲倦,每到一处,都耐心地、津津有味地、滔滔不绝地一一讲述每一

海上芳邻

件展品背后的故事,他肚里的货色有如聚宝盆一般,取之不尽用之不竭,估计讲上几天几夜也不会枯竭。姗德拉有点吃不消了,一向自诩文艺青年的她,被各种世界顶级艺术精品一通狂轰滥炸,她的感悟力已经彻底被摧毁,站在"卢浮三宝"之一、比想象的尺寸小太多的《蒙娜丽莎》面前,她看不出这幅画作有多么稀奇,也没发现那个学术专家争论已久的似是而非的微笑有多么神奇,说实话,它甚至不如中学美术课本上的图片来得清晰生动。姗德拉知道已经达到自己的极限了,她终于开始讨饶:"对不起,我累了。我们休息一下可好?"

皮埃尔如梦初醒:"哦,不,永远不要说对不起。都是我的错,请你原谅我的疏忽。"

他们坐进塞纳河畔的一家餐厅。奇怪的是,餐厅没有窗户,墙壁全部镂空,只有伸出去的"违章建筑"——大片的遮阳篷。关于"应该坐在室内还是室外"之类在国内一直纠结的问题,姗德拉很快有了新的认识。一路上看到大大小小的餐馆、咖啡馆,在墙根、窗外、户外广场,甚至小巷子里,凡是能放得下一张桌子、一把椅子的地方,它们就理所当然地绝对占据着最佳风景,争先恐后地暴露在天地之间,只要能亲近阳光、空气和自然。

而在国内,各种档次的餐馆食肆,无一例外偏爱各种各样的大宅院。石库门、四合院、商贾洋房、亲王府邸,墙体越厚越显身价,院子越大越觉气派,以至于食客能够到这种神秘的建筑物里

242

去吃上一顿饭都觉得脸上无限荣光。

一个是,我要去亲近大自然;一个是,让大自然来包裹我。主体不同, 这大概是就餐时喜欢坐在室内还是室外的根本原因吧。

天色暗了下来,透过桌上的酒杯,姗德拉突然发现,城市影像奇迹般地浓缩在一杯葡萄酒里,整个巴黎变小了,也被折射得梦幻了。她赶紧指给皮埃尔看。

"太神奇了!舌尖上的艺术品!"皮埃尔摇头晃脑,陶醉在法兰西的骄傲中。

又是"艺术品"。姗德拉心中一堵,差点吐了。所幸皮埃尔及时转换了话题:"亲爱的,你知道吗?葡萄酒的不同完全取决于用来酿制的葡萄的不同。黑皮诺葡萄酒通常是红宝石的颜色,拥有浆果、鲜花、蘑菇,甚至土壤的香气,入口时带有一定的酸度;而赤霞珠葡萄酒颜色更深更浓,带有黑醋栗和青椒的气味,除此之外,它还有一个非常独特的特点,它具有非常明显的结构特征,能够反映年份特点和酿制技术。它特别适合长期保存,因此在一瓶酒里面就可以包含好多的故事。比如今天,我是和亲爱的姗德拉在一起,酒的年轮里面记载了我们的信息。"

姗德拉笑笑,顺从地喝下一大口魔幻般的液体,她宁愿让味觉和胃口来记载年轮。

邻座一位上了年纪的老妇人,安静地自斟自饮,神情不悲不

海上芳邻

喜,举止从容优雅。她可是在体味年轮里自己曾经记载的信息?姗德拉胡乱揣测。一般在这个年纪的上海老太太,也许会蓬头垢面穿着花睡裤上街打酱油,可这位,一丝不苟的化妆,一身灰黑中一抹艳丽的红唇跳跃而出,可谓点睛之笔,所有的沉闷都被中和,给姗德拉提供了"优雅"的活教材。老妇人以强大的气场现身说法,年龄不是问题,优雅才是美丽的源泉。摧残容颜的不是岁月,而是自暴自弃的心。

姗德拉的眼光都收不回来了,喃喃自语:"她真漂亮、优雅,不是吗?"

"哦,当然。优雅。"皮埃尔自豪得仿佛在说自己的姑妈。

姗德拉笑了,所谓的"法式优雅"并非高不可攀。"希望我到了她这个年龄,可以像她一样。"姗德拉无限神往。

"不需要羡慕她,你肯定会比她更好!"皮埃尔认真地说:"Oscar Wilde(奥斯卡·王尔德)曾经说过,'爱上自己是一场毕生浪漫的开始'。所以,首先要爱你自己,发现自己的美。每个人的美都是独一无二的,可能跟流行的时尚不同,但是,那就是你,那是你独特的美。比如,世界上的人都觉得法国女人优雅。是的,她们当然优雅。"皮埃尔耸耸肩,"但是很遗憾,绝大多数法国妇女都喜欢黑色,并且只喜欢黑色,如果你走在香榭里舍大街上,一眼看过去黑压压的,难免有点单调。但中国不同,中国女人会穿很多其他颜色的衣服,我看到我公司的女同事,接触到的客户和销售员服务员等等,她们也喜欢红色、蓝色、粉色等等,只要合适,穿在身上一样显得很漂亮。"

"很抱歉,可惜我没有法国女人那样高挑、苗条的身材。"姗德拉赧然。

"哦不。"皮埃尔立即反对:"尺寸是物体,比例才是艺术。你虽然比较纤小,但是比例非常好,因此非常美丽。在我眼里,你是最美丽的。"

两个人总有聊不完的话题,下午进来歇脚,转眼已到七点半,法国人晚餐的时间到了,索性也将晚餐一并解决了。

主菜上来了,盘子巨大,牛排巨大,至少比国内的分量翻上一倍。姗德拉苦着脸央求:"牛排实在太大了,我吃不完。可以帮帮我吗?"

"哦,当然,很乐意。"皮埃尔爽快地从她盘子里叉起一块切小的牛排吃了,然后轻轻拍拍她放在桌面上的胳膊,附耳神神叨叨:"你知道现在周围的人在想什么吗?"

姗德拉环顾四周,并无不妥,困惑地摇摇头。

皮埃尔说:"他们都在想,这两个人一定上过床。因为只有上过床的男女,才会在对方的盘子里吃东西。"

姗德拉大窘,她的本意是出于不浪费粮食,没想到思维定势给自己带来这么大的误解。唉,完全是自掘坟墓。用苏珊的话说,

海上芳邻

就是——自找咽气儿！

正巧侍应生送了一份提拉米苏上来，那是姗德拉的最爱。她赶紧转移话题："根据中国餐厅的描述，'提拉米苏'在意大利语中是'带我回家'的意思，心有所属的男子通常为心爱的女子点一份'提拉米苏'，便是一段美好故事的开始了。"

皮埃尔点点头："中国人很有想象力，听起来的确很浪漫。在意大利语里，'提拉'是'拔'和'拉'的意思，'米苏'是'向上、起来'。一般到下午的时候，工作累了的人精神有点懈怠，这时候需要一杯咖啡或什么其他东西来提起人的精神，所以下午茶吃的甜点便有了这个功能性的名字，吃了它，便能提起人的精神，活力充沛，继续工作。想不到这个寻常的甜点到了中国，竟然演变成一个浪漫的爱情故事。"他突然凑近了一点儿，神秘兮兮地说："你知道吗？我在上海公司里的秘书小姐，上次巴黎之行后告诉我她的体验：'到了法国，才知道被人调戏也会很有情调。'哈哈。"

姗德拉有点尴尬，这话虽是调侃，但真实。她挑了挑眉毛，有点泄气："女人总是属于被调戏的对象。"

"我理解。"皮埃尔见状安抚道："在中国，女性的地位仍然不能与男性完全平等。在法国也曾经这样，就像巴尔扎克在《婚姻生理学》中描述的那样：'女人的命运和她唯一的荣耀是赢得男人的心。她是一份动产，确切地说，只是男人的附属品。'但事情不总是这样。在现在的法国,女性常常得到照顾和尊重:上楼让女士先请,下楼男士走前,以防女士万一失足滚落下来男士可以及时救护;点菜必先征求女士的意见,男士必须先为女士拉开座椅之后自己才能坐下;一个家庭的女主人总是坐在餐桌的最头上,家里的经济大权也掌握在女人手中。女性的地位高低,决定着这个国家与社会的文明程度。"他总结道。

"其实,从某种程度上来说,上海也一样。上海的女性成熟、独立、能干,她们知道自己要什么,并且大胆地去追求自己的需要。"皮埃尔半开玩笑地说:"你就是其中出色的典型。还记得第一次你来我们公司吗?你虽然没有开口说话,可是你浑身上下都是舌头。明明强烈地想表达什么,却控制住什么也不说。这反倒叫人更好奇,充满了神秘感。我就是这样被你强烈地吸引了。"

姗德拉粲然一笑,这大概就是中国人说的"欲语还休"吧。邂逅,无法选择,可随着交往的深入,皮埃尔就像一块巨大的磁石,以强大的磁场将她越来越紧地吸附。而她,性格里天生的内敛、隐忍与克制,跳过了本该活跃而肆无忌惮的青春,直奔他的成熟儒雅而去。他于她,一切刚刚好。

不过两个多小时,"欧洲之星" 就把他们带到普罗旺斯的TGV 火车站。列车在这个小站上只停靠几分钟,本来就数目寥寥的乘客迅速完成上下车的交换。可是,就有不明身份的一男两

海上芳邻

女三位老者在站台上，有条不紊地依依告别。老头儿先与一位老
太太拥抱，两张衰老而柔情不减的脸，缓缓靠近，左边贴一下，右
边贴一下，同时各自嘴里"啵啵"有声；再换另一个老太太，再度
拥抱，再度贴脸，左边一下，右边一下，同时嘴里"啵啵"有声……
一火车的人，包括站在门口的列车员，全都不约而同地安静而淡
定地行注目礼，等待他们几个一丝不苟地完成整个告别仪式，好
像集体默认，从容不迫地告别是人类神圣不可侵犯的权利，即便
爱情泛滥也是司空见惯的人之常情。

普罗旺斯，就这样旗帜鲜明地给姗德拉留下了非常独特的
第一印象。

皮埃尔在火车站租了车，穿过大片的葡萄园和薰衣草田，绕
过山间无数的石头房子，开到一座城堡，门上用弧形字体写着
"chateau（城堡）"。姗德拉立即想起上海华山路上丁香花园隔壁
的"夏朵餐厅"。经皮埃尔解释，她才明白，原来在国内常见的"夏
朵"二字，源自法语的"chateau"，也就是"城堡"的意思。

普罗旺斯的城堡的历史，最早可以追溯到16或17世纪，当
时是作为贵族的寓所，一般建在山上，同时还设有瞭望塔，甚至
护城河。寓所以石筑就，兼有防御的功能，总之一切为了安全考
虑。法国人向来对古建筑情有独钟，赚了钱就琢磨着去乡下买一
座城堡，过过贵族瘾。这跟中国人有钱了喜欢去圈一块地盖房
子，过过地主般的生活是一样道理。但是，所有的老房子都受保

248

护，就如同生灵一般，每一栋城堡都有它自己的名字，并且不允许居民擅自改造。即便得到了政府的允许，改建与维修的费用都相当高，从经济角度来衡量并不划算。但傲娇的法国人就是喜欢这个调调，无不趋之若鹜。乡间的那些石头房子，也就被很好地保留下来，里面亦被费尽心思地设置了配套的装饰。经年累月，灰色、米色、褐色的石头房子仿佛有生命力一般，散发出独有的气场和韵味。

姗德拉有幸与皮埃尔搭伴当了一回"贵族"。

城堡的主人，一位身材臃肿、头发卷曲的法国老农早已等候在门口。他带着客人一起踏上冰冷、坚硬的花岗石地面，用长长的、就像在电影里见到的那种古典的钥匙，插进钥匙孔一扭，"咔嗒"一声，门开了。

迎面是典型的法国农家餐厅，中央放着一张长方形的餐桌，餐桌的台面由一整块橡木做成。法国没有楠木，一般讲究原汁原味的餐桌都用橡木来做。得知女客人只会说英语，老头操着一口带有浓重法国口音的英语介绍入住手续，并随手往上一指："需要去看看你们的卧室吗？上面那两个有阳台的就是。"掏钥匙时他自己也不相信地看看手心——两把，再看看两位奇怪的天外来客，狐疑地用法语跟皮埃尔咕哝："我以为那是你的情人。可你订了两个房间……"

皮埃尔耸耸肩，不作解释，取了钥匙径自上楼。姗德拉跟着

海上芳邻

皮埃尔的脚步,拿起一把沉甸甸的钥匙打开房间。她轻轻一推,立刻被它的空间感震慑了——室内面积足足有四五十平方米,还带有一个超大的卫生间。相比之前巴黎酒店的局促空间,简直太奢侈了;楼层挑高三米,仿佛陡然放大了一倍似的;房间和卫生间各有一扇落地窗,对着外面的花园,明亮的光线透进来,在感觉上又增加了房间的宽度。最吸引眼球的是床头一面用不规则石块垒成的墙,除了壁灯没有任何装饰,特意保留了毛坯的样子,营造原汁原味的乡村气息。余下三面墙刷成淡淡的奶黄色,使房间里的气氛柔和下来。墙上挂着米勒那幅著名的《拾麦穗者》,非常应景。窗帘和浴帘上,薰衣草正绚烂盛开。一整套的原木家具,应该都是普通人家常用的式样。所有细节无不体现着浓郁的普罗旺斯特色。这里到处都挂着干薰衣草香料包,令房间里溢满了幽幽的香气,不仅驱虫,还能安神催眠。更可心的是,古堡虽老,房间里所有的设施都是新的。床单和枕套雪白,明黄色的毯子鲜艳,深蓝色的床罩没有一丝一毫瑕疵,墙面漆色整洁没有一丁点污染痕迹,房间里散发着一股久违了的桐油味,那是房梁的体香。卫生间的瓷砖和浴缸都锃光瓦亮,主人还细心地为洗澡间加装了一个热风机。

次日早起下楼早餐,顺带参观底层的起居室和餐厅,姗德拉认为观赏价值远远大于实用价值。所有摆设非常精致,一张桌子,一把椅子,一盏台灯,一段楼梯,可能都是一道风景,叫人忍不住仔细玩味良久。都说法国人是天生的艺术家，一个农民都有着相当的艺术造诣。陶罐、藤筐、南瓜、柳条、干花、植物，这些寻常乡间物什，信手拈来，浑然天成，和谐共处在这斗室之中，叫人怎么看怎么欢喜。中国的明代才子张岱说：人无癖不可与交，以其无情也。人无痴不可与交，以其无真气也。而法国人对艺术之癖好，到了视同空气与水的地步。

城堡外面有个花园，不算很大，但足以涵盖整栋房子。树木花草疏密雅致，天气暖和的时候还可以在户外就餐或者烧烤。花园里有一个女人，体态健硕，身上穿一条普罗旺斯常见的花布长裙，挽起的长发塞在一顶黄色的帽子里，几丝碎发垂在黝黑的脸上。此刻，她正端着一杯咖啡，坐在一把户外椅子上，静享时光，初升的朝霞为她勾勒出一幅金色的剪影。

在惊叹法国版世外桃源之余，姗德拉忽然觉得这幅画面非常眼熟。哦，是了，昨夜她在房间里看到的那幅《拾麦穗者》，眼前情景再现，而这位就是复活的画中农妇。

如果说，时光与历史是一条缓缓铺陈的长卷，那么，这些坚固的石头房子，就是给它压上的几条镇纸，使之愈加凝重、缓慢、充满张力。此地的居民，皆是休闲、散淡、从容的，在时光都不再流动的空间里，步履匆匆都是一种罪过，仿佛人生就是为了享受快乐，而非需"解救"的受苦受难者。他们也工作，但不愿为生计所累。住简单的屋，开普通的车，减少生活压力，过得轻松愉悦就是人生最大的追求。

"早上好！"城堡主人——南法乡村老头的出现，打破了姗德拉的沉思。其实"老头"并不太老，不过比皮埃尔大一点儿，50岁的样子，可是因为头顶脱发，皮肤黝黑，身材发福，模样磕碜，看起来比风度翩翩的皮埃尔老了一大截。他介绍自己是个地道的本地人，石头房子是他祖上的产业，因为城堡大受欢迎，近几年他就改造了后开始租房营生。

"那些南瓜真可爱，所有的摆设都像艺术品。我非常喜欢。"姗德拉真心地赞美道。在法国的乡下，她看到了一种少有的城市与农村平衡的状态。

"哦，是吗？我们普罗旺斯有句谚语，叫作'赞美海洋吧！但要留在陆地上！'感谢我的祖先，把我带到普罗旺斯这片可爱的土地上，它可以拥有如此丰富的产出，不仅生产粮食，还有森林、树木和花朵，你看见的南瓜、苹果、葡萄、番茄，还有各种花卉，部分来自我亲爱的邻居们，部分是由我亲手栽种的。我感到无限自豪，我非常热爱这片土地。"全世界农民与土地的关系都是血肉相联。

几个小孩子跑过来，从他们身边跑过，向花园深处跑去。先前一直安静地享用咖啡的农妇站起身来，与孩子们亲昵地拥抱。老头儿也宠爱万分地望着那边。姗德拉眼前呈现出一幅动人的天伦之乐的画面，她猜测："这些是您的孩子吧。"

"是的,他们是我的孩子。很可爱,是不是?"老头儿骄傲地回答。

"当然。他们是我见到的最可爱的孩子。"姗德拉非常诚恳地重复。近朱者赤,近墨者黑。跟皮埃尔交往这么久,她也渐渐染上了毫不犹豫地夸大赞美别人的毛病。

"那位女士是您的太太吧?"姗德拉顺延推理。

"哦,不。她是孩子们的妈妈,我们还没有结婚。"

这关系有点绕,姗德拉一时不知如何接口。倒是皮埃尔及时出声:"今天的早餐真不错,尤其是羊角面包,简直棒极了!我敢说,是我吃过的最好的羊角面包。"

老头儿闻言脸上笑得像一朵花:"是的,这是我早上烤的。全手工的,那可是我奶奶教给我的手艺。用的都是我们普罗旺斯最天然、最优质的材料。美食就是普罗旺斯的生活艺术。哦,对了,我还会做很好吃的布里欧修。"

"哦,那我们一定不能错过了。姗德拉,你说我们明天早餐加一份布里欧修如何?"

"好极了。我今天晚餐就想吃。"姗德拉完美配合。

皮埃尔带着姗德拉在山间散步,高耸于山顶、鹰巢一般的城堡渐渐消失在山那边,面前紫色的薰衣草灿烂热烈地铺陈开来,天空都被染上了紫色。

海上芳邻

"这老头儿怎么想的,同居这么多年,生了四个孩子,居然还不结婚?"奇特的家庭构成,与眼前的天堂美景多么不相称。

"嗯?"皮埃尔对姗德拉大煞风景的问题甚是诧异,他挑挑眉毛嘬嘬嘴:"这很正常啊。毕加索就与他心爱的女人弗朗索瓦丝在一起生活了十年,还生了两个孩子。虽然后来弗朗索瓦丝嫁给了别人,毕加索也有了别的情人,但是他们在一起的那些日子是相爱的、快乐的。而这座城堡的男女主人也一样,他们彼此相爱,又生了孩子, 这样就很幸福啊。在法国有近六成的孩子是非婚生,但法律规定他们与婚生子女享受同样的权利。女人也一样,就算她没有婚姻,法律也赋予她足够的权利保障,绝不会受到任何歧视。"

也许出自法国人骨子里天生的浪漫情怀吧,爱情至上,连受婚姻的束缚都不肯接受。匈牙利诗人裴多菲曾高喊:"生命诚可贵,爱情价更高,若为自由故,两者皆可抛。"一定是法国人请他做了代言。只是永不满足的法国人提出了更高的要求——除了自由,还可以选择爱情同时存在。只是婚姻,就变得可有可无。

这次皮埃尔没有能够完全说服姗德拉, 姗德拉总觉得哪里有点不对劲。

路边有农夫售卖水果,他们饶有兴趣地走过去。

"早安!"皮埃尔主动招呼。

"早安!"姗德拉也学舌。

"早安！"农夫回应。

女士永远第一。农夫微笑着递给她一只苹果,热情地一串嘟噜嘟噜的法语,姗德拉自动翻译表情包:"尝尝吧,很甜的。"

皮埃尔补充说明:"这是产自法国南部地中海沿岸的姬娜苹果,也是英国女王最爱的一种苹果。橘红的外观,蛇果的口感,是法国人引以为傲的品种。"

"那一定要试一试。"姗德拉下意识地从包里翻出餐巾纸来擦拭,想不到对方却急了,"不不。"一边拼命地摆手一边从她手中把苹果夺了回去,农夫秒变一只愤怒小鸟。

姗德拉无辜又无助,只好把求救的目光投向皮埃尔。皮埃尔耸耸肩,不以为然地说:"你把它当成白雪公主吃的毒苹果了？"他转过头去跟农夫叽里咕噜地说了一大通,然后回过头来跟姗德拉解释:"我告诉他,这位美丽的小姐从遥远的东方来,在她的国家,食物是不安全的,很多食物里面可能混杂了化学品,水果上面很可能有农药,动物里可能含有某种激素……吃了会生病,因此每个人在吃东西的时候需要格外小心。你这样做只是一种习惯使然,而不是刻意不尊重他。"说到此处,农夫仿佛也心灵感应般地冲她一笑,表示谅解。

"我亲爱的姗德拉,法国所有的水果都是全天然生长,没有任何农药的,所以不需要任何消毒可以直接入口。"皮埃尔骄傲地强调。

海上芳邻

姗德拉觉得好尴尬,此时手中的苹果变成了一只烫手的山芋,吃也不是不吃也不是。

皮埃尔有心化解她的尴尬,这对外交官出身的他根本是小菜一碟。只见他从货架上又拿起一只苹果,发现新大陆似的推荐给她:"其实,我们的苹果上也是有'化学品'的。你看,这可不是一只普通的苹果,它可是一只'费洛蒙'苹果。"姗德拉的一脸茫然促使他接着又解释道:"据说在莎士比亚时代,青年男女中流行着一种寻找爱情的游戏——女孩子把一块削了皮的苹果沾上自己的汗水然后送给意中人,如果对方喜欢这苹果的味道,则表示双方的感情可以发展下去。"皮埃尔刚才所指的"化学品",就是"费洛蒙"——一种掌控感情、无形无色、无所不在的神奇的化学分子。

这个偷换概念的小游戏成功地化解了姗德拉的尴尬,却没能抹去她心里的不愉快。他们开始往前走。

"你刚才说法语说得非常好,很有语言天赋。"皮埃尔有意让她高兴。

姗德拉弯了弯嘴角。

"瞧,法语其实一点儿也不难。"皮埃尔循循善诱:"table 就是英语的 table,发音非常相似;而路名更简单,法语中的 rue 就是中文的 Lu 啊,跟拼音一模一样。"

姗德拉依然把脑袋摇得像拨浪鼓:"还是英语比较容易。"

"那是因为大多数中国人从小就学英文啊。"他骄傲地说："英语没有语法。而法语比英语难多了，它有许多语法。比如，英语里只有一个冠词 the，不论男女，不分物种；而法语中，男孩用 un，女孩用 une，书用 des，这个男孩用 le，这个女孩用 la；这些书用 les……没有生命以及辨不出性别的物品，在法语中都有性别之分。具体怎么区分，只能慢慢去学习了。时间久了，人就有了语感，再遇到什么词，自然就知道用哪个词了。"

早就听说法语中的词语分阴性和阳性，没想到这么复杂。那些桌子椅子杯子碟子，上面又没像厕所门上贴男女，又看不到 X 或者 Y 染色体，怎么去判断它的性别呢？姗德拉的头大了。

"嗯，具体你要看的。比如：太阳是阳性，月亮是阴性。"他谆谆教导。

她点点头。这个比较容易理解，类似中国的阴阳八卦。

可是，接下来皮埃尔继续举例："男人穿的衬衫和女人穿的衬衫也有性别区分。"

"这个我懂。"姗德拉反应迅速地举一反三："男人穿的衬衫当然是阳性，女人穿的衬衫自然是阴性啦。"

"不！"皮埃尔大摇其头："恰恰相反，男人穿的衬衫是阴性，而女人穿的衬衫反倒是阳性。"

姗德拉简直要精神分裂了。

皮埃尔停止了讲授，突然坏坏地笑着凑过来："你想知道怎

海上芳邻

样才能学好一门语言吗？"

姗德拉立刻来了兴致，作洗耳恭听状。

"最好的方法就是——找个法国男朋友！我们法国有一句俗语：'躺下来，你就能学好一门语言！'"

至此，姗德拉才算明白，他们走过多少弯路，而事实的真相是，大雅若俗，大道至简，身体语言超越一切。

"今天晚上就学如何？"皮埃尔追加一句。

"下次吧。"姗德拉嘴里含糊应着，快步往前走去。

空气中略有凉意，姗德拉紧了紧上衣的领口，皮埃尔立即将温暖的身体包抄过来，人体的温度一定比任何材料的服装更适宜。皮埃尔安慰她："再走十分钟，前面就是毕加索博物馆。"

前方果然出现了三两间农舍，依山而建，互相呼应。转过农舍，他们看见一座小教堂，一对新人正在牧师的主持下举行婚礼。姗德拉喜欢看热闹，拉了皮埃尔直往前凑，皮埃尔则以恰到好处的力度将姗德拉控制在离主场一定的距离。参加婚礼的客人三三两两，与中国乡村办喜酒的热闹场面有天壤之别。新郎穿一身黑色西服，而新娘，姗德拉发现："她为什么不穿白色婚纱，而是一袭宝蓝色长裙？"

皮埃尔勾下腰在姗德拉耳边轻轻解说："法国是天主教国家，根据天主教习惯，二婚者是不能进教堂里面举行婚礼的，再婚的新娘也不能穿白色婚纱。《圣经》上说了,白色象征着纯洁,蓝色象征着忠诚……看起来这位新娘是第二次结婚了。当然,二婚的新娘可以穿白色以外的任何其他颜色。普罗旺斯地区阳光灿烂,适合向日葵、薰衣草、玫瑰等多种花卉的生长,因此这里的人们喜爱大自然赐予的绚烂艳丽的色彩,选礼服通常以蓝色、深红居多。"他突然想起什么似的拍拍她的肩:"记得第一次见你的时候,你穿了一条很有民族特色的裙子。很美,很特别,很有魅力。我们法国人有个特点,珍惜自己的传统和文化。看到你的服装,我已经能够感觉到,你也是这样的人。"

与"歪果仁"的交往,从来不必刻意迎合他们的口味,让自己变得"洋气"与"国际化",而应充分挖掘自己的特色与魅力。越是民族的就越是国际的。当一干小妞正忙着把头发染成栗色金色银色,身上的布料越来越少,眼影越来越闪,美瞳越来越五颜六色,行为举止越来越豪放的时候,她们恰恰忘了,黑色的忽闪大眼睛和自然的黑直发,得体而富含中式元素的服装,温婉含蓄的东方情韵,才更使对方惊艳而着迷。

原来他们早就"臭味相投"了。姗德拉笑了,无限好奇地继续追问:"那么,法国人也是愿意结婚的? 还不止结一次婚? "

"根据各人情况吧。"皮埃尔挑挑眉毛,表示这个问题无需解释。

"那现在就算是他们正式的婚礼吗?"难得一见的情景,姗德

海上芳邻

拉好奇多多。

皮埃尔耐心十足:"根据法律,新人需要先到市政府登记,婚约才有效。但是,因为一般人都有宗教信仰,因此更看重在教堂的宗教仪式。因为那代表着对上帝的承诺,远比人类发明的证书更加神圣。当双方互相承诺'我愿意'时,神父才能宣布两人成为夫妻,新娘才能把面纱掀开,双方才能交换戒指。"

"那,"姗德拉晃晃自己空荡荡的手指:"戒指为什么一定要戴在这个手指呢?"

皮埃尔觉得她这副不谙世事的小模样越来越可爱了,忍不住紧了紧手臂在她脸颊亲吻一下,然后继续说:"结婚戒指必须戴在左手无名指上,因为左手连着心脏;还有另一种说法,在17世纪时,是由神父给双方戴戒指,同时念念有词:'以天主、圣子和圣灵的名义……'如此这般,从大拇指开始数,以此类推,第一个词'名义'正好落在无名指上,后来就演变成了传统。"

姗德拉仔细观察,与中国的"男左女右"正好相反,法国的婚礼上,女方总是站在男方的左边。这又是为什么呢?

皮埃尔索性用双手环住这个"制造问题的小姑娘":"这也是沿袭古老的传统。当两个小伙子同时爱上一个姑娘怎么办?在中世纪,没有法律,没有规则,只有通过人类的动物属性——决斗,靠武力决定,谁能抢走这姑娘,谁就娶她为妻。在抢夺过程当中,小伙子必须分心两用,左手抓住姑娘的手,右手挥剑抵挡对方的进攻。女左男右的位置因此而来。"皮埃尔果然是左手抱住她,右手比画虚拟战斗。

姗德拉拉住那只有力的手,突然严肃地问:"如果有别人爱上我,你会怎么办? 也去决斗吗?"

"当然。"皮埃尔想也不想:"我会杀了他。"说完自己也笑了起来。

从路边的台阶到山坡上,那栋不起眼的小小石屋就是赫赫有名的毕加索博物馆。在法国 55 万平方千米的六边形土地上,竟有 3900 多座大大小小的博物馆,虽然国立的和公立的占 60% 以上,团体或私人经营的也不可小觑,政府通常给予一些支持。对法国人来说,奢侈品不是 LV (路易威登),不是 BURBERRY(博柏利),不是 GUCCI(古驰)和 PRADA(普拉达),不是可以用金钱来衡量的某一样物件,只有附加了文化特色的才是最值得炫耀的奢侈品。

一位法国中年妇女从小小的售票窗口探出头来:"你几岁了?"

姗德拉有点发懵。什么情况?年龄不是西方人避而不谈的隐私吗? 难不成,普罗旺斯大妈也像朱家角老阿婆那样八卦,看不惯 个"小姑娘"跟"老头子"混在一起?

这回皮埃尔并没及时提点她,而是好整以暇地站在一边。姗

海上芳邻

德拉只好老老实实回答:"30 岁。"

中年妇女居然放弃了继续八卦,利索地打出两张票递过来:"一共 10 欧元,谢谢。"

室内非常安静,仅有三两客人醉心于画中。姗德拉小心地拉拉皮埃尔的袖子,等他把头低下靠过来,才悄悄地在他耳边说:"刚才那大妈啥意思?她对客人的年龄感兴趣吗?"

"啊,我忘了解释。"皮埃尔用他们两人听得到的音量说:"在法国有个规定,凡是 26 岁以下的年轻人,都可以免费参观博物馆和上百个国家级的历史古迹。政府这么做一来满足年轻人的好奇心,二来鼓励他们对文化和艺术的热情。欧盟国家都一样。你长得这么年轻,她一定以为你是个大学一年级新生。所以建议你享受这样的优惠。"

姗德拉一听捶胸顿足,连称"可惜"。

皮埃尔被逗乐了,安慰她:"你还是有免费机会的。每个月的第一个星期天,法国有很多博物馆对所有人都免费开放。"

姗德拉惊喜地睁大眼睛:"是吗?那我们下次参观的时候,一定要选在第一个星期天。"

"对的。你太聪明了!"两人窃笑着达成了统一。

毕加索曾在这幢小房子居住、创作,虽然他的主要画作都已被世界各地藏家买走,那些说得出名字的也被送到卢浮宫,但这里,依然可以看到一些小幅的作品,尤其难得的是,姗德拉有幸看见了毕加索的铅笔素描手稿。这种简单而未完成的草稿充满了天赋与妙想，就像王羲之醉写兰亭序，那些经过涂涂改改的草稿却成了传世之作和未能超越的书法界的巅峰。那种瞬间而生、倏忽而来、无迹可寻、无法可控的神奇灵感，是上帝打瞌睡偶然掉落的圣果，是观音大师一不小心倾斜净瓶洒出的圣水，借助人体自然地流出。

博物馆也有画家生平的简单展示。毕加索其实是法国男人的典型代表，他才华横溢的一生，也是与女人热爱纠缠的一生。有趣的是，姗德拉在这里看到了大师的另一面，毕加索个性精明而小气，尤其在金钱方面极为隐秘，有时候把钱塞在床单下面，有时放到瑞士银行里，每次取钱必是小心翼翼，决不让人知道。姗德拉哂笑，还好她比较幸运，碰上个大方的法国人。刚开始姗德拉遵照西方的规矩曾想 AA 制支付，但被坚决地拒绝了。皮埃尔的理由无懈可击："能与女士共进晚餐是一位绅士莫大的荣幸！"好像买单是他义不容辞的责任。好吧，姗德拉乐得成全他绅士的高尚品德，只偶尔在合适的时候送他一些小礼物以示答谢。当然，还有在她能力许可的范围，为他提供一切帮助。

普罗旺斯山中，日月安详，不知时间为何物，转瞬已是几天之后。离开时，姗德拉在门厅留下了一个红丝线编制的中国结，并特别对主人一家解释说，这是中国特有的吉祥符，它象征着友

海上芳邻

谊与兴旺,祝福你们一家人健康幸福。

主人对这份特殊的礼物爱不释手,也回赠了一份礼物:一支粗粗的蜡烛,用普罗旺斯的薰衣草香精及各种花卉香料制成,老头用不太利索的英语说:"让你的家, 充满普罗旺斯的自然芬芳。"

姗德拉常听同事们抱怨法国人不愿意说英语, 不屑于说英语,就算他们听得懂也懒得搭理你,因为他们骨子里的骄傲和贵族气。可是,在法国的这些日子,她觉得人人都很友好,在机场、餐厅、酒店,只要开口,工作人员基本都可以说英语。在普罗旺斯乡下,尽管很少有人会说英语,但是他们很乐意通过肢体语言,比比画画,理解彼此的意思,热情地提供帮助。姗德拉觉得,他们并不像传说中的那么傲慢。很多事情,仅靠道听途说,谬之千里。

相比上海到巴黎的长途跋涉,从巴黎飞威尼斯只是一瞬间。

姗德拉记得第一次陪皮埃尔去朱家角,正是春暖花开、草长莺飞的季节。水乡桃花开得灿烂缤纷,在清晨露水中妖娆如仙。清人曹之璜在《西湖六桥桃评》的描述最是恰当:"六桥桃花,能泣,能笑,能言。其烟雨缤纷,柔脂零花,能泣也;其水净霞明,红妆绰约,能笑也;其云停风霁,芳颜欲醉,能言也。"在纵横交错的古老水巷,乘一条手摇木船,咿咿呀呀地穿行。其时入景,其人入画。

皮埃尔把她紧抱在怀里,伏在小船的木窗格边,一边为江南美景而惊叹,一边发誓般地对她说:"我一定要带你去看看威尼斯……"

现在,他果然把她带到了威尼斯,实现了自己的诺言。而她的诺言呢? 等待他的,仍然是"或许"吗?

威尼斯的第一眼,是无法描述的震撼! 姗德拉在 3D、4D 影像之外,感受到了真正的视觉冲击,真相和自然本身,远比任何复制品或仿造品更值得尊重,因此给人更强烈的刺激。皮埃尔像在上海街头打出租车一样扬手一招,一条尖尖细细的"贡多拉"果然灵巧地划过来。他先把行李箱扛过去,又拎着姗德拉的胳膊把她弄上船。坐在铺了红丝绒的柔软沙发里,姗德拉一路兴奋地东张西望。"贡多拉"静静地划过一个桥洞,又划向下一个桥洞,无休无止,威尼斯共有 400 多座桥。河道边的阳台上时不时有人探出身子打招呼,她甚至可以听见窗户里的谈话。戴着草帽,一直默默划桨的意大利船夫突然亮开了嗓门,唱起了那首著名的船歌《桑塔露琪亚》,霎时河上桥下屋里响起阵阵回应,充满了意大利人民的热情与浪漫。

皮埃尔是个称职的导游,姗德拉很快弄清楚这艘小船的底细。据文献记载,"贡多拉"之名来自于 7 世纪时的第一任总督。11 世纪是冈多拉盛行的时期,总数量超过了 1 万条,而如今仅剩几百条。在 16 世纪,贵族们经常乘坐雕刻精美、装饰着绸缎的

海上芳邻

贡多拉外出兜风,以炫耀自己的财富。为了遏制奢靡之风,威尼斯元老院颁发了禁令,禁止在尖舟上施以任何炫耀性装饰,已经安装的必须拆除,所有贡多拉必须油漆成黑色。之后,贡多拉逐渐变成了现在的模样。

贡多拉缓缓靠向一座小岛的码头。

"今天,我可以订一个房间吗?"皮埃尔小心翼翼却充满期待。

姗德拉随口应付:"next time。"

一直保持好修养的皮埃尔终于爆发了:"哦,不。你总是说next time,我现在总算明白了,next time 就是 No!好吧,今天,就现在,请告诉我,next time 是什么时候?"

皮埃尔对她的忍耐和退让,超越了自己的底线,在这之前,他都不知道,对一位女性无数次的拒绝,可以宽容到这样令人吃惊的地步。因为她说希望按照中国的方式慢慢地发展,他便付诸极大的耐心,一直在等待。他尊重她,爱护她,希望她完全出自自己的心意。

姗德拉无语。她承认,皮埃尔对他的耐心和宽容,有时甚至像个父亲,宠爱得她无法无天,她都忘了他的期待。她的行为,总是给他希望,却让他永远也等不到一个答案;她不忍心拒绝他,那也不是她的真实意图;唉,其实她也说不清自己的心态,只是很喜欢跟他在一起;也许她是一个被动的人,需要别人去替她做

266

决定;当初同意跟他一起出来,心里就做好了决定,只是自己一直没有勇气去明确它罢了。

皮埃尔口气缓和下来:"我理解你的想法。我当然很想Fuck you……"

姗德拉倒吸一口凉气。这个词,于她绝对是负面的,她会联想到美国大片里那些邪恶的反角,还有他们夸张下流的表情。这个丑陋的词,绝对不可能在正派人物口中出现。可现在,皮埃尔轻言细语,口吐莲花,自然而然地把最原始的词说出来,倒不觉得肮脏,也不招人反感,它并不代表谁对谁的侵扰,反而让她感觉自然地像"吃饭喝茶"一样亲密而令人愉悦。可见,有些词,只有用在了合适的地方才能显示适度的神采。认清了这个词的两面性,姗德拉才明白,男人对女人,哪怕他再欣赏你的头脑,折服于你的魅力,最后都要归结到人类的原始状态上去。这与身份、气质、修养、语言、文化,种种只有人类社会才会附加的东西统统无关。男人和女人,天生就是两块磁石,互相吸引,越来越近,到最后,只能遭遇电光火石的一刹那碰撞。命中注定。

"……但是更多的,是我爱你,尊重你。"皮埃尔把后半句讲完。有些事,跟姗德拉想得不太一样,它们不是层层递进不可逆转的关系,它们可能并列存在同时出现,不一定要有了1才有2,在皮埃尔这里,1和2本来就是不同的个体,各自有各自存在的理由,彼此不相矛盾。她反反复复地琢磨着,向他的境界靠拢。

海上芳邻

威尼斯的那一夜,她和他,永生难忘。

姗德拉从行李中取出皮埃尔送给她的紫罗兰香水。紫罗兰的香味是拿破仑皇后约瑟芬的秘密武器,她深信这种难以捉摸的香味具有强大无比的催情效果。紫罗兰气味会突如其来地袭入感官,浓烈得冲鼻欲呕,然后一下子又消失得无影无踪;过一会儿,再度恢复强度,再度进攻。姗德拉试图借助这种神奇的香氛,冲破自己的隐忍与怯懦。

一旦精致的晚餐做好上桌,一旦酒精神秘的温馨与香料的引逗进入血脉中流动,而爱抚的期待使皮肤焕发玫瑰光泽,这时就该停顿片刻,暂缓短兵相接,让恋人用一则故事、一首诗款待对方,这时东方的温雅传统正被需要。

善于描述感官回忆录的伊莎贝拉·阿莲德,以如此惊人的描述移情通感。长期浸淫东西方文化的皮埃尔亦深得其道,他是当之无愧的高手。准确地说,他是随时随刻的艺术家,以艺术之眼对待一切俗事——吃喝、工作、旅行、思考,甚至床笫之欢。此刻他贪婪地打量着她光洁的身体,这是他无数次充满了好奇又在梦里看了无数回的景象。眼前的这一具女性身体,有别于卢浮宫那些雕塑,号称"卢浮三宝"的胜利女神、维纳斯、蒙娜丽莎,以及所有西方绘画及雕塑中的丰满而充满张力的形象,那些饱满富态的肢体里充满了拒人千里的骄傲。她则是温和羞涩，还有些克制与纠结。她并不算绝色美女，比起那些成熟丰满的西方女性，她显得单薄而青涩。可她分明是成熟的，乳房小而饱满，像熟透的水蜜桃，浓密的黑头发披散下来，衬得肌肤愈加细腻光洁，隐隐闪着一层柔和的光辉。他用手指轻轻触碰，它们细滑幼嫩，触指如丝绸，颜色如象牙如蜜糖，鲜嫩得如玫瑰花上的露珠。她身上没有任何香水的干扰，反而透出一种淡淡的、天然的女性芬芳。更准确地说，是因为晚熟而残留了乳香，正所谓"乳臭未干"。那香味不同于他见识过的所有人工萃取的香料味，它独特、丰富、肉感、丰厚、润泽。女人，真是一种色、香、形皆佳的生物。他叹息一声，又发自肺腑地低吟一声："你真美！"美，始终没有统一的标准，在特定的环境里，在特殊的眼睛里，在异样的情绪里，让人产生强烈的美好联想，让人愉悦、感动、欣喜、惊讶，那便是美丽。

　　进入这个距离，皮埃尔身上已褪去一切装饰，姗德拉终于第一次真正闻到了他的原味——一种再普通不过的略带腐朽的中年男人的味道。平日他身上总有股好闻的古龙水的味道，不远不近，不浓不淡，在两人独处时她总能准确地接收到。可此时，一向灵敏的嗅觉仿佛失灵了，强大的侵入和压迫感占据了大脑，没有了思维空间。姗德拉奇怪自己怎么忽然听到了音乐，甚至清晰到每一个章节。闭上眼睛，她能感受到舒缓急骤的节奏，时而是如诗如画的慢板，时而是暴风骤雨的快板，行云流水充满了音乐感

海上芳邻

的行进中几个鼓点重音,如一记重锤,砸得她灵魂出窍,素日扯着的各种矜持与束缚终于扔到了九霄云外。此刻的她是彻底放松的,她不是那个端着架子装腔作势的"古典美女",也不是装满了各种传统文化和礼仪的"民间大使",她就是一个自然人,一个简单的女人。

横亘在他们之间的种种差异全部消失得无影无踪,只剩下天地之间简简单单的一男一女。人生本来没有那么复杂,是人类为了接近彼此才制造出那么多的试金石。

姗德拉突然想起她的同事史黛拉,几乎不会说外语,却与一个老外陷入爱河,如胶似漆,一个月之后直奔婚姻登记处。他们仅靠手势与肢体语言来沟通,令见多识广的工作人员叹为观止。姗德拉当时觉得异常滑稽。古时的男女,靠父母之命,媒妁之言,直到洞房花烛夜,新郎挑起新娘的红盖头,男女双方才得以见真容。现代社会,自由被无限膨胀放大,通过手机、电脑、微信"摇一摇",甚至不用见面就能"千里姻缘一网牵"。史黛拉和外国夫君,不晓得通过何种途径沟通,海誓山盟听不懂,一心一意说不出,"山无棱,天地合,乃敢与君绝"更是天方夜谭,这样的男女,就靠简单的肢体语言,就心甘情愿地赌上了自己的一生?史黛拉对姗德拉的老土甚为鄙视:"谁说婚姻需要一生一世?再说,沟通不仅仅靠语言,还可以靠感觉。何况,说得花好稻好的男人,在上帝面前许过愿、'枕前发过千般誓'的,有几个不是转身就毁约了?"姗德拉无言以对。在强大的传统教育环境里,那些伦理道德和约定俗成就像一条条坚韧固执的绳索,将她捆绑得严严实实。她一直谨慎自持,从不敢越雷池半步,她古板的思维和拘谨的做派,是否会如恐龙一般在地球上灭绝了踪迹?

不知道几点了,姗德拉迷迷糊糊地醒来,因为时差,她好像根本没有睡着过。普罗提诺说过:只要灵魂在肉体里,它能够熟睡吗?姗德拉索性翻身爬起来,赤足悄无声息地走到窗前。举办"威尼斯影展"的Lido岛(丽都岛)上的清晨,光线不明,天地一片混沌,她隐约听到海浪的声音。

皮埃尔也醒了,体贴地建议:"不如我们去散步?"

走出酒店,24小时服务的服务生亲切地招呼——"Cao——"

什么? 姗德拉狠狠一惊,简直怀疑自己的耳朵听错了,转瞬惊魂稍定,又暗暗自责自己的心虚。

"Hi!"皮埃尔大方地替她回应。服务生很尽职地又对皮埃尔亲切地"Cao"了一回,殷勤地替他们把门打开。

姗德拉漫无目的地走着,满腹心事,却又理不清头绪,本该高兴,却又有点说不清的失落感。也许,在心底最深处的某个角落,还在纠结。"所以牵了手的手,来生还要一起走"吗?她批评自己不应该为这么无聊的问题而纠结。但有一点让她自己很失望,因为她并不兴奋,也并未燃起对未来日子的憧憬。她默默地走

海上芳邻

着,在岛上清晨的轻雾中,像一个幽灵。

"你在想什么?"皮埃尔看到她心不在焉的样子,过来搂住她。

"什么也没想。"姗德拉交叉胳膊抱着自己。

"我知道你在想,在想昨天夜里。是吗?"他笑了。她实在是太棒了,比他想象的还要棒。他为此深为得意。他深深确认:我要更爱她,这个女人,不管她是属于什么地域,来自何方神圣,她就是我的小人鱼。

胡乱吃完早餐,姗德拉只喝了一杯红茶,就跟皮埃尔一起坐船到主岛上去。他们选的日子太好了,正逢"威尼斯嘉年华"庆典,四处乐声悠扬、人声鼎沸。往马可波罗广场的各条小道上,每个人都戴着奇形怪状的面具,随着音乐热情舞动,姗德拉如置身奇妙的童话世界。广场上有人发放面具,他们也拿了戴上,不一会儿就被狂欢的人流冲散了。

姗德拉伸长脖子四处张望,她的"王子"毫无踪迹。突然,一位"牛魔王"张牙舞爪地从天而降,拦住了她的去路。她吓了一跳,本能地往后一缩。"牛魔王"看出她的惊恐,停止夸张动作,安抚地搂住她,变戏法似的拿出一根玫瑰花形状的棒棒糖送给她。随后摘下面具,一位英俊无比的罗马帅哥,从每一个毛孔里散发着热腾腾的朝气。她尚未从惊惧中完全清醒过来,又被他灿烂如地中海般瑰丽的笑容迷惑。这算是"被人调戏的惊喜"吗？

　　晕晕乎乎中，一人劈手将她夺过去，是皮埃尔！

　　他此刻怒气冲冲，像一头充满了敌意的公牛，挑衅地看着对方，硬邦邦地宣称："她是我的爱人！"

　　看皮埃尔此刻的架势，她就是他毋庸置疑的私人财产，即便决斗，她也是他的战利品！只一夜，她就成了他的战利品。

　　这一幕，像极了中世纪某个熟悉的场面。姗德拉担心起来，他们会不会决斗？用剑抑或用枪？皮埃尔会像自己说的那样"杀了他"吗？

　　好在华丽夸张的古典面具之下，是一群克制而有教养的现代人。两人僵持片刻，礼貌地散开。美国政治家亚伯拉罕·林肯曾经说过："借由爱，一旦我和敌人交上了朋友，不就征服敌人了吗？"也许，在这两位骄傲的绅士心里，都觉得自己是不战而屈人之兵的胜利者吧。

　　两人扔了面具，与游行的队伍逆向，沿着大运河慢慢地散步。姗德拉悄悄观察皮埃尔的神色，也不主动开口。走到僻静小巷，看皮埃尔平静下来，她才说："刚才看你那么紧张，担心什么？"

　　"哦，很抱歉。请原谅我刚才失态了。"皮埃尔有点垂头丧气。

　　"你担心我和别的男人在一起是吗？或者说，出轨？"姗德拉有点生气。

海上芳邻

"哦,我很抱歉。要知道,你实在是太有魅力了。这么漂亮,这么特别,这么好。是的,我非常担心。"皮埃尔有点情绪低落。

姗德拉想了想,语气平和地问他:"你认为什么行为算出轨?"

皮埃尔流畅地回答:"在阿根廷,上床就是出轨……结果就是分手。其他情况,比如发送信息或者性幻想,都不算严重问题;西班牙认为,跟吸引你的人有亲密行为就算出轨,不论什么方式:短信、电话、共进晚餐……如果你真想这么干,最好先跟男友分手;而在荷兰,只要有动心的感觉就算出轨。对我来说,我不能忍受别的男人看你一眼!"

姗德拉对着纵横阡陌的水巷翻了个白眼,皮埃尔太霸道了。不过,她的心情倒渐渐好起来,因为她看得出来,他是真的在乎她。

从主岛去威尼斯群岛中最远的布拉诺岛,要乘半个多小时的船,期间还要再换一艘船,因为太过偏远,因此航次很少,两人折腾了好些时候才抵达。布拉诺岛非常小,如漂浮在海上的诺亚方舟,遗世独立,又色彩斑斓。岛上所有的小房子都被漆上了不同颜色,如童话一般。

两人彻底忘记了之前的不快。姗德拉突发奇想,踮起脚在皮埃尔的右耳边说:"我们就在此隐居,好吗?"

"哦,当然!我很乐意!"皮埃尔大喜过望,与她在水边的一张长椅上坐下，一同远眺海面上的落日。他诗兴大发，紧紧地拥着她的身子，缓缓地，开始用英文朗诵叶芝的诗《当你老了》。

当你老了，头白了，睡意昏沉，
炉火旁打盹，请取下这部诗歌，
慢慢读，回想你过去眼神的柔和，
回想它们昔日浓重的阴影。

多少人爱你青春欢畅的时辰，
爱慕你的美丽，假意或真心，
只有一个人爱你那朝圣者的灵魂，
爱你衰老了的脸上痛苦的皱纹。

垂下头来，在红光闪耀的炉子旁，
凄然地轻轻诉说那爱情的消逝，
在头顶的山上它缓缓踱着步子，
在一群星星中间隐藏着脸庞。

"当我老了，我和你在一起。"他轻轻地说，轻轻地低头一吻。姗德拉说不出话来，她已被巨大的幸福感侵袭，眼里泪光盈盈。心中千万遍地承诺，当然，你若不离，我便不弃，老了我一定还和你在一起。

第十二章

失恋的滋味

你在天堂享乐,必有人替你在地狱受罚。善良的姗德拉做梦也没想到,自己一门心思享受美妙假期,却错手将他人打入痛苦的深渊。

晚霞渐渐褪去,魔都的神采却越来越近。"乐士诚"大楼门口,陆陆续续有人走出来,频率越来越高,密度越来越大。装扮体面的男女, 各自步履匆匆, 或是扬手招出租车, 或是直奔地铁站——下班的时间到了。25A,德国伊莱亚斯机械制造公司首席代表林正在赶做一份市场调查报告, 他打算这个周末前发给德国总部。

漂亮的助理安吉丽亚敲响他的玻璃门。

"请进。"他头也没抬,眼睛仍盯着电脑。

"我下班了。今天周末,同事们约了晚上去唱歌泡吧。一起吧?"她故作轻松地说,心里巴不得林赶紧答应。

"你们去吧,我今天要把报告赶出来,可能要很晚下班。"果然,林对这些流行的娱乐活动一向不感兴趣。

"OK,那我们去了。你也早点走吧。"安吉丽亚一甩金发蹬着"恨天高"转身,手伸向门把手。

"Sorry,等一下。"林忽然叫住她,想了想,他改变了主意:"报告我可以带回去做,估计周末之前应该能够做好。唱歌我不会,但我可以做观众。今天我不开车,跟你们一起去喝酒吧。地址在哪里?"

海上芳邻

"太好啦！"安吉丽亚大喜，赶紧用高德地图把地址发给他。又紧接着问："既然不开车，不如我们一起打车过去吧。反正我们办公室人少，一辆出租车应该能坐得下。"

林、助理安吉丽亚、之前招聘来的本地男，还有一个负责销售的员工，一共 4 个人，果然一辆车正好。林建议："女孩子优先，坐前面吧，我们 3 个男的坐后面。"

"Oh, No!"安吉丽亚第一时间跳出来反对："这样分配不合理！你们三个大男人那么壮，都坐后面挤不下。嗯，安德鲁比较胖，坐前面，我坐后面，这样安排空间比较合理。"

说罢安吉丽亚率先坐进了车里，指挥两位男士从两边上来，把狭小的空间填得满满当当。上海的出租车怕是全国最勤恳的，不知道已经跑了多少公里。老式桑塔纳的后座并不宽敞，安吉丽亚不得不紧紧地挤在林的身边。从公司楼下到目的地，一路转了几个弯，每一次，她都被物理的惯性甩得倒向林的身体。林始终木头人一般，不知不觉。

很快吃完了饭，来到安吉丽亚事先订好的 KTV 包房。众人点了酒水，安吉丽亚就自告奋勇地上去唱歌。她居然挑了麦当娜的《Don't cry for me Argentina!》。多年海外留学生活，美式英语相当于她的母语。读书时她的偶像就是麦当娜，她在美国租住的小屋里堆满了这位歌坛大姐大的原声大碟。一曲贝隆夫人的颂歌被她唱得气势磅礴、荡气回肠。

278

　　大家猛力拍手,轰然叫好,纷纷赞美"比原唱还精彩"。林也跟着一道起哄,一边把桌上的鸡尾酒杯递给她,笑道:"唱得真好!你可以去开个人演唱会了。记得给我们贵宾票,还有签名啊。"

　　安吉丽亚笑得花枝乱颤,把话筒往林手里一阵乱塞:"你也唱一个吧。"

　　林哈哈一笑:"我五音不全,怕吓着你们,还是喝彩比较专业。"顺手把话筒递给同事安德鲁:"轮到你啦。"

　　既然如此,大家都不客气,同事们争先恐后地抢话筒,亮嗓音,个个都是麦霸。林只是坐在那里,喝酒,拍手,咧嘴,再喝酒⋯⋯以前在德国时,他非常爱喝啤酒,尤其是黑啤,那种独特的麦芽焦香味带来的醇厚香甜的口感使他舍弃了咖啡、可乐等一切饮品,而独爱啤酒。到上海之后,因为每天上下班要开车,他甚少再喝酒。今天的他敞开了肚皮,又似乎心事重重,杯中的液体如兑了水一般,越来越淡而无味,他只是机械地一杯一杯地倒下肚去⋯⋯

　　有些日子没见到姗德拉了吧,也没看见她在朋友圈发微信,不知道她究竟在忙些什么。林的心里,倒生出几分牵挂。他佯作不经意地问:"楼上业主方最近没找过我们吧?"

　　"没有啊。"安吉丽亚十分诧异:"我们房租都按时缴付,也遵

海上芳邻

守大楼的物业管理条例,他们应该不会找我们什么麻烦。"林不接话。安吉丽亚明白了:"你是说楼上那个姗德拉吧?她哪有空来我们这里啊?我听说她请了两星期的假,去法国度蜜月了,跟新结交的法国男朋友一起。哼,我们家老太太总也看不惯我,说我染上外国人的坏毛病,嫌我不够老成持重,中国的女孩子就稳重吗?谁说中国女孩保守传统,瞧,她不也跟人私奔了吗?才认识没几天就蜜月了,听说还是世界上最浪漫的普罗旺斯!真没看出来,平时假模假式、一本正经的女人,疯狂起来倒也充满激情。也难怪,那是全世界最浪漫、最擅长调情的法国男士啊,哪个女人抵挡得了?"

林端坐那里,面对电脑纹丝不动,心里却是翻江倒海。他知道,安吉丽亚一向看不惯姗德拉,言语常带有攻击性,他必须亲自去证实一下。

那天吃罢午饭,他乘电梯到 66 层,假装向销售员麦克了解大楼里其他可出租的面积,也许他会有朋友感兴趣,顺便发现似的问起:"好久没见姗德拉了,这段时间她在外面跑业务吗?"

"姗德拉啊,她休假了,要下周才回来。您有什么需求可以告诉我,我跟她是一组的。"有生意主动上门,麦克当然积极。

"哦,我知道,只是先大概了解一下,再有需要我会联系你。你知道姗德拉去哪里了吗?"林的话题又兜回来。

"应该是去法国了,跟一个法国人一起。好像是她男朋友,专属导游,全程陪同。哈哈,普罗旺斯,好开心好浪漫哪!"麦克一脸羡慕。

　　林仿佛突然掉进了冰窟里,整个人都抽了起来,尤其是心疼得厉害。他自己都说不清楚,从什么时候开始,悄悄地喜欢上了姗德拉。他关注她的每一条微信,为她的抱怨而担心,为她的发现而欣喜,为她的俏皮而会心一笑;他经常算好时间与上下班的她巧遇,也不说什么,只是擦肩而过,打声招呼,他就觉得这一天充满了能量;他喜欢看她在风风火火的上班族之中与众不同的款款摆动的腰肢,喜欢待在电梯的角落里从后面看她盘起头发露出的修长的脖颈;她笑的时候,丹凤眼会眯成一弯新月,还会露出两颗好看的小虎牙;对客人的要求,无论多么困难,她都会尽量温柔地说"好的";生气的时候,只是睁大黑白分明的眸子盯着他,也不发作。其实,他很想告诉她,有时候,他是故意惹她生气的……

　　可是,姗德拉没给他这个机会。她跟别的男人在一起了,她的快乐,她的幸福,她制造的所有的浪漫都与他无关。她不知道他是那样地关注她牵挂她,她不知道他的心是这么闷,这么痛,也许她根本就忘记了世界上还有他这个人。就像卡波特说的那样:头脑可以接受劝告,但是心却不能,而爱,因为没学地理,所以不识边界。他恨自己,明知她奔赴她的爱之旅,半点顾及和留恋都没有分给自己,但他还是止不住自己想她,爱她,无时无刻

海上芳邻

不牵挂她。怎么就这么没出息,他为自己而懊恼不已。

林机械地重复着简单的动作,如他见惯了的流水线上的机器:喝酒,倒酒,一饮而尽,好像他的生命中只剩下这一件事情要做。

"我再也不愿见你在深夜里买醉,不愿别的男人见识你的妖媚,你该知道这样会让我心碎。答应我你从此不在深夜里徘徊,不要轻易尝试放纵的滋味,你可知道这样会让我心碎……"

是谁在唱?眼前的景物已经不太清晰,可这几句歌词怎么就忽然钻进了他耳朵里,一路执着地拱进他的心里。如冰冷坚硬的利剑,句句刺中他的要害,让他无从遁形。他好难过。

"我再也不愿见你在深夜里买醉,不愿别的男人见识你的妖媚……"他口齿不清地哼唱着,或者说,呻吟着,反反复复,烂醉如泥,都不知道自己怎么离开了 KTV。

粗鲁地甩开同事的搀扶和帮助,他执意一个人打车回家。一路喘着,唱着,念叨着,他心里的结越来越大。为什么她不明白,他这么爱她,要她。

不知过了多久,车停下来,司机转过头来提醒说:"到了。先生,您肯定是要到这里吗?"

他已经不记得跟司机说了什么,外面的情景似曾相识,他应该是到了。抽出一张百元钞票塞过去,他挣扎着下了车。四周黑

282

暗,远处有些灯光,衬着空气里细细密密的雨丝。前面有座小桥,他仔细辨认桥头刻的字——"小渡船桥"。鬼使神差地,他怎么晃到这里来了？记得那次,她陪他去参观青浦的工业厂房,看完厂房走到这里,她像发现新大陆似的叫起来:"咦？这桥有名字。'小渡船桥',难道,以前这里是个渡口吗？"他记得自己卖弄学识:"以前的上海到处都是河浜,从路名里面就可以看到:肇嘉浜路、陆家浜路、东诸安浜路、漕溪路、漕河泾、沙泾路……多得数不清。后来在市政建设时大多数河浜都被填平了。我们现在所处的位置,在从前已经是远离市区的郊外了,交通不发达,老百姓出门要靠水路,有渡口也很正常。"他自作聪明道:"佛曰,'十年修得同船渡'。今天我们能够一起来这个渡口,注定是有缘分的。"说罢意味深长地看了她一眼。后面一句,他没说,怕唐突了佳人,不过,她应该懂的呀,她是那么冰雪聪明的女子。如今想来,实在是他自以为是、自作多情了。

他不由得气恼起来,狠狠地一脚踢向桥头的石柱。他气自己的笨,气自己的傻,气自己的不开窍,气自己的走火入魔,也气她的无情无义,气她的没心没肺……他一直在默默地关注她,苦苦地守候她,可是她不会来了。她永远都不会知道,他在这里等她,盼她,思念她。他彻头彻尾、挖心挖肺地痛。他觉得好失望,也好失败,他的人生,第一次品尝到失败,夹杂着巨大的痛楚……

雨,一直在下,一刻没停,他浑身上下早就湿透了。眼睛里有

海上芳邻

热热的东西涌出来,但没有踪迹可寻,早被雨水冲刷殆尽。黑暗使方向难辨,脚下因泥泞难行,过量的酒精令他对肢体的控制能力减弱,稍不留意,脚下一滑,他狠狠地摔在泥地里。他没有力气爬起来,索性躺倒,四仰八叉地贴着地面,放声大哭。风声,雨声,电闪雷鸣,一个人的哀号很快被大自然的暴虐所吞没。

也不知道哭了多久,他感到有人在拉他的胳膊,拉拉,停停,似乎体力不支。他已经意识模糊,心如死灰,哪怕现在有翻斗车把他叉起倾倒去垃圾场,他也不会介意了。

看到林摇摇晃晃地离开 KTV,安吉丽亚心里着急。可是林声色俱厉地命令他们不许跟着,林从来没有过那么难看的脸。她只好眼睁睁地看着他离开,然后叫了一辆出租车远远地跟着他。因为一路下雨视线不好,前面的出租车在青浦附近失去了踪迹。她绕了好一会儿才找到这里,荒郊野外,一个大雨倾盆的夜里,如动物嚎叫的男人的哭声,情景甚是惊悚。"花木兰"安吉丽亚鼓起勇气循声而来。

找到跟泥土滚作一团的男人,安吉丽亚又是心疼又是生气。这就是她心仪的那个稳重从容的男人吗?喝醉以后就是这般德性?她在美国跟室友一起喝醉了,无非就是两个人疯疯癫癫地乱唱一气,然后吐得天昏地暗,再睡一觉就好了。美国的男人喝醉,他们拎着酒瓶子,醉倒在屋前的台阶上,或睡在公园的长椅上,可是他们从来不哭。

安吉丽亚使出吃奶的力气拉扯了半天，这个酒鬼就像个注了砼的桥墩，凭她蝼蚁之力难以撼动分毫。雨继续倾盆而下，没有丝毫停歇的意思。安吉丽亚真正发了急，她抹去脸上的雨水，张望四周，前面似有工厂，门卫室尚有灯光。她立刻毫不犹豫地跑过去求援，拍着门一顿狂敲："有人吗？我需要帮助！"

里面的人很快应了声，看到她的样子倒是吃了一惊。她的伞早不知扔到哪儿去了，肆虐的风雨将她的长发揉乱，一缕一缕地粘在身上；浓重的眼影、睫毛膏和猩红的唇膏已经乌七八糟，染得她脸上赤橙黄绿青蓝紫；去拉林的时候她滑倒了，沾得泥浆满身，黄头发和黄泥浆将本就细条一样的她塑成了一具褪色的汉代陶俑。她也顾不得有多狼狈了，冲里面的人不停地哀求："快帮帮我！帮我把人弄到车上。你要多少钱我都给你！求你了！"

飞机一路向东，经过 10 小时的晨昏颠倒，终于安全落地。走进候机大厅的一刹那，久违了的熟悉旋律突然响起，这是一首江南丝竹——《茉莉花》。

好一朵美丽的茉莉花
好一朵美丽的茉莉花
芬芳美丽满枝桠

海上芳邻

又香又白人人夸
让我来将你摘下
送给别人家
茉莉花呀茉莉花……

姗德拉在心里跟着音乐快乐地吟唱起来，浑身上下所有的毛孔瞬间张开，那音乐带着一股子滋润清新的养料，往她的毛孔里直灌了进去，让她的身心一下子舒坦无比。用"久旱逢甘霖"形容她此刻的感觉一点儿不为过：她仿佛一脚踏入了春天，冰封下的溪水已解冻，汩汩地欢快地流淌起来。她的血液瞬间解冻，心里的一块石头顿时落地。就在这一刻，她突然深深地理解了皮埃尔曾经那么骄傲地宣称"我的血管里流动的都是巴黎水"，而她自己的血液里流淌的，则是茉莉花的芬芳，民族音乐的韵律和渗入骨血的中国文化啊！

姗德拉一回到公司，立刻恢复了肩扛两只话筒的忙碌节奏。先到总经理杰森的办事室去亮了个相，送上伴手礼，听取教导。然后召集她的小组开会。尽职的麦克送上了一堆报告，简明扼要地陈述她休假时期的跟单情况，唯独隐瞒了林的来访。他是藏有私心的，若林真有客户推荐给他，那就算他的直接单子，比公司分派的单子提成要高很多；史黛拉已与前任外籍老公闪婚闪离，

286

并火速搭上一枚新的"歪果仁",据说是她的潜力大客户;新来的行政小姑娘委委屈屈地抱怨其他部门的不配合，司机出车推三阻四,财务经理有意刁难,他是把从前在苏珊那里受的气变本加厉地报复在现任身上……

才不过两周时间,办公室里居然发生了这么多事情,姗德拉不得不感慨"山中只一日,世上已千年"。她无暇顾及各人的小心思,两个星期,她有太多的功课要补。首先,她要去会一会麦克跟踪的客户。虽是一套公寓,但是重要客户卡斯顿汽车公司的行政总监推荐过来的,那就必须严阵以待,以示重视。

见惯了人高马大、魁梧强壮的"歪果仁",但今天这"三千金"绝对名副其实,算得上其中特大号了。当标有公司 logo 的车缓缓开进南京西路上的波特曼大酒店时，姗德拉迎面的视线就被堵上了——三个吨位超大的女人,门神一般矗立着!原本宽阔的大门被堵死,所有客人自动止步,门童委屈地缩在一边,勉强露一小脸儿。天啊！ 自诩见多识广的姗德拉叹为观止。各种横肉从身体各个角度肆无忌惮地往外飘出,请原谅姗德拉没有苏珊那么强大的数字概念,她并非有心恶毒,只能粗粗估计那腰围跟铺马路的柏油桶难分伯仲。

姗德拉轻巧地跳下车,"小人国"落入"巨人国",假"千金"遭遇真"千金",瞬间被这仨巨无霸的气场给震住。"千金"友好地主

海上芳邻

动招呼:"Hi！"姗德拉只好绽开微弱的笑容,请客人上车。

"三千金"终于努力地把自己塞进了车里,每进一个人,汽车轮胎就不堪重负地往下一沉,并发出"咯吱"一声呻吟,姗德拉看见司机的表情都快哭了。"三千金"打英国来,脸长得漂亮,皮肤微黑,长而浓密的黑色卷发,身材火爆(不是火辣),打扮入时。姗德拉基本肯定不是原创品种,应该是亚欧交界处的移民,或是某两地混合的产物。

姗德拉一向尊重自己的职业,有别于他人程式化的工作套路,她非常重视与客人的互动,也很乐意解答客人对业务以外的疑问。但今天,从客人上车的第一刻起,姗德拉就头疼不已,倒不是因为她们有多难伺候,她们简直是现实版的"十万个为什么",各种稀奇古怪的问题层出不穷。

麦克首先介绍:"这是我的上司姗德拉。"

"千金"第一反应:"啊,这么年轻。你几岁了？"

姗德拉一愣,年龄是自然的事实,无需谎报军情:"30。"

"你结婚了？""千金"还不罢休。

"还没有。"姗德拉有点不明状况,如果答案是结婚了,还会被盘查:"有孩子吗？"甚至变本加厉:"几个孩子？"问得人招架不住,差点噎死。她不甘心地反问:"你们西方人,年龄、收入、身体和婚姻状况不是个人隐私吗？问这些问题不太礼貌吧？"

"三千金"纷纷大摇其头:"不!那是过往皇历了,现在都能问

288

了,这种问题早就不是什么隐私了。"

读书的时候,特别是上英语课,老师往往要郑重其事地一再警告:西方人忌讳人家探听他的隐私,像年龄啊,婚姻啊,收入啊,家庭情况啊等等,绝对不可以随便提问。哪怕是聊聊天气和芝麻绿豆的小事,也比这些敏感问题来得得体。姗德拉一直谨守遵行。可是,世道变了,现在老外上来就抛出咄咄逼人的问题。难道书上的语言环境到现实环境中就"橘生淮南"?百无禁忌才是世界新风尚?

疑惑未解,"千金"又没头没脑地提出一个奇葩问题:"这里,有月亮吗?"

姗德拉一愣,几欲破膛而出的民族自尊心让她差点对着"千金"XXXL号的鼻子猛击一拳。就算"外国的月亮比中国的圆",也不能无视中国月亮的存在啊。嫦娥奔月,千里婵娟,猴子捞月,月宫,月桂,月兔,月饼,月老,月坛,月牙山,月牙泉……随便捞起一串中国的月亮,都能像陨石一样把老外砸晕。

看姗德拉双目圆睁,波涛汹涌的样子,"千金"意识到自己可能引起误会了,急忙解释说:"听人说中国城市污染严重,整个天空都是灰蒙蒙的,也许,晚上看不见月亮吧?"

哦,姗德拉顿时像泄了气的皮球,敢情,是自己防卫过度了啊!人家只是担心城市空气质量问题,并非含沙射影,是自己太敏感了。她暗自庆幸自己没有冒失的言行,否则后果难以收拾。

海上芳邻

看来,要理解她们真实的想法,还需要更多的耐心和镇定,越是充分地了解和沟通,越是离成功更近一步。

"上海的水能喝吗?""千金"没一刻消停。

姗德拉简直"出离愤怒"了。是好好给她矫正路子的时候了。可是,当她面对一脸的无辜和一双坦诚的绿眼睛时,顿时又泄了气。我跟"歪果仁"较什么劲儿呀。她们根本都没见过,没出过远门,乡下人第一次进城,自然一切都觉得稀奇。头发长见识短嘛,瞧瞧她头发多长。原谅她吧。

她们天真无邪的大眼睛好奇地东张西望,兴致勃勃地研究路人甲乙丙丁,然后,发现了新大陆:"你看见那个袜子吗?你们这里流行这样穿吗?"

姗德拉顺着她胡萝卜粗的手指伸了伸头颈,原来,街边中年妇人不拘小节,长筒袜滑到了膝盖上也浑然未觉。她把头缩回来,心里疙疙瘩瘩地不舒服,有点被别人揭自己人短处的恼羞成怒。她本能地反诘:"这很平常啊,总有人懂得时尚,也有人不擅此道,即便在你们国家也一样啊,总有不那么完美的穿着吧。"

"我不是这个意思。""千金"再次诚恳地解释:"以前我从没到过东方,也从没到过中国,东方的一切都让我感到新鲜和好奇。之前我还看到很多中国女人的胳膊上戴着这个,"她用手一比画,姗德拉马上领悟那是袖套,"我以为那就是一种时髦。"

哦——姗德拉再度责怪自己的冒失,好像每遇到这种情况她总表现得不淡定。听到不顺耳的,总觉得应该义不容辞地加以驳斥,以正视听。其实人家只是不理解,没见过,未必心存恶意。她也许过分心虚了。

"三千金"并不知道姗德拉心里正与自己激烈厮杀,继续滥扔空袭炸弹:"在中国,是由婆婆主宰家庭吗?""中国的父母可以合法地对孩子使用暴力吗?"

……

好在目的地到了,下车看房,"三千金"终于暂时安静。她们饶有兴趣地在房子里逛了又逛,并不急于选择;价钱也是讲了又讲,不肯轻易决定。"三千金"围着一套公寓转了一圈又一圈,这里摸摸,那里翻翻,磨蹭了半小时,一点儿都不着急,也根本没打算结束。姗德拉也只好跟着干耗。现场接待小姐放弃解说和撺掇,改为全方位欣赏珍稀胖美人,最后总结说:"别看她们长得这么胖,面孔倒是满好看的。"姗德拉心里一动,连忙把这话翻译给"三千金"听,当然前半句是掐掉了。"三千金"果然眉开眼笑,笑得花枝招展,笑得肥肉四处乱窜,笑得室内地动山摇。随即聚集在一起,互相传递了一个眼神,很爽快地说:"这个公寓,我们租了。"

姗德拉瘪瘪嘴。看来,不管东西南北,无论环肥燕瘦,天下女人一个样,一样的受奉承,一样的爱虚荣。

正事办完,终于可以吃饭了。豆芽菜一样的麦克,早饿得前

海上芳邻

胸贴上了后背,赶紧张罗车子把大家送到了最近的饭店。按照惯例,他自作主张把她们带到一家老字号的本帮餐馆,通常老外来中国都想尝尝本地特色。这回他可失算了,"三千金"压根儿对中餐不感兴趣,也没有一丁点儿尝试的意图。对着菜单研究良久,把一本网罗了川粤湘鄂扬乃至本帮菜系的菜单从头看到底,最后惊喜地发现了封底上的西式小食,终于,只点出一个菜,说:"I'm OK!轮到你点了。"

姗德拉眨巴眨巴眼睛,明白今天不能按常规套路行事,便胡乱点了一个炒饭了事。

食物送上来,"三千金"纷纷像回到老家一样快乐滋润,一口可乐,一口面包,一根香肠,一根薯条……把那些姗德拉味同嚼蜡的垃圾食品吃得有如人间至美。那份妥帖,那份满足,叫姗德拉好生妒忌。

吃流水席的圆台面就此变成了拼单的快餐桌。5分钟迅速解决战斗,最后结账,"三千金"大气地一挥手:"感谢你推荐的房子,今天我请你。"

姗德拉客气地说"谢谢",心里把"三千金"鄙视了一千回。她礼貌地建议:"我们还是 AA 制吧。""三千金"立刻欢天喜地地采纳了这个动人的建议。

把"三千金"运回酒店,姗德拉和麦克赶回公司,趁热打铁准

292

备合同。麦克拉过一把椅子坐在行政小姑娘旁边,亲眼看着她在电脑上填写删改,待打印机一吐出余温尚存的纸本合同,他立刻亲自动手装订成册,马不停蹄地送去给客户签字了。兵贵神速,麦克做起生意来一点儿都不含糊。

姗德拉这才得空去茶水间给自己泡了杯龙井,坐下来整理自己的邮件。

亲爱的姗德拉,得知你休了一个长假,已经回来上班,应该可以收到这封信了吧。我很高兴看到你回归正常轨道。适度的休息,对于身体和精神状态都是一个调整,它让我们有更好的精力投入工作。我知道你交了一个男朋友,但对我来说,这并不代表什么。因为,我确定自己喜欢你。现在,我决定正式开始追求你!虽然他比我先靠近你,但并不见得比我更有优势。我需要公平竞争,只要你没结婚,我就有机会。并且,你很快就能看到我的决心和恒心,我是绝对不会放弃的!

姗德拉怔怔地出了好一会儿神。看起来,他是被自己都快遗忘了的客户——林。她实在太忙了,忙单子,忙业绩,忙她的小组,忙着张望新鲜风景,忙着体会皮埃尔的心思,忙着自己享乐,忙着恋爱的欢愉。她脑子满满的,心也满满的,实在腾不出多余的地方来想他了。可是这个人,突然从坚硬的泥土里顽固地冒出

海上芳邻

头来,自说自话,以强大的旁若无人的架势,妄图开辟一片自以为是的新天地。

这叫什么事儿啊?姗德拉气愤不过,随手一个键,直接把邮件删除了。

又过了几天,正好是情人节,这个代表了忠贞不渝的西方节日,不知从哪一年开始就如火如荼地席卷了大半个中国。"乐土诚"全线沦陷,空气中弥漫着一股暧昧的味道,办公室里"骚男骚女"们个个蠢蠢欲动。女同事们涂脂抹粉,极尽姣妍之姿;男同事们心神不宁,不停地看时间,恨不得把打卡机拨快几分钟。他们可不能浪费大好年华。

姗德拉也在对镜贴花黄,皮埃尔约了她今晚去外滩的罗斯福酒店共进烛光晚餐。与黄浦江近在咫尺的亲水露台,全方位无死角的两岸风景,精致的餐具、浪漫的环境、西装笔挺的帅气服务生、神秘的米其林三星主厨……而她,会是今晚当之无愧的女主角,童话里的公主。

"叮——"手机提示有微信。姗德拉正捏着睫毛膏在睫毛上来回走 Z 字,只好用无名指点开看:"情人节快乐!我给你买了玫瑰花,可以到 25 楼来一趟吗?"

姗德拉的手停下来,叹了口气。每每看到林那张毫无表情的脸孔,她总是有点心理障碍。林自己解释说:"也许是在德国待久了吧,连表情都被同化了。德国人通常在工作时不苟言笑,对陌生人,他们从来不会'自来熟',即便是新来的同事,也要两三个月之后,才互相慢慢随和起来。有些德国同事几年下来,称呼我居然还是一丝不苟地加上 Mr。"姗德拉无语,亦对这个人无感。可他偏偏阴魂不散,时不时地冒出来骚扰她,让她颇感棘手。她委婉地谢绝道:"不好意思,我今天已经有约了,我们下次再见吧。"希望他知难而退。

微信迅速反馈过来:"我猜到你已经有约,也不使你为难。但是,我给你买了玫瑰花! 我从不送人礼物的,长到这么大第一次买花,希望我的礼物不要浪费,一定到达我期望的人手上。再说一遍,我一定要看到你。"语气平稳,却透着不达目的誓不罢休的坚定。

姗德拉恨得牙痒痒的。一个人自说自话可以到这种程度!一个人脸皮可以厚到这种程度! 她知道,如果她再拒绝,那个人很有可能冲到她的办公室来,当着所有同事的面,还不知道会做出什么出格的举动。为了将危害减到最低,她不得不委曲求全,悄悄地收拾了桌上的杂物,灰溜溜地乘电梯下楼去。

25A 的办公室里居然空无一人, 林捧着一大束红玫瑰在转角突然出现,在单调的灰色背景里甚是突兀,好像冰冷暗淡而死气沉沉的未来世界里突然出现一朵远古时代柔软娇艳的奇葩,显得十分诡异。姗德拉不情不愿地接过玫瑰花,嘴里还不忘虚伪

海上芳邻

地客套:"谢谢!"

"不客气,这是作为男朋友的本分。我说过,只要你一天没结婚,我就有权利公平竞争。如果要约会,他每周一、三、五,那我二、四、六好了!"林的爱情宣言,掷地有声。

自从上次安吉丽亚大半夜兴师动众地把他从青浦弄回来,雨水从里到外把他浇了个透彻, 也彻底把他浇醒了。他在床上躺了一天一夜,转过无数念头,也想了无数回。然后他起身,沐浴,更衣,刮胡子,打领带,平静地回到办公室,用急救箱里的药品把身上的各处擦伤处理了,照常工作。

安吉丽亚进来,关切地问他身体可好? 想通了吗?

"想通了。"他稳稳地说。

安吉丽亚正待欢欣鼓舞, 听到他又继续说:"一次小小的挫折算什么? 太容易的事情还需要我出手吗? 越是艰难越是珍贵,姗德拉越是拒绝,越证明她对感情的认真和慎重。我决定了,我就要她! "

"你开玩笑吗? "安吉丽亚气得恨不得扇他俩大嘴巴子! 这该死的家伙完全走火入魔了!她怎么也想不明白,这是什么样的排列组合? 这是怎样一组数据悖论? 自己对他一片真心,处处维护他,揣着世界 500 强的录取通知书不去,屈尊降贵到他这个小破庙来;为了他,自己连骄傲都不要了,披头散发满身泥泞地跟一帮民工把他从郊区扛回来,不顾女孩的矜持给他换下脏衣服,又守了他一夜,直到钟点工阿姨来上班。这一切,他竟视而不见!而那个女人,她做了什么?明明朝三暮四,和其他男人搞在一起,一再打击伤害他,他却像中了邪一般痴心不改。他一定是疯了!安吉丽亚胸中燃起熊熊怒火,冲口而出:"我喜欢你!"

林一惊:"我记得,你说过你有男朋友的。"

安吉丽亚愤怒地喊道:"见鬼去吧!男朋友又不是未婚夫!那已经是过去时了,我是自由的。我说,我喜欢你,明白了吗?"

林站起来,直视着女孩喷火的眼睛,沉沉地说:"安吉丽亚,我很感激你为我做的一切。你对我的好我能感受到。但是,很抱歉,我必须告诉你,这是对你负责,我只把你当同事,当妹妹。我们在一起,不合适。"

"为什么?不试你怎么知道不合适?"安吉丽亚大叫。"我们有着相同的教育背景,都有过留学经历,有过国际化的工作经验,对公司从事的行业都有涉猎。而且,我还这样年轻!你是觉得我不够漂亮吗?"

林真诚地看着她的眼睛,沉沉地摇头:"安吉丽亚,听我说,你很好,很漂亮,也很有能力,但是,套用你们年轻人的话来说,你不是我的菜。虽然我们都有海外教育经历,但我们坚持的价值观是不同的。从骨子里来说,我还是个非常传统的中国人。"

"那么,她传统吗?"安吉丽亚从手机里找出那几张她在酒吧

海上芳邻

偷拍到的照片,伸在林的鼻子底下,添油加醋,无限讥讽地说:"看看吧,你的清纯女神,你心中一朵圣洁的'白莲花',跟外国人混在一起,陪吃陪喝上酒吧。如果她的这些行为就是所谓的传统,那你的逻辑和标准绝对出了问题!"

林丝毫不为她所谓的"证据"所动:"爱情没有逻辑可讲,当那个人出现,有些事发生时,一切已经注定了。"

安吉丽亚狂怒地摔门而去。这份工作,本身就不重要,她更在意的是和他在一起的机会。既然他已落花无意,她只能流水无情。

安吉丽亚的反戈并不能干扰林的计划,他是一个目标明确,行事稳健的行动派。一旦做好决定他便不再纠结,未到最后,不言失败;即便失败,他一样能屡败屡战。他收拾心情,重整旗鼓,写了封长长的邮件给姗德拉。他要拿出他考博士的精神,要用他钻研技术的劲头,要以他对待事业的态度来对待她;他林明清既然能够攻克学位,能够做得好事业,那么也一定能够将爱情进行到底。无论如何,这一次,他决定不再退缩。

姗德拉鼻子里喘着粗气,一句话也说不出来。林的言行叫她瞠目结舌,心里好生为难。她已经明确地拒绝他了,难道他听不懂吗? 不明白她的意思吗? 萧伯纳说过:"此时此刻在地球上,约有两万个人适合当你的人生伴侣,就看你先遇到哪一个。如果在遇到第二个之前,你已经跟前一个人发展出深层关系,那后者就会变成你的好朋友。但若没有,感情就容易动摇、变心,直到这些理想伴侣候选人的其中一位拥有稳定的感情,才是幸福的开始,漂泊的结束。"中国的佛教也说:"一个人在世,也许有四百个人与你有缘。但只有一个人能真正结为伴侣。"可见,爱情和婚姻具有极大的偶然性和随机性。缘分的深浅,时间的错位,在竞争上,不可能完全公平。

"好了,我的礼物已经送达了。君子信守承诺,我说到做到。您现在可以去赴您的约会了!请吧!"林大方地伸手做了一个请便的动作,令姗德拉哭笑不得。

那些红艳艳的玫瑰花,每一根刺,每一道光芒,都是火辣辣的霸道。她捧着一大束玫瑰花,好像捧着一副镣铐,左右为难。

第十三章

分歧出现

正如古罗马恺撒大帝所说："人只会看见自己想见的东西。"在交往初期，姗德拉总是惊喜地不断发现她和皮埃尔之间的共同点：皮埃尔会使筷子，喜欢吃中餐，习惯喝绿茶，爱好国粹，对中国历史如数家珍……整个儿一法国版"文艺中年"。而皮埃尔看她也是百般顺眼：优雅，神秘，有思想有内涵，装扮有品位，一点点的羞涩，恰到好处的活泼，堪称他心目中完美的东方女性典范。可自打休假回来之后，各种不和谐的事情就莫名其妙地、接二连三地上演。也许泰戈尔说得对："是我们把世界看错了，反说它欺骗了我们。"

他们仍然不改吃货本色，仍然一起寻找这座城市里如雨后春笋般层出不穷的美食，只是——

点菜时，皮埃尔不再好脾气地再三谦让，坚持让她点菜，而是翻开菜单自己随手指出两三个了事；看到菜单上的"手撕前男友"，也不像以前那样表现得兴致勃勃，而是不屑一顾，并且不客气地斥责为"粗鲁、无聊"；以"母子相会"命名的黄豆炒黄豆芽被皮埃尔毫不留情地翻了一个白眼，评价为"愚蠢"；他的筷子也任意摆放，不像以前那样时刻警醒着横置或略斜、但筷头方向绝不对着她；上车，他常常会直接钻进去，忘记站在后面为她拉开车门，忘记一手护着她的头顶避免碰撞；他的装扮，越来越休闲；永远讲究的发型，也偶有凌乱……

也许太过亲密无间，他们之间丧失了距离带来的美感。近距

海上芳邻

离便于欣赏彼此的美好,而零距离,使得高倍显微镜下所有的瑕疵与缺陷一览无遗。

　　餐厅中央小小的舞台上,一位古装女子正抱着琵琶低吟浅唱。歌喉甚为美妙,歌词含混不清。姗德拉稍一留心观察,便发现演员的手上功夫完全是"造假"。中国传统琵琶共有四根弦5个把位25个品,不是每个品都能有泛音的,只有特定位置、再加上特定手法,才能发出自然泛音和人工泛音。随心所欲的弹奏和行云流水的音乐完全对不上号。眼前的这位妙龄女子,深情款款,秋波盈盈,貌似演绎中国传统文化艺术,实则不过投机取巧、形式媚俗而已。说穿了,就是哄老外开心的假把式。

　　姗德拉突然想,也许她和皮埃尔之间原本就是这样,他们理解的文化,本来就不是一路。一开始,他们只是在浅层的表象上找到了共同点,一旦深入,才发现根本是殊途而不同归。

　　皮埃尔扬手一招,一个服务生走过来。

　　"啤酒里加冰块。"他说。

　　"对不起先生,我们餐厅的冰箱今天坏了,没有冰块。"服务生抱歉地解释。

　　"没有?"皮埃尔耸耸肩不再理他,转过头来对姗德拉咕哝:"中国人碰到不会的或是比较麻烦的事情就说'没有'。而我们会直接告诉客人真相的。"

　　他语气平淡,就事论事,不带任何色彩,也没有民族偏见,可是姗德拉听了总是不太舒服，感觉像是在说自己一样。每当这个时候，她就不由自主地把自己摆到了对立面。皮埃尔的骨子里是傲慢的，他认为自己做的一定是对的，自己国家的一切都是优化的，虽然也号称"法兰西民族是善于自我嘲讽的民族"，但那只是偶然的无伤大雅，更多表现出来的是无处不在的优越感。

姗德拉心里明白皮埃尔说的很可能是事实，可她不晓得为什么偏偏跟他叫上了劲："也许他们的冰箱真的坏了！"她口气僵硬地辩解道。

"哦，No。"皮埃尔大大地不满意。"他就是在撒谎。因为生意太好了，他懒得去拿冰块，而加冰与不加冰的价钱是同样的，他已经收到了该收的钱，所以拒绝一切额外的服务。"

"这只是你单方面的揣测，并没有得到证实。如果你要下结论，完全可以先到厨房去看一下再说。"姗德拉不开心了，为什么他会把人想得那么不堪。

"别跟我说什么单方面揣测，我已经得到太多次证实了。他们往往善于掩盖自己的真实意图，如果你总是相信他们嘴上所说的，那么就一定会受到欺骗，你在这个地方将难以生存。"

"我在这个地方已经生活了 30 年，我觉得它非常适宜我的生存。我已经习惯了它的一切，尽管我部分同意你说的，我承认有些事情不是十分美好，但我宁愿尽量善意地去理解它，而不是负面地揣度它、讥笑它。并且，我也希望你能改变自己的观念，努

海上芳邻

力地去理解和接纳它。因为,我就是这环境里的一个组成部分。"

她与他已经太熟悉了,熟悉到可以畅所欲言,熟悉到不再需要伪装。她以为,既然相爱,就要展现真实的自己,表达自己的诉求。恋人之间,就应是亲密无间,默契自然,既没有秘密,更无需隐藏。

皮埃尔自我解嘲地一笑:"与女人争论的确不太明智。因为这种争论就像是读'微软许可协议',到最后,你只能忽略所有的事项而点下'我同意'。"他试图用这样轻松的方式掩盖心里的诧异。一向温和优雅的姗德拉很少表现得这么强硬,这让他心里小小吃惊。他就是无法忍受前妻极度的强硬才离婚的。而现在,他的小姗德拉,他温柔的东方维纳斯,也将落入庸俗女人的窠臼吗?他放缓了语气道:"也许你说的有道理,但我保留自己的意见。每个人都有独特的判断,我坚持自己的思想和观点。不错,你是这环境的一部分,但你并不能代表整个环境;你不是他,你也不需要为他负责。你就是你自己,你不代表任何人。"就像大多数法国人那样,皮埃尔对自由和独立有着无与伦比的崇拜。他结过婚,但不会因婚姻改变自己的坚持。婚后的男女,仍是两个独立的个体,有各自独立的空间。即使他爱姗德拉,也不能忍受她对他自我空间的压榨。

两人默默地啜饮着杯中索然无味的啤酒,几近不欢而散。

在全球经济不景气的大环境下,中国经济却发展迅猛,吸引了世界投资者的目光。皮埃尔在法国的一位企业家朋友也跃跃欲试,想来中国寻找投资机会,委托对中国市场颇有研究的老朋友做个前期市场调查。因为是非正式的咨询工作,皮埃尔不想惊动公司,就邀请姗德拉帮忙。

为朋友两肋插刀义不容辞,何况是恋人。也许还有机会结识更多潜在的客户, 姗德拉十分乐意地接受了邀请。姗德拉通过"滴滴打车"提前订好了一部别克商务车,把他们送到位于偏远工业开发区内的客户那里。那是一家世界知名的化妆品公司,进门就是一面巨大的产品展示墙,各种造型精美的瓶瓶罐罐,瓶身印有法文,在灯光的照耀下,骄傲地闪烁着耀眼的、诱人的光芒;展示墙前面是插着中法两国国旗的接待台, 操一口流利法语的接待小姐热情地迎上来,连说带比地好一顿寒暄,满面春风地把他们领进一间气派的超大会议室;长相清爽的阿姨送上饮品,用漂亮的玫瑰花骨瓷杯装着,每个杯配个碟,杯身和碟子上都有法国品牌的 logo,放在一个精巧的木托盘上一并送了上来。自打进门起,皮埃尔就感觉回到了老家,他伸手毫不犹豫地取了那杯咖啡,姗德拉同样毫不犹豫地将手伸向茶。

须臾,约见的人推门走进来——一位中国女士和一位法国男士,每人携带一台笔记本电脑。再次烦琐地寒暄。中国女士看了看中国面孔的姗德拉,略一盘算便替她做了选择:"说法

海上芳邻

语吗？"

姗德拉顿时尴尬，答："说中文和英文。"

"好，那我们说英语吧。"退而求其次，那位中国女士简单地做出决定，随即开始会议。

"说什么语言"，已经发展成继"咖啡或茶"之后的固定选项。不管什么面孔，每个人的肚子里都装着好几种语言，根据不同场合决定掏出哪一种，就像中医千万种草药里有选择性地对症下药。

皮埃尔先介绍情况，用英语开场两句之后就转向姗德拉："很抱歉，如果你不介意，我还是说法语方便些。"他把准备好的提案拿出来，先递给她一份再分发给其他人，同时很绅士地照顾她的情绪："很抱歉，我应该准备一份中文的。"

姗德拉嘴上说"不介意"，心里对他的假惺惺颇感悻悻然——他的行为，明明已经让自己尴尬得要死，还要一再强调，是何居心？

两个法国佬，一个中国人（显然那女士是从法国留学回来），一问一答，一往一来，如鱼得水，融洽得天衣无缝。姗德拉佯装翻看着手头的法文资料，那上面只有图表她勉强可猜，而那些无异于天书的语言文字，令她挫败感横生。再看那边，三个人唇枪舌剑你来我往聊得热闹，老外"一指禅"在平板电脑上戳得正欢。姗德拉脑子里突然蹦出纳尔逊·曼德拉的话："如果你用别人能理解的语言与对方谈话,那么谈话会进入对方的大脑;如果你用对方的语言与之谈话,那么谈话会进入对方的心里。"原来,那么久,她从来不曾进入到他的心里。

一念至此,心中没来由地悲伤起来。

"哦,姗德拉小姐,这些数据是您提供的,是吗?"突然,皮埃尔转向她,因为涉及她准备的部分,姗德拉连忙用英文加以解说,会议自动切换成英语模式继续进行。其间中国女士不经意地扫过她一眼,那眼神带有一点儿骄傲,一点儿怀疑,一点儿鄙夷,似乎在说:"连他们的语言都不会,怎么走得进他们的圈子?"而交谈中一旦遇到卡壳,老外立即又转入母语模式,姗德拉再度陷入"聋哑"……

如此转战三番,会议终于完成。姗德拉长舒一口气。

谈判顺利,皮埃尔心情不错。出得门来,他绅士风度再度附体,一再向她道歉:"我很抱歉刚才讲法语,希望没使你产生挫败感。"

这一次,姗德拉没有对他永远完美的绅士风度表示认同,她心里愤愤地想:分明在寒碜我嘛!这貌似周到实则讥讽的安抚实实在在地刺激了她。要想融入他们的圈子,首先要学会他们的语言。"充耳不闻"便会被排除在外。她暗暗下定决心:我要学法语。

皮埃尔仿佛心灵感应似的,给了她一个认真的建议:"我建议你去法语学校参加一些课程。法语是世界上最美丽的语言,

海上芳邻

你可以学习,你有必要学习。"他语气肯定地反复强调。为了这世界上最美丽的语言,他甚至不屑于说英语。

  与产品相关的专业水准和市场调研告一段落,接下来继续研究开办企业的行政手续。姗德拉挑灯夜战,把自己的销售报告暂时扔在一边,开始帮着皮埃尔收集他需要的资料。折腾了一天,姗德拉终于找到了想要的答案,并立即把结果用微信发给了他。

  很快,皮埃尔回信了,长长的一页。前半段,是他一贯的外交辞令:感谢您高效而行之有效的努力,我会非常珍惜您的帮助云云;后半段,很客气、很委婉地问她:你觉得我们是不是要找个代理,或者寻求关系网络的帮助?

  姗德拉生气了,她折腾了一整天好不容易才找到现在的答案,他却不相信、不放心,还要再去问别人,一点儿都不尊重她的劳动成果。早知道这样,让他自己去办好了。于是她气鼓鼓地回复:"随便你。"

  只几秒钟,手机"呜"地一响,有信息进来。又是长长的一篇檄文,皮埃尔反复地强调:"我只是征求您的意见,而不是随便我!"

  看到感叹号,姗德拉意识到自己刚才有点过分了,工作中不应该情绪化,更不能耍小脾气。于是她静下心来,理智地给他重新发了个信息："为保险起见，我也觉得最好再找些人问问，比如律师啊，或者代理啊，毕竟他们天天处理这些事务，比我们要专业。当然，最好直接去政府相关部门再次咨询确认。"为了让她的态度看起来更加柔软，她还特地打起精神加了句："祝愉快！"然后关上手机洗洗睡了。

　　早起刚一开机，一堆信息噼里啪啦涌进来。最长的那个自然是皮埃尔，态度十分诚恳："我想，我应该跟你谈谈。当然，毫无疑问地，我信任你。就按你说的办，让我们继续。"

　　从相关部门出来，他们并没得到满意的答案，办事人员给出的答复模棱两可："具体要看你们经营的产品，在国外满足的条件不一定能符合国内的标准。如果不能通过国内有关部门的检验，那就不能在中国成立企业。"

　　皮埃尔听了甚是纠结。姗德拉建议："还是让你朋友准备料理，我们先去试试吧。试一试至少有成功的机会，如果不试，就永远没有可能了。"皮埃尔不同意，他又是皱眉又是摇头："既然不符合要求，就肯定不能去提交。我可不愿意被那些办事人员教训，这个不对，那个不行，全都不符合标准，好像我做的一切都是错误的。"他又委屈，又倔强，像个害怕被批评的孩子踟蹰不前。姗德拉暗自好笑——一枚端着架子、虚荣心十足的"歪果仁"啊。

　　再次来到相关部门，他们在约定的时间碰头，皮埃尔还带了

海上芳邻

一个人。一个不甚年轻的女子,容貌端庄,亦步亦趋,礼貌却冷淡,对姗德拉略略颔首便是招呼。皮埃尔带着他的套路奔姗德拉而来:"非常抱歉,我的英文讲得不好,讲法语更能准确表达我自己,所以,我需要一个翻译,希望你千万不要介意。"

伸手不打笑脸人。姗德拉明白,这已是给足了她面子。她的英文也说得不够好,与他交流也有词不达意的时候。往往这种时候,两人都要放慢速度,开动脑筋另换一种说法,不停地寻找、试探、重复、沟通,直到把意思表达清楚;皮埃尔也并不是不愿意尝试,而是没有找到合适的替代的喉舌。现在,他终于能够畅所欲言,把法语说得天花乱坠。陪同而来的翻译小姐,无需思考,张嘴就来,且眉飞色舞,活色生香,生生把个枯燥的语言整成了一门大有作为的艺术。他与她,倒更像高山流水,伯牙子期,默契得厉害。她不仅仅是他的喉舌,还是他的拐杖、他的影子、他肚子里的蛔虫。

姗德拉没来由地妒忌起来,那个本该属于她的男人,此刻却属于别的女人,属于跟他说着同一种语言的女人。

作为中国经济开放腾飞的窗口,上海的行政部门甚是忙碌,各国投资者纷至沓来,来咨询和办理手续的外籍人士络绎不绝。从服务柜台下来皮埃尔迎面撞见一个法国人,两路军均是眼前一亮,瞬间火花迸射,无异于火星撞地球。互称"笨猪"(Bonjour,你好)之后惊喜地发现,两个人居然还是一个村儿的!两个法国佬顿时不约而同地忘情上演了一幕"他乡遇故知"的人间喜剧，握手，拥抱，贴脸，啵啵有声，你来我往，"机关枪"对开，把一干众人全数抛下。

剩下一帮中国人被无情地闲置了，正好聊天解闷。姗德拉、翻译小姐、柜台服务人员、法国人的随从等等，这一群不同身份不同立场的人，此刻超常地和谐，全都忘记了自己的目的，女人们甚至不分场合地聊起了孩子和婚姻。因为，她们说着同一种语言。

"这老大可固执啦。他嘴上说相信你，但他更愿意相信他的同胞。"看得出来，翻译小姐平日对她的顶头上司颇有怨言。

见她说出了自己的心里话，姗德拉一激动，胳膊就自动搭上了对方的肩头："原来你也叫他'老大'啊！"

翻译小姐倒也没有丝毫缩回肩膀的意思，而是继续卖力吐槽："不叫'老大'叫啥？叫他的名字他听得懂，说话多不方便。叫'老大'他又不晓得在说谁。侬讲对哦？"翻译小姐一改刚才艳若桃李、冷若冰霜的傲气，还向她发起嗲来。

姗德拉舒心地笑起来。她现在才理解，为什么自己已经解释得很明白的事，皮埃尔还要反复向同类去求证。故人相近，同胞相亲，语言带给人们的岂止是沟通融洽，更是一种相互之间的依赖和安全感。对此，自己又何尝不是呢？

海上芳邻

皮埃尔下午要出差,行李已经整理好放在客厅过道里,等一下公司的司机会来接他。他打算先洗个澡,把自己收拾妥当,然后出发去机场。浴室纤尘不染,浴缸光洁如新,浴巾雪白无瑕,换了 N 个家政人员之后,现在这个阿姨终于满足了他对清洁的标准。他不屑地想:中国人都喜欢敷衍了事,你只有不停地提高要求,不断地督促推动,他们才会被迫努力地尽善尽美。他按下压力泵,挤出一团沐浴液涂在身上。那是他从普罗旺斯带来的,充满了他喜欢的薰衣草的香味,这味道令他放松又愉快,仿佛回到了古老的赛南克修道院和大片盛开的薰衣草花田。按摩搓洗完毕,他扳动水龙头,想把身上的泡沫冲干净。可是——没有水!嗯?他把水龙头又反复开启好几遍,居然没有水流出来!他很纳闷,把水管花洒从上到下检查一遍,才确定是——停水了!

皮埃尔气急败坏地套了件浴袍从浴室狼狈地跑出来,一路滴滴答答地拖着水珠子。他抄起电话打给楼下的物业服务中心,狂怒地大吼:"出什么事了?为什么没有水!太糟糕了!知道吗?我正在洗澡!为什么突然停水?!"

物业接线员没有完全听明白,但一个"歪果仁"情绪饱满的高分贝和上气不接下气让他们听出了事态的严重性。5 分钟之后物业维修人员来敲门。

皮埃尔挥拳踢腿,愤怒地大声质问,并勒令物业立即恢复用水。几个维修工人诚惶诚恐、面面相觑,均不明白他的意思。

"愚蠢！全都太愚蠢了！"皮埃尔狂躁地给姗德拉打电话求救，姗德拉立刻打车飞奔过来。

弄清楚原因之后姗德拉对皮埃尔的遭遇深表同情，她不满地责问呆若木鸡的那群人："既然是整栋大楼停水，物业为什么不事先通知，好让住户提前做准备呢？"

维修人员纷纷大呼冤枉，七嘴八舌地辩解说："请你跟这位先生解释一下，这次停水，是因为供水部门需要对这一带水管进行检修，作为物业我们只好配合。我们确实在楼下的电梯口张贴了停水通知，并且提前一周就已经贴在那里了。"

"他撒谎！我根本不知道！根本没有任何人通知我！"皮埃尔大叫。

"大楼里别的住户全都知道了，就他一个人不知道。因为他自己太粗心，没注意看呀。"维修人员十分委屈，为了证明和支持自己的说法，他们还特地出示了手机上的照片。

姗德拉只扫了一眼，就明白问题出在哪儿了。

皮埃尔暴跳如雷："《通知》为什么是中文的？难道不知道这楼里很多住户都是外国人吗？既然是一栋涉外的大楼，作为一家国际性的物业管理公司，就必须以大多数人看得懂的语言和文字来说明，以保证所有的变化和规章制度准确地传达到住户，这才是你们的职责所在！难道，你们公司就没有人懂英文吗？《通知》就不能用英文写吗？我抗议！我绝对不能接受这样的物业

海上芳邻

管理！"

一旦认识到这枚"歪果仁"不过是"纸老虎"，物业人员倒不急了，他冷笑一声："你抗议有什么用？要换物业也要业主说了算。业主就是我们的大老板，我们是业主方直接下属的物业公司。老子雇儿子干活，家族企业懂不懂？哪有老子炒自己儿子鱿鱼的？"

相对较高而持续稳定的回报率是房地产受投资者青睐的主要原因。人民币持续贬值的预期促使部分海外资本撤出，国内买家已取代海外机构投资者成为购买主力。皮埃尔居住的这栋高级酒店公寓，因为高于市场平均标准的投资回报率，吸引了众多买家纷至沓来，几经竞争，最后被一家名不见经传的国内投资企业买下来，并且，肥水不流外人田，连物业管理都顺带换成了自己旗下的公司。物业上任初始也曾出过公告，告知所有的住户，大楼已经换了主儿，但所有的现状都维持不变，物业公司只会更加尽心竭力地为大家服务云云。皮埃尔对这些暗地里的风起云涌和改朝换代并不关心，反正房子是租的，平时与业主打交道都是公司行政人事部门，对他来说，乐得当甩手掌柜，房子最多就是充当酒店功能。然而，物业管理的水准骤降，直接导致了今天的尴尬局面。

姗德拉自然没办法把这些道理一一翻译过去，只得想办法让皮埃尔明白，今天铁定是没有洗澡水了，他得另外想招。皮埃

尔像一只斗败的野兽,喘着粗气颓然跌坐在沙发上,一边咕哝:
"我一定要洗澡,我没有办法出门了,我今天肯定赶不上飞机
了。我要取消航班! 取消航班的损失由你们负责! 改变计划的
工作损失也由你们负责! 我必须要找你们索赔! "皮埃尔越说越
上火。

"赔偿? "物业人员底气越来越壮:"楼下的住户投诉你的房
子漏水,把他家厨房里的天花板和电器全都浸湿了,维修花了好
多钱! 我们还没找你赔偿呢! "

"他在撒谎! "皮埃尔立刻大叫着跳起来。他鼻子里轻哼了一
声,武断地下了结论。

姗德拉条件反射地抵触这种说法,好像一个大人在批评自
家闯了祸的孩子。

"到底谁撒谎?我们现在就去你厨房看看是不是漏水。"物业
人员不服气,个个跃跃欲试。

"我要把房子退掉! 我要退租! 我马上就把房子退掉! 我再
也不要待在这里! 我要回法国去! 我要回法国去! "皮埃尔毫无
风度地大喊大叫,让姗德拉好生尴尬。此时的皮埃尔就像是个耍
脾气的顽童,甚至有点无理取闹的意思。谁介意你退租?像你这
么麻烦的客人人家还巴不得你快点搬走呢! 姗德拉奇怪自己第
一次没有站在他的立场上帮他,第一次,她的心里是如此地抵
触他。

海上芳邻

　　一干物业人等杵在当场,看皮埃尔一个人上演激情大戏,均睁大眼睛眼巴巴地盼着姗德拉的嘴巴里能吐露幕后意图。可她压根儿不能把皮埃尔的意思直接翻译过去,甚至,她心里竟有一丝丝隐约的气愤。不错,的确有人撒谎,但也不能以偏概全,一遇到不痛快就用既定的偏见和不友好去印证。每个人在不同的情形下遇到的人和事都有着极大的偶然性,然而,根据这个偶然,就理所当然地推出一个错误的结论,显然是不公平的。当然,回过头来,姗德拉也承认这个结论也不是完全不正确的。可现在,这不是重点,重点是要解决问题,化解矛盾。

　　她定定神,然后口齿清晰地说:"这位先生说他没有发现自己房间漏水。要么,等他有空的时候,请你们再跟他约时间上来检查一下?但是今天他非常忙,他着急赶飞机,当务之急是想个办法解决洗澡水问题。"

　　物业的工人们两手一摊:"想啥办法?我们又不是孙悟空能变出水来!片区管道维修我们又不能做啥!他既然这么厉害,让他自己想办法打电话到供水部门通知人家放水好了!"

　　趁姗德拉交涉的当儿,皮埃尔得意地亮出以前的外交身份证件,神气地甩到工人们面前:"看看!"

　　这一招并没收到预想的效果。别说他们看不懂,就算看得懂,工人们也并不买账。虽说你是大楼的客户,但人与人是平等的,凭什么对我们指手画脚,有钱就能欺负人吗?工人伸手推开那只气势汹汹的手,昂头回击道:"你吓唬我啊?管你是谁,就算是天王老子,有理才能走遍天下。你在这儿就得老老实实按我们的规矩来!"

皮埃尔气坏了,对着工人挥拳头大叫:"我要投诉!我要向你的老板投诉解雇你!"

工人毫不怯懦,反而贴上来:"我怕你投诉啊!老板是我的远房堂兄,大老板也是我们隔壁村儿的老乡,你看他们能不能听你的?你去投诉啊!"

可怜的皮埃尔哪里弄得清楚这么多盘根错节的关系,他只知道每一次出击都被更猛力地反弹回来。皮埃尔气炸了,手指用力戳到对方的脸上去:"强盗!你们这帮强盗!"

真奇了怪了,一吵架双方都不再需要任何翻译,通过身体姿势和面部表情统统无师自通,完全明白了对方的意思,并且自动迅速地做出反馈。"你还骂人?别以为我们听不懂。外国人就高人一等?外国人就可以骂人吗?你赶紧给我们道歉!"

"道歉?哼,你们做梦!你们这帮愚蠢的强盗!"

双方已近乎贴身肉搏。工人们索性豁出去了,摆出要命一条的架势:"你小子还想打架怎的?老子奉陪!大不了这工作不干了,卷铺盖回老家去!今天就是咽不下这口气!"在哪里不是打工赚钱吃饭,老子就不受这闲气。

皮埃尔大叫:"叫警察!我要叫警察来!"

海上芳邻

工人们毫不示弱，一起围上来："叫啊！有本事你叫警察啊！叫警察来抓我们呀！谁怕谁啊！"

姗德拉一看形势不妙，赶紧挤上前。再怎么样，好汉不吃眼前亏。她死命拦住一帮愣头青，母性、女性、亲和性一起上，连哄带骗："大哥，小弟，冷静！要冷静！看姐的面子，先冷静下来。我们都是自己人，自己人好说话。事情闹大了对你们也不好，对不对？你们打工也不容易，老板那里也不好交代，就为这点小事又何必呢？他是外国人，不了解这边的情况，有什么话让我来跟他说。"

在她软硬兼施的安抚阻拦下，对方火力稍歇。姗德拉赶紧回过头去用英语招呼皮埃尔："你确定真的需要叫警察吗？"

皮埃尔犹豫了一下，他其实并不想把事情闹大，无论是对居住环境还是他的工作环境都会产生不良影响；但跟一帮工人发生冲突令他骑虎难下，那些人耍起横来啥都不顾，他可不一样，他有身份有荣誉，讲面子爱虚荣，因此不能不有所顾虑，残存的理智让他拒绝了报警。"让我再想想，也许，我可以不必报警，赔偿的事情以后让我的公司来跟他们谈。现在，最重要的是我必须要洗澡，我不希望错过航班，那边还有非常重要的会议等着我……"

眼见着他的怒火一点一点熄灭下去，姗德拉这才得空转向工人们柔声询问："小哥，请问你知道这附近哪里还有供水吗？"

　　"这里住宅片区的总管切断了，现在恢复供水是不可能了。只好让他去朋友家洗澡了。或者你们看看附近的酒店,那里的水管跟我们不是一路的,那里应该有水。"

　　"也许我可以去酒店。"皮埃尔眨着眼睛思索着,也给自己找了个台阶下。

　　姗德拉松了口气,总算应付过去了。

第十四章
"问题儿童"的裤子风波

接下来,皮埃尔频频出差。虽说聚少离多,姗德拉并没感到思念心切,反倒觉得一身轻松。分开一段时间也好,距离产生多少美不确定,但距离可以抹去尴尬。

春节刚过,还没来得及甩掉走亲访友大吃大喝贴上的膘,办公室又恢复了忙碌的节奏。卡斯顿汽车公司的邮件又出现了,这次转发来的是一个瑞典员工的,他在邮件里描述说:希望找到一栋超大的别墅或排屋/联体别墅,必须拥有广阔的花园和草坪,有游泳池和儿童游乐设施,至少带有7个卧室!

我的天哪,那么多房间,到底要装多少人?难道要把整个家族都带来吗?姗德拉吃惊地睁大眼睛。

这位客户拒绝了"乐士诚"公司提供的看房车,因为他的公司已为他安排好了车子和司机,姗德拉只要人去就好。既然如此,姗德拉一不订车二不带助理,一个人轻装上阵。她先坐磁悬浮列车到了浦东机场,然后在停车场与客户公司的司机会合,并约好等一下自己接到客人之后,电话通知他把车开到出口。

她夹在接机的人群里踮起脚探头张望,手里举着牌子,用加粗黑色记号笔写了客人的名字,站在显眼的地方。姗德拉们称这个步骤为"姜太公钓鱼",不管哪里来的老外,看到牌子自会"愿者上钩"。

一座"泰山"朝她压顶而来——那是一座由许多旅行箱堆积起来的巨大的"行李山"。一个胖胖的中年白人男人从"山"后面

海上芳邻

现身出来，不由分说用肥厚的手掌握了一下她的手，简洁明了地自我介绍："我就是斯坦。告诉我车在哪儿？"

在瑞典语里，斯坦(Sten)是岩石的意思，一个绝对北欧原产的名字，一位山一样伟岸的父亲。就在说话的当儿，斯坦的身后突然就变魔术似的出现了5个大大小小的孩子，大孩子手提肩扛，小孩子抱住斯坦的大腿，还有更小的，揣在拥有同样超级吨位太太的育儿袋里，正一脸好奇地向外张望。

姗德拉知道自己犯了什么错——在邮件里，她忘了询问究竟有几个孩子了。与中国人想象的不一样，特立独行的毕竟是少数，绝大多数老外其实非常重视家庭。如果有家庭的，周末必定与老婆孩子一起度过；凡是假日，必定拖家带口飞赴世界某个角落去度假。什么？扔下一家老小一个人单飞？不可能！这就是中国人去外国领事馆签证，蜜月及家庭旅行通过的概率相当之大，而单身出游往往被拒的原因；愿意去海外工作的员工，当他申请海外公司的工作职位，同时会有一份家庭安顿申请表也抄送到了当地行政人事总监的邮箱里。海外工作合同一签三年，必须有配偶陪伴，这是不可侵犯的人权；孩子也绝对不能留守，这是做父母的责任；支付从本国出发到海外公司的差旅费是最起码的，不工作的配偶的生活补贴，孩子读国际学校高昂的学费，在当地租房、租车甚至司机，保姆阿姨洗衣费，林林总总，都由公司一力承担。所以，姗德拉经常愤愤不平："请一个外籍员工的费用,够请十个当地人了。"麦克更是学着姗德拉的语气拽了一句:"王侯将相宁有种乎?"但是,有些关键职位、关键技术、商业机密,只能聘请他们。再多的孩子、再大的开销,也只能活该他们公司承担了。

斯坦率领的"豪华海外军团"令姗德拉一时手忙脚乱,她急匆匆地拨打司机的电话,然后挈妇将雏,前拖后拽,带领大队人马往候机楼外而去。此时的她更像是旅行团的领队,就差手中高举小红旗了。

斯坦上车的第一件事,就是给两个最小的孩子在后座上安装了两张儿童安全座椅。这才是他预定自己公司的车来接机的真正原因。

把"海外团"送到酒店,姗德拉回到自己公司,迫不及待地分撒 "午间零食"——以八卦新闻缮无聊的同事。麦克倒是淡定:"这有啥稀奇,还有更夸张的。我上次碰到一个法国客户,生了7个孩子,我好不容易在青浦那边找到一栋400多平方米的大别墅让他们住进去了。"噢,姗德拉少见多怪,5个,的确未能打破纪录。"只生一个好"的独生子女政策执行多年,三口之家才是中国司空见惯的最小社会细胞。要找到主流人口结构之外的超级面积,的确不大容易。

八卦完毕,她坐回自己的位子,开始思考起来。首先,需要在

海上芳邻

客户杂乱无章的描述中,仔细分析他的客观要求,提炼出符合目标的元素。比如,孩子,对应的需求就是幼儿园及学校;当然,也可以从另一个角度考虑,直接挖掘客户的心头所好,找到他最注重的是什么。比如,住得远点对大人上班没啥关系,关键是在孩子上学班车经过的线路上。好的销售无需费力展现自己的优势,因为客户根本不关心你有什么,只关心他的需求是否被满足,因此不需要向他展示你有多好多漂亮让他喜欢你,只需一上来就拨冗就简,直奔他的需求而去,省了好多麻烦。

就像斯坦的情况,虽说人数众多,但需求就是一套住房。姗德拉打算把这个单子分给麦克去跟,简单地告诉他客户的要求让他去做提案。作为成熟的房地产咨询公司,他们的电脑里早有标准的提案格式,内容显示物业的地段、交通、房型、租金、设施等等基本信息和一些租赁的固定条款。一般销售员贪图简单省事,往往在资料库里找到合适的房源,下载标准版本,把新的物业资料按照空格一项一项填上去就算完事。不一会儿麦克就把邮件发了过来。

姗德拉看了一眼不太满意。虽然接受培训时,培训经理一再要求统一格式,她还是更愿意在表格里加入一些自己的描述。既然衣服、皮包、家具都可以按照客人的喜好和要求来私人定制,那么房子,与人密切相关的这么个性化的物品,怎么就不能"私人定制"一把呢?出于女性的感性和细致,她喜欢在提案里附上房屋各个角落的细节照片。如果这套房子有个大花园,一定不要吝啬把阳光下生机勃勃的绿草鲜花展现给客户;若客人是单身女性,房前屋后安装的防卫警示系统便是重点展示的对象;若是有孩子的家庭,一张牢固耐用的婴儿床,一段楼梯口保障安全的木栏杆,一块桌角防撞的橡胶护套,必定是力证安全性的上上之选。试想,连细节都考虑得这么周全的房东,一定会把房子打造成最适合居住的状态。这样,客户一本提案在手,不仅对房子的功能有了大致的了解,对房子的特点有了初步印象,并且对房东也会产生几分好感。因为了解得比较充分,又对提纯过的细节增加了一点儿感情色彩,再去实地参观,挑剔就少些,成功率就高些。

　　麦克准备的房源全都是郊区的别墅,因为只有建在远郊的别墅才具备足够大的面积,住得下那么多的人口,并且满足于客人的预算。姗德拉耐心地与他反复沟通:"没错,你选的这些别墅,面积的确是够大了,住得下那么多人。但是,不能只考虑一个方面,也要考虑到,这个家庭有 5 个孩子,孩子可能是现阶段家庭生活的中心;并且年龄跨度比较大,有的可以上国际学校高中,有的才刚上幼儿园,最小的可能需要留在家里跟母亲在一起。那么,国际学校、幼儿园、小区的生活设施、附近的大卖场、可能方便上班的钟点工等等因素,都需要综合考虑。"都说学语言有语感,学画画有灵感,姗德拉对房子也具有特殊的敏感,自看

海上芳邻

到这一大家子的第一眼起，她就觉得某大型居住社区是不二的选择。位于市区的边缘，社区内设施完善可用，社区外生活便捷可达，门口还有国际学校的班车设点。她重新给麦克一些比较详细的建议，让他用心重做了一份提案，把各种功能性、安全性，到国际学校的校车、去市中心的班车等等，详细地一一罗列出来。

为了便于照顾，姗德拉与麦克一起带斯坦全家去看房。车到西郊一处新建大型社区，一众人马浩浩荡荡地开进，几个小孩犹如野地里散养的小动物，在租售处满地乱爬，父母却视而不见，只管一门心思研究自己的事。姗德拉甚为惊讶，若是换了中国父母，这些动作立刻会被十万火急地严令禁止。租售处的地毯上，东西南北多少人的脚在上面踩过，积攒了多少陈年累月的细菌和灰尘，对稚嫩的孩童来说，其危险性不亚于生化武器。

现场接待小姐把大家带进三楼一套大面积公寓，妈妈把孩子推进房间继续参观，童车上最小的孩子正欢快地吸吮着自己肥嫩的手指。姗德拉实在看不过眼，好心地提醒她是否要把孩子的小手拿出来。妈妈毫不在意，"他自己玩得正开心呢！"把童车扔在客厅里，自己拔腿直奔阳台看风景。姗德拉明白了，那是积分换的孩子。

看了一圈，斯坦爸爸发现："这套公寓只有4个卧室啊？"他再次重申："5个孩子需要5间卧室，我和妻子需要一个卧室。另

326

外,还要一间客房,万一有朋友或者亲戚来探访需要用到。再有,最好有一个超大的花园,孩子们需要玩耍的场地。我还要给他们装上球网,我们是一支家庭足球队。"

姗德拉微笑着解释说:"这套公寓虽然只有4间卧室,但可以将孩子们合理安排。比如,房间面积足够大,年龄小的孩子可以两人一间卧室,既增加了安全性,又方便父母照顾;再比如,您注意到那个小小的房间了吗?在设计上是保姆房,所以并不计算在房间数目里,我们可以要求业主配置一些简单的家具,将它布置成一间小客房,这样有客人来就可以用。而且,这套公寓有很多优势。它的物业管理是一家非常有名的国际性公司,得到小区高比例的国际居民的满意;虽说公寓不像别墅那样拥有独立的花园,但您从窗户看出去,在小区中央就是一个超大的公共花园,里面还有篮球场、网球场和儿童乐园;那边的小区会所里,还有更多的健身和游乐设施,包括一个室内的和一个室外的游泳池;小区整体布局上实行'人车分离',所有的汽车走地下通道、停在地下车库,人可以在地面上自由行走,再也不用担心孩子们的安全了。"

"听起来不错。"斯坦显然动心了。

"至于太太,"姗德拉又走到大吨位母亲身边:"小区里每隔半小时,就有一班到市中心、'家乐福'和'麦德龙'的免费班车,不需要专门的司机,您想去哪里都非常方便;小区门口,就有国

海上芳邻

际学校的班车站点,每天您只要把孩子送到门口就行了,随车的老师会照顾孩子们的。之后麦克会把所有班车的时刻表发在您先生的邮箱里。"

"那太棒了!"太太笑逐颜开,童车里的宝宝也仿佛听懂了似的,咿咿呀呀地笑起来。

麦克一见形势大好,赶紧趁热打铁:"附近就属这个小区品质最好,这里面的房子很少有空置的;而你们现在看的这一套,无论是房型、朝向、楼层,都是整个小区里最好的。而且,其实这套房子已经有一个法国客户看中了,只是需要走流程,客人公司要花时间审合同,所以还没定下来。如果你们有兴趣,我可以赶紧联系房东帮您先定下来的……"

麦克说得有鼻子有眼,顺便又意味深长地给姗德拉递了个眼色。这个时候,他们必须站在统一战线。

"是的是的,"姗德拉一把接住话头:"业主说感兴趣的那客人是一对外国夫妻,他们很喜欢这套房子,说是离市区又近又安静,还主动提出付一部分订金。业主没收,不签合同订金不做数的。谁先签合同房子就归谁!这样的房子,我们只能说今天是空的,明天就不知道了。"

他们联手制造的恐慌情绪成功地波及了北欧客人。斯坦和太太叽叽咕咕了一阵子,连连说:"我们很喜欢这房子,但是我需要联系公司的行政人事部门,看看预算够不够,合同怎么安排。

328

我会让他们尽快跟你联系!"

姗德拉应了,转身帮忙去推婴儿车。这洋娃娃真可爱,睁着圆滚滚的蓝眼睛望着她。父母把他扔在一边老半天,他要么吃手指要么玩玩具,既不哭也不吵,看样子是早被扔惯了。

洋娃娃被从童车里拎起来塞进儿童座椅,肉鼓鼓的婴儿倒像一个大玩具。照顾一大家子上了车,斯坦仍不放心地回头叮嘱姗德拉:"请您尽量保留这套房子。今天回去后我就跟公司说已经看好了房子,让他们尽快签合同并付款给业主。"

"好,我等你消息。"姗德拉爽快地答应。

姗德拉和麦克一直目送客人乘坐的车子驶出了小区。他们一点儿也没有负疚感,房子与其他商品不同,虽说规定了土地使用年限,但没有明确的保质期,尤其是对租赁来说,不过就签一两年合同,如果后来发现问题,大不了搬家,不会造成什么严重后果。而且,这些等待"翻牌子"的房子都是满足客人的基本要求的,只要地段、房间面积、租金等接近要求,至于装修是否豪华,风格是否巴洛克还是新古典,阳台是否朝南……又有什么关系呢?反而是太多的选择会让客人挑花了眼,忘记自己最初的要求了。他们这么做,只是帮助客人做出一个有效的选择罢了。只要不存心欺骗别人,适当地耍点小花招亦无伤大雅。这也许就是"善意的谎言"这个词诞生的基础吧。

海上芳邻

　　斯坦果然言而有信,签了合同付了钱,很快住进了这个大型生活社区,切身体会到种种合适与贴心——首先,设计人性化。车辆与行人有不同的入口, 开车进门后顺着专用车道可以一直开到地下停车库,所有的公寓楼在地下连成一体,做成超大的停车库,在停车库停好车之后,找到自己居住的那栋楼入口,电梯直接到家门口,免受日晒雨淋之苦。其次,管理有序。门口的保安仿佛经过"克格勃"之类的训练,能在短时间内识别车辆与人脸,大致判断哪些是住户,哪些是外来人员,因此有效地引导访客找到各自的目的地;最重要的,是让全家乐此不疲的齐全设施。除了常规的餐厅、便利店、洗衣房、医疗中心,还有各种丰富的运动及娱乐设施。仅游泳池就有室内及室外两个。室外的呈不规则形状,分深水区、潜水区及儿童戏水池,与儿童滑梯相连;室内的那个设在会所内,是个成人用标准游泳池;还有羽毛球馆、壁球馆、乒乓球室、健身房、舞蹈室、桑拿房等等,住户不需要出门,整个小区自成一体,形成一个独立的小社会。更令人惊喜的是,居然还有一个小型足球场,"斯坦足球队"可以一试身手,大展雄风。

　　搬家之前还是经历了一些小小的波折。业主本来安排的家具属欧式古典风格,橱柜桌椅均带有各种装饰与雕花,瀑布似的水晶吊灯美轮美奂,巨幅油画令居室富丽堂皇。看得出来,在家居配置上业主是不惜血本的。

斯坦转了一圈，皱着眉头说："可以换家具吗？我不喜欢。"

房东太太倒是难得的好脾气："好的好的。你不喜欢哪一件，我帮你换掉。"

"全部换掉!"斯坦果断地一挥手，把室内所有的家具都挥进去了："我都不喜欢。请全部搬走，包括窗帘和吊灯。"

姗德拉怀疑自己听错了。

房东太太更是吃惊得下巴都快掉下来："全都不要？这套欧式家具很贵的，还是名牌，花了我好几十万块。我专门按照你们欧洲人的口味配的，之前的客人都很喜欢。你怎么不喜欢？你到底喜好什么样的家具？"她很好奇，连这么贵重而有档次的欧式家具都看不上，他到底是什么样的品位？

经过一个月的来回折腾，"土豪"房东终于把豪华欧式家具搬到了她的另一处房子，并按照斯坦的口味重新配置了家具。斯坦一家从酒店里搬进新家，他们的生活用品已先行一步，从瑞典抵达新居，他们只需携带随身行李入住。而跨国搬家的过程并没有想象得那么艰巨——由一家国际性的搬家公司承接，享受门到门的服务。所需生活杂物在瑞典的家里就被一样样打包，包装上写字做好标记再进集装箱，然后通过海运从西半球运到东半球，入关，卡车运到上海的家里，再由搬家公司的上海员工开箱，按照标记将一件件衣服挂进衣柜里，一样样器皿摆在搁架上。照旧，搬家的一切费用仍由公司承担。

海上芳邻

"简直是疯了！花那么多钱把一堆旧货从那么大老远运过来，还不如直接在这里买新的呢！会不会算账啊？烧钱哪！"麦克直呼看不懂"歪果仁"版的买椟还珠。

"每个人都有自己的偏好，也许客人习惯了用自己熟悉的东西吧。"姗德拉这样解释道。满足客户需求，这还不够，现在还必须让客户感到满意且愉快。搬入新居的斯坦一家果然乐不思蜀，欣然邀请姗德拉来家里喝下午茶。

虽然忙，麦克对客人种种奇怪行为的抱怨姗德拉一句不漏地收在耳朵里，心里也是百分百地好奇：北欧人家，究竟还有多少出人意料？

如约而至，斯坦一家列队热烈欢迎。姗德拉像阅兵式一样，从大到小，从高到低，一一握手打招呼，即便是最小的孩子，她也趁机捏了捏他胖胖的小手。"Baby，你的鞋子穿反了，我帮你换过来吧。"姗德拉刚想蹲下身来，斯坦太太一把拦住她："不，让他去。鞋子是他自己穿的，他会照顾自己。"

孩子们各自散去，斯坦带她参观新居。眼前的一幕让她惊诧莫名——初始的欧式古典豪华风荡然无存，室内的布置非常简单，简单到简朴的地步。与法国人浓郁的艺术气息及过分的装饰大相径庭，瑞典人民将环保意识贯彻到实际生活中。家具指定宜家款，仅满足基本功能，不提供审美服务：一张桌子就是规矩的长方形,简单的线条,没有任何花纹与装饰;一把椅子就是方方正正,能坐人而已,唯一称得上特别之处的就是它特别结实;所有照明灯具都用简单的吸顶灯,整齐划一得没有变化;窗帘是让所有人瞬间色盲的大地灰, 后面衬着功能性的遮光布……姗德拉疑惑了,他们是"长袜子皮皮"的同乡吗?是"小人鱼"的近邻吗?是"命运三女神"恩泽的臣民吗?他们对生活用品的极简欲望,与北欧盛产童话与传说的丰富精神世界形成鲜明的对比。也许,他们把人的精力从对物质繁复的追求中释放出来,投入到精神层面的不厌其烦中吧。

厨房是唯一的例外。毅然将全部原有家具都撤走的斯坦,对人间烟火的制造地却提出了绝对丰富的需求:除了常用的冰箱、热水器、煤气灶、微波炉,他还特地要求增加了烤箱、洗碗机、消毒柜、面包机、搅拌机、冰柜等等,而各处见缝插针布满搁板货架,用来盛放远道而来的锅碗瓢盆、瓶瓶罐罐……民以食为天,除了两个大人,他还需要喂饱 5 张嗷嗷待哺的小嘴。

从"五金电器铺"出来,姗德拉突然发现沙发背后墙上一幅铅笔素描,那是家里唯一的装饰品。"瞧瞧这幅画,你觉得怎么样?"斯坦口气充满了自豪。

那是一幅小小的风景画,画着不甚清晰的人物与房子,纸质有些发黄,似乎年代久远的样子,其他看不出特别之处。"嗯,"姗德拉斟酌着说:"看得出功力不凡。我猜是瑞典的哪位著名画家

海上芳邻

的作品吧？"

"哦，不，那是我祖父画的，父亲留给了我，一幅家族的纪念画作。"斯坦解释说。家族精神的传承，纪念意义大于审美价值，所以，家搬到哪里，画也必将出现在哪里。在自己熟悉和习惯的氛围里生活，人才会放松与惬意，才能休养生息。

姗德拉不由得想起与一些客户聊起的房子的话题。一位德国律师说："房子可以是一种投资。在我们那里，银行的利息几乎可以忽略不计，甚至开始出现银行向储户收利息的现象，存款不如买房，房子带来的收益将远远大于存款收入。"

一位澳洲小伙则直接反诘："为什么要买房？要买房就要贷款，消费将会受到限制，我们国家的年轻人才不干这种傻事。尤其住在澳洲西部，每天早上一起来就夹起冲浪板直扑大海，快乐得像一条鲨鱼。"

眼前这五个孩子的瑞典家庭则显示，房子是蜗牛背着的壳，一所移动的家。无论在哪里，无论是租是买，他们不在乎产权的拥有，而在乎家的感觉。那些在一起温馨度过的岁月，才是最重要的财富。

"喝水吗？"引导参观完毕，斯坦问她。

姗德拉庆幸终于找到了一点儿与中国相同的待客之道。可接下来她还是呆住了——真的是上来一杯白水。

"抱歉，我们只喝水。"他说。斯坦家里没有任何饮料，更没有茶或咖啡,只有大桶大桶的饮用水!

好吧,姗德拉端起杯子喝了一大口。水是生命之源,只要能维持生命正常运转,没有必要追求口舌之欲。

"妈妈,我觉得鞋子穿了不舒服。"一个小孩子摇摇摆摆地走过来。

"嗯,那怎么才能舒服一点儿呢?"这胖妈妈装傻也真有一套,姗德拉看得心里着急,恨不得立刻上前把两只别扭的鞋子换过来,又不敢造次。

孩子一屁股坐在地板上,盯着小脚仔细看了一会儿,又脱下两只鞋摆弄了半晌,然后找出正确的方式重新穿上。小胖爪一撑地面爬起来,来回走了几步,颇有成就感地报告:"现在舒服了。妈妈,我知道应该怎样穿鞋了。"

"很好!我的孩子,你真棒!妈妈为你骄傲!"斯坦太太表情夸张地鼓励道,姗德拉也跟着拍起手来。

目送孩子快乐地跑开,斯坦太太乐呵呵地顺手拿过一本相册。像所有婚姻中幸福的女人一样,她乐意向人展示她的结婚照。与我们动辄昂贵的价格、过度的包装和造作僵硬的姿态截然不同,北欧人的结婚照非常简单——男人万变不离其宗的黑西装,女人穿白色的简洁婚纱,在湖边,在草地上,在树林里,在小溪边,姿态表情都是自然的。葱郁的森林,起伏的山坡和波光粼粼的湖泊,风景如画,或是在乡村小教堂门口,或是在公园里的

海上芳邻

长椅上,而新郎和新娘,回归了自然,天然去雕饰,处处散发着一种原始而质朴的气息。姗德拉似乎闻到了空气的芳香,听到了鸟儿的鸣唱。画中人完美地融合在其中,不显一丝一毫的突兀。但是,每一张,男人的胳膊都自然地环着女人的腰,那代表了他的承诺,一辈子对这个女人爱护。当然,那个时候斯坦太太还非常苗条。

姗德拉微笑着问斯坦:"你很爱你的太太吧?"

"当然。"他毫不犹豫地回答:"因为她是我的太太。"理由简单得不可思议。爱,不是因为她漂亮,不是因为她有魅力,不需要寻找一万个绚丽的理由。爱,就是因为责任,因为她是我需要爱的人。

"对不起,我可以打扰片刻吗?"这一次,是大孩子。对于干扰了大人的交谈他略感不安,但看得出来,他是有话想说。姗德拉赶紧表示不介意,请自便。妈妈这才转头问儿子什么事。原来,儿子想去同学家里玩,同学今天生日聚会会玩到很晚,而且,同学的家位于远郊的别墅里,因此必须征得父母的同意。

妈妈沉吟了片刻,下决心似的说:"好吧,我答应你。但是,你要把同学的地址和联络方式写下来,你还要带一部手机。如果有需要,你必须立刻与父母联系。"

儿子拿了妈妈的手机欢天喜地地出发了,妈妈则满脸焦灼地沉默了半晌。姗德拉看出她的忧心忡忡,安慰道:"不要担心,上海很安全的,很多外国人来这里都这么说。无论多晚,都能叫到出租车,只要选择大公司的品牌,就像我跟您提起的那些。刚才说的地点也不太远,只要二十几分钟就能到了。您不用太担心。"

斯坦太太叹口气:"是的,我知道不用太担心,上海的确很安全。但是他今年才上高中,还是个孩子,而且来上海不久,也从未单独出门,又是在这么晚的夜里,我不能不为孩子担心。"

姗德拉拍拍她的胳膊,劝道:"既然你这么不放心,刚才明明可以阻止他出门的。"

"我不能随意拒绝一个孩子的请求,哪怕我担心。我必须尊重他们的愿望,让他们做想做的才能长大,才能成为他们自己。而父母唯一能做的,就是帮助他们,提醒他们注意一切可能发生的不安全,并教给他们防范的措施。"

吃着斯坦太太亲手烤的香脆曲奇饼,东拉西扯地聊了一些家常,又解答了一些上海生活百问,姗德拉看出斯坦太太始终心有旁骛,于是告辞出来。

不知为什么,喜好简单的斯坦居然爱上中式家具,特邀本地人姗德拉作陪,去城隍庙买家具。看在客户加朋友的份上,姗德拉挤出了半天时间翘班。总共才 825 米长的"上海老街",布满了各种真真假假的旧货店,仿佛步入了上海旧时代。那些堆得满坑

海上芳邻

满谷的中式旧家具,看在斯坦眼里皆如过眼云烟,既然欧式古典家具都看不上眼, 附载强大陌生文化的中式古旧家具又如何能博得他的青睐? 也许更多的是出于猎奇心理。姗德拉知道此行任务不易,反正与自己的业务并无瓜葛,只是亲民之举,权当陪朋友逛街了。她索性安下心来,坐在一把不知是明式还是清式的官帽椅上歇脚望风景。

在这个杂乱昏暗,堆满了旧家具、钟表、瓷盘、漆器的杂货店里,斯坦还真淘到了心爱之物:"姗德拉,请你帮我看看这个,它是古董吗?"

那是一尊红木的博古架,下面是两扇门的柜子,上面全部镂空,仅用几块木板分隔成不规则的空间。用的虽是红木材质,整体造型简单洗练,不似中式家具反复玩味的精雕细琢,倒像是现代人参照宜家功能性浓缩的移花接木。

姗德拉对所有古董皆属外行,她甚至搞不清楚红木和桐木的区别,只好悄悄地跟斯坦耳语:"我不能确定它是古董,也无法解释它的材质,只能说是一件中式造型的家具。如果您喜欢它的式样和风格,并不在意它的价值,那么可以选择它。"

"OK,我不会太在意它的价值,因为我买它不是为了卖掉它,我只是很喜欢它,一个别致的中国式书架。"斯坦肯定地说。

因为有姗德拉这张中国面孔保驾,也因为姗德拉一口纯正的沪语开道,老板"宰洋葱头"的希望落空,讨价还价在所难免。

"伊是侬老公？"老板追究起来。

"伐是额好哦！是朋友！"姗德拉惊叫起来。

"朋友侬嘎起劲做啥？又哦是侬额钞票！"老板不满意地责怪。

"一样做生意，价钱开得要公平呀，外国人跟中国人一样都是客人，价钱不好看人头乱开的。"姗德拉据理力争，好像不把价格谈到合理区间就对不起朋友。

斯坦看看她又看看老板，不明白他们在谈些什么。在他的家乡，一般都是按照标价直接给钱走人，就算跳蚤市场可以讲价，也就一个来回搞定，合则掏钱不合走人。而姗德拉呢？他们是老朋友吗？他们在讲故事吗？

斯坦看着姗德拉的两片薄嘴唇一路哔哔哔，老板脖子里的青筋一个劲地突突突，最后两人终于安静下来。姗德拉转过脸来，报给他一个数字，几乎是标价的一半，斯坦大喜过望，连声称谢。商量好送货的时间，他们才恋恋不舍地离开。斯坦忽而想起什么似的又折返身来，神神秘秘地回到那里，偷偷用指甲在书架上刻了一道划痕。

姗德拉一直默默地冷眼旁观他一系列小动作，直到他悄悄解释道："我的朋友们告诉我，中国人常常在送货的时候偷换货品。比如，你在餐馆点了一条鱼，煮熟了端上来的并不是之前你看的那条，而是另一条死鱼；你在商店看到又大又新鲜的水果，

海上芳邻

下单后送来的那一箱,压在下面的很多都是又小又烂;特别要当心快递,如果你寄出的是一块品牌手表,很可能收到的是廉价替代品……为了避免这样的失误,我需要做一点儿记号。希望我喜欢的书架能够顺利地送达我家。"

姗德拉只得继续沉默。

别看这些"歪果仁"素日里互唤小名拍肩搭背,亲热得像自家兄弟,在公司里的职位可是等级森严。不同国家的企业,公司规模的大小,职位的高低等等因素决定着他们福利的高低,也就是租房标准的不同。在行业里混久了,姗德拉们只要看到名片上的抬头,就能掂量出这枚"果仁"值多少钱,通常八九不离十。一手交钱,一手租房,彼此相安无事,也算是难得的爽快人。只是一般老外都会理直气壮地认为:住宿与用车和就餐一样,是公司必须提供的福利! 于是不停地要这要那:要空调,要地暖,要电暖气,要洗碗机……又由于语言不通,他们更加理所当然地支使姗德拉无休止地跟业主索要额外附赠。很不幸,姗德拉遇上了其中最过分的——斯坦把她的电话当成了物业维修热线了,稍有风吹草动就 Call 个不停。

每天早上八点不到,他的电话就准时报到:"洗衣机坏了!""卫生间漏水!""空调不制冷!""电闸跳掉了!"……事无巨细,没完没了。既然付了租金理当享受服务。他并未觉得任何不妥。

刚开始,姗德拉还耐着性子,听他哇啦哇啦地投诉,有求必应,及时为他解决问题。但这哥儿们贪得无厌,得寸进尺,一会儿"我报修了两天,物业还没来!",一会儿"隔壁装修噪音,干扰了我们的生活!"……总有层出不穷的困难,简直是一个巨大的"问题儿童"。

有一次姗德拉前一天晚上谈一个合同,直到凌晨1点才睡下,这哥儿们早上还是照样不管不顾地打进电话来。姗德拉忍无可忍,对着话筒吼道:"自己去找物业中心!OK?"

想不到这哥儿们完全不吃这套,不慌不忙,振振有词地捍卫自己的正当权益:"我们公司付了钱,你必须提供服务!"姗德拉怒不可遏,正常情况,客人签订租赁合同按合同付款,顺利搬家,她的服务就算完成了。难道偏偏到他这里,就变成终身制了吗?

姗德拉怒火中烧,母语冲口而出:"大哥,我是在为你们服务,可不是签了卖身契!麻烦你老人家上班时间再来找我!"

斯坦自然听不懂,但心知她不爽,这回默默地挂了电话。

体恤他们初来乍到,又是老老少少一大家子,好心的上海房东李太太,张罗着帮他介绍了一个钟点工,主要工作就是打扫卫生,熨洗整理,偶尔协助女主人做饭。某一日,钟点工阿姨在熨烫男主人的长裤时一不小心烫了个洞,自己吓得不轻,赶紧向主人报告认错,希望主人慈悲为怀,饶恕则个。主人却并不像她以为的腰缠万贯的富人那么轻描淡写地挥手带过,反而不依不饶地

海上芳邻

要求索赔,理由叫人啼笑皆非:"我只有一条黑色的西裤,本周五公司召开重要会议,我需要它来配西装。"

阿姨这下傻眼了!为了谋生从安徽农村来到大上海,大女儿读完初中已经休学外出打工,小儿子刚进小学,家里房子破败不堪,老人又身体不好,她和老公不得不铆足了劲儿干活,恨不得一分钱掰成两半用。她在斯坦家里做家政,每小时才挣 25 块钱,每周在他家里做三次,哪里有钱来赔他的裤子。

阿姨一把鼻涕一把泪,就差给他跪下,斯坦一时没辙,他转身去找物业管理中心。物业撇得干干净净:"阿姨又不是我们推荐的,跟我们没关系。"

他只好去找房东,又老生常谈:"我公司付了钱,你必须提供服务。阿姨是你安排的,所以你必须为阿姨负责。"

房东太太深感遭遇"中山狼",懊悔得恨不得甩自己一记大耳光:"我就是自己寻死!我看你们是外国人,人生地不熟的,才好心给你们介绍。我又不收阿姨的钱,又没问你要介绍费!我是运道忒好碰着'阿诈里'(骗子)了!"

斯坦又吃了回票,自然不肯善罢甘休。他平白无故遭受的损失,总要有人来承担。当得知阿姨来自一所家政公司,他居然打电话到家政公司去投诉,要求赔偿。货物出柜概不负责,小小的家政公司第一次接到这么奇怪的雇主要求,自然没有搭理他的必要。

斯坦很无奈,只得使出最后一招。按照他的授意,公司行政人事部写了一封措辞严厉的邮件向姗德拉公司投诉,勒令姗德拉立刻协助解决问题,否则将解除与姗德拉公司的合作,并且,保留诉诸法律的权利……

一场"裤子风波"风起云涌,变得异常复杂,激起了房东、钟点工阿姨、家政公司、物业中心、客人公司、中介公司等方方面面的连锁反应。其影响之大,波及之广,令姗德拉始料未及。因为"问题儿童"斯坦的缘由,姗德拉成了小区物业的常客,因此跟物业中心的接待小姐们混了个脸熟。她们一边抱怨斯坦的不胜其烦,一边同情可怜的姗德拉,有时候也为姗德拉尽可能提供一点儿便利。比如,送给姗德拉一些小区会所的游泳票。姗德拉自然顺手人情把游泳票赠给了斯坦太太。太太高兴了两天,但自从在泳池里出现了黑人之后,她就抗拒再次下水。接待小姐很不情愿地翻她一对白眼珠,背后嘀咕:"你以为他们身上的黑色洗得掉吗? 再怎么样总比你们天天制造麻烦强吧?"人人对麻烦避之唯恐不及,姗德拉亦头疼不已,然而湿手蘸上干面粉——无处可丢。拿了佣金的麦克早就扔下斯坦又接了新的项目挣钱去了,以前常替她分担这些杂七杂八的好友苏珊又远嫁美国,说到底,维护好与客户公司的关系是她这个小组负责人应尽的职责。她只好亲自上阵,至诚全恳,与房东太太反复协商可能的解决方案。好在房东太太颇明事理,为了息事宁人,看在不菲的租金份上,

海上芳邻

答应替阿姨赔偿 1 千块钱了事。

斯坦对这个结果似乎并不十分满意，仍旧不依不饶地发邮件声明立场："我并不看重钱，我只要我的裤子！"

房东太太气得吐血："1 千块钱，什么样的裤子都买了！你还想怎样！"摊上这样的极品租客，她除了自认倒霉，还能怎样？

这才消停了两日，"问题儿童"再生事端。刚开完晨会回到自己座位，姗德拉又收到告急文书——斯坦的汽车被划伤了。这一次兴师动众，连"娘家人"也出动助阵，姗德拉只好跟斯坦公司的行政人事小姐一起跑到小区的地下停车场，暂时充当一回现代福尔摩斯。她们来到斯坦租用的停车位，发现旁边有辆摩托车，再看车身划痕，似乎与这辆可疑的摩托有关。她们拍了照，又写了情况说明，罗列损失款项，将投诉信发给物业公司，要求限期解决。

物业不服，辩解说："我们只负责维护安全，没有义务 24 小时追踪客人。这样，我们先帮你联系车主吧，你们自己商谈。"

经调查，那辆摩托属隔壁一栋楼的另一外籍租客所有，监控录像显示了碰擦全过程。这些"歪果仁"真不知怎么了？在他们自己的地盘上老老实实，一到上海就放了鸭子，汽车不够刺激，驾摩托车在车流人海中狭路相逢、险中求生才过瘾；到了晚上，在空旷笔直的高架路上一路轰鸣追逐速度与激情才是快意人生。喜欢这种不安全交通工具的，本身就是刺头和愤青。谈判的结果可想而知，物业一说明来意就立刻被轰出来，外籍愤青挥舞着文满张牙舞爪的青龙和"忍"字的胳膊，大吼一声："走开！你怎么知道是我的车碰的？你看见了？滚！"

物业还没来得及出示证据就吃了一记重磅闭门羹，只好两手一摊："物业不是执法机构，客户不配合，我们也没办法。"

斯坦拒不妥协，他拒绝乘坐这辆"受了损伤的汽车"去上班，公司不得不重新派一辆车和司机天天接送他，一边又催促行政人事部抓紧解决。大公司的小文员最擅长干什么？狐假虎威，死磕中介呗！姗德拉顿时被压成"三夹板"一张，在当中两头受气。

斯坦租住的公寓在三楼，阳台外面正巧是一片宽阔的平台，这个得天独厚的场地得到了斯坦一家的青睐，并得以充分利用。独乐乐不如众乐乐，"歪果仁"一样讲究分享。他们邀请了几个朋友家庭一起来享受周末，摆开户外桌椅，支起烧烤炉具，举行一场盛大的烧烤大会。

那几日饱受雾霾浸淫的上海特别争气，蔚蓝的天空清澈透明，天上飘着朵朵白云，微风和煦，气温适宜，让位于高纬度寒冷地带终日少见阳光的北欧人民莫不欢欣鼓舞，大人小孩齐齐出动，男男女女甩掉赘衣，只穿大裤衩或是比基尼，敞开白花花的肉暴晒日光浴，晚上几十人大聚餐，觥筹交错，笙歌燕舞，彻夜不

海上芳邻

眠。良宵一刻值千金,切莫辜负好时光。

这里一帮"歪果仁"玩得酣畅淋漓,那里相邻上下如坐针毡。楼上阳台的神龛里常年供奉菩萨,既不堪其扰,亦不忍卒视。吃斋念佛的居士终于为凡俗喧嚣所累,忍无可忍,一边念叨着"作孽啊作孽",一边舀了一盆凉水当空浇下。

蓦然遭到"洗礼"的人们被惊得裸着光溜溜的上身抱头乱窜,主人斯坦万分震怒,当即用听不懂的俚语高声回敬楼上的举动。语言算什么,邻居立刻从神态和肢体感受到他强烈的敌意和恶意的攻击,忍不住冲下楼来大声争执,盛怒之下,双方差点动手。有人打电话报警,斯坦第一时间打电话给姗德拉求救。

姗德拉立马赶到时,警察叔叔已经先到一步。警灯呼啦呼啦地闪,警笛鸣啦鸣啦地叫,核心双方还在以不同语言不同姿势高分贝地争吵;有人在劝架,有人在帮腔,孩子在哭闹,更多的人在看热闹;兵荒马乱中居然还有人赤身裸体庞贝躺,睡衣睏裤葛优躺,露台上站满了形形色色的人,不明就里的一定以为是在召开联合国大会吧。姗德拉奋力拨开重围,挤到火山口,虽然现场并不缺翻译,看热闹的人中大有各种语言高手,斯坦一见她还是如见亲人差点泪汪汪。个子娇小的姗德拉调动全身细胞和能量,一会儿中文安抚,一会儿英文解释,还得时刻提防失去理智的冷拳,一时焦头烂额,暗自思忖是否应该改行去当消防员了,自己怎么老是在赶赴救火第一线呢?

"按照签订的租赁合同,这一块露台是我们有权合法使用的租赁面积。在自己的家里活动不应被他人干扰,你这是妨碍公民行使自由的权利!"

"说得好听!你知道吗?你这是在绑架民意,以牺牲多数人的利益来维持自己的权益,你太自私了!"

"自私的是你!不仅妨碍别人的自由,还侵害和攻击他人的人身!"

"你看看清楚好吧?你们只知道自己痛快,侵害了邻居的安静环境,扰乱了正常秩序。你还有理了?"

……

耐心地听了半天,总算弄清楚了情况,看起来颇有经验的片区民警把两人隔开,公平而平静地批评了双方的错误,并言之有据地说:"根据《中华人民共和国环境噪音污染防治条例》第七条规定:任何单位和个人都有保护环境不受噪声污染的义务,有对造成环境噪声污染的单位和个人进行检举、控告的权利。直接受到噪声污染危害的单位和个人,有权要求减轻、排除噪声污染的危害。还有第三十八条:违反本条例规定,有下列行为之一的,由公安部门依据《中华人民共和国治安管理处罚条例》处罚。其中第三点是'从室内或者公共区域发出严重干扰他人噪声的',我们的处罚是有法可依的。你当然有权使用自己合法的场所,但请注意方式,合理使用,不能妨碍其他邻居的正常生活。现在,请马

海上芳邻

上停止各种噪音,并向周围受害的邻居赔礼道歉。"

斯坦心中怒气未消, 但对制度的遵守和服从也是一个公民应尽的义务。而且吵了这么半天,该发的火也发得差不多了,作为主人, 还有那么多客人等着他去安抚。他不得不审时度势,借坡下驴,把眼前的僵局解决了。

看热闹的人们余兴袅袅,各自散去,姗德拉帮着收拾残局,把娃娃们送回房间去睡觉, 一切恢复平静。披星戴月地出了大门,回望小区的点点灯光,她歪着脑袋想:上海真是一个国际化的城市, 不仅居民混杂程度如此之高, 素质和维权能力如此之强,邻里纠纷也是如此地别出心裁。

第十五章

多事之秋

海上芳邻

　　这一季度的业绩，"重要客户部"位列第一。姗德拉喜滋滋地在每周一次的销售例会上猛灌"鸡汤"："销售成败的关键，往往不在于客观因素，而取决于我们做事的态度。万事开头难，坚持更难。狭路相逢，有毅力者胜。"见众人没啥反应，姗德拉堆起笑容努力向下属卖萌："当然，一手努力工作，一手快乐生活。"只有亲身体会了，才知道客户有多难搞，签下一单的过程有多么的痛苦。

　　上海的冬天不常冰天雪地，却不动声色地寒意彻骨，无论多么精心修饰的脸蛋必须接受风霜洗礼，笑容保持温暖如春，不允许打丝毫的折扣。上海的夏天一样辣手摧花，动辄 40 度的桑拿天，也只能悄悄把遮阳伞收在包里，陪着给点阳光就灿烂的"歪果仁"顶着毒日头看房观光；一天下来"买一赠一"，脱掉汗湿的衣衫，身上还留下一件免费"汗衫"。搭上世界先进的每秒 18 米的高速电梯算你幸运，未建好的高层或超高层，就得靠两条腿攀爬；做一只钢筋水泥丛林里穿行的蜘蛛侠也罢了，恐高如姗德拉，不得不乘坐简易的施工电梯——一个四面透风的铁笼子，她只能一闭眼一咬牙，死死抓住铁栏杆豁出去了，到了目标层出来，栏杆上留下一片黑，手心里一片冰凉，她想死的心都有了……

　　麦克跷着腿坐在一边，心不在焉地玩一支水笔，心中颇不以为然：说得轻巧！就你聪明？高学历有啥了不起？能开单才是真本事。晨会晚会有屁用,不声不响照样创业绩!事实证明,经验比学历更重要,实践比理论更有效,什么风花雪月的荣誉感、归属感,那些花花肠子全都赶不上奖金和提成来得实在。要不是他麦克,他们组这一季度的业绩还不知道要拼凑多久呢!

　　的确,那个事无巨细、斤斤计较的老外,怎么看怎么惹气。所有的销售员都不愿意接单去跟,当时姗德拉正饱受斯坦的骚扰,既不能分心关照他也没有多余的精力去督促麦克。几个月后,在通常"歪果仁"纷纷化作候鸟飞往温暖巢穴去度假的时候,"重要客户部"却在销售淡季爆出了天大的冷门——签单了!而且是直冲整个部门季度指标的大单! 完成这个指标的不是作为领头的姗德拉,也不是销控表上哪个厉害的王牌销售,而是那个素日默默无闻,剃着小平头,戴着小眼镜,瘦得风摆杨柳的麦克。他一无出众的外表和口才,二无过硬的学历和素质,连英语都说得磕磕巴巴,因此在"乐士诚"这家"外贸协会"不受待见。可他就死磕一条,目的性强,做事认真,不撞南墙决不回头。客人有多麻烦有多难搞,都不要紧,关键是——你既然来了,总不会流落街头,总得找地方住吧! 反正自己没有女朋友没有拖累, 没有钱也没有消费,有的就是大把大把的时间。他就一心一意陪着客人看房,陪着客人玩,陪着客人耗……以至于,客人自己玩累了,也看累了,也搞烦了,终于乖乖地签了单。这 一签,就是一张沉甸甸的大单。这一次,销售部所有的"势利眼"都看走眼了,那个斤斤计较、工

海上芳邻

于算计、搞七捻三的"歪果仁",居然是一家跨国公司的财务总监,一下子为公司员工签了七八套高级公寓!要说"天上掉馅饼"的确有点不公平,麦克的努力有目共睹。奖金和提成令麦克数到手软,在一片羡慕嫉妒恨的红眼中,一颗销售明星冉冉升起,成就逆袭成功的一段传奇。

"你还记得你曾经问过我'什么最快乐'吗?"麦克突然插言。不等姗德拉张口,他自问自答:"什么最快乐?赚钱才最快乐!"就是这种极端的赤裸裸的现实主义,让他撇开一切浮沫和蒙蔽直奔主题而去。紧盯客户、缠死客户,让他没有喘息的机会,才能投降,老老实实地签单,自然笔落钱出,然后就见钱眼开。这,不就是他们追求的终极快乐吗?

姗德拉一时无言以对,她得承认,麦克说的是事实。早在西晋时期,鲁褒不是就对孔方兄推崇备至吗?——"失之则贫弱,得之则富昌""危可使安,死可使活"。既然有钱能使鬼推磨,还有谁能质疑它强大的生产力呢!

姗德拉低头收拾桌面,将会议草草收场:"今天的例会就开到这里,建议各位回去做好下一季度的规划,我们下次开会讨论。"

麦克轻哼一声:"在我的字典里,没有'规划',只有'实战'。开那么多会有什么用?开单才是真本事。有时间玩那些虚的,不如跑出去多开一单。"说罢扬长而去。

众人鱼贯而出，姗德拉坐在原处没挪动。她所在的这个世界，所谓的成功，就是你一张张客单的堆积，业绩才是你最具说服力的实力。没有第一桶金，你就没有资格谈规划和梦想，那都是吃饱了的无病呻吟。

姗德拉的邮箱里又出现了卡斯顿汽车公司行政人事总监的邮件，这两年业务上的合作一直顺风顺水，她们的私交也日渐深厚。邮件里说公司又将有两位新外籍员工来上海工作，级别和预算比较高，具体要求如下，希望她接待安排。生意主动上门自然是好事，不能挑三拣四，何况还是长期合作的优质客户，她也希望借此证明自己并非纸上谈兵的"空想家"。这消息及时冲淡了刚才的郁闷，她打起精神，开始着手诸项准备工作。

邮件里说的是两位客人，并罗列了名字。姗德拉预订了公司的 5 座小车，没带助理，高级别和预算丰厚的客户往往需要更加专注的对待和个性化的服务。车到酒店，她推门一看，差点昏倒——大堂里潮潮泛泛、热热闹闹一大群人马。仅客户公司的海外员工就有七八个之多，每个人都带着家属（大多数是老婆，也有陪老婆来上任的"家庭妇男"），再加上随行的翻译，总计就是近 20 人的大旅游团啊。

为了保险起见，姗德拉打电话去核实，行政人事总监一听也急了，自己一向仔细周全，工作中从未发生过这样的纰漏。她重

海上芳邻

新翻出邮件察看,着急地解释说:"我也不太清楚,新员工还没进公司,也还没跟我们签正式工作合同。我老板给我的名单就是两个老外呀! 多出来的那些人怎么回事我还真不知道! "

姗德拉安慰两句,赶紧打电话回去要求火速增援大客车,办公室的行政小姑娘片刻带着哭腔回电:"7 座以上的车都派出去了,现在只有一部 5 人小轿车。这可怎么办呢?""旅游团"已开始躁动不安,姗德拉知道不宜再拖延时间。她果断地请酒店门童帮忙拦出租车,趁握手的时机悄悄地塞了一张小费在他手心。一边招呼客人们结伴分批,自己带一批先上出租车,嘱咐公司司机带第二批跟着自己,再跟随行的翻译小姐商量,拜托她带几个人坐出租车跟在后面。如此勉力"一拖三",终于把大队人马运送到了目的地。

正发愁接下来去下一个看房地点怎么办, 她很快就悲惨地发现:这还不是最困难的。虽属同一家公司,这些客人却分别来自法国、比利时、摩洛哥、加拿大、南非等地,居然异口同声地都说法语,那种叫姗德拉无比头疼的语言。十几号"歪果仁"看到绿树掩映、布置精美的漂亮公寓甚是兴奋,惊叹之声此起彼伏,好奇之心无处不在:玄关的瓷器小摆设这样精巧,布满鲜花的餐桌上模型水果也能栩栩如生, 铜制的门把手居然是只弹眼落睛的老虎……叽叽喳喳,场面蔚为壮观,全靠翻译小姐一张嘴对付十几张嘴。这传来传去也是应接不暇,一聒噪,翻译小姐心就烦,于是就不乐意了："我只负责他们的行程，看房解说又不是我的工作。"嘴巴一闭，沟通渠道生生掐断。

　　姗德拉只有赔笑脸，少不得又暗示利诱。小姐勉强再开尊口，短斤缺两也是免不了的。

　　自从踏入这个行业以来，姗德拉第一次感到心里不踏实。所幸那些客人都很喜欢第一眼的印象，拒绝了继续参观其他的房源。姗德拉故伎重演"一拖三"把他们送回了酒店。然后，就没有了下文。语言不通，人数众多，姗德拉当时无法得到那些老外的联系方式；翻译小姐勉为其难，职责明确，对付当日的翻译已是极限，再谈其他更无可能；而与她素日交好的客户公司行政人事总监仿佛有什么难言之隐似的，袖手旁观，不再为她追踪客户并提供任何帮助。

　　姗德拉心里七上八下的，思前想后，还是不顾对方的反对，直接冲到客户那里一探究竟。她在大堂里给行政人事总监发信息："请原谅我的鲁莽。我现在就在你公司楼下，我们可以见面聊两句吗？地点你定。"手机沉默半晌，回复："好，你上来吧。"

　　姗德拉和行政人事总监面对面坐在第一次见面的大会议室里，夕阳懒散无力地斜射进来，整个会议室空荡荡的，显得两个人越加心神不定。聪明老成的主人当然知道姗德拉为何而来，她颇为难地说："姗德拉，作为朋友，我个人主观愿望当然希望帮到你,就像我们之前合作的那么多项目一样。我一直非常信任你,也看好你们公司的服务,但这次不一样,好像有其他公司在跟你们竞争,而且是我的老板——亚太区 CEO 直接下达的指令,已经超越了我的职权范围。我非常理解和同情你的遭遇,但是作为下属,我只能服从,不方便去干涉。对于这个 case,我爱莫能助,希望你理解。"

"老板怎么会干预这些行政上的具体事务呢?以前不都是你们行政人事部来负责的吗?"姗德拉发现了疑点。

"是的,我也觉得挺纳闷的。上次的邮件是老板的私人助理转给我的,我清清楚楚地记得上面只提到两个名字。后来我还专门问过老板,是不是有更多的海外员工来上海公司,我好提前准备工作合同。老板说这些事情,他都是丢给助理安吉丽亚负责的,让我去找安吉丽亚谈……"

"等一下!"姗德拉心里突然一动,打断她:"哪个安吉丽亚?"

"我们老板的新任助理,一个年轻女孩子,是个'ABC'(America Born Chinese),好像从美国常春藤名校毕业的,履历很漂亮,人也很能干,长得像动画片里的花木兰似的。怎么,你认识她吗?"

姗德拉顿时心里凉了半截,莫非冤家路窄,在这里遇上了绊子?她沉吟半晌,用力点头说:"算是认识吧。"她略略解释了她们认识的原因,只是隐藏了她们之间的不愉快。

行政人事总监如释重负:"那太好了!既然你们认识,你就直接跟她联系好了,现在这个 case 是她在负责,你可以随时了解你需要的任何动向。"

"嗯,亲!"姗德拉绕过会议桌坐在行政人事总监旁边,按住她的胳膊:"我可不可以请你帮我做件事?"

"你说。"行政人事总监一边点头,一边转过身来对着她。

"帮我联系下安吉丽亚好吗?我想跟她谈谈。"既然查清路障在哪里,就要知难而上,扫清障碍。

行政人事总监想了想,起身:"你稍坐片刻,我去看看她现在有没有空。"

安吉丽亚挂断电话,蹬着"恨天高"快步走到老板的独立办公室,报告:"老板,你的机票搞定了!"

"啊!"这位酷似圣诞老人的卡斯顿汽车公司亚太区 CEO,脸上是个大写的 surprise(惊奇)!一半是有意的夸张,一半是真心的佩服。他虽说身居高位,但一刻也不省心。公司就像一个小王国,各种内外事务烦不胜烦,他想喘口气放松一下,下周去马尔代夫休假。因公出差自然不在话下,最好的航班、最好的位子随他挑选,没有头等舱也必须商务舱,反正公司会全部支付,谁不愿意坐享得舒服些呢;因私呢,按规定公司不会支付私人旅行费用,但享受惯了各种高福利,他可不想自掏腰包。CEO 蓝眼珠

海上芳邻

子一转,计上心来。他按下免提键叫来隔壁的 PA,交给她一张卡:"安吉丽亚,这是我的飞行旅程积分卡,你帮我换一张下周三去马尔代夫的机票。"

安吉丽亚点点头,接过卡二话不说退了出去。不出所料,咨询几家航空公司,所有下周三的航班都满员了。有的票务甚至不满地反诘道:"小姐,麻烦你看看什么行情好吗?这么热门的线路,还是旺季,你想提前几天才订机票,你也太笃定了吧!现金都买不到呢,还想用积分兑换,开玩笑吧!航空公司是你家开的呀?"

安吉丽亚并不理会他人的嘲讽,也懒得与他们分辩,她唯一想做的就是怎样完美地解决问题。只要老板吩咐了,她必须全力以赴,决不讨价还价。做好老板交代的事是她的本分,如果做不好,那就是 PA 的能力问题。她从抽屉里找出一本厚厚的名片簿,翻出一张,按照电话拨出去:"你好,马丁!我是德国伊莱亚斯机械制造公司上海代表处的安吉丽亚,之前我一直在您这里订机票的,还记得我吗?"

"噢——安吉丽亚,当然记得,经常订法兰克福和汉堡的航班。您是我们公司的优质客户!我还去过'乐士诚'大厦你们的办公室呢。哦对了,我还记得您泡的咖啡特别好喝。"做销售的,记忆力是基本功,变色龙是防身技艺。

安吉丽亚的菱形脸上露出了笑容,好像对方就在面前:"谢

358

谢你,马丁! 今天突然打电话给你是因为我遇到了困难。我换了工作,现在卡斯顿汽车公司做亚太区 CEO 的 PA。我的老板需要一张下周三去马尔代夫的机票,但航空公司都说满员了。你能不能帮我想想办法？ ”

"满员了,有点难度的……"作为资深机票代理,马丁沉吟。

安吉丽亚站起来,握着手机在办公室里踱起了步子:"马丁,你听我说,相信你也听说过卡斯顿汽车公司,这家世界 500 强企业比我原来的德国伊莱亚斯机械制造公司上海代表处规模要大很多,员工数量至少要翻许多倍,差旅的机会也要多得多。我相信以你的专业程度,不难预估这一市场巨大的前景。而我作为公司 CEO 的 PA,一定会向老板推荐你们公司,我会以亲身经历告诉他你有多专业,你解决问题的能力有多出众。你的帮助其实就是一个机会,帮助你自己赢得一大块市场份额。而我也会感谢帮助我解决了困难的朋友。"

"好。"马丁不再犹豫:"你给我一点儿时间,下班前我一定回复你。"

"非常感谢!顺便说一下,我现在办公室里的咖啡非常棒,期待着您的光临! "安吉丽亚满意地挂断电话。

看着桌上的行程单,CEO 脸上的难以置信仍未消退。从安吉丽亚第一天来面试起,他就深知自己做了一个正确的决定。至

海上芳邻

今他仍清晰地记得当时的情景。

刚见完人事部送来的一个候选者，整日待在空调里使他觉得口干舌燥，他按下免提键说："给我一杯水。"

很快，扎马尾辫的小助理就端来一杯茶。

他摇摇头，更正道："不，我只要水，不要茶！"

女孩满脸诚惶诚恐地退出去，须臾，换了杯透明的水进来。

他一摸，居然是热水！他再次放下杯子，看着小助理的眼睛，一字一句地吩咐："我要一杯水，一杯凉水，不要茶叶，不要温度，不要冰块，只是水！"

小助理连急带吓，出了一身汗，再次端来水杯后急忙躲出去了。

有人敲门，他知道是人事部送来了第二位候选人。他抬起头，顿时眼前一亮：身材纤细却紧实，不像他公司的女孩子们一味节食而脸色苍白、弱不禁风；肤色虽深但充满太阳的光泽，尤其是裸露的小腿，虽有丝袜覆盖，仍呈现出一种椴树蜂蜜的颜色。他甚至能嗅到淡淡的甜蜜的花香；细长上挑的眼睛在浓重眼影的烘托下格外有神，透着中国女性少有的自信；脸上的斑点没有被精心修饰掉，高颧骨上还留有几点俏皮的小雀斑，显得笑容格外生动……这是一位健康天然的东方美人。

"你好。我叫安吉丽亚。很高兴认识你。"美人打过招呼就自动在他对面坐下来，摆出轻松愉快、欢迎交流的姿态。

　　这一举动令 CEO 很感兴趣,他双手交叉放在桌子上,大肚子往桌子底下塞了塞,身体又往桌前凑了凑。现在,他们之间的距离就像是一对熟悉的朋友。

　　"你需要了解我什么? 教育背景? 工作经历? 还是做过哪些项目?"

　　还是第一次,CEO 碰到一个反客为主的东方女人。原来的小助理终日战战兢兢,如临大敌,他一发话她就会条件反射地站起来,毕恭毕敬,让他看着比她还累。"我并不需要一个站着听我训导的学生,我需要的是一个聪明的执行者。"明明没听懂却不敢问,目标不明确最终必定导致错误的方向。没听清楚你就问呗,让老板再说一遍好了,谁规定要一次过关,又不是考速记! 他为此非常生气,再三关照 HR 在招聘时需要格外注意:"我需要一个不怕老板的助理!"很好,面前这个也许就是。他笑了:"我想都不需要,因为这些都已经在你的简历里面写得很清楚了。而且,我相信人事部已经与你做过了足够的沟通。"

　　"好,那你需要我为你做些什么?"

　　CEO 笑得更欢了,现在应聘者和面试者完全交换了角色。不过,说实话他倒是很喜欢这个游戏,不妨及时加入进来:"那么你觉得一个 PA 应该为老板做些什么呢?"

　　安吉丽亚自信满满地做着手势:"首先,一个好的 PA 要与老板气场相合,相信她的老板是个好人。这样,她就会真心地、尽

海上芳邻

一切努力来协助他，帮助他，保护他！只有老板坐稳了位子，PA才能保住自己的职位。PA的立场必须与老板一致。"

CEO没说话，他定定地看着她，这是第一次，一个员工如此坦诚地道出他们之间的关系，也是第一次，有个女人说要"保护他"。这并非传统意义上强者对弱者的保护，而是一对战友、一个团队的通力协作。她说得没错，在公司里，PA和老板的利益是捆绑在一起的，他们就像一个统一的整体，一荣皆荣，一损皆损，他们是以他为轴心、以她为羽翼互相搭配的方式争取工作效益的最大化。她的身上有他最重要的信任。"我想我应该得到答案了。你什么时候可以来上班？"

"任何时候！只要把我的猫安排好就行。我现在是个失业者。"安吉丽亚轻松地耸耸肩，并未表现得太吃惊，好像她早就料定了这样的结果。

"哦，猫？真是太好了！我养了一条狗。希望有机会跟你交流养宠物心得。"CEO为这一意外收获而略显激动。

"好的。我们有足够的时间。"

安吉丽亚的微笑让CEO仿佛置身佛罗里达的阳光之中。"如果不介意的话，请给我一杯白水好吗？"强大的中央空调系统将人身体里的水分不断抽干，一杯水转眼见底。

"没问题。"安吉丽亚拿起空杯子走出去，很快就加了水回来。

果然是一杯水，一杯淡水，没有加糖，没有冰块，常温。CEO心情大好，端起杯子喝了两大口，甚是满意。她仿佛是上帝特地为他定制的那一款，处处妥帖，让他无限可心。"我希望尽快见到你。安吉丽亚！"

"我也是！"安吉丽亚回首嫣然一笑。

CEO仔细打量那张行程单，上面有详细的起飞和降落时间，出发和到达的机场，航空公司和登机口，允许携带行李的数量和重量。下一页是他常住的香格里拉系列酒店的订单，上面已经标注了"侧睡枕""偏软床垫""大浴缸""睡前红酒""高尔夫"等字样。他叹口气，抬起头看着他的PA："我应该说些什么呢？你把每件事都做得那么完美，你能够把所有不可能变成可能。你的工作做得太出色了！简直超过我的想象。我只能说谢谢！谢谢你，亲爱的安吉丽亚！"

"小事一桩。"安吉丽亚轻松地笑笑，她知道，等到老板飞到当地、入住酒店，"宾至如归"的感受才是对她最大的奖赏。

无论如何，得到老板的赞赏和发自内心的感谢还是叫她心情愉悦。所以，当行政人事总监来问她是否认识姗德拉时，安吉丽亚痛快地承认了。

拥有独立办公间，已经是世界500强跨国公司大老板私人助理的"海龟女"安吉丽亚，四平八稳地坐在一张豪华办公桌后

363

海上芳邻

面,霸气侧漏,令踏进这片领地的姗德拉没来由地觉得自己底气不足。

姗德拉的出现就像一个开关,让安吉丽亚从一尊冰雪美人秒变为一道和煦的春风。她的细高跟在地毯上轻快地敲打着节奏,赶上来握住姗德拉的手,热情得像久别重逢的老朋友:"嘿,姗德拉来啦!我们有多久没见了,在这里看到你真开心!你还没来过我的新办公室吧?快坐快坐,我叫阿姨送咖啡来。不要喝那个了。我告诉你吧,在中国是喝不到好咖啡的。'星巴克'只有在美国才卖咖啡,到了中国就不务正业,反而摇身一变做房地产了。"

姗德拉诧异地望着她,不知何意。

安吉丽亚展颜一笑:"你回想一下啊,所有的'星巴克'是不是开在客流量最大的地方?是不是在最贵的地段?位置最好的商铺?是不是商务区延伸到哪里,哪里就有它的身影?最可笑的是,在美国它不过是普通人喝杯咖啡的选择之一,而到了上海,那么多年轻人趋之若鹜,都为了享受坐在那里的小资情调,好像手捧一杯'星冰乐'是多么高大上似的。而且杯子里的味道也变了,那些号称'原产地'的咖啡不过是来自云南的咖啡豆。他们永远不会知道,所谓的'美式生活'跟美国已经没有半毛钱的关系了。"

姗德拉配合地堆起笑容:"果真如此呢。"

安吉丽亚在她的文件柜上拿出一套漂亮的骨瓷咖啡杯:"我

这里有最好的牙买加蓝山咖啡,从美国带来的,是我亲手在咖啡专门店选的,香味可以从陆家嘴飘到人民广场。要不要来一杯?"

行政人事总监见使命完成,放心地笑着说:"你们慢慢聊,我先忙去了。"

姗德拉有些发懵,如此高规格的接待让她招架不住。她深度怀疑眼前这个热情好客的女孩,与从前那个挑剔苛刻的"黑脸门神"是否同为一人。她在宽大的真皮沙发坐下,赧然道:"贸然造访很抱歉,希望没太打扰到您。"

安吉丽亚把一杯以85度标准温度的热水冲泡的香气袅袅的咖啡放在她面前,顺势在旁边沙发坐下:"不要太客气。你是来我新办公室的第一位客人,能在这里招待老朋友我感到很荣幸。中国人不是喜欢说'相请不如偶遇'吗,我还要谢谢你今天给了我一个惊喜。你想了解我们公司吗?要不要我带你参观一下?"

安吉丽亚闭口不提从前的事,对她想了解的内幕也仿佛一无所知,只把话题往表面上引,倒叫姗德拉不知如何开口。她只好先试探性地说:"其实你们公司一直是我的客户,我们已经有工作上的来往,之前你们公司的外籍员工来上海都是我们在帮忙找房子,双方合作也很愉快。但是最近接的一个新单子,那些老外都联系不上,不晓得出了什么问题……"

"啊,是这样啊。我倒是知道公司新来了几个海外员工,原来是行政人事部跟你们直接联系的吧?这次我老板好像另有安排,

海上芳邻

他那里也有别人推荐的中介服务吧。具体我也不太清楚，你知道，我的新职位主要是适应老板的要求，还有很多具体工作要接手，不可能每件事都了解得那么仔细。要么这样，找个合适的机会我帮你问一下吧。"

姗德拉赶紧表示感谢，刚想进一步地探听，安吉丽亚忽然一拍脑袋："哎呀，我刚才答应老板把 PPT 拿给他，一看到你聊得太高兴差点把这事忘了。"说罢冲她千娇百媚地一笑。姗德拉只好告辞出来。安吉丽亚一个劲儿地说对不起，一路把姗德拉送到电梯口，并且不停地打包票："你放心，我一定会帮你去了解清楚的。一旦有消息，我会立刻联系你。发邮件，哦不，发微信比较快。记得保持手机畅通。"

姗德拉亦喜亦忧地从 68 层下来。尽管她和苏珊一直背地里称呼安吉丽亚"四不像"，嘲笑这位口口声声"你们中国人"怎么怎么的"香蕉人"，但现在她宁愿相信安吉丽亚的"杂优势"：既有西方的"不计前嫌"，不把私人感情带到工作中，又保留了东方的人文关怀，尽量照拂自己身边的各种关系。相识就是有缘，再怎么样总比陌生人强，安吉丽亚应该会帮她的。

很遗憾，姗德拉左等右等也没有等到回音。其间她打过两次电话催促，安吉丽亚总是大包大揽地说："放心，我答应过你的，肯定会给你一个答复。不过我现在真的很忙，天天一大堆活儿，老板又经常出差,各个部门也催我要这要那,我也不方便跟老板提这事……不过我已经把它列在记事簿上的第一条,重要性优先,肯定不会忘记的。"

姗德拉无奈,又打电话给业主,确认那些老外看中的几间公寓是否仍处于可出租状态。这一次,业主代表那家房产开发公司的租赁人员回答:"已经租掉了!"

电话里干巴巴的声音没有一丝一毫的感情色彩,就像导航仪里传出的机器刻录的声音。姗德拉的心里却掀起了狂风大浪!还是那几个客户,还是那几间房子,但是通过另一家中介公司签订了合同!姗德拉所有的努力都白费了,而且,她深感不妙,跟这家公司客户的合作亦岌岌可危。

姗德拉顿时有种受骗的感觉,她心慌意乱地再次拨通电话。安吉丽亚这次倒是主动:"公司楼下的'星巴克',一小时后那里见。"

人一出现,姗德拉就满脸焦灼地质问:"按照我们之前说好的,我在等待你的消息,你们却私下跟别人签了合同,为什么?"

安吉丽亚索性翻脸,冷冷道:"你们自己做事不专业,还怪别人抢了客户!你不会说法语,客人对服务不满意,我们现在合作的中介公司是法国人开的,就是比国内的中介素质要高,英语、法语、日语、葡萄牙语,要什么有什么!"

"我以为你会提供帮助……"姗德拉喃喃地说。

海上芳邻

安吉丽亚爆发了："又是老一套!你想做这单生意,就要凭自己的实力去争取。中国女人老想着靠人情和关系,仅凭自己这张脸到处拉赞助。缺乏核心竞争力,执行力又不强,让其他公司有机可乘,说到底还不是自己造成的?还有什么资格把自己的失败归结于别人? 太可笑了! "

"语言不是最大的问题,真心服务最重要。你答应给我答复的……"她自己也觉得争辩无力。

"我答应,我答应了你什么?我只是答应给你一个答复。我现在就答复你:卡斯顿汽车公司与'乐士诚'公司的合作到此结束,以后我们公司跟你们公司再无任何瓜葛。"

既然已经尘埃落定,再不需要伪装,安吉丽亚露出了狰狞的面目。她歪着脑袋抱着胳膊耍横:"我就是为难你了!难得你活到这把年纪,你也太天真了!在职场上没有友谊,只有竞争!你难道不懂吗? "安吉丽亚充满了畅意恩仇的快感。

眼前这个无知的女人对她曾经造成的伤害,她永远无法忘怀,那是她二十多年锦绣人生当中的第一次失败,也是奇耻大辱,那是对她的自信和尊严的沉重打击。她当初毅然离开伤心之地,本想与他们再无关联,远离她和那个让她伤透了心的他,以美国方式让他们因失去朋友而自责,但显然这种惩罚对姗德拉来说太过轻描淡写,她绝不甘心如此放过她。是的,"上帝不会放过他们的"。没想到兜兜转转,那个愚蠢的女人竟然落到了她的手里。她当然想过报复,若是打人,她会坐牢,若是骂人,会被处以罚款,那是野蛮人的丛林法则。只有合理地利用游戏规则,她才能找到让自己痛快的安全的报复方式。以她的能力和魅力,建议老板关注行政人事部的一小部分工作内容并不难,只要事情的处理权落在了她的手里,她就可以长袖善舞。首先在给行政人事部的邮件里截流,造成姗德拉接收到的客户人数锐减因而缺乏相应的准备,达到扰乱看房效果的目的;其次,紧紧抓住对方弱点,夸大语言的障碍煽动公司海外员工造成不满,再私下引进另一家中介公司;同时假意友善稳住姗德拉,争取时间,以瞒天过海之计跳掉了姗德拉的单子;这还不算,为了彻底打败敌人,让姗德拉永远不得翻身,她以花言巧语蛊惑老板跟那家法国中介公司签订《独家委托协议》,让姗德拉再没机会介入她的地盘。如今,她已经胜券在握,她冷冷地站起身来,居高临下地对着那个可怜的女人宣布:"我再免费赠送给你一个消息:我们公司已经跟法国中介签订了《独家委托协议》,它将是'卡斯顿'唯一的代理。选择跟谁合作是我们的权利,你要打官司也打不赢的。"

安吉丽亚蹬着高跟鞋扬长而去,姗德拉欲哭无泪。她痛恨安吉丽亚的阴险和不动声色,也后悔自己的单纯和大意轻敌。然而木已成舟,她没时间沉沦,她需要做的是想方设法将损失降低到最小。

姗德拉立即写邮件给皮埃尔请求帮助,请他向他的老板解

海上芳邻

释,给自己一个申诉的机会,毕竟他也是那家公司的高层。皮埃尔虽在地球上的某个角落出差中,但很快回了信:"亲爱的姗德拉,我非常理解和同情你的遭遇,但很抱歉,那是公司的公事,我不能把私人情感掺杂其中。"

行政人事总监更是爱莫能助:"你找我也没用。这件事的处理权不在我手里,越权的行为我不能做的。再说如果是大老板亲自签的合同,那就是最终决策,谁都不可能推翻。我真的帮不了你,非常抱歉。"

眼见煮熟的鸭子飞了,姗德拉郁闷得要死。总经理杰森大发雷霆,在销售会议上当着所有员工的面对她大声咆哮:"一个好好的大客户给你弄丢了,为什么?它一年给公司带来多少营业额知道吗?这样的优质客户还能带来多少潜在的生意你知道吗?你丢的不是一张单子,重要客户跳单它可能对公司的声誉造成负面影响!你不是新人了,又不是第一天接单子,为什么会弄成这样?告诉我为什么?"

姗德拉闷头无语,她是哑巴吃黄连,总不能说是安吉丽亚因爱生恨,设计报复,自己一不小心遭人暗算了一回。这样不仅术业不精,还罪加一等,沦落为"脑白痴"。故事太复杂,情节太狗血,老板往往只看结果,结果就是在没有硝烟的销售战场上,她败了,在莫须有的情场上,她输了。

总经理杰森没有太多精力纠缠她的"滑铁卢",他自己也焦头烂额。已成立十几年的"乐士诚"公司遭遇了前所未有的"马太效应",成功带来更大的成功,失败招致更多的失败,姗德拉丢掉的单子只是从他拳头缝里漏出去的一粒大号的沙砾。人力成本和原材料的上涨,导致许多制造型的企业关闭了沿海城市的工厂和公司,转而迁往中国内地或人工更便宜的东南亚国家;周期性的经济不景气促使一些国际性的企业缩减开支,暂缓或放弃原定的拓展计划,甚至租赁到期之后主动要求缩小办公面积以减少租金支出;以高福利著称的跨国公司,不堪高企的用工成本,只有壮士断腕不定期裁员⋯⋯

这些构成了整个房产咨询行业的不利因素,公司不可能养闲人,行业性的裁员开始了。"乐士诚"旗下的咨询公司裁员50%,销售员人人自危,亦不敢公然交谈,唯有拼命跑客户,埋头做好手上仅有的单子,踩着别人的尸体咬牙走过去,希望自己成为赶上诺亚方舟的最后一个。大客户的流失,业绩的下滑,人员的削减,直接导致了姗德拉所在的"重要客户部"毫无悬念地被取消,统一并入销售部。"从即日起,姗德拉不再担任'重要客户部'主任的职务,现有的大客户维护工作暂时由麦克负责。具体的职位确定和人员分配,等待公司进一步的通知。"总经理杰森板着脸宣布了这一人事任免决定。虽说基本薪资并没有减少,姗德拉明白,她已被撤职,打入冷宫。

几家欢喜几家愁,进公司这么久第一次有了出人头地的机

海上芳邻

会,麦克难掩得色,在公司里走路的节奏都放慢了许多,众人看他的眼光温和了许多,行政小姑娘殷勤地找他讨主意,连"销售部一号美女"史黛拉也会偶尔抛个媚眼主动邀请:"麦克!中午一起'拼饭'吧?"虽身处竞争旋涡,风向转得如此之快如此之鲜明,令姗德拉始料未及,一个颇受重用的王牌销售瞬间落地摔成八瓣,变成默默无闻的小角色,还是在镜头里一晃而过的路人甲。

"咚咚咚",麦克不客气地猛敲她的座位隔断,以确保她听清指令:"姗德拉,刚才老板说了,要你好好写一份检讨书,写清楚丢掉单子的原因,并列出具体应对措施,越详细越好。最好明天一早就交给我,我会上交给老板过目。"说罢匆匆离去,一副日理万机的样子,又突然折返说:"对了,你明天开始跟史黛拉她们一起去'扫楼'吧。你是老员工,一定比她们强,她们每天20张名片的指标,你每天至少要拿回30张名片吧。这个季度的业绩你怎么说也得完成一半吧。现在生意不好,老板盯得紧,我也没办法。努力加油啊!"

姗德拉瞬间被打回原形,一切从零开始。早早上班打卡,聆听训导,然后立刻马不停蹄地奔赴各处新建写字楼去"扫楼",挨家挨户地推销,与保安大叔与接待小姐艰苦"巷战","冷面孔"与"闭门羹"是家常便饭,不被轰出来已是万幸,任务和指标犹如悬在头顶的达摩克利斯之剑,略一停歇便会被排除在外,同事的冷眼与袖手旁观已是极度仁慈,有多少人等着取而代之呢。当各个层面都出错的时候,姗德拉简直无语了。勉强凑了十多张名片回来,离预定的目标尚远,姗德拉累了,撑着脑袋躲在自己的座位上,灰溜溜地把自己缩得小小的,恨不得找个大家都看不见的地方钻进去,她要休息一会儿。手机不识时务地铃声大作,她受惊地一把抓起来。"问题儿童"斯坦又来骚扰了:"姗德拉,我家里的空调不工作了!房间里太冷了!我们都冻僵了!上海的冬天太可怕了!我的孩子们就要生病了!你必须立即设法解决!"

"哦——"姗德拉有气无力地还没及时切换状态。

这种未在第一时间积极响应的态度在斯坦听起来就是拖延和拒绝,本就被孩子们的哭闹弄得心烦意乱的他非常生气,态度强硬地威胁道:"我们签了合同,房屋必须随时保持正常使用状态。如果今天修不好,我就要和家人搬到外面酒店去住,直到空调正常工作为止!而住宿产生的所有费用都应该由业主来承担!你们公司也将承担连带责任!"

姗德拉的头都要炸了,一向好脾气对客户百依百顺的她忍不住第一次说不!她本能地用中文大吼一声:"别烦我,自己解决!"在周围同事诧异的眼光中猛然摔了电话。吼完,摔完,她一丝力气也没有了,软啪啪地窝在那里,身上寒意渐起,她不得不把自己佝偻起来,团成一团,心里万般地煎熬与撕扯:不知道自己究竟得罪了谁,也不知道上辈子欠了多少债,需要这辈子来偿

海上芳邻

还……

　　相由心生，病由心起。内外夹击，双重打击，姗德拉疲惫不堪，也许她早该在全力拼杀中按一下暂停键。她浑身冷飕飕的，说不清哪个部位入骨地酸疼。闹钟已响过几轮，她挣扎几番实在爬不起来，只好给"代理上司"麦克打电话，说自己要休息两天，请他帮忙向老板请假。

第十六章

静静守侯

海上芳邻

姗德拉在床上躺了两天。心智是清醒的，自己不过是感冒了，也有多日积累的劳累，身体上本不是大事，她只是下意识地拒绝出门，不想回到那个让她头疼心烦的环境。身上火烧火燎地发烫，彻夜辗转难眠，时而出一身大汗，腋下、背后、头颈里汗津津的，连披散在枕上的头发都湿漉漉的。又冷如冰窖，寒战连连，皮肤疼痛，浑身入骨的酸痛。时间没有了意义，她也没有了时间的概念，因为身体像一架停工的机器，每一个零件都处于怠工检修中。

人真是奇怪，状态好的时候，可以迸发自己都难以预料的小宇宙；身体状态不好的时候，看什么事都在负面。脑子里有各种混乱，各种灰暗，各种不爽，各种烦恼。她躺在那里，望着低矮陈旧的天花板和几片单薄的吊扇叶，她懒得动，也不能动。口干舌燥，心如死灰。

枕边的手机震动：回来了。想见你。是林从德国出差回来了。

透过屏幕上的裂纹看清手机上的几个字，姗德拉忽然心里一酸，眼泪掉下来。这段时间状况迭出，她一个人拳打脚踢，攘外安内，忙得天昏地暗，只差没把自己练成金刚不坏之身。所有的人于她，都是竞争或对立的关系，不腾出手来推她一把已是友善，哪敢奢谈关怀。即便她寄以厚望的皮埃尔，也只是不疼不痒地"表示理解"，叫她好生失望。这会儿好不容易一个关心她的人回来了，自己偏偏又病了。礼貌起见，这副憔悴模样实在不愿意

376

让他看见。

于是她打起精神回信给他：不好意思，我生病了。不要生气，过几天我约你吧。

只一秒，对方信息冲进来：严重吗？我能来看看你吗？

姗德拉心里又是一软，眼泪再次汹涌而出，不知为什么委屈得厉害。一如李夫人至死不愿意汉武帝看见她受损的容颜，姗德拉宁死也不愿让林看到自己憔悴的模样。她赶紧阻拦：不要，没关系，只是感冒，过两天就好了。

那你好好休息啊。对方不甘心地又发了一条，然后就没声音了。恐怕心里要好好煎熬一阵了。

时间不知道去了哪里，她仿佛被谁扔进了时空隧道，飘飘忽忽地不知所终。又是一阵燥热，毛孔里无数颗火星要往外蹦出来。姗德拉翻个身，把胳膊伸到被子外面找点凉气，又被人放了进去。突然她一激灵，人也惊醒了，睁眼一看，有个人就坐在她的床边！

"你怎么来了？"她脱口而出。

"你忘了？我的亲密战友弗兰克跟你的亲密战友苏珊是一对亲密战友啊。收到战友发来的情报，我就顺理成章地跟你这位亲密战友接上了头。"不速之客林口气轻松，像在说绕口令。

姗德拉本就迷糊的脑袋更是被他搅成一团浆糊。但林的突

海上芳邻

然出现就像他帮她电脑起死回生的那一次，就像他帮她包扎脚伤的那一次，那么突然，那么欣喜，那么绝处逢生，携带着一股巨大的安定人心的力量，仿佛他的手上掌握着一个转动方向的舵轮，经过他一扳动便力挽狂澜，一切开始向好的方向发展。她觉得林就像她的救世主。

"你是怎么进来的？"姗德拉一边警惕地问，一边手忙脚乱地拉着被子坐起来。

林按住她的肩膀让她重新躺好："我告诉楼下的阿婆，我是你的男朋友，她就让我进来了，还替我开了你房间的门。"

姗德拉瞪了他一眼，想起自己的确留了一把备用钥匙给楼下热心的阿婆，万一忘带钥匙可以救急，万一下雨她会帮忙收衣服。

姗德拉两颊绯红，发丝散乱地遮在脸上，双眼无神，呼吸短促，摇摇欲坠，一副萎靡不振的神情。林见了甚是心疼，当即决定："你这样不行，需要上医院。"

当林挽着姗德拉从亭子间出来，踩着接近90度的狭窄陡峭的木楼梯"咯吱咯吱"地下楼来，一直密切关注头顶动静的阿婆早就从灶间迎了出来，笑眯眯地大力表扬道："迭格(这个)暖霄胃(男小孩)蛮好额。勿趒(下次)要多来啊。"林立即顺着杆子往上爬，大言不惭地响亮应道："谢谢阿婆！照顾女朋友是我应尽的责任。以后我会经常来的，来看阿婆。"石库门的后门通道本就昏暗,姗德拉巴不得此刻伸手不见五指,她悄悄地在林的胳膊上狠狠地掐了一把,示意他闭嘴快走。

嗒,嗒,嗒,顺着枯燥单调的节奏,瓶子里的药水一点一滴地落下,缓缓地沁入了她的血液,姗德拉觉得自己像一条被冰冻的鳗鱼,活泛的身体慢慢地被冷气侵蚀,渐渐地迟缓、冰冷、僵硬,她的心脏和大脑也冻结了,没有了思想,也没有感觉。"怎么这么冷?"林皱了下眉头,把自己厚厚的手掌盖在她的手背上,那里立即成了解冻的窗口,血管里的冷气好像突然找到了去处,一个劲儿争先恐后地奔那温暖迎头杀上。林将那没有生气的小手用力合在自己的掌心里,以自身源源不断的温暖输送到她的血液里,姗德拉渐渐地又缓过来,暖了,活了,脑子里重新开启了思路。

皮埃尔从没来过她的家,因为她从未发出邀请,隐隐担心低棚陋室污了皮埃尔的耳目,降低了自己的身价。当然就算她提供了地址,皮埃尔也未必能在这九曲十八弯的小弄堂里准确地找到,何况还需攻克那么多制造障碍的"家园保卫者",皮埃尔哪有这许多耐心?她寒酸的小巢一直被妥善地隐藏,生怕别人知道了自己的底细,终日小心翼翼地活在一个泾渭分明的分裂状态。可是,林鲁莽地一手将所有的分界抹平,成了那个不速之客。

"你到底做了什么?楼下的阿婆怎么可能轻易让你上楼?她不怕你是上门抢劫犯?"姗德拉第一次对自己居住环境的安全性

海上芳邻

产生怀疑。

"因为我长得像好人!"林摸摸自己胡子拉碴的下巴,摆出一个光辉高大的英雄人物造型:"瞧,光看我这张脸,就知道出自'南京路上的好八连'。"姗德拉怒目而视,他只好赶紧投降:"好吧,我跟你说实话。你不知道我费了多少口舌才说服楼下的阿婆帮我开门。她老人家革命警惕性可高了。一开始当然坚决不开门,只肯打开门上的一扇小窗,就像监狱里的那种,隔着门审犯人一样严肃地盘问我一大堆问题。叫什么名字?住在哪里?什么地方人?在哪个单位工作?从哪里来?找谁?和你什么关系?今天来干啥?把我祖宗十八代的户口都调查清楚了。还口说无凭,坚决要求我出示证件。我给她看工作牌,她说上面没有红图章;给她看名片,她说可能是皮包公司……幸好我有随身携带身份证的好习惯,否则,哼哼,她还不直接把我扭送街道派出所?"

姗德拉嘿嘿笑起来,像一棵浇足了水重新昂起头的小草。她完全想象得出楼下阿婆一夫当关的强烈责任心。住在这样的石库门房子真好,虽然空间局促,设施简陋,但楼上楼下住的都是多年的老邻居,彼此知根知底,善良友爱,互相帮助,互相提醒,就像一个和谐的大家庭,姗德拉从未觉得孤单。这也正是做了一辈子中学语文老师的父亲把她一个人留在这里,自己回到诸暨老家去颐养天年的原因。虽说由于突发状况,外来人员林成功地过关斩将贸然闯进了她的小巢,但并不意味着他们之间可以来去自如。姗德拉想了想,板着脸说:"阿婆和邻居都是看着我长大的,很关心我,闲话也很多的。我和你约法三章,以后不经允许不得私自上门。"

林自然满口答应。合同一旦落定必当严格遵守,但口头商谈总有讨价还价的余地,毕竟,她发出的要约未作详细限定,他的承诺也是泛泛而答,只要他用心,一定有漏洞可循。他四下张望,巡视一圈,然后弄了条被子回来,轻手轻脚地盖在她身上。姗德拉闭着眼睛,心灰意冷地窝在被子里,寒气依然透骨,眼角有泪。林低头专心研究那只插针头的手,自顾自说:"《水浒传》里面说,'有泪有声谓之哭,有泪无声谓之泣,无泪有声谓之号'。你这又算什么呢?"

姗德拉想起销售会议上,总经理杰森怒气冲冲地对她挥舞着手臂,厉声训斥:"少掉的单子去哪里了?赶紧给我好好找出来!哪里丢掉的到哪里去捡回来!"想起同事的势利和白眼,压得她喘不过气来的业绩指标,还有无休无止的突发状况……生病也无法逃避,明天她还是要去面对那些她不情愿见的人和事。她苦着脸,萎靡地坐在那里,半晌,幽幽地冒出一句:"我不想干了。"

"那可不行!"林断然反对:"岂不是浪费了大好人才吗?太不符合环保原则了。"他佯装一脸严肃地批评她:"如果人人都像你,'英特那雄耐尔'怎么实现呢?"只有听过《国际歌》的人才能

海上芳邻

心领神会，尤其是英语、德语、法语说得超溜儿的他，把
international 这个英文单词的中文音译说得如此字正腔圆，并
在当中郑重停顿。他越是认真，样子就越滑稽。姗德拉想不笑都
不行。

　　成功地调动她的情绪恢复正常，林才正儿八经地交代："等
你休息两天，可以把具体情况跟我说一下，我们一起来研究怎么
办。你现在身体状态不好，看问题难免片面和悲观。等过两天身
体好了，再来看问题的角度会发生变化。相信我，一定能找出办
法来的。"他给她的建议其实是他自己一贯的作风，任何情绪化
的抱怨都是徒劳的，研究切实可行的下一步做法才是上策。"身
体是革命的本钱，如果没有本钱你怎么去投资？现在，抓紧时间
积攒本钱。来，听话，闭上眼睛睡一觉。"

　　看她两眼睁着，他柔声哄道："要不要来一段舒伯特的小夜
曲？"

　　姗德拉扑哧一声，咬着嘴唇挑衅地瞄他："还是来一段'天鹅
湖'吧！"

　　林只为难了一秒钟，就出人意料地化身为一只"雄性黑天
鹅"！林不懂风花雪月，不擅琴棋书画，去 KTV 不为"麦霸"只为
"打酱油"，浑身上下翻检半天也找不出几个艺术细胞，但上帝慷
慨地赐予了他模仿的天赋。为了逗心上人开心，林使出浑身解
数：一会儿是敦煌仙女飞天式，一会儿是日本艺伎旖旎姿，苏格

兰乡村舞蹈与巴伐利亚传统风格任意混搭，一招一式有模有样。那么生硬的一个大男人，却能做出那么柔媚的姿态，姗德拉眼前幻化出美国喜剧片《出水芙蓉》的男主角——身穿短小梦幻的芭蕾舞裙，有板有眼地挺胸、收腹、抬手、踢腿，混迹在一群纤细的芭蕾女子中，反倒给这门古老艺术带来一番新的生机。

姗德拉忘了自己身在何处，捂着嘴咯咯笑个不停。

林瞅着差不多了，自动谢幕，在一片掌声中回归男朋友本色："丘吉尔告诉我们，'如果你必须穿过地狱，那就勇敢前行。'记住，至少你不是独行，始终有我陪着你前行。"

姗德拉动容地看着他，良久，乖乖地闭上眼睛。

沉沉地一觉醒来，身上已经松快了许多。一开机，就有信息迫不及待地扑上来：今天好些吗？再过一会儿：吃饭了吗？稍后：药吃了吗？再接再厉：现在感觉怎么样啊？

如此三番，思念已经烧得旺旺的了。姗德拉知道，如果她再不出现，生病的恐怕另有其人了。她赶紧回：好了，下午我们见面好吗？

姗德拉出了狭小的弄堂站在大马路边，一辆深蓝色别克车无声无息地滑过来。林打开车门站起来，心绪满怀看了她一眼，一句话没说就把她塞进了车里。姗德拉坐在已提前预热的座椅上，心里为林的体贴而感激，嘴上却不说什么。她的手指在光

海上芳邻

洁锃亮的扶手上蹭来蹭去，嗡声嗡气地赞道："你的车保养得真好，开了这么久还像新的一样。"

"原来的那辆车给同事开了。这是新买的，与原来的同款。"林边开车边说。

"啊？既然换车，为什么不换一个新的车型？"按中国人的常规思路，换车不就代表着升级换代吗？再说，用的又不是自己的钱。

"事实证明这款车性能不错，而且我也开习惯了，为什么要换？车就是交通工具而已，它应该是为人服务的，而不应该让人花时间和精力去适应它，伺候它。"林的逻辑总是剑走偏锋。见姗德拉没反应，他略一偏头："觉得好些吗？我带你去喝德国啤酒？我最喜欢的味道。"

两人来到黄浦江边那家著名的德国啤酒吧。夜色正浓，两岸灯火阑珊，别致的灯光艺术将那些矗立了一个世纪的古老建筑映衬得晶莹剔透、流光溢彩，拔地而起的超高建筑犹如一道道幕墙，被打上了各种吉祥图案和字样，造型独特的"东方明珠"通体鲜红、光芒四射，尽情展现它的魅力与光彩，海关大钟每隔 15 分钟响起《东方红》雄浑悠扬的旋律，一幅百年上海的历史画卷徐徐展开……两人不由自主地被美景吸引了目光，绊住了脚步。姗德拉提议在江边长凳上略坐以观夜色，林担心石凳太冷怕她着凉，硬行把她抱在自己腿上坐了。姗德拉起初有点紧张，后来发现林只是把自己的胳膊和腿借给她作为人肉坐垫，并没有进一步的企图，才慢慢放松下来。

"还记得那一次吗？"林望着宽阔平静的江面，自言自语："我看到一个穿着体面的姑娘坐在街边的台阶上，光着脚，独自垂泪，那情景让我想起白居易《长恨歌》里的句子：'玉容寂寞泪阑干，梨花一枝春带雨。'我当时就在想，不知道她遇上了什么样的困难。她宁愿独自承受，却不求救。她默默流泪，却不张扬。就是那种逆来顺受的样子，看着叫人好生心痛。"

姗德拉想起自己客串"贵宾导游"接待老板的富贵朋友，脚被借来的鞋子磨得血淋淋的悲惨遭遇。的确，那一天是林救了她。她撇撇嘴，低了头，低低地说："谢谢你。"

"不用谢！请叫我雷锋。"

两人相视大笑，就这么静静地坐着，不再说话。林的双手环着她单薄而拘谨的身子，不敢用力，怕唐突佳人；姗德拉明明舒服地坐着，却倍感费力。脚下江水微澜起伏，有节奏地涌动推进，对岸灯光俏皮跳跃，次第明灭，一切皆是轻松而明快的调子。清风微醺，林未饮先醉。他觉得这一刻真是美好，似乎多年的夙愿即将达成，就像他最喜欢的木心老人描述的那样："从前的日色变得慢。车，马，邮件都慢。一生只够爱一个人。"慢慢地靠近，缓缓地温热，细细地体味，他的一生，只爱眼前这个小女子。

一阵江风拂过，姗德拉猛地爆发出一阵彻心彻肺的咳嗽。林

海上芳邻

忙不迭地拉起她来:"我们进去坐会儿吧。"

"在欧洲,啤酒的种类繁多,有黄啤、金黄啤、黑啤、红啤、白啤等等,通过千百家啤酒酿造厂的不同酿制工艺,产生风味各异的啤酒品种。"林正在滔滔不绝地介绍着他的心水之物,外籍侍应生送上酒水单,他没去接,熟门熟路地替她做了主:"你喝生啤吧,味道比较清淡,适合女孩子。"他又给自己叫了半扎黑啤。

姗德拉的杯子瘦瘦长长的,像发育不良的欧洲模特,容量倒是惊人。而林面前可以装半扎啤酒的杯子,更是雄壮得吓人,令姗德拉想起黄土高原那一锅巨大的邋邋面。她还头一次见识这么豪放的喝法,眼睛顿时睁得老大。

小朋友真好骗,林伸手捋捋她的头发,笑笑说:"这才0.5升。最大的啤酒杯可以装5升啤酒,是一种起源于中世纪的靴子形玻璃杯。我在德国时喝过。"

姗德拉吐吐舌头,做个鬼脸,不好意思地拿起啤酒杯下面印有餐厅标志的杯垫把玩。

"在一些以啤酒著称的国家,比如德国、比利时,每一种啤酒都有自己专属的啤酒杯和啤酒杯垫,它们必须配套使用。"林一边说一边力拔山兮地举起超大啤酒杯:"来,庆祝你恢复健康!"

姗德拉微微一笑,举起瘦长啤酒杯轻啜一口。他们的啤酒杯里厚厚地充满了三分之一的泡沫,一直蓬松凸起到杯口上面。林赞道："斟啤酒的手艺不错,看得出来非常专业。一般人通常要分几次才能在杯口以上形成一个馒头形的泡沫柱。我在读书的时候也练过,可惜做得不够专业。"

姗德拉顿时被触动心境,沮丧地问:"你说我是不是不够专业啊?"

"说说看。"林不动声色地把一盘混合干果放到她面前。

也许憋了太久,姗德拉把自己纠结了多日的心病一股脑儿倒给他:从两家公司的合作关系开始,到自己如何持续不懈地努力,客户如何反馈,安吉丽亚在新公司如何作梗使坏,自己如何被老板责骂,同事如何嘲笑和刁难,因失职而面临的解雇危险……她毫无保留地倾诉了个酣畅淋漓。

甫一说完,林立即截断她:"恭喜你! 我们捡到皮夹子了! "

"什么?"姗德拉简直怀疑自己的耳朵听错了,惊愕地抬头看他。扫帚柄上出竹笋——他太异想天开了!

林从容不迫地解释道:"据我所知, 安吉丽亚有个很大的特点,她一向喜欢虚张声势。越是未能确定的事,她越是强势压人,这是她一贯使用的策略。目前听下来, 一切都是从她口头的转述,并未经过核实。卡斯顿汽车公司跟法国中介是否真的签了代理合同也未可知。因为长期跟老外在一起工作,我很了解他们的工作方法,对于一个新合同的确立必须有一套严格的程序。按照我的经验, 一家跨国公司与任何合作方签订合同都需要一个考

海上芳邻

察的过程,科学地评估给自己带来的利弊,至少也需要一定的时间来完成公司流程,不太可能在短时间内仓促决定,更不可能被公司内部一个 PA 的意见所左右。何况还是一个级别很高的排他性的《独家代理合同》,因为他们明白,越是'独家',对自己的限定也越多。所以,我认为一家大公司不会轻易签订这样的合同把自己套牢,限自己于被动。"换个角度,一招逆天,全盘皆活,一盘陷入僵局的棋局就被他这样奇思妙想地走活了。

"那我接下来能做什么?"姗德拉着急地问。既定思维一旦被打破,只有做回小学生了。

林不慌不忙地喝了一口啤酒,忽然问:"你们跟卡斯顿汽车公司之间有合同的吗?"

"是的,我们一年之前就签了《咨询代理协议》,而且,每次接待他们公司的客户都有记录的,看房的业主那里也有确认。"姗德拉老老实实回答。

"那太好了。你们可以收集所有证据,向对方公司所属的商会去投诉,也许还有挽救的余地;也可以根据《反不当竞争法》对这种不正当竞争申请仲裁,让他们得到处罚。就看你希望达到哪一种结果。"

姗德拉沉吟半晌,把盘子里的干果拨得乱七八糟。无论是选择哪一种方法,对于追回这一单的损失都未必有十足的把握;就算她付出极大的代价挽回了一个单子,这一行为本身已将原本合作的双方推向了敌对的两面,那绝不是她想看到的,她要的是可持续性的合作,她要的是接下来继续源源不断的单子,她要的是"乐士诚"与任何公司客户良好合作的口碑。可是,若不作为,对方会以为她示弱,根本就是一个不值一提的对手,从此她将被渐渐湮没,退出舞台,这个行业再没有她的立足之地。

　　林的建议让她重新思考。在认识他之前,姗德拉一直以为天赋是用来形容艺术领域的才能,现在林让她看到,在商业界也有天赋一说。他同时还是一个不错的心理疏导者。一眼看穿了她的犹豫,林继续开解道:"即便不成功,那也没有遗憾,因为你已经全力以赴。中国人常说'谋事在人,成事在天',那绝不是消极怠工,为自己的不作为寻找借口。而是在积极争取不果的情况下,调整自己心态以利再战的有利工具。我们的老祖宗给了我们那么多法宝,随便拿一个就能对付困难啊。"他顺手递过她一个德式手工面包圈:"慢点喝,啤酒太冰了,吃一点儿面包会中和一下。"

　　那面包圈硬邦邦的,表面粘着一层芝麻,里面由天然小麦粉制成,需要仔细咀嚼,才能越嚼越香。姗德拉哪有那心思,她揪下一块扔进嘴里,又灌下一大口啤酒囫囵吞下:"照你这么说,做与不做结果不都一样?"

　　"不一样。你可以让他们知道你能够选择的方法,但是你主动放弃,那是另一种以退为进的争取形式。杰出的广告人奥格威

海上芳邻

曾说过：'不帮助销售的营销，都是耍流氓。'无论你做了多少努力和铺垫，最后看重的还是销售结果。所以，你最终的目的还是想要跟他们的合作。"

"所以呢？"给他说中了心事偏又无计可施，只觉得自己蠢笨至极，姗德拉烦躁地猛灌啤酒。

林的手伸过来，从她衣襟上捡起几颗芝麻，又帮她加了半杯雪碧在生啤里，以冲淡酒精。他笑着说："慢慢喝，别喝醉了。"

"喝醉？我这辈子还没喝醉过呢！"姗德拉很不服气，又喝了一大口啤酒。

"我会给你机会让你醉一回的。"林认真地说。又剥了几粒开心果放在她面前，万般宠爱的意思。

"什么叫你让我醉一回？我又不是你家小朋友！"姗德拉不满地哼哼。

"三岁一个代沟，我比你大五岁，差了一又三分之二个代沟。不是小朋友是什么？我们四川老家管小朋友叫'伢儿'，你就是我的'伢儿'啊。"林就是吃定她了。

姗德拉噘起嘴，想不出怎么反驳，心里虽受用，却有几分不甘，只能假意强悍，外强中干地冲他吼道："说正事！"

林仍然不急不缓地行走在自己的节奏上："你若执意争取卡斯顿汽车公司的单子，最终负责的行政人事总监其实很为难，她也想给你生意做，但是上司的命令她又不能违背。别忘了我们老祖宗的哲学——'让你三尺又何妨'，你这次放过这一单，她会觉得你人很好，为人处事很得体，不只想着抢单子赚钱，而是站在她的角度替她考虑，她一定会心存感激。中国人常说'吃亏就是占便宜'，她会领你这份情。国际公司有完善的制度，安吉丽亚不可能永远只手遮天。那么下一次若再有机会，只要在职权许可的范围内，总监是否会首选你呢？"

姗德拉听得心服却口不服。"谦让谦让，"她没好气地嚷道："你怎么不懂谦让啊？一上来就自称人家的男朋友，还强迫人家接受玫瑰花！你不是号称血液里是中国文化吗？简直比强盗还霸道！可怜我一无知小儿，还把你当成谦谦君子！"

林一犟头："有些事情不能谦让，比如爱情！爱情也是一项伟大的事业。我爷爷种了一辈子地，没什么文化，但他教会了我'早起三光，迟起三慌'的民间哲学。我的伢儿，稍一谦让不就跑了吗？"

连着好些天，"劳模"林好像忘记了加班，接二连三地登门入户，跑到姗德拉的亭子间报到。"有事经过顺路来看看""客户取消拜访需要打发时间""阿婆喊我回家吃饭""阿婆叫我帮忙修水管"……林永远都找得到合情合理的借口，种种啼笑皆非的"不可抗力"令姗德拉的"约法三章"自动失效。姗德拉恨得咬牙切齿，深悔自己遇人不淑：他哪里是一个装载知识和智慧的"海龟"，分明是一只充满了"狡诈"的土鳖。可是，就是这个貌不惊人的土鳖，以"不积点滴，何以至江河"的锲而不舍，渐渐软化了她的固执，侵蚀了她的思想，渗透了她的心田，在她尚未觉察之间俘虏了她的芳心。

事实上，林并不像姗德拉看起来的那么空闲，这段时间他非常忙碌。他主导的代表处发挥了充分的作用，设在青浦的工厂已经顺利开工。与传统的老式厂房不同，新落成的工厂干净、整洁、安静，层高因做了吊顶而平整适中，洁净的地坪刷着蓝色的环氧地坪漆，符合国际标准的电火花加工机床生产线已安装到位，试做成功的样品方方正正的，像收拢了各种武器的变形金刚。这些威力巨大的机床，即将走向不同的终端制造型企业，打磨那些用于钟表齿轮、手机外壳、电脑盖板、机器人研究等等的各种零件，甚至与精致生活更高追求的产品息息相关。

相比永远不闹情绪的硬件的安排，人员的管理才是最大的头痛。那些毕业于专门职业学校的工人们，似乎还没有适应他们的新角色。不再像他们的师傅那样，佝偻着腰连续几小时趴在老式机床上，靠经验和手工原始地打磨一个零件。现在他们只需要在机床的电脑板上根据要求设置好各项参数，它便会自动工作，几小时之后再来检视即可。因此，一个工人可以同时照看好几台机床，主要工作也只是应对机床的故障和突发状况而已。这就为工人们提供了充足的偷懒机会。看看手机，打打游戏，聊聊八卦，或者去墙角眯一会儿，耽误不了啥事。

　　而这种敷衍马虎的态度，正是林最不能忍受的。因为高精度的需求，整个车间对环境有着严格的控制，必须时刻保持恒温、恒湿，一点点温度的变化，都可能导致肉眼不可见的热胀冷缩，影响加工的精度，这种细微的变化在精密仪器的检测下无可遁形；刀库里有几十种不同规格的刀头，机床自动选配的时候偶尔会卡住……影响成品质量的因素太多了，稍不注意就要返工，甚至更大的故障会导致机床的报废，那将是多大的损失啊。他不敢想象。退一万步来讲，不符合标准的机床卖出去，客户用它生产的终端产品投向市场，又将给原本就风雨飘摇的"made in China"雪上加霜。那绝对是他不愿意看见的。

　　作为整个工厂的核心驱动器，林必须时刻保持在线状态，隔三岔五就要去检查。而工厂早有一套熟悉的路数，根据以前的经验，工厂经理知道领导若来检查，必会提前打招呼，这样，厂里就有足够的时间做好准备。

　　林偏偏就不按常理出牌，来个突击检查，工人们的自由散漫被抓个现行。

　　工厂经理十分气恼，亦对林独自一人的微服私访十分不爽，气呼呼地指责道："如果要检查，那你应该提前通知我接待。怎么能越过我直接过问我手下生产线上的工人？你将置我于何地？叫我颜面何存？"

　　林心里十分清楚，这一看似简单而莽撞的举动，可以有效地

海上芳邻

了解工人平常的工作情况。何必要兜圈子，多出不必要的程序，不仅消耗了时间和精力，还给了他们造假的机会。他明白这些工人已经习惯了对付领导的一套——上有政策，下有对策，为了应付检查，突击摆好造型，特地迎接检阅。一旦领导离开，又故态复萌，产品质量仍然无法把控。德国式一板一眼的规章制度在此处并不管用，还是姑且一试中国传统的《孙子兵法》。

林的突击检查闹得工厂人仰马翻，工厂经理再不满意，也不得不打起精神整顿纪律，严格操作流程，明晰各自岗位责任，一步一步核对，一个环节一个环节确认，直至半夜。

林前脚刚走，工人们就松了弦，唉声连连，抽紧的神经放松了下来。这一整天，他们可被折腾惨了，腰酸背痛，眼皮打架，先眯一会儿再干吧……

工人们横七竖八地躺倒，好像才刚睡没多一会儿，天就亮了，太阳明晃晃地照在眼皮上。揉揉酸胀的眼皮，努力一睁——林就如天兵天将般突然降落在工人们面前！工人们大惊失色，纷纷手忙脚乱地爬起来。他们做梦也没想到，这个非同一般的领导竟然杀了个回马枪，半夜赶回去睡了两个小时的他，一早又精神抖擞地出现在现场。

现场再次哗然，被抓个现行的工人们手足无措，亦胆战心惊。从此，再不敢消极怠工，以免他随时出现。林犹如高悬在工人们头上的达摩克利斯之剑，时刻监督和提醒着他们。至此，所有的工人无不被他收拾得服服帖帖。

林表面不动声色，心里暗自好笑。除了"声东击西"和"一鼓作气"，还有"擒贼擒王""连环计"……想偷懒？耍小聪明？哼哼，他还有大把的招数等着他们呢。

有多久没这样放肆了？健壮如牛的林简直把姗德拉当职业选手来训练了——赛车、游泳、徒步，虽说是娱乐休闲，但强度对于她不亚于"铁人三项"竞技。话说回来，也得怪她自己——在窄窄的弯道奇多的赛车场，开着矮矮的贴着地面的赛车，她猛地一脚踩下油门，小车如离弦的箭一般冲了出去。开始，遇弯道略为减速，然后开着开着，她浑身沉睡的运动细胞突然被唤醒，空前地活跃起来，再到弯道，她几乎不再减速，反而死命踩下油门，猛力转动方向盘，不时狠狠地撞向路边的防护轮胎。姗德拉自己玩得爽快无比，坐在旁边的林屡屡被撞得前仰后合，不得不一只手紧紧抓住扶手，另一只手时刻准备着去抢失控的方向盘。姗德拉一路风驰电掣，在风中肆无忌惮地狂笑，忘了一切，只有眼前的障碍和赛道……时间到了，姗德拉慢慢抬脚，收油门，调整方向，惯性滑动，刹车。车子稳稳地停在终点。姗德拉恋恋不舍地从小车里爬起来，管理员大爷走过来，一边收钥匙，一边小声嘀嘀咕咕："这小姑娘，也太野蛮了！"轻轻的抱怨清晰地传到姗德拉耳朵里，她得意地为自己的恶作剧笑弯了腰。林伸手拉起她，无奈

海上芳邻

地说："瞧，你把人家吓坏了吧。野蛮女侠重出江湖啊？看到了吗，事实上你潜力无穷，不但可以驾驶并且驾驶得非常出色。平时不敢开车，只是心理在作怪罢了。"

她的确是放纵了一回，直到今天依然感到胳膊酸软，举起手来换旗袍都感到困难。自从闺蜜苏珊闪婚被弗兰克"拐骗"到美国，去洗手间换衣服这种私密小事姗德拉只好独立完成。今天晚上她要代表公司去参加一个商业酒会，少不得又要"画皮"出场。寻常应酬而已，没有值得期待的亮点，不过林答应结束以后来接她。这算是一个小小的期待吧。

酒会设在一栋新落成写字楼的 20 层，姗德拉照例穿了条改良旗袍去，月牙色的长款盖过膝盖，圆领，锁骨间一枚精致的梅花盘扣，简洁、清雅、温良，腰身略宽松，既显正式，又不会太为难自己。姗德拉永远选择中间的时间到达，这样既避免了冗长无聊的等待，又不因错过开场仪式而失礼。她照例装模作样地端着一杯酒，冲所有的陌生人假笑，搭讪，违心地赞美对方的装扮，聊那些最无聊的话题，寻找有可能的合作机会。一切令人乏味，所幸总有风景可看。现场各种造型缤纷，中国女人盘起头发穿长礼服，外国女人插银簪穿旗袍。三十年河东，三十年河西，如今风水轮流转了，涉外商业酒会上流行说中文，喝普洱，动辄一招打遍天下无敌手的"恭喜发财"……这些才是最新的时尚。

齐美尔在《时尚的哲学》中说："对那些天性不够独立但又想

使自己变得有些突出不凡、引人注意的个体而言,时尚是真正的运动场。"眼前的洋妞虽算不得出众,但前凸后翘,如篮球般涨鼓鼓地作势裂帛而出的臀部把旗袍撑得好辛苦。温婉低调的旗袍原不适合如此的劲猛和夸张,把一点含蓄低敛的美好折磨殆尽。姗德拉看得惊心动魄,一边咋舌,一边暗暗摇头,突然想起了罗马的斗兽场。敢于尝试尚属勇气可嘉,勇气用错了地方便适得其反。

也有认真走中式路子的。上面一件精致绣花的大红肚兜,下面一条水葱似的丝绸长裤,一双黑缎子高跟鞋,一步三摇,弱柳扶风。重中之重,须得够高够瘦,穿在骨感嶙峋的纤长身架上,那才是一身的仙气。若换了丰乳肥臀,妈呀,效果自己想象去吧!姗德拉促狭地弯了嘴角。彼女美则美矣,叫男士们窥之如饮琼浆,然负作用一样惊世骇俗——三两布条挂着妙人儿,从里到外透着似火热情,逢人便拥抱,好像一根湿面条,见谁糊谁身上;又如一枚强力磁石,光溜溜的背脊一路不知粘住多少双多情的眼睛,可以做多少串糖葫芦了。姗德拉为自己的想象力得意地咧开了嘴。

"湿面条"在"沸腾油锅"里翻滚一周,突然迅速游到姗德拉面前,八爪鱼一般劈头盖脑将她糊了个严严实实。姗德拉惊慌失措,于忙脚乱地一通自救,费了九牛二虎之力扒开"湿面条",才惊喜地发现——那人竟然是她的好姐们儿苏珊!

397

海上芳邻

苏珊一副又惊又喜的模样,嘴里喊着"亲爱的"又想扑过来拥抱亲热,被姗德拉早早地用"一指禅"抵住肩窝——除了胸前极短极省的那点遮羞布,她整个上半身几乎全部裸露在空气里,也暴露在众目睽睽之下。姗德拉头疼不已,她根本无处下手啊!但苏珊要的不正是这个效果吗?

姗德拉对着"湿面条"啧啧啧地摇头,一半羡慕一半嫉妒:"亲,你现在可是酒会红人啊。"

苏珊"女汉子"气概重新附体,断喝一声:"打住!你咒我呢!当我是螃蟹,一红就会死啊!"到底是亲闺蜜,心有灵犀,苏珊白了她一眼,然后纤长的手指戳到她脑门上来:"就你那点儿小心思我还不知道?你是不是琢磨着给维纳斯披一件唐装?再给小人鱼穿一条大裤衩?"

姗德拉一边恶狠狠地捶向苏珊光溜溜的美背,一边叹气道:"中国魔都的超级女汉子,什么时候在美国的深山老林里修成了狐狸精?"

苏珊单手叉腰做茶壶状,嘚瑟得直冒热气:"姐本来就是女汉子的形儿,狐狸精的魂儿。枉我跟你多年的情分,没看出来吧!"

姗德拉埋怨道:"突然回来怎么也不通知我,跟我玩儿惊喜呢?也不怕我老人家吓出心脏病来!"

苏珊高喊冤枉:"人家刚回来,早上飞机才落地,还没来得及倒时差呢。弗兰克的朋友约他来聚会,我就跟他一起来了,这不,赶着招呼一圈着急给你打电话呢。"

姗德拉也顾不得酒会了, 这种千篇一律的商业酒会多一次不会有什么惊喜, 少一次也不会有什么损失。她把苏珊修长的手臂往胳肢窝里一夹就往外跑,她要找个说话的地方,好好骂这狐狸精一顿。

楼下大堂一角的小咖啡吧里, 两人各捧一杯超大的美式咖啡,味道如何不计较,主要用于取暖。苏珊娇艳欲滴的指甲上镶嵌着一排碎钻,亮瞎了姗德拉的眼,她作势在眼眶上一挡:"亲,你怎地变得如此风骚?"两人说话向来毫无遮拦。

"美国风格啊。老美都这样,忒热情,认识不认识的逮谁上来就一个拥抱。尤其是语言不过关的,更要借助身体接触。"

"哈哈,美女就是通行无阻的世界语言! 美国美女多吗? "

"美女?哼!就犹他州那穷乡僻壤的地方,能看到个活人都不容易,还谈什么美女?"苏珊直翻白眼。她刚才一来就以贪婪的眼光尽情欣赏周围争奇斗艳的各国佳丽, 就好像看她妈院子里养的那窝小鸡。苏珊眯着眼睛陶醉地说:"美女就像一种稀缺资源,跟其他所有的财富一样,喜欢追逐资本集中的地方。只有在上海这样黄金遍地又灯红酒绿的城市,才会有美女高频率地出现。为了回来我还特地减了肥,饿得我前胸贴后背。真别说,围着地球转了一大圈儿,还是觉得咱上海好啊。"

海上芳邻

"在美国和弗兰克过得好吗?平时相处有困难吗?"这是姗德拉一直担心而不方便问的问题。

苏珊头颈一梗:"遇到困难,我会摸摸自己的胸,告诉自己是个'汉子',所以必须要坚强。"

姗德拉猛啐她一口:"死开!"隔着桌子目光上下一梭:"还是美国汉堡威力强大,把 A 催成 C 了吧。"

苏珊色眯眯地笑:"有这功效?早知道就该带一箱汉堡给你!"她腻过来拍拍姗德拉胳膊哄她:"亲爱的,我知道还是姐们儿最疼我。嗯,可能是我四肢发达头脑简单吧,我真没觉得有什么文化背景差异。我和他就是女人和男人,忒单纯,没什么民族差异、文化冲突。而且,通过真实的生活体验,我可以很负责任地说,外国人并不像我们从前想象得那么开放、啥都不在乎。大多数普通人其实跟我们一样,忠于家庭,专注于自己的工作。相比弗兰克,我倒觉得自己的个性更放得开些,也更容易接受新鲜事物。所以,我觉得一段跨国婚姻的达成,完全是个性使然,根本不关文化背景什么事儿,都是你们这些文人骚客整的虚词儿。"

姗德拉认识苏珊这么久,第一次发现她擅长数字科技的爱因斯坦脑袋里,竟然还装着哲学。一直困扰她的复杂社会问题,简单大条的苏珊无意中替她找到了终极答案——不是她的文化背景不适合西方,不是她的胃习惯不了牛排,而是她的心里接受不了一个动荡飘摇的结局。她自己始终缺乏安全感,她要的是一

400

次性终极解决方案,她要的是一个明白无误的承诺。终究是性格决定了命运,每一个独特的个体才导致了不同的结局。

姗德拉正出神,一件带有体温的大衣服猛然披在她身上。那是弗兰克的大号皮夹克,他已经把苏珊的羊毛大披肩搭在她的肩头。

姗德拉站起来,正待推辞,弗兰克一把按住她:"不! 你需要它。"

这话好耳熟,那一次自己的脚破了, 林抱起她时也是这么说:"你需要帮助。"姗德拉又是感动又是感慨。"歪果仁"真是单纯得可爱,他们的概念里只有保护女性的"女士优先",没有刻意避嫌的"男女授受不亲"。起风的时候,他们可以自然地把自己的衣服脱下来冷不防地裹在其他女人身上, 全然不顾及老婆或者情人就在身边。待"第三者"惴惴不安地披着那件体温犹存的衣服偷眼再看本该吃醋的那位,也并没有柳眉倒竖、杏眼圆睁的恶模样。一切很自然,因为你需要。今天当然更不会了,因为姗德拉是苏珊的闺蜜,爱她,就会让身边的人一起来关心她。

姗德拉有点儿不自在地拉拉皮夹克,这一拉,让眼尖的弗兰克发现了问题:"你男朋友欺负你了吗? 是暴力侵害? 还是太过甜蜜?"

"嗯?"姗德拉莫名其妙,完全不知道他在说什么。

弗兰克指指她肩头明显的瘀紫,大惊小怪地说:"这个就是男朋友的罪证吧! 是他暴力的证据,还是强吻的痕迹?"

海上芳邻

"去你的!她男朋友出差呢。"苏珊直接把八卦的老公搡一边去了。

姗德拉醒悟过来,羞得面红耳赤。

"男朋友在这里呢!"林不知从哪里突然冒出来,吓了大家一跳,纷纷站起来。

看着姗德拉忸怩的神情,聪明的苏珊最先回过神来,一副恍然大悟的样子,一根手指点着林:"你!"另一根手指点着姗德拉:"和你!"然后两根手指勾在一起:"你们!"

这下弗兰克也明白了,拍着林的肩头挤眉弄眼:"哦,我的朋友,多日不见,你见长进啊。我真为你高兴,为你们高兴。"

"喂,有人问过当事人意见吗?我还没同意呢!"姗德拉在一旁哇哇乱叫,可是没人理她。

"哪里,哪里,"林对着老朋友谦虚地客套:"还要感谢你们慷慨提供的情报。"

"什么情报?"弗兰克一脸懵。

"姗德拉家的地址。你发给我的邮件。多亏了这份重要的情报,我才能赢得美人心。"林真心道谢。要不是误打误撞,在姗德拉最需要的时候乘虚而入,他不可能在短时间内得逞。

姗德拉闻言对苏珊竖起眼睛:"叛徒!犹大!"

苏珊立即摆出一副哭脸:"啊,你知道我一向头脑简单,我哪儿知道他是有企图的。嘿嘿,塞翁失马,焉知非福。你看,现在不是挺好的吗？我和弗兰克无意中成就了一桩美事，阿弥陀佛，功德无量。你还不得感谢我啊？你可欠着我十八只蹄膀呢，别想赖账啊！"无论时隔多久，姗德拉在口角上永远不是苏珊的对手，只剩鼻子里呼哧呼哧喘气的份儿。苏珊伸手帮她把衣服拉好，趁机伏在她耳边坏坏地笑道："亲，真没看出来呀，你家林可真是生猛。"

姗德拉猛然推了苏珊一个趔趄："正经点好吗！"她脱掉夹克把领口扯开些，让俩大惊小怪的搞怪顽童看清楚肩头一个一个排列整齐的圆形瘀痕："前些天感冒受寒，去美容院拔了火罐。苏珊你故意的吧！这个你怎会不认识？"

苏珊笑着跟弗兰克解释一遍，弗兰克好奇地睁大了眼睛："太神奇了！"

"还有更多的神奇等待着你去发掘呢。"林把弗兰克的夹克递给他，又用带来的一件大毛衣裹住姗德拉。

"所以，很庆幸我回来了。"弗兰克开口，深为自己做了一个正确的决定而自豪。

添酒回灯重开宴，两个男人聊他们感兴趣的话题，女人们互诉体己心事。当得知安吉丽亚撬走了生意，姗德拉投诉无门，苏珊当即气愤地打抱不平："这个贱人，就是欠扁！搭上一个老头子，她就上天了？看把她能的，还当自己是武则天呐！亲，你别着急上火，虽然暂时我帮不上你啥忙，但我可以叫我们家弗兰克帮

海上芳邻

你去打架！等我安顿好家里，立马就回公司去上班。"

姗德拉好生感动，这才叫姐妹，这才是闺蜜。无论对错，永远站在你的角度，一心偏向你的那个人才是最爱你的人。

爱情的滋润，朋友的回归，让姗德拉满血复活。她又如打了鸡血一般，精力十足，充满了斗志。她来到两周前拜访过的那家精细化工公司。当时那家公司的接待人员问了一大堆问题，把她当成了免费市场科普人员，从附近写字楼的状况到区域住宅的售价，甚至整个房地产的走势，天南海北地尽情咨询了一通，然后说："我们公司已经全盘本地化了，没有外国人，从老板到'小不辣子'全都是本地人，没有租房的需要。"

姗德拉并不气馁，她乐于被利用。被利用没什么不好，说明她身上有别人需要的东西。等人家用顺手了，再换别家恐怕不易。毕竟人的习惯是很难改变的，在不知不觉中她们就结成了同盟。果然，享受了"免费午餐"的接待人员突然来电话通知她去见公司行政。

"做你们这行也蛮简单的。"拿腔拿调的行政人员漫不经心地翻着她递上的"乐士诚"宣传手册。

姗德拉心里忿忿不平，因为公众对她从事的职业素有偏见，以为穿上一套廉价西装，租间门房，往玻璃窗上贴一堆真真假假的房源，就可以做"中介"。他们哪里知道，真正的业内人士也需要经过严格的学习与筛选,且不论那些厚厚的专业书籍,只是现金流、单利、复利、年利率、贷款年限、等额或等本还款方式等等,仔细算算就要死一大堆脑细胞。有一次她去考证,一道选择题足足算了半小时,结果一看 ABCD 四个答案居然没有一个是对的!当时就浑身直冒冷汗……本地的资格证书尚属容易,若是国家级的,你得考上十几门功课,每年也只有 5% 的合格率,难度不亚于高级会计师。不信? 你去考考看!

　　姗德拉有心要扭转"中介"在人们眼中的形象。她整理了一下自己的思绪,侃侃而谈:"其实,'中介' 并不像人们想象的那样,只是简单地带客人去看房子的角色。它的正式名称是'房地产经纪人',需要经过《房地产基本制度与政策》《房地产经纪相关知识》《房地产估价理论与方法》《物业管理》《国际金融学》《营销管理》等等若干科目的培训和非常严格的考试,与律师、会计师、工程师一样需要持证上岗;除了具备最基本的赖以沟通的语言能力之外,他们通常还会英语、德语、法语、日语,甚至西班牙语、意大利语等等,对上海本土的建筑、历史、风俗、典故,乃至吃喝玩乐都颇有涉猎,不啻于一个'编外文史资料员';作为本职工作,对租房购房的法律法规自然烂熟于心,而外籍客户办理签证、暂住证、工作证的流程,注册公司、申办涉外代表处,包括其子女对国际学校的要求,医疗和保险等等,亦需有问必答,足以充当半个律师;对那些来自不同地域的客人,则需了解其文化背

海上芳邻

景,揣测他们的口味和喜好,从而有针对性地推荐匹配的物业提高成功率,其中察言观色的本领更需要一定的心理学知识。再说家居装饰,平日里看多了也就有了自己的品位,对家具摆设的选择和推荐,颜色和风格的搭配,偶尔客串一下'装潢顾问'也能勉强胜任的……最起码,当你跟外国客人海阔天空地聊天交谈时,让他们对中国文化及民情有个初步的印象,勾起他们继续探寻的兴趣,怎么也担当得起一个'民间外交大使'的称号吧?"

勉强自己喝酒、抽烟、言不由衷、强颜欢笑、假意奉承,试图融入所谓的外企时尚圈,那并不是自己的路子,她姗德拉应该有自己的风格,那就是和风细雨、润物无声,对客户真挚的关怀和细致的服务。还有就是尽善尽美的沟通。

"我看得出来,你很专业,也很爱自己的专业。"长长的一番表白倒是让行政人员刮目相看。这个女人并非寻常的池中之物。

"是啊。"姗德拉笑道:"古希腊先贤亚里士多德不是说了吗?'我们反复做的事造就了我们这个人。'我希望自己是专业的。您不也一样吗?一眼就看出是一位资深的行政。"

这样恰到好处的恭维令人舒服。对方也笑了,不仅没有像常见的行政人员那样明里暗里索要回扣,还明确地告诉她,公司现在的租约年底到期,即将寻找和搬迁新的办公地址。

姗德拉郑重致谢:"谢谢您的帮助!"

行政人员认真地纠正她:"这不是在帮你,是在帮我自己。这是我的工作。行政人事的职责就是安排好公司的这些事情。我觉得你的服务不错，而我们的公司和员工就应该享受到这些好的服务。"

姗德拉不由得感慨起来，行业规则无须"潜"，因为已是公开的秘密，一旦形成了习惯，原本正常的反而被当作另类。这个世界本该有恢复它蓝天白云本色的一天。就像林说的那样："如果每个人都尽力去影响自己周围的人，那么，把我们的居住环境营造成宜居社会就指日可待了。"

从零开始并不可怕，"扫楼"是基本功，实力才是你无可辩驳的有力支持。心态调整之后的姗德拉并不介意"回炉"训练，这给了她直接面对客户的机会，更直接地了解最新的市场行情和客户需求。随着时间的推移，生意渐渐有了点起色，公司无需再裁员，总经理杰森紧锁的眉头渐渐舒展开来。毕竟，市场永远都在，就看你是否找到正确的打开方式。反而是麦克，除了发狠盯死客户，照搬领导的指令，也拿不出太多的经验与大家分享。销售员们也渐渐地慢慢恢复了常态。总经理杰森好像得了健忘症，始终没有下令将那个"代理"去掉。麦克十分不爽，也隐隐担心，总是有意无意做些小动作，与姗德拉争单子抢客人。

姗德拉也不好明说，只在跟林碰面的时候委屈地申辩："孔子不是说：'君子无所争，必也射乎。揖让而升，下而饮。其争也君

海上芳邻

子'吗？我就是不想把同事之间的竞争弄成赤裸裸的金钱关系，好歹要覆盖一层温情脉脉的面纱吧。"

林按住她两只乱拍桌子的手，耐心地开导她："没错。但孔子还说过：'君子喻于义，小人喻于利。'你们的出发点根本就是不同的。我理解你重情重义，可在商言商，大多数人着眼点都是利益。你只能统一了法则，才能与他们驱动一致。别瞪我！中国传统文化也推崇'君子爱财，取之有道'。只要符合规矩法则，不违反道德，求同存异，取得整个团队利益的最大化，这就是你现在能争取的成功。"

姗德拉噘着嘴不说话。

林突然发现："咦，你的手怎么了？"

姗德拉翘起自己的手指看看："苏珊新买了一瓶指甲油，午休的时候帮我涂的。"

林握住她细小的手指，低头认真地欣赏片刻，又用拇指揉揉那些俏皮的粉色指甲盖，爱怜地摇摇头，笑道："两个小朋友，心情不错嘛。"

那当然。好友的支持为姗德拉增添了勇气，她可以重整旗鼓，去面对那些纠缠如麻的烦心事。现在，她不是又多了一名军师吗？姗德拉冲林展颜一笑。

第十七章
侯鸟归来

海上芳邻

原本并不擅长外语的"数学家"苏珊,自从嫁给美国牛仔弗兰克之后,摇身一变,竟成了语言高手。在强大的外语环境熏陶之下,她青出于蓝,将内容深奥的成语也能翻译得轻舞飞扬,来来去去应用自如。姗德拉再一次想起皮埃尔说的法式俚语:"躺下来,你才能学好一门语言。"她把这句话原封不动地兜给苏珊,苏珊笑着捶她个稀巴烂:"好污啊——"销售部美女史黛拉立即凑上来,说:"捺(你们)晓得哦?从生理的角度来讲,西方人的身体的确优于东方人。格种妙处……只要侬同老外上过一次床侬就晓得了。"

几个女人闹作一团,姗德拉红着脸把食指贴在嘴上,嘘了好一会儿那两人才安静下来。

苏珊作势一脚把史黛拉"踢"走,重新把头发扎好,又把姗德拉按在椅子上。姗德拉坐着也不老实:"亲,我发现你可真厉害,把中西文化无缝对接啊。"

"Don't brown nose me!"苏珊没好气地说。

姗德拉诧异地回过头来:"什么意思?你的鼻子变棕色了吗?"

"拉倒吧。弗兰克的口头禅!意思是'别讨好我'。嘿嘿,也有你不知道的呀!"苏珊一边帮她把长发盘起来,一边淡淡地说:"也就你们这些'骚客'肚子里弯弯绕多。其实吧,我这人忒简单!在我眼里没有分得那么清楚。既没有种族歧视,也没有强烈的民族意识。我只是比较懂得随遇而安，就像俺们东北蒲公英的种子，被风吹着走，碰到合适的土壤便落地生根，一心开出美丽的花。地球本来就是个大村庄，我和弗兰克不过都是村儿里耕耘的农夫农妇而已。用你的套路说，叫作——'你若盛开，清风自来'，你若简单，生活自美。"

姗德拉暗叫一声惭愧。一向自诩对民族文化了解透彻的她，其实一不小心给自己打上了标签，设置了禁锢，反而扼杀了种子也许会发芽的湿度与温度，不能不说聪明反被聪明误。研究特色与区别的目的，无非是为了更好地融合，岂能本末倒置。左右人最终决策的不是思想，而是习惯。传统观念在她头脑里根深蒂固，有些新的模式无论先进与否，无论它多么适应人类的进程，她都不能接受，她也并不勉强自己去接受。这世界上有一万种模式，各有各的道理，各有各的优势，但舒适即好，正视并顺从自己的内心才是一种美德。

苏珊把椅子转过来，让姗德拉面对自己："亲，说正经的。我和弗兰克要买房了，帮我们看看呗。"

因为娶了一位中国太太，弗兰克变成了彻头彻尾的本地人。再次来到这座城市，弗兰克对上海风情的流连变本加厉——有时会被"二缺一"的邻居拉去搓麻将，阿姨妈妈以一口吴侬软语叫"吃""碰""胡"，那声调多么好听，叫他无比着迷；周末去球馆

海上芳邻

打羽毛球，认识不认识的，挥几下拍子就玩到一处，成了球友。这两项都是普及程度极高的群众运动。

自打某一天，在外滩宽阔的防汛墙上，看到由几家民间团体自发的太极拳木兰拳表演，清一色的白衣翩翩，动静刚柔，声势浩大，背景是浩荡的黄浦江水和巍峨的东方明珠，他一时看呆了。当时壮观的情景令他心潮汹涌，萌发了强烈的参与意识。回来就付诸行动，早起去附近的襄阳公园打探行情。公园的清晨热闹非凡，有人打拳，有人舞剑，有人亮嗓子唱京剧；有中外跑步爱好者围着公园小径绕圈圈，有不同肤色的青年人醉心玩滑板。反扣棒球帽，脚蹬波鞋，裸露上身的各种文身，脚下用力向上一蹾，滑板在花坛边的石阶上险险蹭出一道黑线，再完美落地继续滑行；当然也少不了全世界人民都不陌生的广场舞，从"小苹果""最炫民族风"到"荷塘月色"，大妈们统统 hold 得住，一样舞得酣……

弗兰克热爱这种热气腾腾的市井生活气息。他守株待兔，耐心观察几天之后，终于发现了其中一位仙风鹤骨的老者，他步伐稳健，动作潇洒，起承转合，行云流水，一套太极拳被他演练成了一场慑人心魄的功夫秀。弗兰克万分激动，学着"功夫熊猫"的样子，双手抱拳诚心诚意上前拜师："师傅，我想拜您为师，跟您学习太极！"老者哈哈一笑："小伙子，太极拳是一门中国传统的运动，重在强身健体。只要你愿意学，我教你！"

　　百无禁忌的弗兰克，对上海只有一样水土不服。受苏珊影响，越来越重口味的弗兰克被带到湖南餐馆。苏珊喊哩咔喳点好菜，弗兰克认真地咬文嚼字，吩咐服务员："布咬翔在。"服务员一愣。苏珊同声翻译："不要香菜。"服务员心说这洋哥们儿你玩儿我啊？不吃湘菜你干吗来了？苏珊眼瞅着又要闹误会，赶忙打圆场道："此香非彼湘，是香味的'香'，不是湖南的'湘'，他不吃调味的香菜。"

　　服务员恍然大悟，咧开嘴一路乐呵着下单去了。

　　苏珊得意地穷显摆："瞧，要不是我罩着你，你连顿饭都吃不上！"

　　弗兰克表面上唯唯诺诺，心里表示不服。这有何难！他背着苏珊暗地里一阵儿鼓捣，然后，索性将"不要香菜"四个中文字印上了T恤。每次上餐馆，他只要一指胸大肌，服务员立马心领神会，从未失手。这还不算，中文的标语下面，是他亲自操刀设计的标志——一枝形似魔鬼的香菜！见者无不笑瘫。一个人恨香菜，可以恨到走火入魔的地步！可见上帝造人也偶有失手。弗兰克爱憎分明，他爱尝试一切新生事物，唯独香菜，一不小心成了他的死穴。

　　"女汉子"苏珊既不耐烦太极拳那种慢节奏的老牛推磨，也不耐烦坐在太平洋海边静心垂钓，对性子越来越慢、没事就在家

413

海上芳邻

"葛优躺"的弗兰克也看不惯。某日当她看到《疯狂动物城》里凡事慢慢腾腾，永远比别人慢一拍的树獭，她笑得前仰后合。因为，里面那只拟人动物的呆萌形象，简直就是她家弗兰克的翻版。既然"香菜之难"他都可以自行解决，她还有什么可担心的。从此，他打他的太极拳，她玩她的蹦迪。苏珊与姐妹们玩得风生水起、好不欢乐。霓虹魅惑也好，醉生梦死也罢，这才是她适合的土壤，这才是她发芽的温度。

但两人在一件大事上很快达成了共识。本地新移民苏珊和本地新女婿弗兰克，决定行使一项作为本地人的重要权利——在本地置业。"歪果仁"在中国买房子可不是小事一桩，需要各种烦琐的手续：必须在中国有合法的工作，且已经工作满一年以上，工作证、暂住证、有效签证……一大堆证件都是必须提供的。美国西部牛仔弗兰克并非富人，而是靠自己的劳动自食其力的"城市新鲜人"，跟千千万万个从四面八方涌入这座城市里的打工族没有本质的区别。在生活成本高居不下的上海，"洋民工"也脱不了"房奴"的身份——压力面前人人平等嘛。

"我们可以在远离市中心的地方先买个小房子，等有了钱以后再买个大房子。你觉得怎么样？"他认真地跟苏珊讨论。

苏珊很赞同："我没意见。只要和你在一起。我们可以一起攒钱还贷款。"

414

"我就知道,你会非常理解我。我爱你,我亲爱的老婆。"弗兰克感动得一塌糊涂,抱着苏珊狠狠地亲了一口。

从此弗兰克和苏珊日日泡在铺天盖地的房产广告里,从东走到西,从南贯到北,从闹市的犄角旮旯奔到郊野的新市镇,如春燕衔泥一般,希望筑起一个属于自己的小窝。

姗德拉一改平日斯文的细嚼慢咽,破天荒地把餐盘里的汤汤水水一扫而光,看得苏珊直瞪眼睛,把自己盘子里的两个"狮子头"拨给她,骂道:"饿死鬼投胎啊?慢点吃!"姗德拉满口食物、含混不清地分辩:"人家没吃早饭嘛。本想喝杯咖啡填肚子,结果你猜怎么着?"

苏珊又舀了一碗清汤放在她面前:"闹啥玩意儿啊?咖啡馆都关门了?"

"那倒没有。我上午去见客户,那两个大胡子男人特地拣了靠窗的景观位子落座,一样东西都不点,还郑重其事地宣称:'现在是我们的斋月,我们不可以吃任何东西,连水也不能喝。你没关系的,你可以点咖啡。'但我能吗?让他们在旁边看着我一个人吃喝,多不自在!舍命陪君子好了。所以,我们几个人就在咖啡馆干坐了半天。"

"人家没赶你们走,也没收你们场地费?"苏珊撇撇嘴。

"上海的服务员,个个门槛哈精,啥事体没见过。"

海上芳邻

苏珊拍拍姗德拉的背:"吃饱了吗?没饿得你五迷三道吧?下午还得陪我和弗兰克去看房。咱可都谈好了,就等你这位'老师'把关签合同了。"

真是说曹操曹操到。话音刚落,弗兰克就兴冲冲地出现了。他拍拍斜背在身上、印有"为人民服务"红字的帆布绿书包,自豪地说:"我带了定金租了车。陪我们去签合同吧。"

姗德拉也被他的兴奋感染了,迅速挽着苏珊的胳膊坐进车里,一路高歌猛进,仿佛看见一套英式乡村别墅夹带着田园牧歌正远远地冲他们招手。

GPS 指导车子从市区的高架路转到郊区的快速路,然后离开封闭的快速路开上省道,再转上村级公路,沿路是大片的油菜花田,姗德拉顺路也作了乡村一日游。车子七转八转,最后在一个貌似小镇的边缘停下来。此处一反恬静的郊外风格,旌旗飘扬,锣鼓喧天,热闹非凡,"离尘不离城""城市副中心""地铁 N号线即将开通""城市后花园""打造宜居生活样板"……叫人眼花缭乱的广告横幅一直拉到了几百米以外。

看着窗外参差不齐的自建民居和零星来往的贩夫走卒,姗德拉相当怀疑他们来错了地方。

"漂亮吗?苏珊找到的。"弗兰克时刻不忘太太的丰功伟绩。

姗德拉想起苏珊的确在公司储存的一堆楼盘广告里翻检,那是销售员从四处收集来的资料。当时苏珊一边查看一边叹气:

416

"在美国买一套别墅的价钱,在上海市区只能买一个厕所。"姗德拉也陪着叹气,她自己蜗居在石库门小小的亭子间,走路也要轻手轻脚,以免震落薄薄的木地板上的灰尘,掉到楼下人家的碗里,她不敢奢望猴年马月才能买套像样的房子。

诚如弗兰克所言,大自然的风光的确无可挑剔。周遭大片的油菜花田,灿烂的黄色间或几棵粉红的桃花点缀,住宅小区的布局合理,容积率不高,崭新的公寓楼建成青砖黛瓦的江南民居式样,绿树围绕,鸟语花香。在颇有几分乡土气息的售楼小姐引领下,弗兰克再次检阅了自己看中的单元:"这是苏珊和我的卧室,这里做个书房,这里可以留给苏珊的妈妈,等我们装修好了,就可以邀请她来上海小住……"

姗德拉一点儿都不关心,那是苏珊需要考虑的范畴,她只关心合同。

售楼小姐早已等得心焦,忙不迭地带他们去售楼处签合同。售楼处倒冷清,小猫三两只,与外面营造的繁荣景象形成鲜明对比。弗兰克与苏珊人手一份合同在读,姗德拉在售楼处闲逛,墙上的营业执照、销售许可证、销控表一张张看过来……忽然一眼瞥见旁边一纸说明,心里一惊,连忙过去悄悄拉住苏珊,对售楼小姐说:"我们还需要商量一下。"售楼小姐不乐意了:"你们已经来看过好几次了,我合同都帮你们做好了呀!"

苏珊心知有异,大高个一伸,拉开嗓门开火:"赶着去投胎

417

呢？你也不缺这几分钟啊！"拉着姗德拉径自走出来。弗兰克聪明地说声"谢谢"，也放下合同跟出来。

三人坐进车里，那两人等着姗德拉开腔。

"我刚才看到墙上一张土地权属的说明。跟美国不同，中国的土地只有两种形式：一是国家所有，绝大多数商品房都是如此；另一种是农民集体所有，这种土地上建的房子，原则上只能卖给农民，并且只能在农民之间转让。你们看中的房子就属于后者，就算买了权益也是不受国家法律保护的。"姗德拉严肃地提醒道。

苏珊恍然大悟，一拍脑袋："哎呀妈呀，瞧我这榆木疙瘩，怎么忘了去检查房子的权属呢？"

过了没几天，弗兰克又揣了钱来找姗德拉。这一次他们学乖了，直接就在市区内打转，产权肯定是有保障了。虽然单价高，但牺牲点面积没关系，关键是安全第一。

看中的这套小两室的二手房，房主是姐姐，常年旅居国外，委托在国内的弟弟全权处理房屋出售事宜。姗德拉认真地检查了产权证、委托书身份证明等等，都没有问题。带看的中介公司递上早已准备好的合同，姗德拉发现问题来了：根据产权证上注明的时间，这套房属于在两年之内转让，按照规定需要缴纳5%的增值税。而之前因为疏忽，买卖双方，甚至中介公司都没有注意到这个细节,也未在合同中约定。这笔额外的费用,若是转嫁给买方,买家肯定不愿意,因为意味着变相涨价;若是由卖方承担,又等于降价卖出,代理人又没有这个权利。弟弟说,现在是美国的夜晚,他需要等些时间打电话到国外,联系到姐姐之后再确认。

彼时房价不太稳定,又有些其他的客人和其他中介公司在当中搅和。一去一来,这单生意就黄了。

苏珊和弗兰克只好再次踏上看房的征途。

有了前两次的经验教训,苏珊和弗兰克潜心研究,把购房政策逐一研究透彻。苏珊更是不耻下问,一有空就缠着姗德拉和麦克他们,把可能出现的问题一一预演,以确保他们的买房大业顺利进行。这一次选中的两室一厅靠近地铁,价格和面积都可以接受,尤其可喜的是产权清晰,就一个名字,又是唯一一套住房,满两年转让免征增值税。一切看上去很美好,带看的中介公司备好了合同,弗兰克的包里装好了定金。姗德拉正在进行最后的确认:"房产证去交易中心查过了吗?"

"查过了。绝对没问题,房子是他的!我亲自陪同业主去交易中心打印出来的,查验单在这里,要看吗?"看来这家连锁的中介公司的确很负责。

"派出所去过吗?户口迁移没问题吧?"

海上芳邻

中介一愣："这个——我还没去。反正房子就是他一个人的，业主已经答应把户口迁走了。绝对没问题的。"

细心的姗德拉发现房东面色有异，转向那小伙子严肃地问："你肯定户口没问题，是吗？户口簿上就你一个人的名字对吗？那我们可以把这一条作为补充条款写进合同里：如果由于户口方面的原因，致使买家的利益受损，或者不能顺利过户等情况发生，那么卖方须承担与此相关的所有责任。"

小伙子思虑再三终于下决心开了口，提起一段陈年往事：

这套房子，是十多年前单位分配的使用权房，当时是作为给员工的福利配给他和另外一个同事，自然两个人都将户口迁了进来。后来那个同事离职了，却没将户口迁走，这么多年不知去了哪里，早已杳无音讯、断了联系。而他虽然将房子买下产权，却无权将别人的户口迁走。那个同事再也没有出现，这一遗留问题便拖到了今天……

苏珊一刻不停地同声翻译，弗兰克把脑袋从这头摆到那头，双手紧紧地捂着挎包，紧张地着事态跌宕起伏的发展，好像在看一部悬疑电影。眼前的故事比《控方证人》还要烧脑费神，比《达芬奇密码》还要曲折难测。他做梦也没想到，在经济发达的大上海，在法制完善的文明社会，还能碰上如此匪夷所思的奇事。

一个迁不走的户口，就像一颗定时炸弹，随时会有令买家的财产遭受损失的风险。"侬额角头碰着天花板——运道太好了。"

姗德拉苦笑着对弗兰克说了一句上海话。

弗兰克听懂了，伸手摸摸自己的额头，也许他该去整容了。

"舒服(苏弗)组合"(姗德拉送给他们的称号)一点儿也不舒服，他们痛定思痛，重新总结经验教训，发现还是买一手房简单省事，没有二手房那么多万家灯火的市民故事，于是再次大浪淘沙，开盘不久的"XX小区"浮出水面。苏珊特地跑到售楼处，文件、证明、红图章，一一核验仔细，还不放心，拍了照片回来给姗德拉看过，姗德拉点头之后她才一块石头落了地。"That's all right(好了)！"弗兰克再次挎上他的"为人民服务"绿书包说："我们现在可以去签合同了吧？"

小区有点远，在外环的边上，体现大上海生活圈的时髦概念；容积率有点高，密密麻麻的高层；进出有点不方便，需要小区的班车摆渡到最近的地铁站。但这些都不是重点，开发商是一家小有名气的房产投资企业，证照齐全，行事规范，合同有专门的法务部来办理，你只需挑好喜欢的房子，其他只要跟着指导走就好了，堪称傻瓜版的"购物超市"。

弗兰克受到了很好的接待，他端着一杯速溶咖啡，从售楼处落地透明大玻璃眺望自己未来的家园，充满了憧憬与期待。

"那是什么？"姗德拉突然大煞风景地指着远处问。

在姗德拉的执意要求下，三个人围着整个小区外围走了一

海上芳邻

大圈,然后很不幸地发现了一个隐患——近在咫尺的高压线!

　　弗兰克的脸顿时就跟他的挎包一个颜色了。作为一个接受过高等教育的国际人士,他深知电磁辐射潜在的危害性,它会导致儿童罹患白血病,也能诱发人体的癌细胞,更会影响人们的生殖系统。他和苏珊还年轻,他们还打算生很多孩子,还期望像石榴那样多子多福。他们的人生绝不能因为这样的意外而遭受伤害。

　　菩萨啊!上帝啊!难道可怜的弗兰克注定要买不成房子了吗?苏珊生气了,决定即刻取消弗兰克的看房资格,还顺带迁怒于姗德拉,差点跟多年的闺蜜翻脸。"难道这段时间流年不利?我去打电话,让老妈给看看皇历,是否诸事不宜。"上海铺天盖地的房子,就是没有她的那一间;弗兰克每次都背着钱,可是有钱也送不出去。苏珊百思不得其解,向来科学客观的她唯有求助于老妈的独家道行。

　　接下来的那些天,姗德拉小心翼翼地,尽量不在苏珊面前提房子的事,尽量说些让她高兴的话题。"我请你喝下午茶吧!"姗德拉讨好道:"太原别墅里新开了一家英式下午茶,老板是两个剑桥毕业的'海龟'女,东西做得可地道了,号称所有的咖啡、红茶、黄油、方糖等原材料,都是从英国人肉背回来的。我吃过它家所有的茶点，每一样都做得非常出色，尤其是司康，松软、酥脆、黄油味道香浓，刚出炉还带着温度，想想都流口水。我肯定，那是我吃过的上海最好的司康饼！"

苏珊老早心动了，仍然假装虎着脸说："你得赔偿我精神损失费。"好像买不到房子就是姗德拉欠了她似的。

"好吧，所有的茶点都请你吃一遍，可以了哦？"

苏珊转怒为喜："磨蹭个啥呢？还不快走！"

姗德拉说的那间"英式下午茶"，隐藏在僻静小马路的老式住宅小区的最里面，没有店招，也没有指路牌，与周围的老式花园洋房一模一样，外表看不出任何营业的迹象。姗德拉按下门铃，一个女仆打扮的年轻女孩子开了门："欢迎光临！"

苏珊顿觉眼前一亮。花园洋房整个底层被打通成为一个大厅，闲放着几组沙发座，墙上悬挂着米字旗、瓷盘、挂钟和贵族庄园风景画，地上立着两尊齐人高的"胡桃夹子"，柜子上摆着迷你邮筒。透过落地玻璃窗，外面是个惹人遐思的露天花园，花园里布满了盛开的五彩鲜花，一辆装有藤筐的自行车和两个白色鸟巢型的吊椅，件件精致，处处用心。英伦风情和小清新格调一举击穿了苏珊的伪装，她爱死了这里的环境，所有的沙发椅、休闲椅、藤椅、吊椅都去轮流坐一圈，所有小摆设都去摸一遍，然后恶狠狠地点了最大号的三层下午茶，再依次包揽了"皇家火焰咖啡""红玫瑰花茶""安妮女王茶"，她这是要把姗德拉吃穷的节奏

海上芳邻

啊。

两个人从下到上，依着先咸后甜的顺序，从繁花似锦的三层茶架上取茶点。苏珊从三明治吃到水果塔，从巧克力慕斯吃到蓝莓派，从芝士蛋糕吃到马卡龙，还抽空到姗德拉盘子里挖一勺布朗尼，大快朵颐，不亦乐乎，口里啧啧有声："一分价钱一分货啊，这口味就是不一样。我给一百个赞！"

有一只手突然按在姗德拉的肩头，她惊愕地在铺天盖地的甜品中抬起头来。一位妆容精美的女士笑意盈盈地看着她："嘎巧啊，在这里碰着了。"

姗德拉赶紧抽出一张印花的细洁面巾纸将脸上胡乱擦干净，惊喜道："李太太啊？好巧啊！侬也欢喜这家店？"

"看看这种环境、这种腔调，哪一个女人不欢喜？我已经来过交关（很多）趟数了。"李太太笑着，在姗德拉的示意下挨着她坐下来。"吃过半岛、马勒、威斯汀、华尔道夫那些老有名气的下午茶，还是觉得这里的最好吃。虽然地方小点，胜在私房的口味。"

"侬真是美食家。"姗德拉真心地恭维道："哪里还有啥特别好吃的，记得要推荐给我们。"

"正好，前头不远的永康路上，走过去一歇歇路，有一家烧腊店老灵额。店面老小老小额，就是自家屋里厢的老房子，还搭出来一间阁楼，立起来的晨光要当心撞头。老板是上海宁（人），会得做广东菜，样样小菜做得侠气（非常）入味，价佃又便宜，天天生意好得飞起来,还有交关外国人来吃嘞！"李太太说起美食来眉飞色舞。

姗德拉和苏珊听得羡慕不已:"阿拉(我们)就跟牢侬吃了。"

李太太忽然想起来:"讲到推荐,侬介绍来租我房子的伊个外国人……"

姗德拉心说坏了,接下来她一定要开始滔滔不绝地投诉斯坦的种种头疼往事了,她赶紧先自我检讨:"不好意思,我也不晓得这个老外嘎麻烦的,事体老多的,让侬辛苦了。"

"不是额——"李太太急急解释道:"老早我也觉得他老烦老烦的,一歇歇空调坏掉了,一歇歇裤子坏掉了,一歇歇车子被人家撞掉了,一歇歇又跟邻居吵相骂了……从来没碰着嘎麻烦的租客额!我也是恨死掉了!"姗德拉感同身受,李太太忽然话锋一转:"不过哦,侬晓得哦,伊(他)也老有劲的,还蛮关心人的。一趟子,我带着儿子在会所下棋,阿拉儿子还小,觉得样样物事好白相,就把棋子放在嘴巴里咬,结果突然之间,这个人冲出来,劈手就把棋子从儿子嘴巴里挖出来。我觉得老奇怪的,外国人一向不喜欢别人摸他的小孩,希望保持距离,尊重他和小孩的隐私,他自己怎么随便弄人家的小孩呢? 伊还老严肃地教育我:'虽然我不想惊吓你,但是必须警告你,小零件不可以给小孩玩,他们会放进嘴里吞下肚去,有窒息的危险。为什么中国父母不但不阻止,反而鼓励地对孩子笑?'"

海上芳邻

姗德拉点点头,这倒像是老外的作风。斯坦和房东的关系处得不怎样,经常闹得不愉快,但一码归一码,看到孩子可能面临的危险还是善意地提醒。

"还有一趟,"李太太继续说:"伊看到我老公开车,我抱牢儿子坐在副驾驶上,伊又生气了哦。"姗德拉把胳膊肘撑在桌上,看着她:"为啥?"

"伊讲,'中国父母喜欢坐前排副驾驶的位子并把孩子抱在膝盖上,这是极其危险的举动。要是碰上紧急情况急刹车,巨大的惯性就会把人甩出去,根本不是父母的双手可以控制的;万一发生碰撞,瞬间爆裂开的安全气囊对小小孩子的冲击力足以致命,它会杀死他的!'伊老凶老凶地同我和老公讲,'难道你们不知道吗?如果明知危险还要这么做,心存侥幸就更加可怕!'"

姗德拉听得心里吓牢牢,苏珊更是脸都变了形:"那怎么办呀?"

李太太慢慢绽开笑容:"哎,结果侬晓得哪能哦?"

两个女人忘了吃喝,齐齐津津有味地盼着下文:"哪能?"

李太太很满意,故意慢吞吞地公布了答案:"伊送了阿拉一只儿童安全座椅,装在车子上。"

"哦——"两个女人终于一块石头落地。

"我老感动老感动哦。"李太太两手相握,放在胸前,就像在感谢上帝:"阿拉上海宁,拎清来兮的。我想想我们签了三年合

426

同，两年死期第三年活期；第一年保持原价不变，第二年递增2%，第三年如果继续租的话递增3%。格么，我讲，第二年的租金就不涨价吧。这个人有劲嘞，伊不买账，老一本正经讲：'我这么做不是为了你们对我的回报，更不是交易。只是出于对孩子的担心和爱护，为了孩子的安全。当我看到潜在的危险，我就决不能让它发生。而房租，那是我们之间订立的合同，我只负责严格按照合同执行，至于条款的达成和变动，自然有公司的行政部门与你们接洽。当然，我想行政部门听到这个消息会很高兴，但那是你们之间的事，是合同的 A 部分和 B 部分；而现在，我和你，是两个父亲之间的谈话。'"

女人们听了颇为感慨，苏珊一竖大拇指："真爷们儿！"

李太太也点头："是模子！"她拍拍姗德拉的胳膊："谢谢侬帮我介绍嘎好的客人。今朝的下午茶我买单。"

她执意替她们买了单，推着童车离开了。两个女人好像捡了大便宜，特别高兴。苏珊说："今天这顿不算，下次还得你买单。"她包揽了剩下所有的食物，一点儿不客气地打包回家："带回去给我们家弗兰克尝尝，让他开开眼界，俺们乡下人没吃过好东西。"姗德拉想起弗兰克每次在外面吃饭从不浪费，所有没吃完的食物都会打包带回去，作为次日的早餐或午餐。他说："剩菜不能浪费，任何中国菜都是了不起的美味，微波炉加热一下回味也不错的。"看来，大手大脚的苏珊是被同化了，会精打细算过日子了。

第十八章

意外的惊喜

　　号称世界上最会享受生活的意大利人崇尚"一切从慢"，还别出心裁地成立了一个所谓的"放慢时间协会"。协会的会员整天不干正事，唯一的工作就是拿着秒表观察路人，如果发现有人不到半分钟就走了 50 米，他们就会立即干涉。

　　这种慢节奏在上海绝对行不通，上海的冬天足以叫任何腔调十足的意大利人抱头鼠窜。它像一位大户人家的千金小姐，矜持地恪守着严寒，从不肯痛痛快快地下一场大雪，只一味地干燥、冷酷、刮骨。街上仅有的几片干枯的梧桐叶子从枝头飘落，奄奄一息地伏在路边；街头行走的路人都勾头缩颈，以各种姿势极力保存体温；一阵冷风拔地而起，绕着街道横行肆虐，挺立了近一个世纪的武康大楼似乎抖了几抖。弗兰克把防寒服的领子拉高，又紧了紧淘宝上买的羊毛围巾，那风果然被打退了，却不死心，从他裸露的鼻子、眼睛灌进去，他的眼睛立刻眨出了眼泪，鼻子已经冻得像冰糖葫芦了。他突然想起在苏珊老家莫名其妙听到的一句悲怆唱调——"北风那个吹"。可惜他听不懂那个凄厉的女声在唱什么。没关系，总有他听懂的时候。他胸有成竹。

　　就在刚才，他花了好一番口舌来说服他的客户，保留原始的设计和制作。客户嫌图片中模特的脸修图不够彻底，不如时尚杂志上常见的光洁无瑕。弗兰克费力地解释，这正是他们的别具匠心，就是要留下一些原始的斑点，以及不均匀的色泽，这样才能显得真实、生动而鲜活，使平面的表达立体起来；因表面的粗糙

海上芳邻

而更显深邃锐利的眼神,才是最具穿透力的广告语言。客户仍然坚持说"不漂亮",把一种商业理念的推广挂上了个人审美的标签。弗兰克明白他必须得到客户的首肯,但他一样希望坚持自己的表述风格,他努力地在两者之间寻求平衡。

前面有一团白色的热气袅袅蒸腾,似是苏珊提起过的网红汤包,在寒冷的冬天愈加具有不可抗拒的诱惑力。他小跑几步赶过去排在末尾,一边咽口水一边安慰自己:有人排队肯定是好吃的,上海人不是最爱"轧闹猛"吗?没关系,就等十几分钟,在他冻僵之前,一定可以吃到热气腾腾的汤包啦。有人鬼鬼祟祟地跑上来,趁人不注意突然插进队伍里,并佯装无辜,好像早就在那里生了根似的,一脸不知羞耻,理所当然。弗兰克正待发作,队伍里早有一名年轻人跳了出来,正义凛然地对插队者大喝一声:"后边排队去!"弗兰克毫不犹豫地冲年轻人竖起了大拇指。

几个汁水充沛、肉味鲜美的汤包一下肚,身上立刻像充了电一样暖和起来。弗兰克可以放慢了速度,从从容容地往回走。他走进地铁站。上下班高峰,只有地铁才是唯一快速有效的交通工具。

站台上已经积聚了不少乘客,他选了一支相对较短的队伍排上,不一会儿一辆列车就呼啸而来。门一开,原本安静的人群顿时一片骚乱——里面的乘客还没来得及下车,外面的人就不管不顾地猛力往上挤,更有排在他身后的人后来居上,劈开人流从中间直往里冲。两股人流迎面相撞，上面的人下不来，抱孩子的母亲被挤得连连后退，怀中的娃娃吓得哇哇大哭；下面的人上不去，奋力推着前人的后背也是焦急万分；有人的鞋子被踩掉了，有人的眼镜被挤掉了；大个子伸手去扒门，小个子完全吊起脚尖被人群夹着左右摇晃……弗兰克瞠目结舌。"中国式上下车"居然可以混乱到这种地步！广播里工作人员不厌其烦地提醒"先下后上"，地面的划线醒目地指示着行进路线，头顶的灯箱、墙上的贴纸，到处都在提醒人们遵守法则，可是，他们熟视无睹、充耳不闻，还要继续这么干！最令他惊奇的是，这些不守规矩的人并非全部都是老年人。经过多次的仔细观察，他发现这些逆流而行的，除了年纪大的，还有为数众多的年轻人，时髦男女，上班一族，有的甚至模样体面、穿着讲究、身背名牌包包，看得出是有一定职位的经理级人物。难道他们也没有接受教育吗？他们也没有知识吗？弗兰克可以理解自己说中文音调不准被别人笑话，可以接受人们随地吐痰甚至不分场合的大小便，那也许是他们长期养成的不良行为习惯，他最不能忍受的，就是对秩序的藐视。上下对冲既危险，又耽误了时间，乘客上下车没结束，列车就没法运行，最后谁都走不了！

　　弗兰克顿时气往上冲，西部牛仔血性回归，高大威猛的他胳膊肘猛然用力，一位莽撞逆行的型男立即被格开，嘟嘟囔囔后退几步。突遭袭击，型男惊诧莫名，亦恨恨地、兀自强头偏脑地藐视这

海上芳邻

横空出世的"多事者",再次猛力地杀将回来。弗兰克毫无惧色,胳膊再度轻轻一挡。对方正待反扑,被人群夹着巨大的洪流卷走了……

一位老者冲他竖起大拇指, 如京剧票友一般大声喝彩:"好!"两个小姑娘眯着眼,像粉丝一样对着他喊声:"帅!"站台上的工作人员挥舞小旗子,对他微笑道:"赞!"弗兰克陶醉在自己的英雄气概中,一回头,列车已呼啸而去。没关系,他不介意,两分钟而已,他乘下一班好了。现在的他已经是上海人了,他有责任维持这座城市应有的秩序,绝不能坐视不理。也许在以前的若干年里,中国曾经落后过,各种管理也曾混乱,作为普通大众,他们没有安全感,一切只能靠自己去争取,所以他们顾不上社会秩序与道德,在任何场合下他们会不顾一切地去努力争取。但现在不同了,他欣喜地看到一些新秩序的确立,需要有更多的人去遵守和执行。Acception makes rule(接收程度造就了规矩)。如果社会大众对这种混乱的现象司空见惯,以为它就是正常的,更多的人就会争相效仿。那不是他所希望的,他必须履行一个市民的职责,纠正不合理的偏差。

前面就是他的办公室了,一定有一杯热咖啡,还有同事温暖的笑脸在等着他。弗兰克往手上哈了口热气,快步小跑起来。

上海就是这样一个地方。对每一个人机会均等,不论肤色,不管语言,不分贵贱,只要踏上这块神奇的土地,你就可以众生平等地重新开始。上帝关闭一扇门,同时也为你打开一扇窗。弗兰克买房千般不顺,在事业上倒是越来越顺风顺水。他自己注册的视觉创意公司,因构思独特,制作精良,吸引了越来越多中国客户的注意。业务一路拓展,规模不断扩大,办公人员加上设计师很快变成近二十人的像样公司。弗兰克以创意与发展的眼光,把办公室搬到了苏州河边的"城中村"——原来的杜月笙仓库,现在被改造成了"创意办公园区"。

　　所谓的"海纳百川",在园区里得到了充分的诠释。客户来自不同的国家和地区,大多都是年轻人,混迹在一帮 80 后,甚至 90 后之中,弗兰克绝对算得上老大哥了。无论来自哪里,他们一样充满了热情与活力,青春激昂,勇于造梦。他们相信,只要努力一切皆有可能。园区的设计者也摸透了他们的心思,极力配合了他们的奇思和童趣——不走寻常路?没关系,你可以从二楼的滑梯滑下来;干活累了?不要紧,不需要去郊野远足,直接到空地上竖起的攀岩壁上一试身手;工作太枯燥? 别担心,女孩子们的小情小调一样受到了充分的尊重与照顾,楼上楼下,屋檐转角,见缝插针地培上一层土,种上丝瓜、黄瓜、西红柿、迷你薄荷、迷迭香,还有人见人爱的多肉植物,总有适合你的那一款……弗兰克非常喜欢这个地方。他心目中的偶像,匈牙利建筑天才邬达克,曾在上海的土壤里播下自己理想的种子,努力使它们遍地开花。经过时间的洗礼,那些建筑不但没有褪色反而更加璀璨,成为上

海上芳邻

海这座充满各种奇迹的城市里一串耀眼的珍珠。上海也同样会是弗兰克梦想起步的摇篮。

弗兰克在那边忙得正欢,而这边,跨国公司里的老外已经七零八落。

圣诞节来临的时候,甚至更早,11月份还没过完,这些公司的业务就如同瘫痪了一般,海外员工陆续出逃,前台小姐不胜其烦地答复各方来宾:"老板休假了,请过些时候再来。"住宅小区灯光寥寥,高级涉外楼盘几乎变成一座空城,在上海生活的老外纷纷上演"胜利大逃亡"。一方面为了他们一年中最重要的节日——圣诞节。与中国年轻一代眼中的时髦节日不同,圣诞节之于西方人,是一年假日的重中之重,是一个家庭团聚的重要节日,就好像我们的春节。另一方面,大多数脂肪层肥厚的"歪果仁"并不擅长忍受上海那阴冷而漫长的冬季,开多少空调和电热汀都不管用,他们要么回到室内温暖如夏的家乡北欧,要么飞赴阳光如炽的热带海边度假。

姗德拉就在这个时候收到了斯坦的来信。这些日子以来,"问题儿童"报修的次数似乎日渐减少,以至于她一忙起来就忘记了他的存在,所以,当她接到邀请去喝下午茶时,立刻就回信答应了。

满面笑容的斯坦太太替她开了门,热情地馈赠了她一个舒舒服服的超级大拥抱。斯坦带着一帮孩子正在露台上忙得热火朝天。自从上次呼朋唤友通宵烧烤与邻近闹得不可开交之后,他就把整个露台变成了一个大花园。他自己背着手持割草机在割草;大点的孩子们或是摆弄花盆,或是浇水修剪,充分体现参与意识;就连最小的孩子,虽然干不了什么活儿,但是坐在草地上,晒晒太阳、玩玩泥巴,把自己弄得像个花脸猫,一个人玩得正带劲儿。"他玩得很开心!"模范爸爸舐犊情深,笑眯眯地用眼光抚慰自己的宝贝,又转头冲姗德拉高声道:"请自便!"

姗德拉很容易理解为:自己随意哦。他没把她当外人。

斯坦太太穿了条黑色裙子,像一件宽大的袍子,套在她肥硕的身体上。但赤脚走在草地上,优良的裁剪、良好的质地使她看起来如一只大号的林间精灵。"这是我妈妈的衣服。"她解释说。时髦可能是昙花一现,经典才能长盛不衰。

斯坦太太是个好主妇,她已在桌上摆好了丰盛的茶点,邀请姗德拉入座。斯坦亦带领孩子们鱼贯而入,各自乖巧地坐在自己的位子上,显然平日训练有素。因为今天是一场较为正式的下午茶,考虑到时间会比较长,妈妈往最小的娃娃嘴里塞了一个安抚奶嘴,爸爸往略大点的孩子面前放一个 ipad,让他安静地看动画片,就可以不因无聊而吵闹,影响餐桌的安静。比起长时间看电子产品对视力的伤害,对公众秩序的扰乱才是更大的错误。所谓"两害相权取其轻",原来"歪果仁"也懂中国的传统智慧。

海上芳邻

略略问过姗德拉的近况之后，斯坦说："今天邀请你来我们家喝茶，主要是想告诉你一个决定——我的工作合同到期了。就在即将到来的这个圣诞节，我们全家将搬回瑞典老家。"

姗德拉一愣，虽然这人一直按下葫芦起了瓢，不停地给她制造种种麻烦，她为此头疼不已，常常想方设法甩开他，一旦他真的要离开了，她反倒有点舍不得。骚扰也好，麻烦也罢，她已经习惯了，毕竟几年相处下来大家有了感情。

"那以后还回来吗？"姗德拉恋恋不舍。

"也许吧。"斯坦安慰她："说不定以后我们会再来旅游，中国那么大，上海、北京、西安、云南、四川……还有好多地方我们都没去过，值得花时间好好看看；也说不定等孩子们长大了会来中国读书，现在中文在世界上很多地方都很热门呢；还说不定，有新的公司愿意聘我来中国工作呢。呵呵，说实话，中国处于一个发展时期，工作的机会太多了。"

姗德拉放心地笑了，有个期盼多好。中国人一向喜欢圆满的大结局，即便不圆满，也会设置一个未完待续的伏笔。

太太起身去厨房重新煮一壶热茶（为了姗德拉的到来她特地去买的红茶），斯坦与姗德拉一一回想他们一家两年来遭遇的误解与困难。斯坦非常委屈："每次我向你提出问题，热情地跟你交谈，可你只是回答问题，却从未告诉我你希望我以怎样的方式沟通，是不是对我不感兴趣？"当聊起跟物业的种种纷争时，斯坦更加迷惑不解，他急切地表白道："为什么你们会觉得我在给别人制造麻烦呢？我告诉你们这些不好，是为了让你们更好，让你们整改啊。"

虽然明白斯坦此处的"你们"是统指中国从业人员，但她还是为未能使斯坦对上海的一切满意而道歉。上海是她的家，来的都是客。

斯坦拦住她："应该是我来说抱歉。很抱歉给你制造了那么多麻烦。但请你理解我，特别是在初来乍到的那段时间里，你是我在上海、在中国唯一信赖的朋友，所以我非常希望得到你的帮助。"

姗德拉愈发自责了。她当初的确忽略了他们的感受。她以为自己已经足够耐心，尽量满足他们提出的一切要求，但扪心自问，那只是尽了一个工作人员应尽的职责，完全没有站在一个朋友的立场。若是当作朋友，便会知冷知暖，站在他们的角度，感同身受。

斯坦起身去橱柜上取了样东西回来："我给你准备了两份礼物。"

姗德拉好奇地盯着他手上的白色信封。

斯坦先从里面摸出一张名片："我想，你应该跟我们公司一直有业务上的往来，这就是我们的行政人事部当初向我推荐你的原因。卡斯顿汽车公司现在的CEO（就是安吉丽亚的老板圣

海上芳邻

诞老人)在中国的任期已满,即将调往南非工作。而接替他即将上任的公司新的 CEO,恰好是我在瑞典的老朋友。"他递上名片:"我已经向他推荐了你。我告诉他,你非常地专业,非常地友好,值得信赖。他应该会需要你的服务。"

他给了姗德拉一个大大的意外!这个当初最麻烦、最不想理会的客户,却懂得投桃报李,临走却给了她意想不到的惊喜。人的印象往往先入为主,经过斯坦的推荐和美言,卡斯顿汽车公司的单子很有可能因此而峰回路转,重新回到姗德拉的手里。姗德拉踏破铁鞋无觅处的生意,斯坦竟然在无意之中助了她一臂之力。这一意想不到的变数再次印证了老祖宗的智慧——失之东隅,收之桑榆。你永远也不知道机会在哪个转角等你!

斯坦并未感受到她心中的惊涛骇浪,手继续往信封里摸。另一件礼物也被打开, 是一张放大的照片。斯坦一家 7 口齐齐现身,少有的正装以待,大大小小的男士一律西装革履,包括最小的尚在妈妈怀中的宝宝,也像模像样地打着领结,一副萌死人不偿命的小绅士模样;妈妈作为这家唯一的女士,身穿长款礼服,男士们众心捧月般地团结在她周围;背景是整齐漂亮的大草坪,一片生机勃勃的绿茵场地。

斯坦说道:"这是我们在家乡参加亲戚婚礼时拍摄的。我们马上就要离开上海,这张全家福送给你留作纪念,它代表了我们家庭对你的感谢。姗德拉,谢谢你珍贵的友谊,谢谢你的善良,谢谢你对我们永远的耐心，我将永远记得你对我们的帮助。是你让我们对在中国的时间有了一个美好的回忆。感谢你参与并见证了我们家庭这两年不同寻常的生活经历！同时，也希望你幸福、快乐到永远！"

姗德拉深深感动，眼眶湿润。这几年的努力没有白费，再多的折磨，再多的麻烦，有了这些话，有了他们的接纳和来自内心真诚的回应和感谢，再苦再累再麻烦，也都值得了。相比那些看得见的馈赠，这份看不见的情谊才是真正珍贵的礼物！

第十九章

公司年终酒会

　　十二月份，上海梧桐萧瑟，寒冷渗入骨髓。洋鸟儿们一个接一个地飞走了，皮埃尔也一直没有飞回来。倒是时常有信来，报告他所在的地理坐标，但并没有确定的归期，他有太多的工作要执行，也有太多的事务要处理，她并不是他最重要的。工作少了，人易懒散，再加上与皮埃尔的感情跌入低谷，姗德拉越发提不起精神来。

　　苏珊泡一杯加了维生素 A、B、C、D、E、F、G 的冰水，挤在她身边坐下："亲爱的，不是我说你，其实我老早就觉得你俩不合适，皮埃尔也忒高大上了。高大上又不能当饭吃，是吧？还是林比较接地气儿，我觉着还是林比较适合你，有烟火气，闻着靠谱儿。"

　　姗德拉看着苏珊手里的冰水，牙缝里丝丝抽起凉气。她此刻内心充满了挫败感，好像当初，苏珊明明比自己稍晚才认识弗兰克的，可人家办事效率就是高，没几天工夫，婚都结了，业也创了，还绕着地球跑了半圈儿，现在肚子里还孕育着一个混血宝宝，万事蒸蒸日上，一片崭新局面。可自己呢，还是前途未卜。

　　"别那儿傻呵呵的，正经事儿没办呢。赶紧的，干活儿去。"苏珊最见不得她伤春悲秋的样子，伸手去拎她的胳膊。

　　姗德拉顺势站起来，长叹口气。她要去执行自己的任务了——一年一度的"乐士诚"客户答谢酒会又要开始了。

　　时间并不充裕，需要赶在那些外国客人"洋鸟归巢"飞回去

441

海上芳邻

过圣诞节之前举行。也就是说,从策划、准备到执行,一共也就两星期的时间。还要联络和征询客人的意向,策划酒会的流程,寻找和落实场地,以及零零碎碎的诸如音响、服装、道具、布置,等等事项,大到统计人数以确定酒会的规模,小到一张配有玫瑰花的客人名卡……一环一环都必须思虑周全,绝不能出错。这是公司一年一度的盛会,是公司展示品牌和实力的窗口,也是老板的颜面。大老板、大大小小的股东,届时都会出席;公司的主要客户,甚至部分潜在的客户也将被邀请,因此,这个酒会既是促进与客户之间的感情、开发商机的重要场合,也是检阅员工职业素养的重大考核。这跟做客单不同:一张单子只关系到一笔生意的好坏,而一个机会却是你接下来一整年佣金提成级别的提升。表现好的被老板看中了,直接提升到区域经理也不是没有可能;运气差的万一搞砸了,丢了老板的面子,最直接后果就掂量一下自己的年终奖吧。

酒会的策划准备工作责无旁贷地落在号称"精英云集"的原"重要客户部"身上。作为曾经辉煌现已烟消瓦解的项目小领导,姗德拉成了过河的卒子,唯一允许的选择便是勇往直前。她带领苏珊和麦克他们,打起十二分精神,期待把一场别出心裁、精彩纷呈的酒会展现给大家。

好在这一次跳过前期诸多筛选步骤,集团大老板直接指定了地点——1933老场坊。据说是他的一位朋友接手了该物业的招商和管理，也很希望通过"乐士诚"的客户网络对尚未成熟的物业进行宣传和推广。他承诺以较低的租金出借场地，甚至免费提供部分酒水。双赢是这个世界上最能打动人心也最亲善的面孔。两位成功的商业人士一拍即合，为酒会设定了一个充满期待和想象力的高大上的起点。

接下来，姗德拉安排了做事细心的苏珊准备请柬，确定来参加的人数，毕竟留在办公室里对现在的她比较安全。苏珊行事迅速，不过一个下午，名单已经呈递给总经理杰森批示过了；麦克负责布展及运送道具，男孩子干体力活儿是强项。自从姗德拉几番相让，将自己跟踪的一些小客单转给麦克去做，他对姗德拉的敌意渐消，出来混，谁不是打工吃饭；号称"吃货"的小米此处有了用武之地，自然包揽了所有的酒水、蛋糕和自助点心；美女史黛拉当然不能暴殄天物，现场的客人接待协调工作非她莫属……姗德拉自己呢，每日抱着她的迷你笔记本，时不时地点点戳戳，随时检查进展，跟进需解决的问题。

苏珊用一支笔轻敲她座位的隔断："亲，刚才工厂打电话来，通知说我们定制的司仪台那些道具已经做好了。我已经催他们赶紧送货，但是因为临近节日，有部分道路要交通管制，工厂的卡车只能在晚上行驶，从郊区把东西运进市中心。"

姗德拉想了想，还是有点不放心："我今晚亲自去盯着道具进场。"

海上芳邻

苏珊立即自告奋勇地抢着要一起去,姗德拉立马翻脸,她一发急上海话就冒出来:"侬太平点好哦!我同侬讲,侬现在是'国宝'晓得哦!老实点待着,要是我干儿子、干女儿出点啥问题我再也不要睬侬!"

苏珊悻悻地退回去了。姗德拉去洗手间脱下工作套装,换上牛仔裤和运动鞋,上面裹一件不太臃肿但尚能保暖的羽绒服。自从那次脚被磨破大吃苦头之后她就学乖了,办公桌底下永远放着一套舒服的行头,以备不时之需。通常上下班路上,她穿一双舒适的平底鞋,手里看似不搭调地拎个竹篮子,篮子里,像她的"战袍"一样,躺着她的"风火轮"。到办公室一换上这双"恨天高",就能抬头挺胸,精气神马上到位,立刻进入激情四溢的工作状态。

晚上 10 点钟,姗德拉已经守在"1933 老场坊"的门口。为了不影响楼内其他商户的正常营业,也为了保证安全,物业管理处严格规定:所有的装修、布展、进出货物,必须等到晚上 10 点大楼停止营业之后进行。这就意味着,等道具运送过来,入场布置的时间就被推到了凌晨前后。

一盏盏灯在眼前次第熄灭,商店要打烊了,保安裹着厚厚的军大衣,用力推动两扇大铁门。姗德拉赶紧走上前去。

"走了走了,小姑娘,我们关门了,明天再来吧。"保安毫不留情地冲她摆手。也难怪，穿休闲服装的姗德拉看起来更像大学生了。

姗德拉赶紧亮出事先准备好的出入证："我是来布置会场的，已经办好了手续，经过你们物业公司同意的。"

保安大叔仔细查看她手上的出入证，大手一挥："货物出入走边门。"随即冲另一边遥遥一指，便坚定不移地将两扇大门"咣当"一声关闭了。

姗德拉借着皎洁的月光找到边门，那里有一盏不甚明朗的白炽灯，一位年轻的保安半梦半醒地斜靠在椅子上，瞄了一眼出入证便让她进去。送货的卡车还没有到，应该是被堵在外环线的某个节点上了。姗德拉自己先在大厅里走了一圈，这一建筑采用外方内圆的基本结构，暗合了中国风水学说中"天圆地方"的传统理念。大厅里没有人也没有灯，平时最热闹的中心地带忽然换了一副面孔，反常地安静下来。这座由英国设计师设计的、曾用作"远东最大的宰牛场"的建筑，在姗德拉的眼里一向阴暗诡谲。她抬头下意识地寻找月光，所有朝西的窗户均镂空，好叫那些被屠宰的灵魂早日逸出，奔向西方极乐世界，早日轮回超生，却不令半点月光透进来；那些八角形的伞帽罗马柱子，那些本该引起艺术联想的旋转楼梯和纵横交错的廊桥，此刻暧昧地隐身在黑暗中，犹如各种怪兽一般，散发出诡异的、邪恶的、阴森森的气息。也许，是从前那么多被涂炭的生灵的灵魂经年累月地积压

海上芳邻

在这里,无处宣泄,因此阴气浓重。姗德拉头皮发麻,心里发毛,身上也凉飕飕的,鸡皮疙瘩迭起,忍不住一手抱紧了自己,一手撖在手机照明开关上。

远处灯影里或明或暗地忽闪扑簌,有阴影无声无息地朝自己背后接近,她甚至感觉到有阵陌生的气息吹到了她的后颈。姗德拉的小心肝提到了嗓子眼儿,手机"啪嗒"掉在地上。

姗德拉猛一回头——是个人!那个人居然是林!本不该出现的千刀万剐的林!

她颤颤巍巍、惊恐万状的样子,越发像一只楚楚可怜的小鸡,再度扮演了不速之客的林忍不住把她拉到自己怀里,试图用自己的温暖使她镇定下来。他轻轻拍着她的背,柔声安慰她:"是我,是我,别怕,我在这里,在这里,没事了,没事了啊。"

姗德拉魂魄重新回到人间,身子在他怀里兀自瑟瑟发抖。带着哭音好一通责怪:"怎么是你!你怎么来了!你来干吗呀!谁叫你来的!也没声音,偷偷摸摸地跑到人家身后算什么!太过分了!吓死人啦!呜呜呜。"

"好了,好了,是我不对,都是我不好。"林赔着笑脸一个劲儿地认错认错再认错,并解释说:"我收到了你们公司的请柬,发现地址离我住的地方不远,晚上就想散步过来看看。正好门开着,我就进来了。我并不知道你在这里,而且,刚才里面黑乎乎的,我也根本看不出是你。"

446

姗德拉情绪慢慢稳定下来,把眼眶里的眼泪逼了回去。突然又发现自己正紧紧地贴在对方身上,准确地说,是严实地躲在对方的怀里,人家的衣襟上已被她鼻涕眼泪糊了一团。刚平复的心脏又开始不规则地跳动起来,佯装低头去捡地上的手机,趁机与他分开站好,以示与那团东西划清界限。

"吱——"的一声刹车,然后"咣当"放下后车厢的挡板,接着就是各种嘈杂的脚步和挪动搬移……门外的噪音在寂静的夜里格外刺耳,但在此刻姗德拉的耳朵里,无异于纷杂人世间的一曲欢乐颂。麦克与工人抬着一个大箱子笨拙地从边门挤进来,一扭头看到迎上来的姗德拉和林明清,颇觉得意外。林也不解释,只简单地问:"放到哪里?"便直接上前助一臂之力。

几个人推着载满货物的平板车,从昔日的"牛道"上蹒跚上行,地面铺满了一块块的小石子,墙上的说明指示为:为了防止滑倒,特地铺设的石子通道。平板车的轮子左右突围,一不小心就陷入石子缝隙之间。林哭笑不得:"既然总是要赶去屠宰,何必在意地面是否会滑。对于那些伸头缩头总是一刀的牛来说,绝对是多此一举。艺术家的逻辑果然与众不同。"

幸好今夜有林这个计划之外的帮工出现,否则仅靠随车的两名工人和豆芽菜一样瘦弱的麦克,顶多再加上伪"女汉子"姗德拉,不知道把那些道具扛上顶层,安置到位,会折腾到猴年马月?他们终于把货物运到中央建筑的顶端。这里原始建筑结构是

海上芳邻

镂空的,让下面大厅里的人一抬头就可以一眼看见晴朗的天空,其实,也更是方便那些被屠宰的牛的灵魂可以毫无障碍地升起直达天庭。而现在,这个位置被覆盖上了一层厚厚的钢化玻璃,任人在半空中踩踏、自由穿行,更多的时候,它是用来举办各种时髦而新潮的发布会——时装、洋酒、电子产品、等等,凡是人类能想到的任何形式的聚会,都可以出现在这里。所谓"风马牛不相及",它的原始功能已彻底被人遗忘了。

男人们抓紧时间干活,姗德拉帮忙打照明,递工具,对着图纸指明方向,一样忙得不亦乐乎。然而细心的林注意到,她一直缩在玻璃地板外围,绕着那道周长来回奔跑,却不往这玻璃中央来半步。从她手中接过螺丝刀,他并没有马上走开,对着热火朝天的劳动场面,他轻声问她:"有什么问题吗?"

"什么?"姗德拉不明就里。

"你——"林用螺丝刀指指会场中心:"不过去吗?"

姗德拉扭怩了一下,对于自己的隐疾一直难以启齿,可是,对于一个热心伸出援助之手的人,总要有个合理的解释。她咬着嘴唇,半晌,声音低得像蚊子叫:"我……我恐高。"一边下意识地往后缩去,生怕林会强拉她往前走。好在林什么也没说,就回到自己的临时工作岗位。

酒会开始前的最后一个下午,准备工作基本到位,姗德拉再次来到现场，她需要再次确认一切都准确无误。任性的苏珊不听劝阻，执意跑到现场先睹为快。弗兰克不放心怀孕的老婆，一听说可能要干体力活儿就屁颠屁颠地跟了来。苏珊抱着胳膊当"拿摩温"（number one 工头），不停地指挥"包身工"弗兰克搬椅子，扛花盆，挂彩球……弗兰克不堪压迫，偷偷抱怨道："你真烂。"

"你说什么？"苏珊眼睛一瞪，雌老虎正待发威，弗兰克立即意识到不妙，可怜巴巴地求饶："我说错话了吗？好吧，是我烂，腻衡亲老（你很勤劳）。"苏珊明白了，耐心地纠正他："不是烂，是懒，第三声。记住了吗？"弗兰克学样使劲地把头往下一勾："勒俺——懒——"

姗德拉站在建筑顶层圆形玻璃舞台的入口，与手中笔记本上的事项逐一核对检查——玻璃穹顶拉好了两根银色的彩带，四周玻璃墙壁上挂满了彩球，中央的司仪台以及围绕的盆花，放酒水和餐点的长桌子、咖啡机、投影仪、音响……还好，没有遗漏。姗德拉舒口气，放下心来。

"姗德拉，有人找你。"正在摆弄司仪台话筒的苏珊指着她的身后喊。

姗德拉回头，看见林笑盈盈的脸。"我有礼物送给你。"他说。

林从来没有送过礼物给她，除了那束情人节强迫她收下的玫瑰花，但他说过玫瑰花不是他的菜。也难怪，到目前为止，他也只是她的客户，充其量不过是比较熟悉的客户，最多算是个交

海上芳邻

情不深的朋友，实在也没必要送她礼物的。何况今天这样的场合，有什么特别吗？姗德拉心下胡乱猜测，林已转身招呼两个人跟他一起，把一堆看起来又大又重的东西拖进来。

"请尊驾挪让一下吧。"林神秘兮兮地冲她做了个手势，把那堆东西拖到她脚边，然后往玻璃地板中央"哗啦"一推。

那是一条灰色的地毯，从姗德拉的脚下，一直铺陈到大厅中央，并穿过整个玻璃地面，直达对面的水泥地。它犹如一道结实的桥梁，把姗德拉眼中空若无物的玻璃地板变成了扎实的地面，一桥飞架南北，顿时天堑变成通途。

"现在再来试试吧。"

见她仍在犹豫，林伸过大手，命令："把你的手给我。"她试探地，迟疑地，把自己僵硬冰凉的手放到他的手上，立即有一阵温暖传过来，她顿觉心安胆壮。林就有这本事，总有办法叫人心里踏实。

"往前看——"他边示范边教她："抬头，直视前方。想象自己走在马路上，或是田埂上。两旁都是水稻、油菜、棉花，或者大葱什么的，农人忙于收割，远处炊烟袅袅，耳边牧童短笛，天边雨霁初晴，水墨江山，渔歌晚唱……风景要多美有多美。至于我嘛，你可以把我想象成一辆农用拖拉机，突突突突，在坑坑洼洼的泥土路上向前行驶……镜头渐渐拉进，我们来看看它的牌照，噢，奔驰牌拖拉机，还是德国制造！"

　　听着他一路信口胡诌,越来越离谱,姗德拉终于"扑哧"一声笑出来。忍不住去想,德国进口的拖拉机,到底是啥模样?手扶的,自动的,还是机械的呢?农用的高科技,技术该是多么先进啊。这么想着想着,她居然不知不觉地穿越了透明恐怖区,成功抵达踏实的彼岸!

　　放开林的手,她回首去看来时的路,那几十米的距离,曾经在自己的眼里如万丈深渊般充满了死亡威胁的路途,也并没有之前以为的那么恐怖;事实证明,在坚固的玻璃地板上行走并没有任何实质性的危险,而恐惧,只来自她心里的障碍罢了,她在想象中给自己设置并放大了各种未知的惶恐,因此才会畏缩不前。

　　"瞧,你不是走过来了吗?"林把双手插在口袋里,一脸欣喜地看着她。

　　姗德拉自己也兴奋不已,她第一次触摸到了战胜和超越自己的成就感,至今仍然不敢相信自己刚才顺利地走过来了。她居然是在一部虚拟的、笨拙老旧的、又叫人无比放心的拖拉机的牵引之下,安全地走过了这段艰难的行程。明天,若是没有这部"拖拉机"的牵引,她是否依然能够独立行走?

　　姗德拉的心里忐忑不安。

　　林眼珠一转:"嘿嘿,伢儿莫急。山人自有妙计!待我去向铁扇公主借来芭蕉扇,只一扇就把你吹到对岸。"

海上芳邻

又没正形了,姗德拉没好气地白他一眼:"说人话!"

"反正我有法宝。你只管来便是。"林咬紧牙关决不松口。

姗德拉无奈,半晌又小心翼翼地再次确认:"明天你会来的,对吗?"其实是在求援。

"当然!大丈夫一诺千金!我收到了请柬,当然会来。"他答得很痛快。

姗德拉一颗悬着的心暂时放下。

答谢酒会在各种兴奋、期待与担忧中如期到来,平时略显冷清的"1933 老场坊"一时门庭若市,红男绿女接踵而至,空旷的停车场纵横交错地排满了轿车,保安大叔的脸上笑开了花。

姗德拉裹着一件黑色的长款羊绒大衣,跟在总经理杰森后面,满面春风地在大门口迎接各方嘉宾。苏珊捧着托盘请客人赐名片,并引导他们至签到台,弗兰克立即回赠每位宾客带有一朵鲜艳蝴蝶兰的名卡。他现在对苏珊寸步不离,俯首甘当临时工。

在总经理与客人热情的握手寒暄中,姗德拉远远地看到林向这里走过来。她悄悄地跟杰森说:"客人来得差不多了,要么我先上去准备起来?"

杰森点头应允。

姗德拉飞快地跑进洗手间,脱去外套,又对镜整理了一下头发和耳环,而后跑回电梯口,佯装专心致志地等待电梯。她的后背在期待林的目光。

林果然看见了她,大踏步走到她身后停下。"你好!"等她婀娜地回过身来,他才继续说:"你好。希望今天没有吓到你。"

想起那夜的一幕,两人相视一笑。

她今天穿了条暗红色的长旗袍,呢绒布料里细密地织进了银丝,显得低调、复古而雍容,衬得她仪态万方。林认真地赞了声"好",并引经据典:"张潮在《幽梦影》里有这样的描述——'春服宜倩,夏服宜爽,秋服宜素,冬服宜艳'。你是深得穿衣精髓啊。"没想到理工科出身的林居然也能随口吟诗,还是些冷僻的句子,中国文化功底不容小觑,倒令姗德拉颇感意外。皮埃尔也时常赞她衣着之美,但多是一些实意的表述,远不及林这样用古诗直抒心意来得贴切,丝丝入扣。所谓意境的美好与神思的交流,就在这些细微处了。

他和她面对面地站在电梯里,各自贴着后壁,齐齐对视,均不言语,久久没有觉察到异样。回过神来,两人才发现电梯居然没有动过,原来他们都忘记了揿下楼层按钮,怪不得电梯没有动静。两人又是心照不宣地相视一笑。

来宾三三两两地聚集着,握手,寒暄,交换名片,或热烈或礼节性地聊着各自的话题,渐渐占满了整个玻璃大厅的外围,只留下当中一块空地。总经理杰森隔空对姗德拉做了一个手势,姗德

海上芳邻

拉明白，时间到了。她深吸一口气，抬头，正视前方，走上灰色地毯铺就的"田埂"，两岸风景无限，她在心里给自己唱："走在乡间的小路上，牧童的短笛在荡漾……"但是，这些自欺欺人的心理战术似乎都不足以给她壮胆，步子依然迈得战战兢兢，她的眼睛控制不住地就要去望"田埂"以外的部分……"拖拉机"，拖拉机在哪里呢？她狠狠地闭了下眼睛，又使劲睁开。她的正前方，拖拉机，不，那个人，就站在那里，一身暗灰色的正装，稳稳地站在最显眼的位置，此刻冲她缓缓地抬起两只手，双膝微弯，双手握拳，仿佛紧握拖拉机两侧的把手。

席慕蓉说过："一个女孩降临到世上，就一定有个男孩在等她。"姗德拉曾经以为等她的那个男孩是皮埃尔，但她发现自己错了。人们总是容易被眼前出现的耀眼光华夺去判断力，以为互相吸引就是爱，其实，互相疼惜互相鼓励触动灵魂最隐秘和伤痛的那个人，才是真正爱你的人。林才是那个等她的人。佛说：万法皆生，皆系缘分，偶然的相遇，蓦然的回首，注定彼此的一生，只为眼光交会的刹那。林传递出的目光温暖沉着，看住她闪烁不安的眼神，然后牵引她拉动她，让她的脚步一路安全地移动到预定位置。

两手紧紧攀住司仪台的两边，姗德拉长舒一口气，就像怕水的初学泳者抓到了池边的扶手，终于感觉安全了。她唯有用眼神传递她无尽的感激。姗德拉重新把笑容挂在脸上，将浑身血液各就各位,开始了滚瓜烂熟的开场白:"女士们、先生们、来宾们、朋友们,我代表我们'乐士诚'集团,欢迎各位的光临。今天晚上将是一个精彩难忘之夜……"

一旦开了头,后面的就顺利地进展下去。丰富的安排和紧凑的环节,让姗德拉全神贯注,身边密集的地毯让她几乎忘记了身处恐怖的透明玻璃最高处。

大老板、小老板、客户代表,轮流上场讲话;祝酒辞,干杯,切蛋糕,掌声,呼声,笑声……眼前重重叠叠兵荒马乱的人影,而一切的人,都如皮影一般被压扁,缩小;一切的物,都似被透视了一般,她毫不费力地一眼就能看到站在那里的他,随时,随地。他不主动跟太多人寒暄,甚至不去取食物,只在端着托盘走过的服务生处顺手再取一杯葡萄酒。他怕,若是他走开她便看不到他,哪怕一分钟。

完成了自己的任务,终于可以从主角变回了观众,姗德拉倍感轻松,步履轻快地径直朝林走过来。那人的眼里分明有小簇火焰在跳动:"今晚,你是整个会场最耀眼的明珠。"

"今晚,你是整个会场最神奇的拖拉机。"姗德拉媚眼如丝,浅笑盈盈。

那人少有地纵声大笑,看得出来,若不是顾及这样的场合,怕是要直接冲上去将她连根拔起,举在空中转上两圈了。

林在人群中,不张扬,不落寞,恰到好处地与各色人等周旋,

455

海上芳邻

英语、德语、法语，遇到什么人说什么语言，林应付自如。只是有姗德拉加入的时候，林便自然地切换到英语，带动周围小宇宙进入英语模式。姗德拉对他这种随时随地对细微处的顾及与迁就心存感激。一个人时时刻刻在乎你的感受，才是真正把你放在了心里。

"亲，你躲在这儿呀。害得我好找！"苏珊窜出来，不由分说拎着她的胳膊："快走快走，老板要颁奖了。"又对林笑道："不好意思啊，姗德拉借我一下。"林一笑，做个"请便"的手势，两个姑娘蹬着高跟鞋跑了。臭美如苏珊，怀孕也舍不得高跟鞋。

依次颁发了"优秀团队"奖、"最佳员工"奖、"金牌销售"奖之后，大老板还特别表扬了姗德拉小组排演的小品："没想到我公司里还有这样的人才。在物业咨询行业，会营销，懂外语，擅打交道，还会演戏。哈哈哈，超值报偿啊！我为公司能够拥有这样复合型的人才感到非常骄傲！请派代表上来接受大家的致敬！"

姗德拉推麦克上去做代表，致答谢词。"嗯，首先——"麦克愣了一下，转身对大老板一个九十度大鞠躬："谢谢老板的奖励！多的话不说了，红包厚点就行了！"大家哄堂大笑。麦克自己也笑了："至于表演，我们平时就是这样，天天接触不同的客户，就是在上演不同的肥皂剧，喜怒哀乐，甘苦自知。只是那些客户不知道自己成了临时演员，还起劲地跟着客串罢了。"

姗德拉带头起劲地拍手，苏珊兴奋地吹起了口哨，弗兰克左右开弓吹响派对小喇叭,香槟开得乒乒响,蛋糕糊得满脸都是,气球冉冉而升,彩蛋从天而降,大厅里掌声雷动,犹如一片欢乐的海洋。因为大家都知道,今年的年终奖一定是个令人满意的数字。杰出的领导者应该拥有卓越的战略眼光,能够创造相互信任的氛围。前者,姗德拉也许并不十分擅长,但后一点,她肯定她做到了。

宾主尽欢,招待酒会正待圆满落幕,总经理杰森忽然跑上来说:"今天还特别安排了一个奖项——杰出贡献奖!"所有人愕然,姗德拉心里更为紧张,因为交上去的流程设计上并没有这一项,该不会横生枝节吧?大老板笑呵呵地解释道:"大家不要着急,这个奖项是我临时设立的。"说罢有意无意地看了姗德拉一眼。

姗德拉心有所动,她不确定自己是否是留到最后的那"一根最棒的老玉米"。刚才抽奖环节,从一等奖到三等奖都没有她的份儿,她又照样被"阳光普照"了一回。难道是老板看她辛苦,另外发个红包作为"杰出贡献奖"吗?

在所有人屏息敛气中,大老板出乎意料地揭晓了"杰出贡献奖"的神秘面纱——姗德拉即将荣升"南区经理"一职。公司内部的决议早就下了,只是提前宣布而已。

因为斯坦的大力推荐,姗德拉终于面见了卡斯顿汽车公司新任 CEO。安吉丽亚果然虚张声势,卡斯顿汽车公司并未与其他中介签订任何协议。姗德拉将被掩盖的事实重新陈明,力挽狂澜,CEO 严令行政人事部门重新审核了之前的所有协议与合同,全面地了解了事情的真相,并客观地审核评估了两年来姗德拉的专业服务,确定与"乐士诚"公司签署了"独家代理协议"。榜样的力量是无穷的,当其他正在接触中的潜在客户得知这一协议的达成,顿时对"乐士诚"增添了信心,纷纷向姗德拉伸出了橄榄枝……种种迹象再一次证明,实力才是你无可辩驳的有力支持。

姗德拉被一只巨大的彩蛋砸中了!她又惊又喜,嘴张开半天也没闭拢。苏珊忘形地抱着闺蜜又摇又晃,惊得弗兰克赶过来限制人身自由;同事们纷纷围上来贺喜,麦克真诚地对她伸出手:"祝贺你,姗德拉。"林说得对,你只有统一了法则,才能与他们驱动一致。她和他们共乘了一条叫作"利益"的船,只是姗德拉携带了一件特殊的行李,叫作"情谊"。

姗德拉的目光在人群中努力搜索,可她失望了,那人一转身消失了踪迹。她的心里空落落的,几分钟之前的巨大惊喜仿佛夏日的一场暴雨,来得突然,消散得迅速。人群带着各自的欢乐四下散去,留下一地的狼藉,余下两三名工作人员打扫战场。苏珊已被弗兰克押送回家,姗德拉可以慢吞吞地整理拎包,慢吞吞地沿着建筑原始的"逃生通道"狭窄的台阶走下来。如果真有什么灭顶之灾,她又将往哪里逃生?她狭小的亭子间?还是冰冷的办公室？

　　跳下最后一级台阶，站稳，那人就在尚未散尽的灯影里赫然伫立。

　　没有声响，没有邀请，姗德拉的身体好像被一双无形的手牵引着，一步一步地走向那里。那人的脸隐没在阴影里，胸前却被一束清朗的月色斜斜地照拂，好像那里是光明和温暖的源泉，叫她身不由己地奔那明亮踏实而去。没有犹豫，没有迟疑，她梦幻般地，轻轻将自己的脸贴上了那温暖的福地。

　　巨大的幸福感如潮水般将他的心瞬间淹没，林的胸口充盈得满满的，以至于涌上喉咙口，让他无法发声。双手是那么沉重，他几乎抬不起来。他恨自己的笨拙，平日的胸中丘壑、巧言令色关键时候都如晒蔫了的老虎，再也不复威严。他不知道该如何表达他的喜悦，只知道要紧紧地抱着她，保护她，让她快乐，从此远离任何伤害。

　　姗德拉确信找到了自己的"逃生通道"，如果说来到这世界本来就是一场苦难，那么他的出现就是对她的救赎。也许在原始社会，男性靠孔武有力、靠本能来保护女性；那么现代文明社会，除了本能，男人还需要用知识、智慧与胆识来武装自己，才能变得更强大而有竞争力。一个好男人要做的，不仅仅是保护女性，更要有能力激发女性的潜能，而她就会实现自己的价值，把自己打磨成一颗闪闪发光的珍珠，用光芒来回报他一生的宠爱。

海上芳邻

爱不是单向的,不是一个人对另一个人的仰慕,而是你来我往的彼此互动,各自对路,时不时地发出会心的微笑。爱不能停留在欣赏风花雪月的层面,而必须经过共同合作,完成生活给每个人的一个又一个或大或小的难题。这样的"共同"日积月累,某日一回头,就能清晰地看见自己亲手垒起的一块块坚实的基石,心里便有了一百分的踏实。对望一眼,双手相握,满满都是成就感。林说得对,男女相处就是一项伟大的事业! 思虑至此,女诗人舒婷的一首《致橡树》缓缓地从姗德拉的心头流淌而过。

我如果爱你——绝不像攀援的凌霄花,借你的高枝炫耀自己;

我如果爱你——绝不学痴情的鸟儿,为绿荫重复单调的歌曲;

也不止像泉源,常年送来清凉的慰藉;

也不止像险峰,增加你的高度,衬托你的威仪。

甚至日光,甚至春雨。不,这些都还不够!

我必须是你近旁的一株木棉,作为树的形象和你站在一起。

根,紧握在地下;

叶,相触在云里。

一阵风过,我们都互相致意,

但没有人,听得懂我们的言语。

你有你的铜枝铁干,像刀、像剑,也像戟;

我有我的红硕花朵,像沉重的叹息,又像英勇的火炬。

我们分担寒潮、风雷、霹雳,

我们共享雾霭、流岚、虹霓。

仿佛永远分离,却又终身相依,这才是伟大的爱情。

坚贞就在这里:

爱,不仅爱你伟岸的身躯,也爱你坚持的位置,足下的土地。

第二十章

求婚成功

买了几大盒"费列罗"，又请同事们吃了一顿"海底捞"，才算是抚平了一颗颗"受伤的心"。姗德拉明白，奖励不是结束而是新的开始。它意味着你过去所做的一切，无论看见与不被看见都已经成为过去，新的"委任状"即将带来新的销售指标，提醒更多的人会关注你，监督你，冷眼看你如何担当这份荣耀与重任。

渠道打通，卡斯顿汽车公司的业务重新流动起来。这一次来的，是一位"擎天柱"一样的欧洲男人和他的日本妻子。女人个子超级迷你，好像是男人身上的一件吊牌。站在她旁边，平时自觉身材矮小的姗德拉顿时感到自己五大三粗，模子大，嗓门也大，像旧社会大户人家的粗使丫头。日本女人极致的精致细巧令姗德拉手足无措，汗颜不止，恨不得立即喝下一碗米老鼠的神奇化学汤，嘭嘭嘭，立马把人变小。男人看房子，女人只是微笑，点头，鞠躬，没有任何声息。当有关房子的细节讨论到高潮处，突然细细的"吱——"的一声，吓了姗德拉一跳。她第一反应以为是老鼠，仔细去找，才发现是像玩具摆设一样的日本女人发出的声响。友邦女人为姗德拉展现了日本式的发声技巧，细细的，娇娇的，嗲嗲的，轻轻的，让人不得不安静了仔细去听她的意见，生怕惊吓了她。姗德拉不懂日语，需要借助男人的英语翻译，但她这么一副温婉可人的小模样，叫姗德拉不忍心拒绝她的任何要求。中国女性一直被教育着需要自强自立，女人也顶半边天，女强人，白骨精，野蛮女友，全能老婆……被工作和生活的鞭子抽得

海上芳邻

紧紧的,哪有心情和时间去展现女人的天性。渐行渐远之中,她们丢失了女人古典的柔美。

一群人站在客厅中央,客人专注于各种疑问,姗德拉娴熟作答,突然,一阵"叮叮咚咚"的响声,如山泉飞流,又近在咫尺。众人一时愕然,面面相觑,好一会儿才发现泉水之声来自客厅的卫生间——趁大家热烈讨论之际麦克偷偷去放空自己!

众人一起哄笑起来,连日本妻子也羞涩地掩嘴而乐,姗德拉觉得自己脸上隐隐发热,赶紧拿话岔开大家的注意力。

看房结束姗德拉送客人回去。他们礼貌道谢,下车,却并不急于转身,而是笔挺地站在原地,目送姗德拉们走出好远。姗德拉一回头,日本女人就对她一鞠躬;走两步再回头,又是一个标准的深鞠躬;姗德拉不敢再回头,匆匆逃上了汽车,一溜烟地开走了。身为销售,她们总是过分地重视初次见面,削尖了脑袋想给别人留下美好的第一印象,可往往虎头蛇尾,忘记了完美的谢幕才意味着真正的成功。

林早已坐在"乐士诚"楼下的茶餐厅,等着她一起午餐。姗德拉一屁股坐下,却不动筷子,只管哼哧哼哧地嘟起嘴生闷气。林把一只她最喜欢的酥皮蛋挞放在她盘子里,小心翼翼地问:"谁那么不识相,敢惹我的伢儿不高兴哪?"姗德拉愤愤地说起手下的丢人现眼,林亦气愤地摩拳擦掌:"哼,太过分了! 在国际友人面前也不注意自身形象！那不是丢咱们中国人的脸吗？一点儿没有公德心！幼儿园老师没教过吗？怎么可以随地大小便呢？不知道'肥水不流外人田'吗？"

　　姗德拉闻言跟着嘻嘻哈哈乐了一通，又拉下脸狠狠地瞪了他一眼。林总是这样，看问题的重点永远与她不在一个平面上，避重就轻，避实就虚，声东击西，罔顾左右，结果，姗德拉每每被他弄得忘了自己之前要说什么；至于生气，早就忘到了九霄云外。是啊，既成事实了生气又有什么用，亡羊补牢才是正途。他不过是用特殊的方式告诉她，员工培训迫在眉睫。

　　姗德拉抱着一摞文件走进会议室，她准备给销售员好好补补课，希望不要再发生不必要的损失。身形臃肿的苏珊照样头脑活络，眼明手快地把资料发到人手一份。大家拿起来一看，是一张英文的《上海旅游地图》，一份《上海风俗历史》和一本《中外礼仪大全》。会议室里嗡嗡声四起，纷纷交头接耳。连苏珊也瞄了她一眼，小声地抱怨："什么情况啊？春游还是秋游啊？你也不消停一会儿，跟你干活儿真不省心，老被你推着走，气儿都不让喘一口。"

　　姗德拉并不理会，她说："作为一个上海的物业咨询人员，我们必须对这座城市的历史、文化、风俗、礼仪、风物都要了解，这样才能推荐给外来的客户。你对这些方面的了解和认知，决定

海上芳邻

了客人对这座城市的第一印象，也影响着他的选择。房子不仅仅是个钢筋水泥的容器，它还是一个有生命的、以上所说一切因素的综合体。千万不要小看了一座房子，它带出的可以是一种生活姿态。"

麦克在旁边轻哼一声："我走过最深的路，就是你的套路。"他把地图卷起来往自己膝盖上拍了几拍，不置可否："就这些有必要吗？有这个就能开单，大家都坐在办公室里研究地图好了，谁都不用去跑街扫楼找客户了。"

"相信我，你很快就会看到，两者都需要的。"姗德拉耐心地解释。"传统的中介方式很快会被淘汰，职业道路需要不断提升，我们的职责除了做好专业化，还要把它扩大，使它丰富化。一个好的物业销售员，也必定是一个对本土十分了解的人。"她转头去看麦克："不错，你这季度的业绩不错，这很好。但一味沉浸在自己的成绩里，没有总结和提高，就像温水煮青蛙，当环境发生变化时，再想改变已经来不及了。"

"这些我知道。我又不是销售部最差的。"麦克小声嘟囔。

姗德拉转向大家："管理学中有一个著名的沟通漏斗原理，意思是说：一件事情，我心里知道的是 100%，我说时想到的只有 90%，我能够说出口的只有 70%。到了听者那里呢，他听到的只有 50%，他理解的减少到 40%，接受的只有 30%，记住的就只剩下 10% 了。瞧，在我们与客户的沟通过程中，那么多想要表达的意思已经被消耗掉了。请大家回想一下,你极力想传递给客户的信息,他真正得到了多少?"姗德拉环视四周,周围已没有了声音,姗德拉又继续说:"通常在跟客户的交流当中,你可能只有几分钟在谈业务,大多数时间谈的都与业务无关。作为初来乍到的外国人,他最关心的话题肯定与这座城市有关。所以,我们有必要把我们心里装的内容尽量扩大。如果你把自己知道的加倍,那么无论多少,传递到客户那里的也将是加倍,因此你成功的机会是不是比别人又多了一倍呢?"

这下大家都不出声了。姗德拉的笑容慢慢浮上两颊,说出一个令人愉悦的决定:"接下来我们会做一系列的培训,也会请一些相关的专业人士来上课。今天的会后,我放你们一天假,让你们去上海一日游。今天你们不是代表,你们是游客,是即将移民到这里的新上海人,是即将在此度过几年难忘工作生涯的国际人士。拿着这张地图,你会对什么感兴趣?你会去哪里?你想要了解些什么?换位思考,易地而处,今天你们换一个角色,做一天别人。出发吧!"

真的是春游啊!上班时间逛马路!销售员们个个喜笑颜开,一涌而出,开心得好像回到了多年前的学生时代。

麦克努力控制着自己的面部肌肉,使它们保持在一个自然

海上芳邻

而诚恳的状态。他记住了姗德拉的培训:"作为自认为处于弱势的消费者,客人最想让你知道的就是——他不是外行,你别想骗他。你表面上再美好的微笑在他看来也只是一种假象,他最希望的是你把他当作自己的朋友,设身处地为他着想,而不是为了做成生意而欺骗他。"

眼前的台湾客人问他:"我的预算有点低,你觉得跟房东的心理价位差不多吧?"

麦克一脸忠厚老实,有一说一:"不知道。不过,我会努力去房东那里替您争取。"

麦克拿着大家都认为天方夜谭的租金价格去跟房东商谈。不出所料,当即被骂了出来。年届天命,满身富态的女房东一脸不耐烦,甚至记不起他是谁:"那么多中介跑来跑去,我怎么知道你是谁家。反正谁出的租金高就租给谁!谁的客户先签单房子就给谁!"都说"顾客为王",殊不知,业主才是真正的上帝,他们能让那些想为王的人没有任何疆域与土壤,让任何妄想与企图变成空中楼阁。

麦克只好赔着笑脸:"阿姐您不记得我了?上次我给您带了一位台湾客户来看房的。他觉得您的房子特别好,若是租金上再略微优惠一点儿,他马上就可以签合同了。"

"优惠?怎么优惠?想优惠搬到郊区去好了,多得是农民别墅。来找我干吗?他出多少?"有钱有房子,怎能不趾高气昂?

　　麦克赶紧凑上去："15000。您同意这个价钱他马上来签合同。"

　　"开什么玩笑?"麦克的回答犹如一棍子捅了马蜂窝,女房东立即惊叫起来:"小朋友,你第一次出来做生意吧?"

　　麦克不为所动,他早已习惯了屡屡碰壁,讥讽,嘲笑,甚至辱骂。但他屡败屡战,锲而不舍,看似木讷的他能找出一万个理由来说服房东:"空置一个月就有一个月的成本,按时间分摊下来就是损失;房子需要一直有人住才能保持人气;好的客人素质高,与您的房子相匹配,相得益彰,还能得到好的维护;客户是世界著名大公司,付钱有保障,从不拖欠租金;我们'乐士诚'在行业内有品牌保障,房子交给我您大可放心……"

　　麦克一箩筐的说辞让房东略有动摇,但更多实打实的要求又让她犹豫不决。所有的房东都巴不得客人搬进来什么都不要动,什么都不添加,一套家具设备用上几十年。可往往事与愿违,因为生活方式的不同,外籍客人往往对家具设备有诸多的要求:通常 1.5 米×1.8 米的床不能满足牛高马大的欧洲人,2 米×2 米的大床才能容得下他们宽阔的身躯;除了电视机、洗衣机、冰箱这些标准配置的家电,还提出增加洗碗机、烤箱等更符合他们生活习惯的设备……增加设备就是增加成本,额外花钱房东当然不乐意。

　　麦克又提出一个解决方案,按照现有的租金支付,但是房东

海上芳邻

给客人 1-2 个月租金的预算作为购买设备的钱。"就当别的客人晚起租一个月时间好了;而且,增加的电器设备客人将来又不会带走,还不是属于您的资产?这样您是没有什么损失的。"这种双赢的模式,显然博得了业主的好感,她有所松动:"让我再考虑考虑吧。"

接下来,无论麦克怎样催促,女房东都不紧不慢地回答:"在考虑当中。"索性没有客户,倒是一往无前锐意进取,但这种吊在半空中的单子最叫人揪心,销售员就犹如等待宣判的囚徒,法官的一言可以决定他的生死。麦克开始焦躁不安。姗德拉安慰他:"别人常常忘记你说的话,忘记了你推荐的客户或者物业,但是却记住了你这个人,记住了你散发的气场。房子是不动产,人却是活动的,作为代理的你就是房子与住户之间的媒介。做好了这个媒介,化学反应自然水到渠成。"麦克依旧眨巴着小眼睛看着她,一副似懂非懂的样子,姗德拉笑了,抬起手止住他:"别动!就用现在这种小眼神,温暖地、专一地、楚楚动人地看着你的客户或者业主,好像她是你的姐妹,或者女朋友,直到把她变成'自己人',这单生意就成了。毕竟在中国社会,还是以血缘关系维系起来的社会,只有自己人才会把'自己人'的工作当作自己的去做,替你完成任务。懂了吧?"

麦克若有所悟,他想起培训课上说的"送礼":"送礼是光明正大的,没什么见不得人。中华民族自古以来就有'礼轻情意重'

一说,好的礼物能够帮助人们沟通,拉近彼此距离,营造美好的人际环境。"或许他可以试试。他动足了脑筋,到底什么样的礼物,才能打动房东的心呢?

城市西部的古北新区,女房东正与一帮自带"救生圈"的阔太太们坐在一家泰国餐厅把酒言欢,豆芽菜一样的麦克突然不请自来:"打扰几位姐姐的雅兴了!我是来找我阿姐的。"

这个男孩的年龄,做她们的儿子都绰绰有余。几位面如脸盆鼻翼宽阔有旺夫相的阔太太面面相觑,均不知这是何许人也。麦克径直走到女房东跟前:"阿姐,阿弟祝你生日快乐!"随即双手毕恭毕敬奉上礼物。

女房东十分诧异:"你怎么知道今天是我的生日?"

"您是我的阿姐啊!阿姐的生日阿弟怎么可以不知道?"麦克再次递上礼物。在一圈闺蜜联想丰富的唧唧喁喁中,女房东惊喜地接过来,当场一层一层地拆开包装纸,一边嘿嘿笑着,一边被勾起了强烈的好奇心:"是什么礼物呀?包装得这么严实!"最后一层包装纸拆开,是一只精巧的银色绒布小盒子,打开盒子,终于看见——里面是一枚闪闪发光的胸针。一片扇形的银杏叶子,傍着一粒温润的珍珠。简练,却说不出的雅致。

"哇,好漂亮,好可爱!"阔太太们纷纷如小女生般惊叫起来。麦克十二分诚心地礼赞道:"我看阿姐平时喜欢用大地色系列的围巾,就知道您品位独特,一般的俗物一定入不了您的法眼。我

海上芳邻

找了好久才找到这个胸针,银杏是上海特有的树种,秋天金黄的落叶是上海独特的景观,想想我姐戴一条秋色的围巾、别上一枚银杏的胸针,走在秋叶遍地的百年武康路上,不知道是一幅多美的画面。我觉得,只有它才配得上我姐的高贵气质。"

女房东叹口气:"零散小生日,我家里人都不记得了,难为小阿弟你还记得。这么上心! 看来这笔生意一定要给你做了!"作为日进斗金的贵妇,她怎会看上这无足轻重的小礼物,她看重的,是这份对女性的尊重和对细微处的关怀。再有,麦克就像她肚子里的蛔虫,真会挑时间场合,也没忘记满足她在同性面前小小的虚荣心。她笑了,和蔼地看着麦克,似嗔似喜:"没见过你这么难缠的业务员。看在你的真诚和努力上,我同意给你这个从未有过的价格!"

一系列扎实有效的培训令所有的人受益匪浅,姗德拉也不例外。事实证明,80%的业绩来自老客户。数量只是表象,精准才能成功,老客户才是最可爱的人。重新握牢老客户的姗德拉在工作轨道上越来越顺利,心胸一放开,馋虫就开始活跃作怪,她突然强烈地思念起小龙虾来。

"女汉子"苏珊仗义地一拍胸脯:"这有何难! 我知道一家十三香小龙虾馆子,做得特地道,好多明星都开着奔驰宝马排队去吃呢。"

姗德拉的哈喇子流到了嘴角。她摸摸苏珊隆起的腹部，担心地问："'国宝'妈妈，侬来事(行)哦？"

"咋不行啊！"两人常常各说各的方言，交流起来毫不费力："小龙虾蛋白质含量高，脂肪少，虾肉里面的锌、碘、硒等很多种微量元素的含量远远高于其他食品，绝对是孕妇必备的营养品。对了，以后叫我们家弗兰克专门去研发一款小龙虾营养品，保准热卖！什么氨基酸啊，什么蛋白粉啊，弱爆了！"

听得姗德拉都想改行去做这门生意了。

苏珊继续蛊惑人心："小龙虾就像火锅一样，人多才能吃得带劲儿。不如你叫上林，我叫上弗兰克，让他们一起尝尝。我们也好有免费司机接送。"

姗德拉笑得稀里哗啦。苏珊就有这本事，把一件普通的芝麻小事折腾成一场大规模的狂欢。

等了十来个号，四人终于进店坐下来。弗兰克脱掉防寒服，里面只有一件短袖T恤，他照旧一秀胸大肌："不——要——香——菜——"服务员朗读一遍，领命而去。不一会儿就端了只加葱姜的小龙虾上来。

苏珊的推荐一点儿没错。那红艳艳的外壳分外妖娆，雪白弹牙的虾肉叫人欲罢不能，那种经年累月的十三种调料，在餐馆附近几条街区缭绕蒸腾，三日不绝，引得路人争相引颈张望。

弗兰克紧盯着美食直吞口水，姗德拉暗自好笑："中国人民

海上芳邻

去美国人均消费超过 6000 美元,为振兴美国经济做出了卓越的贡献。你们逆大流而行,算怎么回事?打算花美元还是挣人民币啊?"

"上海好啊!"弗兰克叹道。

"怎么个好法?"

"上海是一座充满了活力的城市,生活设施便利,与世界上任何发达国家的大城市不相上下;很多人都会说英语,那么多的美食,还有那么多的漂亮姑娘。我喜欢看漂亮姑娘。"

苏珊眼睛一瞪:"小子,活腻味了!"

弗兰克做无辜状:"难道我说错了吗?"

姗德拉笑得打跌:"弗兰克你这话没错,只是说错了地方,不应该用嘴说,而应该放在心里悄悄说就好。"

"可是,苏珊,我们不是说好了吗?有什么想法就要直接说出来呀。"弗兰克一脸耍奸使滑:"你就是我见过的最漂亮的上海姑娘。不久的将来,还是最漂亮的上海妈妈。"

"死相!"苏珊终于转怒为喜,貌似老实的弗兰克还摆了她这么一道。

"不过说真的,我喜欢上海。"弗兰克这次是认真的:"在上海,外国人和中国人都在一个平台上竞争,不会有人歧视你,也不会有人对你的国籍和肤色另眼相看。"

"所以,"林接口道:"你只有泯然众人,才能使自己真正融合到这座城市里。"

"我想说,我来中国不只是为了赚钱。用你们的话说,我想'寻找有意义的人生'。我想要在遥远的东半球,与我所有走过的不同的地方,看到一些不同的风景,全新的生活想想就让人激动。当然,如果我足够幸运,可以遇到对我非常重要的人。"说到这里,弗兰克看了苏珊一眼,苏珊立即伸过油腻腻的嘴与他kiss。弗兰克甚是滋润:"我不求大富大贵,但求舒适有趣,偶尔有点小小的惊喜。总之,现在的状况跟我想象的差不多,我肯定这就是我想要的生活。我感到很快乐。"

"明白了。"林挪揄道:"就是中国人常说的'一亩三分地'。恭喜你!"

弗兰克闻言辩解道:"那没什么不好。说实话,这一点我也不太理解,为什么中国人一说到'一亩三分地'就带有鄙视和不屑,好像让自己活得轻松快乐是一种见不得人的追求,不好意思拿出来与人分享。"

"咱这'一亩三分地'还没影儿呢。"苏珊不满地插进来,姗德拉会意,抿嘴一笑。

"会的。"弗兰克信心十足地安慰老婆:"我们会拥有自己的房子。幸运的是,我在上海碰到了很多跟我一样寻找一个家的人,我们组成了一个'老房子保护协会',相信我们的房子就在某个地方等着我们。"

海上芳邻

"朋友,我为你的组织能力感到自豪。"林举起酒杯。姗德拉也赶紧学样。

弗兰克喝下一大口黄酒:"让我感到意外的是,'老房子保护协会'的成员来自各行各业,有设计师、艺术家、歌手、律师、米其林三星大厨、酒吧老板、瑜伽教练等等,他们都是外国人,但并非传统意义上的外语老师。这是什么道理? 林?"

林一边剥着虾一边说:"外国人来中国,担任传统意义上的外语老师,在现在的上海似乎没有了用武之地。因为,无论是陆家嘴还是城隍庙,无论是星级宾馆还是街边小贩,你都能轻易找到会说外语的上海人。也许他们不如你说得那么口音纯正而语法完善,但毫无疑问,他们甚至比你说得更生动,更符合这个环境下他们想要表达的东西。因为历来上海就是一个语言丰富、人种混杂的社会。会说外语不稀奇,夹杂着一些苏北口音的'洋泾浜英语'才是最土生土长的上海时尚外语。"

大盘小龙虾当前,色泽浓艳,香味霸道,叫人食指大动。姗德拉一边听他们聊天一边假装矜持,戴上店家赠送的一次性手套,像模像样斯斯文文地剥着壳。

苏珊早已赤手空拳上阵,喊哩喀嚓剥下一堆壳来。对姗德拉的吃相她是相当不满意:"瞧你那抠抠搜搜样儿!还戴手套儿!快别装了,多不方便呀! 直接用手得了。"姗德拉略一踌躇,苏珊摸准了她的小心思,潇洒地一挥手,痛快地替她找到了台阶:"都是中国人,不用讲素质。"

　　姗德拉哈哈一笑,扯去手套,点着弗兰克反问道:"那位可是正宗的美国西部牛仔。"

　　苏珊可不吃这一套:"嫁鸡随鸡,嫁狗随狗。他现在嫁给我了,随我,那就是阿拉上海宁咯!"

　　林轻轻拍拍姗德拉的脑袋,鼓励道:"想吃就吃!"

　　姗德拉立即天下一家亲,欢快地与盘中之物奋战起来。

　　一口黄酒,一只小龙虾,尽管吃得涕泪横流,弗兰克仍以大无畏的精神表示此乃他人生至爱!经过东北那一轮烈性酒的洗礼,弗兰克对所有的酒不再惧怕,几番摸索下来,他竟然爱上了黄酒。这种绵软又够味的米酒介于刺激的白酒和清淡的啤酒之间,每次喝黄酒的时候,他都会想起姗德拉曾经讲过的故事:在中国的江南一带,凡是家里生了女儿,父母就会在院子里埋下一坛黄酒,等女儿长大出嫁之前,父母会去院子里把酒挖出来,作为女儿陪嫁的礼物,因此,它还有一个美丽的名字,叫作"女儿红"。这个有趣而有爱的故事是如此贴入他的心境,以致他每喝一口就能感受到老丈人和丈母娘的情意,每喝一口就觉得自己多一分变成了中国女婿。那琥珀色的液体,一点一点沁入他的血液,就像好莱坞的科幻片不遗余力打造的那些电脑程序,顽固地侵入人体,随时复制改写人体基因密码。他感觉自己越来越像个本地人了。

海上芳邻

王尔德说：起先是我们造成了习惯，后来是习惯造成了我们。姗德拉看着大快朵颐的弗兰克，心想此刻他正在养成吃小龙虾的习惯。而自己呢，苦苦装了那么多天，终于还是被打回原形，忍不住重新堕落，回归这油腻腻不上台面的街边小店，果然是习惯造就了自己。

苏珊突然惊叫一声："哎呀妈呀！"动静之大，吓得三人一哆嗦，姗德拉以为她"中大奖"吃到了一只蟑螂，弗兰克更是紧张得脸色发白。众人齐刷刷将眼珠子探照灯般对着苏珊。苏珊两眼发直，好半天才说："这年糕也忒好吃了！比小龙虾还赞哪！瞧，咱们又傻了不是？吸饱了汁水和鲜味，这年糕才是精华！相比之下刚才吃的都是垃圾！"

弗兰克闻讯好奇地凑过来，苏珊干脆利落地用筷头扔过来一块年糕，弗兰克准确地一口叼住。彼此配合之熟练与默契，堪比渔夫与鸬鹚。

姗德拉与林颇有兴味地欣赏眼前有声有色的"二人转"，忍不住也各自叉了一块年糕吃起来。

法国巴黎，皮埃尔把烦琐的法律手续清理完毕，又接到了公司委托给他的为期一个月的东南亚市场考察任务，围着地球绕了大半圈回到上海，已经是几个月之后了。公司的司机在新扩建的虹桥机场2号航站楼接到他，一路护送他回市中心的住所。看

478

到那些密集而熟悉的楼房,虹桥路两侧高大的树木,以及行道树后面那些隐世而神秘的别墅,还有那不甚明朗的天空,绿化带里的灰尘,和时不时窜出来的助动车……一想到他的她,他的心里快乐得要唱起歌来。他迫不及待地要把好消息与她分享了。

车子在一个十字路口的红灯前停下来,前面那栋高耸的银灰色写字楼,就是姗德拉工作的地方。他忽然心里一动,伸手拍拍司机的肩膀。他多想早点看到她。

姗德拉不在办公室,按照她同事的热心指点,皮埃尔摸索着去几个街区之外的弄堂小店寻她。

她的皮肤如此光滑细洁,如蜜糖一般叫他沉醉;她的长发是如此柔软,他一拉开发髻上的束缚它就像小型瀑布般披泻直下;她的气味,是如此清新雅致,比薰衣草的香味更叫人着迷……皮埃尔的心里酥成一片。他又想起普罗旺斯的那个夜晚,他们坐在长方形餐桌的两端,在烛影里遥遥相望。一曲《普罗旺斯的夏天》轻柔响起,音符在古老的城堡里徘徊游移,若隐若现,并不喧宾夺主。皮埃尔细看对面的女子,端庄优雅,浅浅含笑;长裙的领口露出一片莹白的肌肤,一粒硕大的马尔代夫海珍珠衬得她脖颈格外修长秀美;黑色长发直垂过肩,齐眉的刘海让人把视线集中到她的眼睛。她有时像十几岁的少女,有时又风姿绰约,熟女气息扑面而来。她时刻千变万化的着装与风格,恰恰是最吸引他的,就像一位真正的法国女性;她的神韵,与他从少年时代就崇

海上芳邻

拜的偶像苏菲·玛索越来越相似了。相比那位活色生香的法兰西玫瑰,姗德拉更像一朵含苞待放的小雏菊。她的五官更细致,嘴唇更单薄而小巧,眼神更稚嫩,带着探索、思考与好奇,也有隐忍与克制,甚至小小的自虐。这一发现让皮埃尔心痒难耐,既想给她温暖与呵护,又想给她刺激与鼓励,更激励着他的征服与欲望……

在各种回忆与幻想中,皮埃尔成功地找到了那家小店。店里弥漫着一股植物油、化学品和动物脂肪的混合气味,比他厌恶的火锅味更甚。皮埃尔皱着眉头,捏着鼻子,浑身上下都是那味儿却无处可逃,那强劲的味道无孔不入。皮埃尔小心挪步。

皮埃尔终于看见了他的小人鱼,他的女神,他的东方维纳斯——姗德拉。此刻她套着一件宽松的白色大袍子,头发乱蓬蓬地扎在脑后,弄得满手油腻,满脸酱汁,嘴唇因强辣刺激而红肿,口齿之间发出嘶嘶之声,两粒小虎牙像吸血鬼的獠牙,正用力撕扯着一堆不明身份的动物的尸体……

皮埃尔眼前仿佛一幕恐怖电影蓦然上演,差点吓得尖叫起来。瞬间一盆冷水兜头浇下,他感到了彻骨的冰凉。皮埃尔深度怀疑自己走错了地方,心脏狠狠地被刮扯,他清晰地感到了疼痛;随即又狠狠地一沉,好重,重得他险些喘不过气来。这个满脸油污的吸血鬼,就是他认识的那位优雅高尚的东方缪斯吗?他呆立当场,一种被欺骗感油然而生。

　　从天而降的衣冠楚楚的皮埃尔令姗德拉大惊失色，筷子上一块油亮的年糕"吧嗒"掉在啤酒里，溅起一桌子啤酒花。

　　苏珊见势不妙，赶紧冲林使眼色，用嘴形通报："前男友。"

　　在皮埃尔面前，姗德拉一直努力地维持着优雅文艺的形象，闪烁着上等人的光芒和知识女性的神采，而此刻，她被猝不及防地卸去了所有的伪装，把自己最原始最粗陋的面貌暴露无疑，其窘迫之深，无异于被脱光了衣服扔在光天化日之下，顿时慌乱难堪得无以复加。

　　"我打电话给你但没人接，猜想你在开会。正好路过你公司，就直接过来看看。"皮埃尔一边组织语言一边喃喃地解释道。

　　姗德拉无言以对，手忙脚乱地扯出一堆餐巾纸在脸上一顿狂擦。别看在外光鲜靓丽，她最喜欢的是在家素面朝天不修边幅，窝在床上畅快无比地啃鸡爪鸭脖子吃螃蟹。新奇的形式是丰满的，实在的口感是骨感的，嚼着法国餐馆里浩如烟海的各种芝士，皮埃尔的表情如饮琼浆，而在她的味觉里面，它们艰涩恶劣如霉烂的芝麻谷子。她难以想象他对"霉烂"芝士的沉醉，就像他难以想象她对小龙虾的痴迷。

　　林镇定地站起来，礼貌地邀请道："请坐，跟我们一起吃吧。"

　　"不，很抱歉打扰了你们。我会马上离开。"皮埃尔摊摊手，情绪复杂地转身离开。

　　姗德拉一时失魂落魄，面前一堆堆红艳艳的小龙虾也失去

海上芳邻

了本来的诱惑力。虽然苏珊把手放在她的胳膊上以示安慰,她还是窘迫得想哭。已经没有地洞可钻,连缝隙都被水泥填满,她此刻生生地被人放在了烧烤盘上,扭曲着,煎熬着,一路嗞嗞地烤出她的呻吟来。她瘪瘪嘴,泪水在眼眶里回来打转,想哭又极力忍住,好像一个做了错事又手足无措的孩子。

林看在眼里,又是好笑又是心疼。"再来两斤十三香小龙虾。"他高声招呼店老板,然后稳稳地坐下,细细地,专心致志地,如打磨一个机械零件,一只一只剥开虾壳,再一只一只把雪白弹牙的虾肉放入她的盘子里,又及时往她的杯子里加满啤酒。他自言自语似的:"喝点啤酒,杀菌消毒,也解腻,去忧。"

姗德拉第一时间理解他说的应该是"去油",可怎么听上去变成了"去忧",他是故意的吗?管不了那么多了,她端起杯子咕咚咕咚喝下半杯。

苏珊几次来夺她的杯子,被林挡住了:"让她喝吧。别担心,啤酒而已。想喝就喝个痛快。我答应过她,让她醉一次的。"

这一天,一向"温良恭俭让"的淑女姗德拉,生平第一次喝醉了酒,吐了自己一身,也"恩泽"了林一身。林顾不得令人作呕的气味,双臂一用力,把那堆瘫软的烂泥架起来弄进车里。他想了想,若是送她回亭子间,一来洗漱不方便,二来时间已经太晚了,兴师动众必然会影响一板之隔的邻居。他发动汽车开回自己家,把她身上的污秽清理干净,给她换上自己的衬衫。

也不知过了多久,姗德拉悠悠地睁开眼睛。

"好些了吗?"林的声音出奇的温柔,把她一缕乱糟糟的碎发捋到耳后:"醉酒并不全是坏事,可以让我们以最小的代价,情有可原地忘掉很多事。酒是个好东西,它给予任何人重新开始的机会。"

断片。姗德拉眯着眼睛想,喝断片了多好,就可以再也想不起那些尴尬的往事,就可以当作从来没有发生过。她呻吟一声,转身背对他:"别跟我说话,我头好痛。"

姗德拉呼吸均匀,显然进入深度睡眠。林一直保持着同一个姿势,趴在床边看着她。她肉嘟嘟的脸上,还有一层尚未褪尽的绒毛,这个小人儿,心里一定是煎熬的,能够安稳地睡上一觉也好。他想起曾经有一位意大利作家说过:人难免天生有自怜的情绪,唯有时刻保持清醒,才能看清自己真正的价值在哪里。他对着熟睡的姗德拉轻轻地说:"如果你不能保持清醒,没关系,让我来,让我提醒你正确的时间。两个人里有一个能清醒就够了。"

人生充满了无限的未知数,你不知道在下一个转角会遇到谁,也不知道谁会成为你的下一个朋友。他可能旗帜鲜明地屹立于你的青梅竹马之间,也可能隐身在你萍水相逢的客户当中。你只能把工作中的人际关系当作朋友来维护,时刻准备着,才能

海上芳邻

以最好的精神面貌遇见那个未知的那个他。

斯坦离开上海前的最后一个请求，是希望姗德拉陪他再次采购家具。这一次，是一整套中式家具，从大衣柜到五斗橱，从八仙桌到小马扎，脸盆架、多宝格、宫灯、卧榻、罗汉床……斯坦无一遗漏，全部照搬，他将以海运的方式把所有的原汁原味的中式家具打包运回家乡，作为对这几年上海生活的永久纪念。

办完货物出关手续，姗德拉乘地铁回市区。她沿着站台从车头款款走向车尾，列车挟带着一股疾风扑面而来，掀起她的裙袂和头发，如蝴蝶翩然翻飞，又如同电影里的特写镜头。车停稳，门打开，拥挤得罐头般的车厢忽然神奇地空出一条路来，乘客纷纷往两边退去。姗德拉便这样轻而易举、泰然自若地一脚踏进车厢。气场，不可谓不强大，日渐自信的姗德拉正努力向女神晋阶迈步。

车厢里贴着五花八门的广告，是无聊旅途最佳的娱乐："物价这么贵，不如我们在一起吧！"姗德拉哑然失笑。这算什么逻辑？两者有必然联系吗？为了突出自己的观点，就把一切可用的素材拉出来生搬硬套，电商推销也够拼的，比起那些传统经营的小商小贩有过之无不及，一样吆喝得声嘶力竭。

列车到站，姗德拉迈步下车，车厢门自动关闭。地铁，就像这座城市的地下血脉，交错纵横地布满了城市的整个肌理。姗德拉冒上地面已是苏州河北，她们的工作地图上划归"北外滩"的板块,这里有新落成的国际客运港,港口停泊着"鉴真号"邮轮;附近有修缮一新的"摩西会堂",和犹太人曾经聚集的霍山公园;老城旧房已被拆除,代之以大片的新建住宅。上海真好,足够大,大到总有那些你走不到的地方;足够杂,杂到永远有那些你没见过的风景;也足够有趣,你可以静下心来,在这座城市里来一次充满偶然的旅行。

手机响了,屏幕上跳出皮埃尔的名字。他回来的这些天他们很少见面,不知为什么,皮埃尔辞藻华丽的邀请对姗德拉失去了吸引力,跟他吃饭也是索然无味,她总是推说忙,还重新捡起最初的套路"next time",她甚至懒得去想皮埃尔对这种反应如何理解。

"这是我在上海碰到的最愚蠢的司机！我要去人民广场,我告诉他走高架路,但他偏要走地面！我在上海这么多年了,人民广场不知道去过多少次了,我非常熟悉,我完全知道该怎么走最顺利。他就不听我的,也不知道打的什么主意,想着法子绕道啊？还是看我是外国人好欺骗？脑子坏掉了。"皮埃尔在电话里一通嚷嚷,听得出来情绪极度愤怒。

姗德拉闭了眼睛:"好吧,你把电话给司机吧。"

"喂！听电话！"皮埃尔把手机从后座递上前去,不客气地命令。

姗德拉略一解释,出租车司机也是满腹委屈与气愤:"我刚

海上芳邻

才就在跟他比画,问他是要走高架路还是走地面,他突然就大叫大喊,冲我吼起来。"

姗德拉安慰道:"他脾气不好,你别理他。没关系的,就走高架路。他怎么说你就怎么做好了。辛苦你了。"

电话重新回到皮埃尔手里,他立即换了彬彬有礼的绅士面孔:"很抱歉打扰了你。你总是那样友善,随时提供帮助,帮我解决所有问题。谢谢你。"

姗德拉叹了口气,来上海这么多年了,他还是一副不肯将就的执着,他什么时候才能像弗兰克那样,尽量地去理解别人了解别人,多点耐心去沟通,什么时候才能真正地融入这座城市。

她把手机放回包里,手指触到一样柔软的东西。姗德拉的拎包里装着一件洗干净的男士白衬衫,依旧带有那股令她心旌神摇的味道。她喜欢把它放在枕边,一会儿便拿起来,痴痴地嗅着,犹如他在身边。都说男性是视觉动物,女性是嗅觉动物。女性的感知方式非常特别,她们不是用眼睛来识别,而是用鼻子来分辨。英国作家吉卜林也认为,人的嗅觉比视觉和听觉更能挑动人们细腻的心。每当她一靠近林,他身上那种干净健康的体味,就令她心跳。很久以后,他们已经非常熟悉,当她提及此事,林显得十分诧异,因为他从不知自己有气味。姗德拉的答案是肯定的。中世纪的行吟诗人说:"爱的闪电不但流向天国,也可以在两人体味之间流动。"所谓气味相投是也。他的气味,残留在衬衣上的独特的荷尔蒙信息，就如同一剂魔幻药，将她迷醉，难以自拔。

　　既然做好了长期扎根的打算，林亦有条不紊地给自己置了个安身之所——位于北外滩的新建小高层公寓。户型比较保守，并不像眼下最受欢迎的房型那样——窗户尽可能的大，最好落地，尽显气派；阳台尽可能的多，最好南北通透，风水流通。他对应邀而来的姗德拉解释说："窗户开得小可以保温，室内自然形成一个小气候；无机活性墙体有效地保温隔热，冬夏可以少开空调，这样才符合环保的原则。"

　　"哈哈，又是环保。德国人都快成环保神经病了。"姗德拉晒笑道。

　　"节约能源，减少排放，城市的污染减轻一点儿，空气就会改善一分，上海向宜居城市就更靠拢一步。"他果然时刻不忘他的"中国梦"。

　　"见过癞蛤蟆过街吗？"林忽然问。

　　"什么意思？考我歇后语啊？癞蛤蟆过街——人人喊打？"姗德拉转动眼珠子，脑筋急转弯。

　　林摇头："错了，正好相反，是人人让路！"

　　姗德拉瞬间将眼睛瞪如铜铃。

　　"我在德国的时候，有一次开车购物途中，突然发现前面道路封闭，设置了路障，栏杆外面有块警示牌，牌子上面似乎是一

海上芳邻

只蛤蟆的图案。我怀疑自己看错了，于是把车再开近些，一看，没错，就是一只癞蛤蟆！"

"恶心！"姗德拉一想起那种丑陋的动物就头皮发麻，浑身起鸡皮疙瘩。

"哈，是啊。"林见状环抱着她，在她裸露的胳膊上安抚摩挲："长到这么大，我还第一次见识这种图标。国内道路封闭，一般是为了修路；国外偶尔封路，是提醒注意前方有孩童放学；再或者，在澳洲这种野生动物遍地的天然国度，小心驾驶、避让动物的警示倒是比比皆是，但不外乎考拉、袋鼠、小熊这些珍稀而可爱的动物，可是，癞蛤蟆这么丑陋而平庸的动物，人类为它让路绝无仅有！在我老家四川有种习俗，每年正月十四送'蛤蟆瘟'，每个孩子都必须在当天扎一个蛤蟆灯，并把它送下河，意喻送走丑陋与病毒；在东北长白山深处的林蛙，几乎满地都是，多得让人讨厌，所以中国人才想方设提取出最金贵的那么一点点输卵管来制成蛤士膜油来吃。可是一旦到了德国，人类居然要为这种丑陋的低级动物让路，以便它们能够顺利地迁徙到目的地产卵繁衍，维持生态平衡。"

"这是什么逻辑！保护动物，不至于要到这种地步吧？太夸张了！"姗德拉深不以为然，将脑袋摇得像拨浪鼓。

"可是，再怎么不满，我也只能停下车，打道回府。对于规则德国人从不挑战，若是不从便是与整个国家为敌，与整个民族为敌。哪怕再丑陋再平庸,癞蛤蟆也是生态环境的一环。从这件小事上,就足以看出德国人对生态环境的维持和保护,到了锱铢必较的地步。"

姗德拉鸡皮疙瘩起了一身,她跺跺脚,发起小脾气:"好了别说它了,说点别的。"

"好,不说了。带你看点好东西。"他挽着姗德拉进来。

上次因醉酒莫名其妙地借宿了一夜,今天才算正式拜访。与房子打交道这些年,姗德拉算是对房型颇有心得。也许受她的顶头上司总经理杰森的影响,她喜爱的房子,依旧是外貌至上:必须宽敞明亮,没有任何阴暗的角落,实用倒在其次。好像房子不是用来给自己住的,而是用来给别人看的。

室内物件简单得不能再简单,与其说是公寓,不如称它"男生宿舍"来得更妥当些。一卧一客,一厅一卫,一桌一椅,一床一柜,没有电视,只有电脑,满足基本生活功能,绝对没有任何多余的装饰。唯一奢侈的,是满坑满谷的书籍,书架上、桌子上、床头上、地板上,到处都是。姗德拉第一次见识到林如苦行僧般的生活,不免想起"六一居士"的称号来。

相比缺乏想象力、几近简陋的家具摆设,更让人暖心的是房间里的清洁程度,处处细节显示着主人勤劳卫生的良好习惯:窗明几净是主人的底线,单身汉生活让厨房毫无用武之地,再看那卫生间,浴缸和洗手池洁白光亮照得出人影,盥洗台上除了男士的牙具、剃须刀等基础护理用品之外,还有一把小刷子。怪不得他的衬衫领子永远那么干净。

"你的房间好简洁啊。"姗德拉转了一圈,终于找出一句还算得体的话。

"人活着是为了享受生活,不能为生活所累。我喜欢越简单越好,轻装上阵。在西方人的眼里,我们的先人总会在清贫、简单的生活里,求取一种更美好、更丰富的精神趣味。而这种趣味的背后正是中国人的智慧与自然清平、和睦共处的理念。中国传统文化一向是含蓄的、内敛的、温润的、慢速度的,就像你身上拥有的那些特质。对于这所房子,我只能做这些,刚够最基本的生活。好留下大大的空间,让女主人来一展身手!"他走过来,伸手想抱她。

姗德拉灵巧地躲开,强词夺理:"这是你的家,谁知道你的女主人在哪儿啊?"

他捉住她,双手环着她的腰,直直地看着她:"你就是这里的女主人。这就是我们的家。现在交给你了,由你全权打造,请你充分展示你的设计和创意。无论你把它弄成什么样子我都喜欢。"

"那我就把它弄成垃圾桶,天天脏兮兮的,让你饭也吃不下!觉也睡不着!"姗德拉恶狠狠地诅咒。她就喜欢在他面前耍无赖,耍得技艺纯熟,耍得理直气壮。

倒也不完全是信口胡诌,她的确不善家务,自己的亭子间

490

里,除了床上是整洁的,其它地方都乱得没有章法;以前的大学寝室,从来一地瓜子壳废纸屑,一帮懒姑娘只扔不扫,并且振振有词:"在家乱扔会被父母骂,在外面乱扔会被罚款,只好在寝室乱扔。"结果,年终评比荣登"文明卫生寝室"倒属第一。

姗德拉绘声绘色讲得起劲,得意忘形,没防备几星唾沫直奔对方面门而去!她见状大窘,一边拼命 say sorry 一边手忙脚乱伸手去抹掉。

林倒是满不在乎,抓住两只惊慌失措的小手,笑嘻嘻地说:"古人讲'相濡以沫',始信之。原来就是互相往对方身上吐口水,以示亲密无间。能与小姐建立亲密关系,小生感到无比荣幸。"当即化身宁采臣,两手互握,一揖到地。

姗德拉被他的油腔滑调逗乐了,全然忘却了之前的窘迫。不知怎么突然想起以前跟皮埃尔一起吃西餐,自己一不小心将番茄汁溅到对方身上的情形。情节惊人的相似,历史居然又重演。只不过,那时的姗德拉满心诚惶诚恐,而眼下,她怎么觉得干了坏事也一样开心呢?

林,就有这样一种化窘迫为趣味的本事。天生的。

林看着她的眼睛,认真地说:"你知道吗?韩国开征'单身税'了。这将直接导致未婚劳动者需要比前一年多交很多税。从经济学的角度来说,这样很不科学;从环保的角度出发,我们有责任制止一切浪费的发生,免去这部分不必要的税收。因此,改变单

海上芳邻

身身份刻不容缓！"

姗德拉脑海里灵光一闪——这话好熟悉，好像在哪里看到过。再一想，哦，是刚来的路上在地铁里看到的广告。

林在口袋里一阵摸索，她心惊肉跳地以为他会摸出一个钻石戒指祖传宝物什么的，不料摸出来的却是一本红色的聘书。

"青青子衿，悠悠我心。我希望给你明明白白看到我的心！玫瑰花不是我的菜，这才是我的本色。古代的婚礼要经过纳采、问名、纳吉、纳征、请期、迎亲六礼，其中婚书虽不具备现在所说的法律效力，却更真实地表现了当事人的强烈意愿，可以视作一种契约和承诺。现在，我，林明清，对天郑重承诺：我会对你一辈子好。"他又拿出一个早已准备好的文件夹："这是房产证、车钥匙，还有一个 U 盘，所有的理财产品和银行密码都在里面。我把它们全部交给你，包括我这个人，也全都给你。从此，我希望所有我能支配的时间里都有你，我所有的余生与你一起度过。我的伢儿，嫁给我吧！"林单膝跪地，双手奉上大红聘书。

那红色鲜艳、热烈、执着、霸道、决绝，灼得她眼眶疼痛。姗德拉的泪水肆无忌惮地决堤而出。

这一刻她终于意识到自己一直担心和寻找的是什么，是那种她自己都没有意识到的安全感。尽管她一直都羞于承认，尽管在百无禁忌的现代社会，在各种流派文化混杂的外企，谁会去想吃饭穿衣这样基本又俗不可耐的问题。可是，在她的心里，它

492

一直都在,伴随着她的童年,直至成人,附载在每一件事每一个动作上,就像她时常表现出来的那样惶惑而缺乏自信。现在,有一个人明明白白地告诉她,在他的眼里,她就是最好的,最值得的,他愿意花上自己的一辈子,爱她,陪伴她,照顾她,不离不弃。

林将已哭成泪人的姗德拉拥在怀里:"我说过,我是怀有'中国梦'的。这个'中国梦'里,也包括了你!我们有一辈子时间一起来实现我们的梦。"

还有什么比一份令人踏实又充满期待的感情更幸福呢!姗德拉的胳膊紧紧地攀住了那结实而充满了力量的身体。

林对工作一向认真,对技术简直到了苛刻的地步,虽然为了整顿纪律闹得工厂鸡犬不宁,但他对人是相当宽厚。除了规定的各种福利津贴,他会额外附送一些"小温暖":在冬天给工人们发放暖手袋,高温天会给工人们准备风油精和藿香正气水。相比直接的经济反映,这些实物的福利更体现温情和关心,尽管一再被姗德拉嘲笑"不过是给资本家披上一层温情脉脉的面纱",他还是愿意坚持自己的"古风古礼"。这回也不例外,德国出差回来,他特地带回一箱特产——卡瑟尔火腿,让工厂经理分发给所有工人。

经理通知所有当班的工人领取,但一部分轮休的还没有拿到。他看着那堆来自一万多公里以外的珍贵礼物,诱人的泛着

海上芳邻

油光的肉食,心下贪念顿起——带回家去,让一辈子土生土长的亲戚们都尝尝该多好啊。一箱子到底有多少包未必有准确的数字,这种腌腊食品总有人喜欢也有人不喜欢,他已经通知了大多数人领取了,剩下这点也无所谓了,不过是几包香肠嘛,又不是什么大事。再说,他是经理,是整个工厂的头儿,给谁不给谁还不是他说了算。如此一想,便心安理得。

这件事很快就被林知道了,他出乎意料地反应激烈:"虽说礼物不值多少钱,但贪污就是违反道德,这是诚信问题。在德国,一个中国留学生就因为乘地铁逃了一次票,毕业以后想找工作一直被拒绝,想买房子没有银行愿意贷款给他,因为他曾经有过不良的信用记录。就是他自以为是的一次小聪明,害了他一辈子。几包火腿是小事,但我计较的绝不仅仅是金额的大小,小事也能反映一个人的品行。"一向待人温和的林,这回铁了心,不顾别人的再三说情和工厂经理的苦苦哀求,坚持辞退了他,并按照劳动法对他进行赔偿:"给你的工龄赔偿是对你之前工作的补偿,而辞退你是对你不诚信行为的惩罚。千里之堤溃于蚁穴,哪怕小到一个零件,薄到一张 A4 纸,也应该坚守自己的底线。诚信才是打造一个社会良好秩序的根基。我不能接受一个心怀贪念的人在团队里合作。"

林从工厂回来,已是半夜。

姗德拉撑着眼皮歪在床头，手机扔在一边。看见那人回来，终于倒头睡下。

万籁俱寂中，手机铃声突响，如夜半惊魂。

有人在电话里热切地要求、请求、哀求："姗德拉，来吧，来陪陪我吧，我一个人，来吧，求你了，求你了……"一定是哪个老外喝醉了酒神经错乱。

姗德拉毛骨悚然，心咚咚咚地一阵乱跳，有如梦魇。

"谁呀？这么晚打电话，疯了！"林睡眼惺忪，不满意地嘟囔。

"一个客户。"她关机，无奈地回答。

"客户？平时没有周末，全天候随时待命也就算了，这么晚打电话能有什么紧急事情，家里进强盗了，还是喊救命啊？要半夜三更打扰！不管他是谁，你告诉他，你已经名花有主了，并且马上就要结婚了。他们没机会了！"他皱着眉头一通大声嚷嚷。

姗德拉的心又是咚咚咚地一阵乱跳。这一闹，便再难入睡，直到清晨才迷迷糊糊地进入梦乡，没一会儿，闹钟就响了。

"天还没亮。"她赖在温暖的被窝里，不舍得起床。冬日早起是无比痛苦的酷刑。

"每天都是这样啊。"他迅速地穿戴整齐。

"不是的！今天天气特别黑。"她又要无赖。

"好——"这厮拖长声调附和她，突然铿锵冒出一句："汉高祖斩白蛇！——伟人起床总有异象发生。"

海上芳邻

姗德拉笑得花枝乱颤,一边忍不住想起:这种乐趣,恐怕是跟皮埃尔在一起永远也体会不到的。玩笑最能体现人的智慧,现代人都以幽默为必备,大多数的人,只为博得别人一笑,笑过即忘,可是他的玩笑,看似简单,却每每令她笑过之后,由愉快转为深思和回味。有时候她会想,为什么跟皮埃尔在一起会觉得亲密无间是一种灾难,而与林在一起,越亲密,越难舍难分呢?此刻她也许找到了答案。她接受他身上的一切,因为他的身上有她的影子,接受他,就是接受真实的自己。而,面对皮埃尔,只是对镜欣赏理想中的自己。

很不幸,婚姻与浪漫总是背道而驰,因为浪漫的本质是讨好、刻意、摄取、以达到某种目的;而婚姻里的双方却是平等、自然与真实的流露。与林在一起的日子,很少有浪漫,却令她备感踏实、泰然,无比自由,他们互相尊重,互相接纳,水乳交融。他与她的特点经过打磨似乎已经融合到彼此的身体里,就如同《我侬词》:"你侬我侬,忒煞情多;把一块泥,捻一个你,塑一个我,将咱两个一齐打碎,用水调和;再捻一个你,再塑一个我。我泥中有你,你泥中有我。"说的不仅仅是爱情,更是一切思想、观念、文化、习惯,等等,等等的揉捏,重塑为一体。这样的模式,才有希望地久天长。

今天是周末,姗德拉邀请了苏珊和同事们来聚会。中国人的待客之道向来就喜欢把光鲜的一面展现给别人,为了给大家留个好印象，一向懒惰的她改头换面，变身勤劳小主妇，把房间好一通收拾整理。吸尘拖地板，各种杂物尽量往抽屉和柜子里塞，少而简洁才是整洁的秘诀。她忙得脚不点地，还得吆喝几声赶驴推磨："赶快赶快！"

林本想有条不紊地按自己的方式打理，偏偏姗德拉把家里弄得鸡飞狗跳。他只好打下手，把她没弄好的事项补齐了，并兼顾她随时报告什么东西坏了：

"呀，吸尘器坏了！"

林赶紧去把松了的插头插紧；

"窗帘拉不动啦！"

林拿梯子爬上去，把两只搅在一起的钩子分开。

"抹布脏了！"

林接过去清洗干净了，重新递回领导手里。

"鼻子有点痒。"

林蹲下来送上胡子拉碴的下巴，她在那里蹭了几下果然不痒了。

她一个转身将杯子带落溅起一地莲花："呜呜呜，杯子打碎了。"

"岁岁平安。岁岁平安。"林紧急打扫战场，并及时寻找替补。

"你买的牛油果全是生的。"她噘起嘴。

"等下坐在上面孵一会儿它们就熟了。"

海上芳邻

"一个蚊子！一个蚊子！"

林赶紧去拿电蚊拍。

过了一会儿她又喊："蚊子还在哼。"

"蚊子腿断了吗？"他问。

她拼命咬住嘴唇,强词夺理："蚊子在示威。"

"嘘,轻点,别让蚊子听见了。"他手起拍落,啪的一声,一股焦味升起。

……

"动作快点啊！等会儿客人马上来了。你在干什么呢？"姗德拉一回头,发现那人正学着她的样子,把自己的书籍杂物一股脑儿塞进橱柜里。一边嘴里念念有词"坚壁清野,坚壁清野……"一边拉开壁橱门,把自己也给藏了进去。

目睹林的这一举动,姗德拉如同被电击了一般,五脏六腑瞬间被牵动,身体突然不受控制地抽紧起来,爆发出一阵惊天动地的大笑。笑得肆无忌惮,笑得毫无形状,笑得天翻地覆……林总是会用他特有的形式,来表现对她的支持,并且顺带无伤大雅地表达一下他小小的抗议。而这些方式这些行动,就如一汪清泉,直接注入她焦躁的心田,熄灭她的怒火,让她像一架加了润滑油的机器,又能欢快地运转起来。他的一句话,一个动作,就能击中她的痛处,戳中她的笑点,引起她很多自然、原始的本能的反应,它们是不经过大脑的、即刻的反应。她对皮埃尔的欣赏与唱和,往往需要借助语言,经过思考,甚至心灵的积淀与提炼等等一个繁复的过程,它们是一种理性的、高级的鉴赏行为,清晰地展示了一个个体对另一个个体的认知和反馈的种种痕迹。而对于林,好像从来没这么复杂,林心里想表达什么,姗德拉的身体,就直接承担了表达功能,好像两个人生来就是一体。也许西方的上帝早就想到了这一层,他取了亚当的一根肋骨做了夏娃,好让女人和男人永远合为一体。一念至此,姗德拉顿时恍然大悟,对万能的上帝佩服得五体投地。

他们的价值观是如此地统一,他们因互相吸引而别有意趣。他们的前生应该同属一个物种,所以此生才会如此契合。他用传统的归属感,与她盘根错节地彼此依附;用科学的方法,引导她一起,共筑属于他们自己的宜居生活。如果说皮埃尔是大雅,那么林就是大俗。跟皮埃尔在一起,可以谈音乐谈艺术谈美食谈文化;跟林在一起,那些全都不重要,生活就是一地的鸡毛蒜皮。就像最高级的武功高手,不计门派招式,哪怕一花一叶,信手拈来,蕴含无限玄机。她与林在一起,彼此熟悉融合到不需要借助各种工具与桥梁,将万事万物、分分秒秒,揉碎了捏在一起,在无声无息的眼神和呼吸中,已经自然地进行了交流。佛说,"本来无一物,何处惹尘埃",应该就是这种境界吧。

第二十一章

获奖的季节

皮埃尔像一只不知疲倦的候鸟，飞越了万水千山，飞越了漫长的寒冬，终于飞回了上海。他依旧绅士气十足，辞藻华丽地邀请姗德拉共进晚餐。

在黄浦江边古老森严的大理石建筑里，他们遥遥相望，隔着直径惊人的圆形餐台，就像隔着一条宽阔的银河。雪白的餐布上撒满玫瑰花瓣，餐具由于留白过多而愈显华贵典雅，头顶上水晶吊灯折射出璀璨的光华，厚厚的红丝绒窗幔掩饰着落地长窗，窗外的江水伴着邮轮迤逦而过……作为这座城市里著名的求婚圣地，如此浪漫昂贵的环境名不虚传。对满桌的米其林三星大餐视而不见，皮埃尔兴奋地宣布："我有两个好消息告诉你！"

姗德拉报之以微笑，身体前倾，双手交叉置于桌面，做认真聆听状。

皮埃尔也以同样的姿势揭晓了答案："第一个是，在我离开上海的这段日子里，其实是接受了一家国际邮轮公司的聘请，担任他们亚太区的高级顾问。以后，我会经常在亚太地区出差，也需要很多时间待在南美洲工作，我已经接受了邀请，这对我的事业将是一个新的挑战。"

"恭喜你！"姗德拉努力让自己的脸上喜气洋洋。

"哦，谢谢！我还有另一个好消息。我已经回法国去处理好了私人法律上的事务，现在，我可以说，嫁给我好吗？亲爱的姗德拉！我爱你！跟我一起去南美吧！去世界上的任何地方！你会喜

海上芳邻

欢的！"

姗德拉笑笑，不言语。皮埃尔的憧憬和呼唤并未点燃姗德拉的热情，她觉得自己反常地冷静。

姗德拉记起从法国回来不久，那时他们曾经讨论到婚姻——"也许吧。"令她诧异的是，皮埃尔居然使用了这个他曾经深恶痛绝的模棱两可的词汇："等到我们都到了愿意结婚的那天，我们可以结婚。婚姻很慎重也很沉重，除了爱情，它还包含许多责任、经济、权益等等各方面的复杂问题。但是，毫无疑问，我爱你，非常爱你，你是我在这世界上最爱的女人。我们在一起，我们会快乐。这才是最重要的。"西方的观念重视过程，生命就是一场体验的过程，结局怎样不知道，重要的是现在我与你相爱。皮埃尔的爱情不容置疑，但下一站的目的地，与她并非同一个方向："你知道吗？在法国，妇女们常说：'宁愿做个自由的情妇，也不愿当没自由的妻子。'婚姻未必是最好的选择。"

姗德拉读过法国女性主义作家波伏瓦的《第二性》。21岁的波伏瓦与24岁的萨特坠入爱河之后，签署了一份特殊的契约：不必结婚，只做情侣，同时还要接纳各自拥有的偶然的爱情，并对此互不隐瞒。从小叛逆且无比自信的女作家深信，她将挑战传统婚姻制度和男权社会对女性的束缚，她毫不犹豫地接受了离经叛道的契约，并开始他们长达一生的契约旅程。也许是榜样的力量，很多法国人也认为，只要感情好，他们可以接受一切相处形式,比如伴侣,比如情人,甚至,如果他们愿意,可以跟情人生孩子。在他们看来,婚姻并非爱情的唯一出路,情人关系反倒更促进两人之间的良性相处,没有了婚姻的捆绑和保险,人们反而更需要警醒,保持爱情的新鲜度,关注彼此的感受和发展,从而更加愉快地相守下去。

　　而这一切,是深受东方传统教育的姗德拉断然无法接受的。也许是因为功利性强,在中国人的观念里,注定没有结果的事就不会花大心思去做,既然做了,就一定讲求结果。因为有了法国之旅的铺垫,姗德拉理所应当地以为,下一站,必然是婚姻。可事情远不是她想象的那样,皮埃尔对她如同对一件艺术品的收藏,充满了欣赏、爱慕、占有,而不是彼此平等的扶持。她以为爱到深处,自然会产生对婚姻的期待,一切顺其自然,瓜熟而蒂落。她难以接受等待未来某一天"也许会有婚姻"的风险。有保留的爱怎能叫人安心?对感情,她一向渴望的是全心全意的独占,没有丝毫的犹豫与隔阂。所以林看似贸然率性的行为更称她的心意:一上来就求婚,哪怕是自制的婚书,也体现了德国式的务实精神,自愿把承诺加重为一种契约;更体现了中国式的郑重其事与奋不顾身的人生态度。爱,就是给予你一切我可以给予的东西,毫无保留,无怨无悔,勇往直前,把所有未知的风险留给了自己,那是一种对人生的勇敢与大度。

　　环境和气氛让人着迷,但姗德拉并不迷糊。放在以前她或许

海上芳邻

会欣喜若狂,但现在不会,已经迟了,她已经答应了林。不管皮埃尔是如何处理他自己的私人事务和法律事务,她都不关心,她只知道,无论未来贫穷与富贵,顺利或艰难,她都会跟林在一起。周国平说,爱不是对象,是一种关系。她毫不怀疑皮埃尔会带给她锦衣玉食,但林给她的是信心,是无需问、无需想、无需等待就能明了的、心意相通的信任,那才是无比珍贵的。

两人默默地走在外滩宽阔的景观防汛堤上,姗德拉的脚步越走越慢,似乎越来越艰难,终于,她停住了,倚身斜靠在防汛墙上。江岸春风轻暖乍寒,墙角的缝隙里却突然伸出两支野花来。那是红蓼,人们喜欢叫它狗尾巴草,却一身红衣,通常长在荒郊野外的码头渡口,是古诗中常见的"离愁之花"。蓦然出现在这繁华的大上海,显得十分突兀而格格不入。"梧桐落,蓼花秋。烟初冷,雨才收,萧条风物正堪愁。"南唐冯延巳的《芳草渡》恰恰是她此刻心情的写照。这两支蓼花不合时宜的出现,似乎预示着他们之间必然的悲凉结局。

沉默良久,她终于艰难启齿,向皮埃尔宣告了自己的决定:"很抱歉,让你失望了。从我的内心来说,我极不愿意离开上海这座我熟悉的城市。我的人生与这块土壤紧密相连,只有在这里,我才能感到舒适与自如。我还有太多的梦想与奇迹期望在这里发生。我祝愿你找到属于你的缪斯!我会给你我所有最美好的祝福!我亲爱的朋友一路珍重。愿你拥有你想要的人生!"

　　周围一切刹那间黯然失色。对岸锦灯华彩，却离他们那么遥远；身边人流穿梭，却与他们毫无关联。两人仍旧握着手，均是冰冷生硬。不知从哪里断断续续飘来一缕歌声，痛心疾首地唱："我是不是你最疼爱的人，你为什么不说话？握住的是你冰冷的手，动也不动，让我好难过……"海关大楼的钟声响了，在寂静的黑夜里、瑟瑟的寒风中，越加惊心动魄。

　　皮埃尔沉默良久，眼眶渐渐红了。缓缓的男中音里充满了浓浓的失意："还记得我们在威尼斯的彩色小岛上吗？我为你朗诵叶芝的诗，那时的我们多么快乐。索伦·克尔凯郭尔曾说过：'诗人乃不幸之人，把痛苦隐藏在内心，但他嘴唇的构造却能使叹息哀号通过时，转化为美妙乐章。'说实话，我此刻非常羡慕诗人，因为我的痛苦和悲伤难以描述。但是，我只能说，我尊重你的决定。也许你从没爱过我！"

　　姗德拉哑然。人类最大的痛苦，莫过于"呼唤者与被呼唤者很少互相答应"。

　　"你根本就是一个外表浪漫，骨子里现实的女人。"他继续犀利地分析她。

　　现实？皮埃尔说得也没错。爱不仅仅是互相欣赏互相吸引，爱另一半残酷的面目才是现实，靠短寿的激情维系的爱，如何去面对以后千千万万个琐碎而难解的日日夜夜。她没有把握，亦不抱任何信心。没有信心，就意味着没有未来。姗德拉承认，她只是

海上芳邻

个普通人,没有过人的资质和超凡的能力,对于未知的世界,她没有承担风险的勇气,也没做好挑战未知的准备,唯有手边的幸福尚可把握。她已经过了 30 岁,不愿意再去做无谓的尝试和冒险,宁愿放弃那 50%可能的辉煌,宁愿守着自己的一亩三分地她也不愿意把时间花在不断地印证和选择上。任何土地,只要辛勤耕耘,一样能开出艳丽的鲜花。就像林说的那样,只要他们一起努力,总有一天可以把这里变成宜居的土地。而她,更愿意加入他切实可行的"中国梦",或者说,这,就是她做出的最终选择。

"还记得我们在普罗旺斯吗?"姗德拉悠悠地开口,一动不动地望着东流而去的一江春水,仿佛那里是一条记忆的长廊。

"当然。"皮埃尔叹口气,又是甜蜜又是伤感:"那是我此生最幸福的日子,我永远也不会忘记。"

"记得那位城堡的主人曾经说过一句当地的谚语:'赞美海洋吧! 但要留在陆地上! '对我来说,你的世界就是一片汪洋大海,我不了解,也不想去冒险。我只想留在我熟悉的陆地上。我只是芸芸众生中一个平凡的小人物,在这个瞬息变幻、风起云涌的世界,我缺乏弄潮逐浪的大智慧,'放弃'就是我能做到的最高人生哲学。"

文化的隔阂能被逐渐消弭,语言也总有一天不再成为障碍,但人性始终无法刻意改变。皮埃尔兴致勃勃地带着十足的诚意来求婚,满心以为即将开启一段幸福的异国婚恋,他甚至按照自己的计划做了相应的安排,不料遭受了严重的打击。事与愿违,他至今仍未读懂这个神秘的东方女子。他黯然神伤,悄然离开这座给他留下了太多快乐与伤心的城市,只身飞往遥远的南美。

苏珊突然发现闺蜜身上哪里起了变化,她使劲按按姗德拉的鼻梁,又掰一下她尖尖的小下巴,狐疑地问:"亲,你瞒着我去整容了吗? 好像变漂亮了。"

姗德拉笑笑,慷慨地公布了她的秘诀:"个性即时尚,自信才美丽。"

写字楼里众多妖娆妩媚的女孩,眉眼未必精细,身材也不见得出色,却都是端着美女架子,骄傲得不可一世,每天昂首从镶满镜子的长廊经过,仿佛个个女王再世。经过这几年的潜心研究,姗德拉终于发掘了其中的奥秘:无非是高昂了头,高挺了胸,高提了臀,高抬了脚。笔直朝前,目不斜视,唯我独尊。说白了,秘诀就是"自信"二字。此刻,她就将自己的脊柱挺得直直的,收腹绷腿,在苏珊面前硬生生拗出一个 S 形:"下巴不能抬得像跳芭蕾那么高,略微收敛含蓄更贴近生活,就像脸上的妆容,花了许多心思,却尽量让人看不出生硬造作的痕迹。原则就是把钱扔在水里。一切必须精雕细琢,一切必须化于无形。长此以往,习惯成自然,美女就成功出品啦。"

"拉倒吧! 别在我面前穷显摆,我现在再怎么拗,也是一个 O

形。"虽已肚大如锣,苏珊的火爆脾气不减半分。

"你现在是'肚子里有料',货真价实的美女啊。"姗德拉赶紧过来哄她。

"谁要'肚子里有料'啊?我刚买了一堆,有流沙包、豆沙包、核桃包,还有酱肉大包,刚出锅热气腾腾的,一咬就露馅!"麦克拎着一个塑料袋进来,把那家连锁包子铺的产品堆在桌子上,供大家自由分享。

姗德拉和苏珊对看一眼,哈哈大笑。苏珊更是捧着肚子哎哟哎哟直叫唤。眼瞅着美食当前,苏珊迅速左右开弓抓起两只酱肉大包:"你也忒大方了,奖金提成没少拿吧。"

麦克干笑道:"小事,呵呵,都是老板照顾我生意。"

约翰·克里斯多夫说:"英雄也有卑下的时候,但不会永远卑下。"曾经默默无闻的小人物麦克,现在已是"乐士诚"的骨干了。

姗德拉掰开一只流沙包,里面呈液态的奶黄立即一涌而出:"那是你自己努力的结果。以后继续多开单,争取让我们每天都有点心吃。"

"一句话!"麦克把小胸脯拍得乓乓响。

"嘿,小心你那小身板给咔嚓咯。行了,你们也别瞎叭叭了,肃静!肃静!我接下来有个通知:我们家弗兰克,明天下午在他公司举办庆祝酒会,庆祝他的团队刚刚获得了'奥斯卡最佳制作奖'。我代表我们家弗兰克,还有我们家未出世的宝宝,诚心诚意地欢迎大家来捧场啊! 别的没有,咖啡、啤酒都管够,还请大家免费观看好莱坞大片儿。谁不去我跟谁急!"

办公室里顿时炸了锅,惊呼声,欢呼声,此起彼伏。"好莱坞?""奥斯卡?"没听错吧?那些离他们遥不可及的文化经典,那些赫赫有名的世界一流品牌,那些意味着某种艺术巅峰的符号,那些他们从来想也不敢想的奢望,就因为这一个契机,因为他们身边一个人,突然就与他们有了具体的关联。

姗德拉一把抱住苏珊,又惊又喜:"亲,这么大的事,你瞒得我好苦!"

男同事的兴趣点是大片和啤酒;

女同事关心的永远是男人, 各种羡慕嫉妒恨:"苏珊你嫁了个好老公! 福气真好!"

苏珊骄傲地挺着大肚子:"你们咋不说是我眼光好! 是我调教得好!"

史黛拉哀号:"嘎好的老公,哪能没轮到我头上呢?为啥我碰上的'歪果仁'全都是'阿倭卵'(做人不地道的人)呐?"两度闪婚闪离,她表示很受伤。

姗德拉暗自好笑。苏珊的勇气,苏珊的爽直,苏珊的大度,苏珊的坚韧,她们有吗?弗兰克还是穷小子的时候,她和他挤地铁到处去看房,陪他挑灯夜战做设计,跟他走南闯北去推销,她为他操了多少心, 她替他挡了多少误解与困难……这一切的努力

海上芳邻

和付出,她们会吗?每个人都只看到那只蟠桃诱人,却没人去想它是怎么种出来的。不劳而获,难道是人类的劣根性吗?

免费送上门的好酒好茶好电影,这么好的事,谁不愿意呢?虽无缘摘取,分享一杯胜利的果实总是好的。

新上海人弗兰克创立的视觉设计公司,业务稳步上升,规模越来越大,渐渐与"好莱坞"的片商建立了良好的合作关系。新近参与的某部大片电脑特效制作,获得了美国电影与艺术科学院颁发的"奥斯卡最佳制作奖"。美国西海岸本来就是视觉艺术的摇篮,洛杉矶更是倡导着世界电影的潮流。生于犹他、长于西部的弗兰克得天独厚,自小对"好莱坞"电影艺术如雷贯耳,"环球影城"更是他最爱的人间乐园,浸淫其中多年颇有心得,从三维特效到后期制作,各种层出不穷的应用软件,弗兰克对各种电影制作的流派、技法及发展了然于胸,终于到了厚积薄发的一天。

庆典就设在他的公司里,数不清的细细碎碎灿若星辰的LED荧光灯,沿着小径,贴着墙角,顺着楼梯,一路引导着客人走向目的地。那天,从来T恤牛仔不修边幅的弗兰克,突然一反常态穿起了西装,正式得让人不敢相认。当然,对他来说,这是一个极为重要的日子,标志着他的事业更上一层楼,也证明了这个遥远的东方国度,真正地承认和接纳了他。

来道贺的客人太多了,有客户、朋友、同行,也有创意园区的

510

领导,弗兰克给众多入驻的年轻创客们树立了榜样,千万不要因现在的微小而自卑,也不要因暂时的蛰伏而焦急,只要努力,只要坚持,你就可以脱颖而出,向国际一流企业进军。作为马拉松陪跑的那只"兔子",园区乐当孵化器。

"祝贺,祝贺!"姗德拉献上大束鲜花,对在她眼里不亚于好莱坞明星的弗兰克拱手道:"恭喜发财!财源滚滚!"

"可不是吗!马可·波罗不是早就说过,中国遍地是黄金吗?"弗兰克跟她嘻嘻哈哈一会儿,说了一句"自便!"就抱着花走开了。

通常情况下,老外没空理你,又不想怠慢你的时候,可以有个投机取巧的折中办法——由你自己把自己整舒服吧。反正她也不是外人。不过姗德拉是真的理解弗兰克,能走到今天这一步非常不容易,作为一路不缺席的见证者,她由衷地为自己的两位好朋友感到高兴。一起来的同事们都躲到设备齐全的视听室里享受大片去了,姗德拉偶尔跟那些长得顺眼的面孔随意聊上两句,然后悄悄摸到茶水间,给自己倒了杯橙汁,再去外面的长条会议桌上觅食。给客人预备的招待小食,居然是薯片、旺旺雪饼和芝麻薄脆。这是弗兰克的风格,他就喜欢这些脆生生的儿童食品,满足他永不凋零的一片童心。桌上也有来自他家乡的土特产,是一种用盐湖城的盐制成的糖果——咸的糖!和咸的巧克力!姗德拉剥了一粒扔进嘴里,舌头反应剧烈,恨不得第一时间

海上芳邻

将这怪物吐出来。对于舌尖的味蕾,这种挑战是陌生而离经叛道的,闻所未闻,尝所未尝。她努力将这种奇诡的味道吞下去,忽然明白过来,也是哦,谁说糖一定要是甜的呢?就像人们已经吃惯了甜的糖,就以为糖只有"甜"这华山一道了。打破固定思维,创意,正是做别人想不到的,展示别人摒弃的反面的美,也许就是成功的那条途径。弗兰克就是天生的设计师,把一栋废弃已久的破旧老房改造成海派风情的居住经典,同样也能把一部普通的平面电影做出眼花缭乱的光效和特技,加入了他自由想象的空间,弗兰克进行了二次创作,甚至大有喧宾夺主之嫌,视觉效果的魅力已经大大超过了电影故事本身。

身穿希腊式古典长裙的女主人苏珊,因为即将做母亲,使她原本窈窕的身姿多了几分端庄,丰润的脸上隐隐泛起一层圣洁之光,看起来就像一位神话中的女神。她时不时地趁招呼客人的间隙来看姗德拉两眼,这会儿又给她端了一小盘刚出炉的曲奇饼干。姗德拉正待嗔怪她:"你消停点。"人群忽然骚动起来,在正装下显得英姿勃发的弗兰克出现了:"今天双喜临门!我还有一个好消息,要与我亲爱的朋友们分享——我和我的太太苏珊,"苏珊赶紧走过去把自己的手递给他,弗兰克举起太太的手,兴奋地大声宣布:"我们终于在上海买到了房子!"

原来,园区隔壁空置了好久的堆满垃圾的那块地突然开工了,开建新楼盘,弗兰克急急过去一问详细,竟然非常满意,价格也是他们能够承受的范围，当然，现在的经济状况比起当初已大有改观。他与苏珊商量之后，舍弃了占两个楼层、居住面积和辅助面积较大的跃层，选择了一套层高优越、空间利用率较高的复式公寓，他们可以在局部隔出夹层，安排一个卧室或者书房，这样既满足楼上楼下的空间层次感，又避免了面积巨大造成的经济负担，有效地控制了总价。弗兰克对新居一见倾心，当即拍板拿下。真是"踏破铁鞋无觅处，得来全不费功夫"，"倒霉蛋"弗兰克就这样鬼使神差地拥有了他的"中国家"。

姗德拉跟所有的客人一起，热烈地拍手以示祝贺。有了当初"九九八十一难"的买房曲折经历，才更能体会到今日成功的喜悦。"歪果仁"弗兰克在上海的每一件事，每一次决定，每一个举动，都是与这座城市的互动与磨合，当中有过折腾，有过磨难，有过失望与灰心，然而幸运的是，他终究与这个他喜欢的城市握手言和。将来他们的孩子，又将是这片土地上一棵土生土长的生命之树。

林和他曾经的助理安吉丽亚，再次坐在滨江的德国啤酒吧。这一次，是告别。

安吉丽亚燃起一支烟，杯口留有猩红的唇印，斜坐在高高的吧凳上，纤长的腿垂到地面，脚尖随音乐的 R&B 点着节奏。再过一周，她将跟她的美国老板一起，飞往遥远的南非赴任。

海上芳邻

多日的实战证明,她与他,是一对强有力的工作搭档。对于一般老外,特别是欧美人来说,来中国工作是另一种意义上的镀金。因为,无论是欧洲的老牌资本主义国家,还是美洲的超级大国,自从"五月花"号启程,他们的文化就一脉相承,他们的工作方法也有类似之处。而中国,作为正在崛起的东方大国,对他们来说充满了机会,经济也因不同的业态的出现而朝气蓬勃、姹紫嫣红。这些新生事物与传统的资本主义经营方式有着很大不同,比如,在中国发展得如火如荼的电商领域。他们来到这里,了解,感受,学习,并在回去之后应用它。这种多元经历的积累会使他们的职位得到提升,他们因此而更加值钱。

CEO卸任前的最后一项重要工作,是召开公司年会,总结这一年的业务成果,公布下一年的工作策略,还安排时间进行会展和路演活动,总公司和设在各国的分公司都派出了代表,可见重视的程度。这种几百人参加的大型会议,不仅设有主席台,还需要几十张便于谈话的圆桌,对场地不仅有面积还有规格上的要求。安吉丽亚知道,外企的会议很多,会议场地的预定往往要提前几个月,防止会议室资源紧缺,出现争抢的局面。她必须做好充分的准备,因为她深深地明白,这不仅是CEO本人这一年的工作报告,更是对她这个PA能力的检验。

会议日期一天天接近,一切都在有条不紊地推进,那家著名的五星级酒店突然来了通知——他们居然忘了之前的预订,当天的宴会厅已经答应了租给一对新人举办婚礼,连定金都收了! 安吉丽亚震惊之余甚是愤怒:作为一家世界著名的五星级酒店,出现如此严重的工作疏漏,简直不可想象!难道全球统一的标准化管理,一旦进入中国就可以任意降低、执行两套标准吗?还是因为国内从业人员的素质因素, 使那块估值过亿的金字招牌蒙羞? 安吉丽亚拒绝了对方销售经理再三的道歉和调整会议时间的建议,更不接受对方"退一赔一"甚至"三倍赔偿"的补偿方案。她绝不能有一丝一毫的退让,她的身后就是她的老板,她绝不能把这个烫手山芋扔给她的老板,她绝不能让他暴露在危险之中。安吉丽亚据理力争, 咄咄逼人, 并把邮件发给了酒店中国区CEO, 当然也没忘记抄送给她自己的老板:"我们的公司年会是几个月前就确定的, 那是一家拥有十几家分公司和总共一千名海外员工的大公司做出的慎重决定。所有的准备事项都已完成,各分公司的代表机票也都出好, 他们将按时从世界各地聚集过来。一切就绪,箭在弦上,无法停止。由于你们的过失造成的损失将难以估量! 我们早在几个月前就已下了订单, 遵循你们的规定,你们当时也同意了,我方并没有任何的处置不当。从法律上说,你们已经接受了我们的要约,合同已经达成,现在,你们唯一的选择就是必须履行。同时,我们也极不想看见,一家世界级的著名酒店声誉受损。"一番话有理有据, 又极具分量。酒店自知理亏,召开紧急会议商讨对策,终于找出一个折中方案:将楼上

海上芳邻

面积相似的酒吧停业一天,搬走所有的吧凳和沙发,改放宴会桌椅,重新布置会场,赶上了卡斯顿汽车公司的重要公司年会。

美国 CEO 旁观事态的发展,心里可是为他的助理捏了一把汗:这幺蛾子,出得太不是时候了!他马上就要离任去下一个岗位,这次会议将是他在中国职业生涯的一个完美收官,谁会想到横生枝节?安吉丽亚的表现果然没令他失望,她纤瘦的身体里藏着他难以预想的能量,他发现自己越来越离不开她了。"跟我一起去南非吧。我需要你。你也会有一个很好的职位。"

安吉丽亚没怎么犹豫就答应了,她已经做了他的情人,是不是好的生活伙伴尚未可知。她少小离家出外读书,没有太强的地域情结;她不算年长,已经游历了众多国家。对她来说,地球就是她的整个世界,只划分片区,没有设定沟壑,从这里到那里,只是地图上经纬度的差别,而不产生任何心理的落差。她的人生,充满了未知数。

面对林关切的目光,安吉丽亚努力做出轻描淡写的样子:"年龄我并不介意,重要的是他真正地需要我,也关心我。至于结婚不结婚,我还没有想过。不要担心,我不会孤单,我的猫会忠实地陪伴我。生命是一场绝不重复的体验,未来充满了不确定性,谁都可以任性一赌,但,这不正是未知的魅力所在吗?你可以每一天都充满期待,期待一切未知的惊喜。"

天高任鸟飞。林知道,她的心永远在路上。

曲终谢幕,两人平静地握手道别。林情真意切地祝愿:"山高水长,朋友珍重。"

安吉丽亚看着自己曾经爱过的男人,酸楚地一笑:"我和你,就好像宇宙中的两条伽马射线,偶尔交叉,但各有自己既定的方向,不会发生改变。我从不后悔认识你,我们共同走过一小段路程,在彼此的人生轨迹上留下一点痕迹。或者,也许根本连痕迹都没有,就像遇热融化的硅酸盐,过了,就忘了。"她吸吸鼻子,眼眶潮湿地望着他:"最后拥抱一次吧,作为告别。"

安吉丽亚桀骜的背影渐渐远去, 留下林独自面对滔滔不息的黄浦江。他没急于挪动脚步,而是伸长了四肢,似是要拥抱一切的景物。天地辽阔,江面浩荡,笛声激越,钟声悠远,有海鸥在自由盘旋。这世界总是不停地在变化,日出日落,云卷云舒,有的房拆了,有的楼起来,有的人消失,有的人又凭空多出来。这一生要走过千山万水,这辈子要阅尽万舸千帆,总有一根丝线在心底细细地牵绊着。他突然无比思念起某个人来。

姗德拉从"乐士诚"大厦里跌跌撞撞地直冲出来,心急火燎地招了一辆的士,匆匆忙忙赶赴国际妇婴保健院。而另一边,弗兰克也正一路风驰电掣,赶赴下一个人生战场。

姗德拉一身高档套装,苛刻的铅笔裙紧紧地箍住了她的两条腿,愈加行动不便。姗德拉狠狠心,"刺啦"将裙角用力撕开,车

海上芳邻

一停稳，便拎着两只高跟鞋撒腿就跑。本来，她是打算去参加弗兰克的颁奖典礼。可是，一切都被打乱了。苏珊突然阵痛发作被送进了医院，弗兰克满头大汗地在产房门口给她打电话，请她赶去增援，而他自己，必须去出席早就安排好的重要典礼。姗德拉安慰说："你放心，一切有我！相信我！"

苏珊一看见姗德拉就哭了，好像受了多大委屈似的，平日的女汉子气荡然无存。弗兰克已替她请好了"导乐"(Doula，指导孕妇顺利自然分娩的人)，姗德拉跟着"导乐"一起，指导苏珊呼气，吸气，用力，配合……

姗德拉抚摸着闺蜜冰凉潮湿的脸，谆谆诱导："那么多女人都顺利地生下了孩子，你有什么不能！你可是女汉子啊！又强壮，又厉害，你不行还有谁能行！"

苏珊疼得死去活来，趁阵痛间歇痛骂她："说得轻巧，好像你生了十个八个似的。要不换你来试试！啊呜——"

姗德拉不敢说了，只一味抓住苏珊的手，让她狠命地掐到自己的骨头里。

弗兰克准时出现在颁奖晚会。买了上海的房子，娶了中国的妻子，他的事业也渐渐与中国电影市场紧密相联，弗兰克算是在上海牢牢地扎了根，已经是彻彻底底的上海人了。今日的高规格晚会上，他将荣膺"白玉兰纪念奖"。

"白玉兰纪念奖"由上海市花而命名,由市政府设立,每年颁奖一次,旨在鼓励和表彰对上海经济建设、社会发展和对外交流等方面做出突出贡献的外籍人士。他们来自经贸、金融、科技、文化、教育、卫生、友好交流等各个领域,为上海的经济建设和社会发展贡献了力量。他们,也是上海城市发展的见证者和参与者,给上海这座古老的东方文明城市带来了多种特色的多元文化。

弗兰克不仅大力倡导和推动当代电影艺术制作,还与多位醉心海派风情的外籍人士一起,创立了"老房子保护协会",为上海这座百年城市的风貌添砖加瓦,为增进各国人民的相互了解和信任做出了卓越的贡献。市领导为他及其他9位获奖者颁奖,并表示了衷心的感谢。弗兰克非常开心,亦无比自豪,不仅因为他得了奖,更是因为,这代表了这座城市对他完全的接纳。从此,他将为自己身为新上海人而自豪。

新生儿软乎乎的、香喷喷的,带着天使一般的纯净和安详,叫姗德拉爱不释手。小东西的眼睛还没有完全睁开,但偶尔的惊鸿一瞥,已叫两个围观的女人欣喜若狂。那眼睛介于灰色、蓝色与棕色之间,瞳孔却是彻底的黑色,如海底旋涡般深不可测,神奇得难以描述。

"真漂亮!"姗德拉惊叹道。

"漂亮啥?像个红皮老鼠。生个'建设银行',这辈子我就得做牛做马咯。"好了伤疤忘了疼,苏珊很快恢复"女汉子"本色。

"我听人家说,小时候皮肤红,长大了皮肤就会很白。"姗德拉想起来:"刚才弗兰克打了几百个电话了,现在你赶紧回电话跟他说一声,母子平安。"

"是啊,"苏珊咧开嘴笑了:"就咱这稀里马虎的爹娘,生出这么一个标致孩子,他爹一定乐得翻筋斗。"

虽然没能去参加他的颁奖典礼,姗德拉完全能想象出弗兰克身穿西服光彩夺目的样子,她衷心地为他感到高兴,也为自己见证了他整个奋斗过程而自豪。弗兰克从一个外来打工者,蜕变成一位政府嘉奖的荣誉市民,实现了自己斑斓的"东方梦",这绝不是偶然。自古以来,上海就是一个海纳百川的地方,它以一视同仁的气度,使各种文化在这里冲撞融合,又衍生成这个地方特有的新鲜事物来。弗兰克逆向行舟,往东土大唐而来,如西天取经路上遇到九九八十一难,每一次,都化险为夷,过关斩将,成功地突破。他百折不挠,越战越勇,在无数次的PK中汲取能量,在上海这个光怪陆离的金丹炉里炼成了孙悟空的金刚不坏之身,终于苦尽甘来。

姗德拉抱着孩子不撒手:"说好的,我是干妈。"

"行!"苏珊大方地说:"你是他干妈,让他长大以后孝敬你,工资分你一半儿,还有一半儿给我。至于弗兰克,就让他自谋生路吧。"

　　合计好了,两人哈哈大笑。姗德拉更是为自己的丰功伟业扬扬得意:没有她的撮合,弗兰克和苏珊,不可能成就一段好姻缘,哪还谈得上生这么个漂亮的混血儿呢!

　　弗兰克带着巨大的惊喜破门而入,后面跟着满脸喜气的林。

　　苏珊赶紧递上"蜡烛包":"快抱抱你的宝贝疙瘩。"

　　弗兰克笨手笨脚地接过小婴儿,横也不是,竖也不是,最后像捧一本天书一样把它捧在了眼前,喜悦地、神圣地、一本正经地与那哼哼唧唧的小东西对起话来:"很高兴见到你,我的儿子,这是我们第一次见面。我很高兴你成为我的儿子,我也很高兴成为你的父亲。我会爱你,照顾你,关注你一辈子。我发誓,我将给你我所有的爱,让你成为这世界上最幸福的孩子。我爱你,用上海话说,'我吃煞侬爱煞侬';用东北话说,就是'俺贼稀罕你'!"说罢,嘟起嘴在小脸蛋上"吧嗒"亲了一口。

　　众人哄堂大笑,查房的医生笑着说:"保持愉快的情绪对产妇的恢复大有好处。好好休息,记得多喝热水啊。"

　　房门关闭,弗兰克回过头来眉飞色舞地说:"中国的医生简直太有意思了!如果我说肚子疼,他会说'喝点热水',如果我说头疼,他也会说'喝点热水',如果我感冒了,他还是说'多休息,多喝点热水'……现在苏珊生了孩子,医生照样说,'多喝热水'!好像只有热水才是蕴含了一切能量、包治百病的灵丹妙药。办公室、咖啡馆、机场、商店、高铁,到处都会提供热水,好像离了热水中国人就不能生活。"他耸耸肩:"幸运的是,我现在已经习惯了喝热水。"

林笑笑:"热水的确在中医养生中发挥了重要的作用。早上空腹喝热水,能够温胃润肠;饭前喝热水能提高肠胃的机能,冬天喝热水能促进血液循环;想减肥喝热水能燃烧脂肪,刮痧后喝热水可以补充消耗的能量;热水洗脚,胜吃补药;热水蒸脸,还能美容……"

林信手拈来,滔滔不绝地举例论证,令姗德拉诧异不已:"真想不到,你还懂这些。"

"中国传统文化博大精深,现在'孔子学院'在世界上开得如火如荼,作为一个中国人怎能不关注呢。我也只是感兴趣才了解了一些皮毛而已。嘿嘿,哄哄小朋友还是蛮派用场的。"他用指尖小心翼翼地轻触小毛头鲜嫩的脸蛋:"倒是弗兰克,你得好好想想,以后打算怎么哄你这个小朋友,任重道远啊。"

弗兰克耸耸肩:"好吧,比起孩子的教育,我面临的更迫切的问题,是要考虑怎样与丈母娘相处。连华尔街都说,'中国大妈是撬动世界经济的杠杆'。苏珊的父母明天就到上海了,他们将是我要学习的新的课题。"

苏珊扯扯姗德拉的胳膊:"听你们唠叨半天,我嗓子眼儿都冒烟儿了。刚才号累了,这会儿空调开得太猛,热水不解渴,我想喝冰水，记得帮我加片柠檬啊。"

"刚生完孩子就喝冰水？会落下毛病的！"姗德拉跳起来。

"扯淡。我住在美国时，隔壁邻居生孩子都喝冰水的，还有刚生完孩子就下地干活儿的，也没见人家落啥毛病。热水凉水都是根据各人体质的不同，因人而异的，自己感觉舒服就好，没那么多条条框框。就咱们穷讲究。"苏珊接过姗德拉递来的偷偷兑了点温水的冰水，一饮而尽。

结 局

　　林明清出差回来,飞机一落地,他就迫不急待地打开手机。

　　姗德拉的手机叮的一响,那是林发来一封邀请信——"全国劳动模范"颁奖仪式。"跟我一起参加好吗?我希望你能分享我的一切,每一个重要的时刻请与我一起见证!"

　　姗德拉信心满满,充满了对未来的憧憬。她准备盛装出席,挑了一件宝蓝色的中式上衣,紧紧地裹着她细细的腰,下面一条黑色阔腿的香云纱长裤,佩了一只丁香制成的香囊,步履摇曳之中似有暗香浮动。

　　徜徉在梧桐掩映的话剧场小马路上,她任由思绪散漫地飘浮。演员是幸运的,可以在短暂的一生中体验不同的人生。她的职业何其相似! 每天接触不同的人物,令她倍感新鲜。每个角色不远万里从世界的各个角落聚集过来,与她配合,在每一个模拟场景中体验了各自的人间百味。

　　离约定的时间尚早,一阵浓烈的面包香气飘过来,姗德拉身不由己地走进一家小小的、布置精致的烘焙店。她在透明的货架上,慢慢欣赏各种艺术品似的糕点打发时间,透亮如空气的玻璃墙外,突然冒出一颗圆圆的脑袋,地球仪似的,冲她绽开地中海式热情的笑容,姗德拉从他的笑纹里都能嗅出橄榄油的味道。她亦条件反射地一笑,知道他一定会来搭讪。

　　"地球仪"果然在门口堵住她,殷勤十足:"你是我见过的最美丽的中国女孩。"

海上芳邻

　　美丽跟任何天赋与刻意装扮无关,而是与欣赏者的眼光、习惯、口味密切相连,他若喜欢,你便是女神。姗德拉想起多年前自己对美丽的定义,忍不住无声无息地笑了。

　　"美丽的中国小姐,你喜欢吃蛋糕吗?一起去吃蓝色的蛋糕吧?"

　　姗德拉笑笑,心里明镜似的。下一步,他一定会问"你家?还是我家"了。

　　果然,"地球仪"殷勤地追问:"your home? Or mine? "

　　……

　　相似的情节天天都在上演,对姗德拉来说,这不是艳遇,不是偶然,而是她工作和生活的一部分。在东方这座神奇的城市里,有人来了,有人走了,又有新的人来了,如此来来去去。说也说不完的故事,终日不停息地上演,循环往复,生生不息。

2016 年 11 月 20 日 于上海